BESTSELLER

Elísabet Benavent (Valencia, 1984) es licenciada en comunicación audiovisual por la Universidad Cardenal Herrera CEU de Valencia y máster en comunicación y arte por la Universidad Complutense de Madrid. Ha trabajado en el departamento de comunicación de una multinacional. Su pasión es la escritura. Es autora de la saga Valeria (*En los zapatos de Valeria, Valeria en el espejo, Valeria en blanco y negro* y *Valeria al desnudo*), la saga Silvia (*Persiguiendo a Silvia* y *Encontrando a Silvia*), la trilogía Mi elección (*Alguien que no soy, Alguien como tú* y *Alguien como yo*), *Mi isla*, la bilogía Horizonte Martina (*Martina con vistas al mar* y *Martina en tierra firme*) y la bilogía Sofía (*La magia de ser Sofía* y *La magia de ser nosotros*). Con más de medio millón de ejemplares vendidos, Elísabet Benavent se ha convertido en un éxito total de crítica y ventas. Asimismo, los derechos audiovisuales de la saga Valeria se han vendido para televisión. En la actualidad colabora en la revista *Cuore*, se ocupa de la familia Coqueta y está inmersa en la escritura.

Para más información, visita la página web de la autora:
www.betacoqueta.com

También puedes seguir a Elísabet Benavent en Facebook y Twitter:
▪ BetaCoqueta
▪ @betacoqueta

Biblioteca
ELÍSABET BENAVENT

Mi isla

DEBOLS!LLO

Primera edición en Debolsillo: junio de 2017

Printed in Spain – Impreso en España

ISBN: 978-84-663-3881-3 (vol. 1091/12)
Depósito legal: B-8.658-2017

Impreso en Novoprint
Sant Andreu de la Barca (Barcelona)

P 3 3 8 8 1 3

Penguin
Random House
Grupo Editorial

Para Ana, por su amor y dedicación

PRÓLOGO

Pongamos que entráis en mi habitación el día que empieza esta historia. Es imposible, sobre todo porque de eso hace ya bastante y por mucho que me seduzca la idea, no tengo una máquina del tiempo. Si hubiera tenido una de esas a mano otro gallo cantaría. Pero, vaya, pongamos que estáis ahí, conmigo. Lo primero que veis es el mar porque tengo la ventana abierta. Las cortinas blancas ondean a ambos lados del marco y huele a primavera. Estamos casi en el mes de mayo y hace una temperatura perfecta para andar desnuda por casa, pero desde el episodio con la Guardia Civil ya no hago esas cosas. El problema es que la otra ventana del dormitorio da a la casa cuartel y aún no toman bromuro con el café de la mañana. Y no es que yo esté tan buena que me rompa…, es que tanto tío junto ahí dentro…

Seguro que si echáis una ojeada a vuestro alrededor entendéis por qué elegí esta habitación. Tiene las mejores vistas de toda la casa y, además, mucha luz. Más allá de las ventanas todo es mar, cielo y alguna nube que viene y va; la brisa entra en el dormitorio y lo invade todo para después marcharse sin más. Es una habitación bonita, espaciosa, pero muy sencilla. No hay muchas cosas interesantes por aquí. A todo el mundo le llama la atención que las puertas y las ventanas estén pintadas de azul, pero no es originalidad mía; una mera copia de una postal que alguien me envió desde Santorini. Esta isla no es Grecia, pero es bonita. Está inmersa en pleno Mediterráneo y todavía no se ha puesto demasiado de moda, por lo que la gente que viene aún es interesante. Pero no diremos su nombre, no sea que se llene de guiris con sandalias y calcetines o, peor, de paparazzis persiguiendo al famosete de turno.

Mi habitación se encuentra en el último piso y apenas está decorada, ni siquiera hay muchos muebles. Tengo un pequeño armario antiguo de madera que yo misma lijé y pinté de blanco. Subirlo hasta mi dormitorio fue un drama, pero tengo unos vecinos muy majos que me echaron una mano. ¿Qué más? Todo es muy sencillo, casi espartano. Una cama amplia con sábanas blancas de algodón, nada sexis por cierto, y una mesita de noche que sufrió una transformación parecida a la del armario pero que sí pude subirla sola. Si queréis mirar dentro de los cajones, por mí no hay problema; soy muy aburrida. Ni juguetes sexuales, ni revistas porno, ni tangas de cuero. Ropa interior bonita con algo de encaje. Es lo único de lo que no me he podido deshacer desde que llegué. Mi gusto por la ropa interior preciosa sigue siendo una de esas cosas que espero cambiar pero que nunca consigo. Volviendo al cajón también hay una novela manoseada, *Oda*, de Valeria Férriz, que iluminó mi vida en un momento dado y que no puedo dejar de releer de vez en cuando; también hay un cuaderno, un lápiz, una foto… Sí, mirad, son mis padres. Todo el mundo lo dice, soy clavada a mi madre.

En el armario hay un montón de vestidos sueltos. Cuatro blancos, uno azul marino con unas cuentas en el escote que me gusta especialmente pero que manché con lejía y he tenido que pintar con rotulador Carioca. Hay otro azul turquesa, dos negros y también de color coral, rosa, morado… Los hace una señora del pueblo con una máquina de coser que parece el DeLorean. Creo que si aprietas mucho el pedal te lleva de viaje en el tiempo; habrá que probarlo un día de estos. La costurera es la señora Mercedes, lo más cercano a una amiga que tengo aquí. Y a quien la gente del hogar del jubilado le parece una panda de jóvenes trasnochados, no digo más. Nuestras sesiones de cotilleo son algo así como mi nueva vida social. Las dos cosemos y rajamos; que si fulanita quiere mandar en el coro de la iglesia, que si la de la tienda de chuches come más que vende, que si el barrendero está de buen ver…

También me ha tejido un par de chaquetas que adoro, para los días en los que aquí refresca y que me hacen sentir envuelta en hogar. Ella no lo sabe, pero en invierno a veces duermo con una puesta más por ñoñería que por frío. Algunas tardes me invita a café y pastas, y yo le llevo confitura de tomate casera, que la vuelve loca. Entonces mira el tarro con los ojos entornados por el deseo y susurra que nuestra amistad llegará lejos. Es la turbo abuela que todas querríamos.

¿Qué más hay por aquí? Nada. Una cómoda, libros, un tocadiscos antiguo que no funciona, una maleta…, ¡eh, eh, eh! ¡No! Esa maleta que hay en el altillo es otro asunto y jamás se abre. Las manos quietas, que luego van al pan…

Si seguís mirando, aquí estoy yo. Me acabo de dar una ducha y me estoy cepillando el pelo delante de un espejo. Llevo uno de esos vestidos sueltos, esta vez de color maquillaje. El color maquillaje es algo que a mi padre le consterna. Dice que es una invención diabólica femenina para volver locos a los hombres y poder culparles de cosas como no saber lo que es un «blazer color nude», «el rojo coral» o «el rosa palo». Para él en el mundo solo existen cuatro o cinco colores y probablemente en su mente dos se parecen demasiado entre sí.

Si me miráis comprobaréis que mi cara no traduce ningún estado de ánimo. Suelo adoptar una expresión bastante estoica, herencia de aquel momento en mi vida en el que todo me daba bastante igual. Además, no estoy pensando acerca de la magnitud del cosmos ni sobre el karma, no soy tan profunda. Más bien medito sobre que hace demasiado tiempo que no me corto el pelo, que me llega ya por debajo del pecho y tiene el tacto de una cama de paja, qué horror. Con lo que yo he sido, con mis sérums, mis mascarillas naturales y los barnices para cerrar la cutícula capilar. Definitivamente me he asilvestrado y soy la versión rubia y humana de una cabra montesa. Si mi madre viene a verme pronto me lo cortará ella misma en un intento por volver a hacerme parecer una persona urbanita y sociable. Lo malo es que lo hace con las tijeras de cortar papel y el resultado es cuanto menos inquietante. Pobre, no se da cuenta de que lo mío no tiene solución.

Como veis, tengo los ojos verdes, de un color muy claro. Ojos de muerta, así me llamaba una compañera del instituto que además de ser cruel, no se lavaba los dientes ni bajo pena de muerte, la muy cerda. Un poco de muerta sí que son, por lo del color, pero me gustan porque los he heredado de mi abuela junto con esta casa. Mientras vivió dejó muy claro que la finca sería para su nieta mayor y esa tuve la suerte de ser yo. A decir verdad, soy la única mujer de la familia. Mis padres son hijos únicos y tengo dos hermanos mayores. A mis hermanos les dejó su Fiat Cinquecento comido de mierda y el traje de boda de mi abuelo… y a mí todas las tierras, di que sí. Abuela…, cómo molabas.

El color dorado cobrizo de mis bucles es herencia materna, como el resto. La nariz pequeña y respingona, la boca carnosa, las orejas, la forma de los ojos almendrados y la disposición al bies de mis pestañas… Clavada a mi madre, aunque espero no haber heredado la manía persecutoria hacia cualquier génesis de pelusa y la psicosis tradicionalista que le hace llorar de emoción viendo la sección de bodas del *Hola*. A mí también me hace llorar… pero sangre.

Como podéis ver mientras me paseo por la habitación, voy descalza. Casi nunca llevo zapatos, solo me los pongo si voy al pueblo a comprar, más que nada porque no quiero que me señalen con el dedo y se fragüen a mi costa leyendas tontas sobre la extraña forastera que un día llegó, se instaló y no volvió a salir de la isla ni a ponerse zapatos. No soy rara, no voy de especial; no soy como esos modernos que ponen en riesgo la salud de sus gónadas con pitillos extra slim. Esto no es postureo. Solamente tengo mis manías y mis placeres, como todo el mundo. Y me encanta ir descalza. Pasé parte de mi niñez enfadada por tener que llevar siempre zapatos y hace poco que redescubrí el gusto que me da sentir el suelo frío, la gravilla del camino de acceso a mi casa o la arena de la playa debajo de mis pies. Hay gente que paga por hacer esas cosas en un recinto cerrado al que llaman spa y a mí me aterroriza la idea de tenerlo tan cerca y no hacerlo. No tengo por qué privarme de un placer tan tonto. He pasado demasiados años enfrascada en vicios muy caros. Este no cuesta dinero, no hace daño a nadie y además en esta isla no hay riesgo de clavarse ninguna jeringuilla.

Por cierto, ¿escucháis eso? A través de la ventana abierta se percibe un murmullo de guijarros bajo los pies de alguien. Me asomo. Es el comienzo de mi historia, que ya viene.

I PARTE

DE SECRETOS

1

C uando llené la maleta lo hice sin saber adónde iba; solo sabía que escapaba. ¿Habéis sentido alguna vez que todo lo que quisisteis alcanzar se os ha quedado grande? Es una sensación horrible porque uno tiende a pensar, de tanto darle vueltas, que el que ha fracasado es uno mismo. No es que la vida sea muy puta, es que tú no has sido suficiente. Aunque como voz de la experiencia os digo que ese pensamiento es equivocado. Cuando cumples años la vida empieza a quitarse el velo con el que se ha vestido y va dejando cada vez más piel al descubierto; los misterios dejan de serlo o, al menos, dejan de preocuparte tanto. Quizá porque los años desnudan la vida y a ti mismo. Pero en aquel momento no podía relativizar. Lo había intentado pero había terminado con una presión en el pecho terrible que no me permitía respirar. Me ahogaba. En la puta capital del mundo. En la cima de todas aquellas cosas que un día me planteé como un sueño imposible. Allí arriba, sintiendo que me moría asfixiado por unas manos invisibles. Llamé a mis padres desde el aeropuerto. Me temblaban las manos. Nunca me había encontrado tan mal y, cuando ellos me preguntaron qué era lo que me pasaba…, no supe responderles. Las cosas me iban bien. Tenía más trabajo del que un día pensé que lograría; era reconocido, respetado, era un buen tío, joder, aunque durante las últimas semanas me hubiera empeñado en mostrar lo contrario con tanta fuerza. Joder, qué asco jugar a ser un guarro frívolo cuando no lo eres. Hay un momento en la vida para cada cosa y no iba a portarme como un gilipollas para impresionar a nadie porque ya lo había hecho en el pasado y sabía que el resultado era un Alejandro imbécil.

—No sé qué me pasa —le confesé a mi padre, que había cogido el teléfono—. Pero me vuelvo a España. No puedo aguantar más esto. No es para mí. Me ha venido grande.

—Vamos a ver, Alejandro…, llevas allí mucho tiempo. Algo te ha debido pasar. ¿Estás bien? ¿Es por lo de Celine?

—No. No lo sé. Papá, de verdad, necesito salir de aquí.

—¿Has hablado con Rachel?

—No. Sé lo que me va a decir.

—¿Y qué te va a decir?

—Que soy un gilipollas.

Escuché la típica risa sorda de mi padre, esa que se le escapaba cuando veía las cosas con mucha más claridad que tú pero no quería decírtelo.

—¿No será que necesitas unas vacaciones? Has estado muy ocupado. Llevas mucho tiempo sin venir…, quizá una visita te vendría bien.

Me imaginé entrando en casa de mis padres cargado con las bolsas de viaje que ni siquiera sabía con qué había llenado. Me recibirían con algarabía y abrazos y, aunque eso podría ser reconfortante en un primer momento…, tendría que explicarles algo. Algo, no sé. Ellos siempre hablaban de más y yo terminaba contagiándome. Y no me apetecía tener que charlar sobre esa crisis vital que todos pasamos en algún momento de nuestra vida. Porque… era eso, ¿no?

—Alejandro, llama a Rachel y pide que te despeje la agenda un tiempo. Te recogeremos en el aeropuerto y nos vamos a…

—No, papá…, necesito hacer esto solo. Solo llamo porque…, porque no sé por qué cojones llamo, joder.

Escuché a mi madre intentar arrebatarle el teléfono, susurrando como para que no le escuchara, que ella podría hacerlo mejor, sin parar de preguntar qué me pasaba. Pues no lo sé, mamá. Creo que estoy teniendo el primer ataque de ansiedad de mi vida. Si me vuelven a preguntar por mi ruptura, si escucho el flash de una cámara una vez más, si salgo a la calle y me vuelve a rodear una marea de gente impersonal, sin caras, reventaré.

—Tengo un… —Me froté la cara. A mi alrededor el frío ambiente del aeropuerto se llenaba a cada rato que pasaba con más y más gente—. Tengo días. Hasta junio o así.

—¿Entonces? No te agobies. Compra el billete.

—¿Adónde?

Se quedó callado. Mi madre, que probablemente tenía la oreja pegada al auricular, gritó: «¡¡A casa!!», pero papá carraspeó y lo solucionó.

—Coge el billete para Barcelona. Voy a buscar un sitio tranquilo donde puedas ir a… relajarte. Algo con playa, ¿te parece?

—Sí.

Me sentí un crío. Me sentí un niño pequeño que llega a casa acongojado por lo que le parece el problema más grave del universo y al que sus padres borran los temores con un bocadillo de chocolate y una charla. Por el amor de Dios…, Alejandro, reacciona, ¿qué pasa?

—Te mando los datos al *e-mail*.

—Papá…, yo…

—No pasa nada, Alejandro. Estás sometido a estrés. Es normal que la sobreexposición te pase factura. Llevas mucho tiempo lejos de casa y siempre nos cuentas que la vida allí no termina de encajar contigo..., ¿creías que esto no iba a pasar? Ahora rompes con...

—No es por eso. Al menos no..., no es solo por eso. Lo llevo bien.

—Si nos contaras qué ha pasado.

—Es que no quiero hablar de ello.

Escuché un rumor de vocecitas agudas a mi alrededor y descolgué las gafas de sol del cuello de la camiseta, me las coloqué y me alejé unos pasos.

—Vale. Pues... dame un rato. Voy a buscar algo y te lo mando. Espero que te guste.

—Gracias, papá.

—A los padres no se les debe dar las gracias —se mofó—. Mejor cómprame unas entraditas para ver al Barça.

Los dos nos echamos a reír.

Cuando colgué me di cuenta de que estaba un poco más tranquilo. Al menos me sentía más dueño de mí mismo. Esa presión, el galope desbocado dentro del pecho, desaparecería cuando me dedicara un tiempo para mí. Sin nada más que yo. Sin teléfonos que sonaran cada cinco minutos. Sin tener que cuadrar agendas ni cerrar contratos.

El billete me costó un dolor. Como si me hubieran dado con un martillo en las pelotas, pero no sé qué sentido tiene ahorrar si no gastas en este tipo de imprevistos. O urgencias. Me pasé por un cajero en la terminal, saqué dinero, cambié a euros una cantidad y me dirigí al control de seguridad respirando hondo.

El *e-mail* de mi padre entró antes de que llegara a mi puerta de embarque. Adjuntaba una foto de una casa blanca, encalada, con ventanas y puertas pintadas de un intenso color azul. «Una pequeña hospedería a la antigua, donde los únicos protagonistas son el mar, la brisa, la cocina tradicional y... tú».

Pues ya estaba. Sin pensarlo. De cabeza. Sin plantearlo. Sin saber con seguridad si había metido bañador en las bolsas o si llevaría una jodida toalla. De cabeza a una isla que no conocía y que tenía pinta de poder recorrerse andando de punta a punta. En medio de la nada. Atrapada en el tiempo. Una isla en la que encontré, sin saberlo, la vida en todo su esplendor.

2

No me gusta hablar de mi pasado, esa es la verdad. Quizá me sigo escondiendo. El ser humano es especialista en quitarse de encima la culpa y hundir la cabeza en la tierra como las avestruces. Por aquel entonces, en el momento en el que empieza esta historia, navegaba constantemente sobre el oleaje de la fase de negación. Era consciente de lo que cargaba a mis espaldas, de las experiencias que acumulaba y lo que estas decían de mí, pero en el día a día las defenestraba a un baúl mental lleno de cosas sin importancia. Minucias. Yo ya había cambiado, ¿no? ¿Para qué seguir regodeándome en las equivocaciones que me habían llevado a aquella isla?

Mi historia empezó a escribirse de nuevo en el mismo instante en que monté mi negocio. Me aproveché del cariño que me profesa mi hermano mediano para suplicarle que me ayudara a convertir la antigua casa de la abuela en un negocio rentable y... como me quiere por encima de todas las cosas, lo hizo. Él fue quien construyó la web desde la que empecé a erigir la hospedería. Era una página muy chula con la que intenté captar clientela pero no fue hasta que me metí en el mundo de las ofertas hasta que no aparecieron los primeros huéspedes… y poco a poco todo fue funcionando. Y menos mal…, acondicionar la casa había supuesto un gran esfuerzo, aunque económicamente en aquel momento no podía quejarme. La suerte había estado de mi lado, al menos en ese aspecto.

El caso es que unos clientes se lo recomendaron a otros, la página se llenó de comentarios amables y de pronto algo que me había planteado como fuente de ingresos eventual me daba de comer durante todo el año. Bueno, eso y el huerto que mi padre me había ayudado a plantar en la pequeña parcela que había detrás de la casa. Patatas, tomateras, calabacines, pimientos, lechugas, habas, berenjenas. Esas cosas. Había pensado incluso en comprar un par de gallinas y tenerlas en el patio trasero, pero siempre desechaba la idea al recordar que no son famosas por su pulcra higiene. Aquella forma de vida tan en contacto con la tierra me hizo feliz. Fue como concentrarse de pronto en lo que de verdad importaba, en estar bien y eliminar todo lo accesorio que entorpecía mi vida. El trabajo manual, labrar el huertito, recoger las verduras, lavar la ropa, cocinar… me hizo sentir útil. Y viva. Me hizo sentir que podía empezar de nuevo, tener una vida normal.

Olvidé lo que era vivir en una gran ciudad. De mi Barcelona natal y de mi Madrid adoptivo, borré todos los recuerdos que me unían a ellas. Los taxis, las luces de las farolas, el rumor de cientos de voces conversando bajo mi ventana, el empedrado de algunas calles del centro, donde los tacones te gastaban alguna que otra mala pasada. Las tiendas. Los restaurantes. La música que salía de algunos locales y que te invitaba a entrar. Las tarjetas de crédito. Las carcajadas y las modas. La juventud. Tener el mundo a mis pies y el rugido de la ciudad en mis oídos. Todo quedó atrás.

El primer año en la hospedería fue difícil, pasé por diferentes fases, algunas alegres, otras tristes. Me ahogaba en el mismo sitio en el que en un primer momento había conseguido respirar por fin. Me sentía sola. ¿Cómo podía echar de menos una vida que no me llenaba? Todo en aquel lugar me parecía aburrido e intenso a la vez. Pero me acostumbré; si algo aprendí en aquella época fue que el aburrimiento es una sensación caprichosa que desaparece si uno se empeña en que lo haga. Aprecié el silencio y aprendí a escucharme. Me di cuenta de que cuando una está bien sola, lo demás da igual.

Mirar el mar, pensar, escuchar la radio o hacer compota, cantar, planchar, leer, un poco de conversación de vez en cuando… No necesitaba más. No sé si hubiera podido vivir siempre así; de lo único que estoy segura es de que aquel *locus amoenus* se empezó a resquebrajar el mismo día en que lo oí llegar a la puerta de mi casa.

En temporada alta solía tener mucho trabajo, pero estábamos a finales de abril y, después de una Semana Santa bastante ajetreada, estaba sola en la hospedería, tranquila e inmersa en mis rutinas. No esperaba recibir huéspedes hasta junio; y aunque aquel año estaba haciendo mucho calor no tenía ninguna reserva confirmada. Nada. Por eso me sorprendió oír los pasos de alguien que avanzaba hacia mi casa. Bajé por las escaleras y abrí la puerta de entrada. Vi llegar a alguien solo y entorné los ojos para distinguir su figura al trasluz, pero no lo conseguí. Me coloqué la mano como visera…, vale, oficialmente era una más de la panda del hogar del jubilado; tenía totalmente interiorizadas sus técnicas de vigilancia.

Humm. Alto. Muy alto. Guapo. Hacía tiempo que no recibía ninguna visita de ese tipo. El primer verano en la hospedería vinieron dos chicos que…, Dios, casi me llevaron al huerto. A la vez. Un moreno alto y galante y un rubito melancólico que tarareaba a Lana del Rey, que protagonizaron fantasías locas sin ir más allá. Creo que fue la última vez que sentí algo de cintura para abajo… un leve cosquilleo cuando tonteábamos, pero nada más. Cerrado por reformas. Pero ¿por qué estaba pensando en aquello? El sonido de sus pasos hizo que regresara de mis pensamientos. Y, a medida que avanzaba por el sendero de guijarros que daba acceso a la casa, su figura de pronto se empezó a volver más nítida. Y carnal. Se detuvo y me miró. «Hos… pital. ¿Estaba bueno? No, Maggie, estaba que se rompía…».

Podría burlarme de mí y decir que me convertí en una señorita impresionable que incluso se mareó cuando lo tuvo delante, pero lo cierto es que me sentí un poco incómoda; como fuera de lugar. Estaba habituada a estar sola, diré en mi defensa. Y tenía el día tonto. Y me pasaba el día recolectando nabos, calabacines y pepinos en mi huerto. Basta de excusas, era de carne y hueso, iba vestida con una bata que parecía un saco y no me cortaba el pelo desde la era glaciar. Había perdido la costumbre de relacionarme con hombres que me lo parecieran. No tenía interés erótico festivo por alguno de mis vecinos con pito, que se habían convertido en meros compañeros de isla. Por eso, encontrarme de pronto con alguien que a primera vista me parecía atractivo me hizo recordar a una Maggie coqueta, que tonteaba, que sabía entablar conversación con un hombre interesante… y me impactó. Casi la tenía olvidada.

¿Quién sería? Menudo cachorro. Conocía a todos (o casi todos) los vecinos del pueblo y no, no era el nuevo cartero. ¿De dónde había salido? ¿Cómo había llegado hasta aquí? ¿Era real? ¿Alucinaciones provocadas por el suavizante de la ropa? ¿Tontuna primaveril? A lo mejor había salido directamente de mis sueños húmedos para alegrarme la vida. O a lo mejor estaba loca y empezaba a tener visiones psicóticas. «Llevas demasiado tiempo sola», me dije, «será un cliente». Me apoyé en el quicio de la puerta y sonreí con cortesía, pero no me fijé en si me devolvía el gesto porque me quedé pasmada mirando las dos bolsas de viaje de Louis Vuitton, modelo Keepall 55 con bandolera, de lona Damier Ebène, que cargaba. Muy caras. ¿Sabría aquel chico que aquello no era el Four Seasons?

Cuando se detuvo delante de mí me pareció que estábamos peligrosamente cerca y di un paso hacia atrás para dejarle entrar. Era enorme, pero no enorme como Arnold Swa..., Scha..., como Sylvester Stallone, vaya. Era más bien enorme como un atlante a quien le dejaría sostener mi bóveda celeste de buen grado. Y lo que quisiera. Mediría cerca de 1,90, si no más. Tenía las piernas largas, la piel morena y un cuello que pedía a gritos que lo recorrieran con la punta de la lengua. «Por el amor de Dios, Maggie, tranquilízate...». Cintura estrecha y espalda ancha, cabello corto y castaño oscuro, mucha cantidad. Llevaba un corte de pelo que le habría costado mucha pasta. Quizá había tenido que empeñar hasta a su primogénito. Ese corte de pelo era cosa de un estilista que se había preocupado de estudiar sus facciones antes de pasar a las tijeras. Un estilista muy bueno, diría. Detuve mi análisis. Demasiada violación visual por el momento. Momento de contacto verbal. Procesando frase cortés. Sonriendo y...

—Hola.

—Hola —contestó a la sonrisa un poco seco y forzado—. ¿Eres la dueña?

—Sí. —Yo mantuve mi sonrisa comercial en los labios. Fui hacia el pequeño mostrador y abrí el libro de reservas un poco turbada; cuando ese hombre habló, algo me tembló dentro, vibrando. La soledad me había convertido en una pervertida babeante y cachondona, qué cosas. Se quitó sus Ray Ban Wayfarer y me miró fijamente con sus preciosos ojos oscuros. Por poco no gemí. ¿Por qué cojones me estudiaba de esa manera?

—¿Puedo tutearte? —susurró.

—Claro. —«Y atarme a la cama también, cariño». Cállate, le ordené a mi neurona salida.

—No sé por qué me imaginaba que la dueña iba a ser una...

—Una ancianita haciendo punto de cruz junto a un montón de geranios, ¿no? —le solté porque solía ser el comentario habitual.

—Más o menos —se rio. Vaya. Menuda sonrisa. Con ella podría iluminar el mundo, joder—. ¿Cuántos años tienes? ¿Veinte?

—Veintinueve, pero gracias por la parte que me toca. —Me sonrojé. No creo que fuera un cumplido. No tenía pinta de atractiva mujer a punto de entrar en la treintena. Más bien de fan de la boyband de turno con una buena delantera. ¿Qué le vamos a hacer?

—Me han dicho que alquilas habitaciones.

—Sí —y al asentir me sentí como un camello que está a punto de vender parte de su mercancía.

—Estupendo. —Dejó las bolsas en el suelo.

Cejas poderosas. Mentón bien definido. Labios insinuantes. Joder..., Dios se había esmerado con aquel espécimen humano. Hum..., qué piel más bonita. Tenía un color tostado precioso. De repente me di cuenta de que llevaba demasiados minutos mirándolo. No quería parecer una tarada, aunque probablemente lo era, así que volví a mi libro de registros lápiz en mano y empecé a golpearlo contra las hojas de forma nerviosa.

—A ver..., no tengo a nadie así que ¿te pongo en la que tiene cuarto de baño propio? Es un poco más cara pero... —«pero no creo que te importe cuando has gastado el dinero que seguro has gastado en ese corte de pelo, maldito». Pero no, no lo dije. Solo lo pensé.

—No importa —dijo él muy resuelto.

—Ya. —Claro que no, llevaba dos bolsas de viaje de Louis Vuitton—. Bueno, son veinte euros la noche. Treinta y dos pensión completa.

Me miró extrañado y apoyó los codos sobre el mostrador. Quizá le parecía barato. Quizá debía cobrarle el doble por listo.

—¿Nos conocemos? —susurró entornando los ojos.

—No, no creo. —Ni siquiera lo miré.

—¿No te sueno de nada?

—Pues… no. ¿Has estado antes aquí? —«Como si no fuera a acordarme»… Aflojó la tensión de sus hombros y negó con la cabeza. Pero vamos a ver… ¿cómo se me iba a olvidar haberlo visto? Llevaba años recluida en aquella isla y no… por allí no había hombres como él. A lo sumo dos de los guardias civiles que estaban de buen ver y que se empeñaban en pasearse muy ufanos por delante de mí si me veían en el pueblo. Respiré hondo…

—¿Me recomiendas comer aquí? —contestó sin responder a mi pregunta.

—Claro. En el pueblo los restaurantes son caros y sirven un pescado que lleva tanto tiempo en la nevera que hasta le ha dado tiempo a aprender idiomas.

Sonrió por educación a mi intento de hacerle gracia y como me avergoncé de mi chiste malo intenté esquivar su mirada.

—Verás, vengo buscando calma; si entro en coma no me importaría.

—Entonces vienes al lugar indicado. —Volví a mirarlo—. Si algo hay aquí es tranquilidad e intimidad. —«¡¿Qué!? ¿A qué santo viene lo de la intimidad, Maggie?». Dios, estaba nerviosa. ¿Por qué?

—¿La playa está cerca? —preguntó tras un carraspeo de lo más sexy.

—A un paseíto. Mucha gente alquila un coche, pero aquí no hay. Tienen que desplazarse a la isla de al lado y traerlo en el ferri.

—Bueno, me gusta andar. No tengo prisa por llegar a ningún sitio.

Pues para no tener prisa tienes pinta de ser capaz de llevarme muy rápido al orgasmo, vaya.

—Si algún día la tienes, tengo una moto. —«Y tú me pones como cuando la arranco. Grrr». Maggie…, último aviso: deja de ser una sucia pervertida.

—Ok. ¿Tengo que dejarte algún depósito? —Se humedeció los labios.

—Eso depende, ¿cuánto tiempo te quedarás?

Metió la mano en el bolsillo de la parte de atrás del vaquero y sacó la cartera. Era de mal gusto mirar el contenido, pero no pude evitar echar un vistazo a aquel billetero de Prada, más que nada porque quería desviar los ojos de esos jodidos labios; madre del amor santísimo. ¿Era absolutamente necesario ser tan guapo? Mejor mirarle el contenido de la cartera que violarle con los ojos, ¿no? Llevaba muchas tarjetas, entre ellas una American Express, varios dólares, ¿una estampita? y… Oh, por Dios, ¿era eso un billete de quinientos euros? Carraspeé y miré hacia otra parte, pero lo sacó y lo dejó sobre el mostrador.

—Esto me da para al menos quince días, ¿no?

Cogí una calculadora enorme del cajón, la puse encima de la mesa y empecé a echar cuentas. Asentí. Me incomodó aquel alarde de poderío económico. Con las bolsas de viaje, la cartera y su pinta de dandi ya me había quedado claro. ¿Qué era lo próximo? ¿Enseñarme la chorra bañada en oro de dieciocho quilates?

—Necesito que me dejes un momento el DNI —le pedí tensa.

—No lo llevo a mano. ¿Te sirve el pasaporte?

—Sí. —«Claro, pasaporte, el DNI de los ricos», pensé.

Lo abrió hacia mí, lo cogí y apunté su nombre en mi registro en la casilla de la habitación con baño independiente.

Hice una cruz en la casilla de pensión completa. Alejandro Duarte Müller. Bonito nombre. Al devolverle el pasaporte seguía mirándome como si esperara alguna reacción por mi parte y… me turbé.

—Si quieres puedo enseñarte la habitación.

—Eso sería estupendo —y sonrió como si diera por finalizada una prueba que hubiera pasado sin problemas.

Fotocopié su pasaporte (sí, tengo una fotocopiadora y sí, me he fotocopiado alguna vez la cara, las tetas y el culo) y firmó el poco papeleo que había que cumplimentar para el *check in*. Después le indiqué que me acompañara con un gesto y recogió sus carísimas bolsas del suelo de mosaico de la «recepción».

—Muy *vintage* todo, ¿no?…

—Vuelta a los orígenes. No hace falta más.

—¿Tú crees?

—Una semana aquí hace que el resto del mundo deje de existir.

—Ojalá tengas razón.

Aunque no tan increíblemente perfectos, había alojado en otro tiempo a personas como él. Es algo que intuía cuando los veía aparecer (aunque cuando lo vi a él solo pude fijarme en que estaba bueno y en la marca de sus bolsas, lo siento). Estaba huyendo. Un chico joven, solo, en una isla que no estaba de moda y menos en temporada baja. No tenía pinta de escritor en retiro espiritual; de esos también había tenido un par: sátiros bebedores de vino, intelectuales silenciosos e incluso unas chicas majísimas con las que había tomado alguna que otra copa en el porche, aderezada de anécdotas que seguro después quedarían plasmadas en alguno de sus libros. Pero este…

Alejandro venía huyendo. De alguien, de algo, de un problema al que no encontraba solución o de un pico de trabajo demasiado estresante, de esos que amenazan con dejar una migraña crónica. Alejandro huía de algo como yo lo hice cuando llegué.

Perdida en esas hipótesis no me preocupé por enseñarle las plantas de mis pies, ennegrecidas después de horas de andar arriba y abajo sin zapatos. A esas horas, el caballero que me seguía a unos escalones de distancia debía estar viendo en 3D y panorámica unos apéndices dignos de un hobbit, pero al girarme Alejandro miraba al suelo. Bueno, si iba a quedarse quinientos euros, quiero decir, quince días, ya los vería. Al final del día estaban como para hacer sopa con ellos.

Lo conduje a la mejor habitación de la casa, justo debajo de mi dormitorio. Era sencilla, como todas las estancias, pero estaba impoluta. Limpiar era una de esas tareas que, si hacía sobre limpio, me relajaban y no me dejaban pensar demasiado sobre nada en particular. Tenía una cama de matrimonio con hierro forjado en el cabecero y a los pies, un pequeño diván, una mesita con dos sillas junto a la ventana y un armario de obra; el cuarto de baño alicatado en blanco, con una bañera funcional y el suelo de damero. Todo tenía ese aspecto *vintage* con el que en los últimos años decoraban muchas tiendas en Madrid, pero en este caso no había nada falso, solo estudiado.

Alejandro lo miró todo alrededor y sonrió. Me jugaba la mano derecha (con la que hago todas las cosas importantes de esta vida) a que era justo lo que buscaba. Un rincón apartado y mono en el que retirarse a pensar sobre lo guapo que lo había hecho el cosmos. Estudié con ojo clínico sus vaqueros Levi's 501 oscuros. Le habrían costado alrededor de los ciento veinte euros. Llevaba unas Converse negras, pero edición limitada con algunas tachuelas. ¿Le habrían costado menos de cien euros? No lo creo. La camiseta blanca desgastada tenía pinta de ser de firma. Algo caro y con estilo. ¿Prada? Me acerqué disimuladamente y reprimí la tentación de tocar el algodón. Lo que estaba claro es que pertenecía a una colección crucero...

—Pues esta es la habitación —le dije poniendo los brazos en jarras.

Se sacó un teléfono móvil última generación del bolsillo y sonrió. Dios, ¡era enorme! ¿Ahora se llevaban así? Mi último móvil era muchísimo más pequeño.

—¿No hay cobertura? —me preguntó.

—Generalmente sí, pero va y viene según el punto de la casa. Si necesitas hacer alguna llamada tengo un teléfono en la recepción. —Asintió—. Si quieres cualquier cosa pégame un grito. De todas maneras si voy al pueblo te avisaré. Mi habitación está en el piso de arriba; es la única que hay, pero durante el día estoy abajo. —Dejó sus bolsas sobre la cama y las abrió—. Suelo tener preparada la comida a las dos pero si tienes hambre o te apetece cualquier cosa puedes pasarte por la cocina a cualquier hora. Así es más cómodo para los dos.

—Está bien —sonrió.

—¿Eres alérgico a algo?

Sacó unas camisetas y las guardó en la balda del pequeñísimo armario. Marc Jacobs, Chanel, Gucci y Yves Saint Laurent. ¿Eran alucinaciones mías o ese tío llevaba más diseñadores dentro de la maleta que la edición especial de *Vogue Colecciones*?

—No soy alérgico a nada, pero no suelo comer grasas trans.

—¿Grasas qué? —«Pero ¿en qué hablaba este hombre?». Me miró.

—¿Sabes? Da igual. Me gusta todo. Soy de buen comer.

Se palmeó el estómago plano. Sería de buen comer, pero de lo que tenía cuerpo era de pasar horas en el gimnasio, esculpiendo ese maldito pectoral que me estaba poniendo cardiaca. Me pilló con los ojos puestos justo en esa parte de su cuerpo y haciendo una mueca disimulé mirándome las uñas, por cierto, llenas de mierda.

—Bueno, me imagino que querrás instalarte y estar solo un rato, así que… —Me dirigí hacia la puerta.

Unos dedos me rodearon la muñeca. Unos dedos largos, morenos, masculinos, que presionaron mi piel hasta dejar una suave huella blanquecina. Sensación cálida. Un estallido en el estómago. Terminaciones nerviosas recuperándose, conectándose hasta tejer un mapa de cosquillas sobre la piel. Vibración. Explosión de vida. Células eclosionando, floreciendo, abriéndose como palomitas de maíz. Fuego en mis ojos y dentro de mi estómago. Conexión.

Miré sus dedos y él miró mi mano, que caía lánguida de entre estos. Un solo roce, casi casual y una pulsión eléctrica me azotaba como un cubo de hielo derretido recorriéndome la espalda. «Alejandro, mierda, no me jodas. Dime que no has venido para quedarte o para hacerme daño. Dime que no voy a volver a sentir una mierda porque soy feliz desde que sobrevivo y no vivo, y todo está como dormido. Alejandro, por favor, acabo de conocerte, no seas importante. No te conviertas en una herida de las que duele. No me veas por dentro, jamás. Ven, huye, búscate pero vete en cuanto te hayas encontrado. Ignórame. No me mires. No me mires como lo estás haciendo ahora. Déjame. Suéltame».

Pero… ¿qué coño estaba pasando? Agité la mano y me solté de la suya.

—Perdona, no sé tu nombre —susurró.

—Maggie —contesté.

—¿Maggie?

—Magdalena, pero todos me llaman Maggie.

—Maggie…, ¿tienes televisión? —sonrió.

—No. Solo un reproductor de CD y un tocadiscos que no funciona.

—¿Compras el periódico? ¿Revistas?

Recordé mi colección de revistas *Vogue* y el tiempo que llevaba sin hojear ninguna…, la de cosas que me habría perdido…, a lo mejor por fin se había cumplido la amenaza y volvían los vaqueros lavados a la piedra y las hombreras. En tal caso me recluiría en mi isla y no saldría jamás. Le sonreí:

—No. Nada de eso. Si hay una hecatombe nuclear ya me enteraré.

Me contestó a aquello con otra sonrisa y asintió.

—Tienes toda la razón.

Bajé despacio las escaleras escuchando cómo Alejandro colocaba sus cosas en el armario. Fui hacia la recepción y guardé los quinientos euros en la caja fuerte que tenía bajo una fotografía en blanco y negro de la cala más famosa de la isla.

Luego me senté en la cocina respirando hondo e intenté tranquilizarme. Ojalá hubiera podido esconderme bajo llave.

3

Comimos juntos, pero no tuvimos demasiada conversación. Estaba concentrada en no parecer una mirona obsesiva. Un chico tan guapo como él debía de estar cansado de tener tías babeando a su alrededor. Y que conste que no estaba babeando… solo escudriñando. Que me hubiera cogido por la muñeca me dejó un sensación extraña. Admito que no tenía por qué haber comido con él. Normalmente dejaba a los huéspedes a su rollo, les servía en su habitación o en el salón y comía cualquier cosa de pie en la cocina, pero invité a Alejandro a sentarse conmigo en mi lugar preferido de la casa, donde aún conservaba la mesa de madera sobre la que amasaba mi abuela cuando era pequeña. El suelo tenía más de cien años, porque aquella casa perteneció antes que a ella a sus padres… Un suelo de los que ya no se hacen, precioso. Él no sabía que no era lo habitual y yo me dije a mí misma que, como empezaba a notar que perdía la cabeza, lo mejor era tener compañía.

No hubo mucha conversación, como decía. Alejandro solo levantó la vista del plato en una ocasión para preguntarme qué llevaba el cuscús que estábamos comiendo.

—Lo hiervo con caldo de pollo casero y le añado después zanahoria ligeramente salteada, tomate seco, pasas y trigueros.

—¿Y especias?

—Sí, un poco de canela, cilantro, ajo en polvo, cebolla, limón y una cucharadita de mostaza. Es receta propia. ¿Te gusta?

—Es increíble —susurró mientras volvía la mirada al plato.

«Increíble». Me hizo sentir bien, como si después de dos años recuperada, sin contacto con hombres, sin relaciones sociales complicadas, la opinión de alguien desconocido sirviera para constatar que todo volvía a estar en su sitio y que yo era útil y podía hacer las cosas bien. Respiré hondo. Esa sensación siempre tiene dos caras y cuando se esfuma todo vuelve a ser muy gris.

Después de comer le ofrecí café o postre, pero solo quiso una botella de agua y desapareció rumbo a su habitación. Me hubiera gustado proponerle un paseo por la isla cuando empezara a caer el sol para enseñarle las zonas más bonitas pero me moría de vergüenza. ¿A cuenta de qué me apetecía a mí compañía que no fuera la de la señora Mercedes? No necesitaba a nadie. ¿Es que no había aprendido ya la lección? Quizá debía comprarme un loro… o un mono.

Me entretuve. A decir verdad, me obligué a seguir con las tareas que me había fijado antes de que él apareciera. ¿Quién sería Alejandro Duarte y por qué me interesaba saberlo?

Por la tarde pasó por la cocina mientras hacía la masa para unas empanadas y me preguntó con timidez si tenía algo de fruta. Me lavé las manos y le di un cuenco con cerezas, un melocotón y algunos fresones que Alejandro recibió alucinado, como si acabase de crear una nebulosa con mis propios dedos. Angelico. Pues debería verme coser. Bueno, mejor no, que yo creía que se me daba fenomenal pero porque siempre he sido muy optimista con esas cosas.

—Gracias —dijo mientras yo volvía a meter las manos en la masa.

—De nada. Tienes más en la nevera. No te cortes. Lo bueno de que ahora no haya más huéspedes es que tendré manga ancha contigo. —Me aparté el pelo con el dorso de las manos enharinadas y soplé para ayudarme con un mechón que se me había soltado y que me hacía cosquillas en la frente—. Puto pelo.

Alejandro se acercó, dejó la fruta en el banco de la cocina, cogió el mechón y me lo colocó detrás de la oreja.

—Así mejor, ¿verdad?

«¿Verdad? ¿Verdad? ¿Verdad?». Eco. Parpadeo. Luces. Me quedé mirándole los dedos y mi memoria retrocedió a la última vez que un chico me apartó el pelo de la cara. Fue en una discoteca, dentro de un baño, en una situación muy diferente. Él empujaba hacia el fondo de mi garganta y yo me preguntaba cuándo me tocaría a mí pasarlo bien. Pestañeé nerviosa. ¿Qué coño pasaba con aquel tío?

—¿Quieres un vaso de leche con canela? —le pregunté para cambiar la atmósfera.

—No quiero molestarte. Estás aquí trabajando y yo...

—No es molestia. Forma parte de mi trabajo que tengas todo lo que te apetezca.

—Suena bien —musitó. Me giré hacia él con el ceño fruncido y sonrió—. Lo siento.

No contesté. Me limpié las manos y alcancé de dentro de la nevera una jarra con leche endulzada y con canela. Le serví un vaso grande porque no me pasó desapercibida la mirada que le echó; seguramente su madre se lo preparaba cuando era pequeño, en verano, y su paladar saboreó un fantasma, el recuerdo de un tiempo feliz. Cuando somos niños todo nos resulta más dulce, más rico y más nuevo. Me lo agradeció y se marchó. Aunque me giré de vuelta a mi empanada, escuché cada paso que dio. Cerré los ojos y me centré en escuchar; dejó el cuenco y el vaso junto a una de las sillas del porche y volvió sobre sus pasos para deslizarse escaleras arriba hasta su dormitorio de donde volvió con algo entre las manos. Un libro, pensé. Lo imaginé con las hojas deslizándose entre los dedos, estoy segura de que suspiró y después dio un sorbo a la leche. Juraría que sonrió después, pero las sonrisas son sordas. Hay pocas cosas en el mundo que me gusten más que un hombre guapo leyendo. Y que sabe gastar una broma. Y que mide metro noventa.

El día fue tranquilo como venía siendo costumbre desde hacía dos años. Acicalé el huerto, recogí un par de tomates, cebollas y pimientos rojos y verdes, cociné pisto casero y tendí unas sábanas. Cuando pasé por delante del porche con la intención de poner la mesa seguía sentado leyendo. No hubo mucha conversación tampoco durante la cena. Apenas un «¿Desde cuándo tienes el negocio?» o «Está haciendo muy buen tiempo». Me ayudó a retirar los platos, alabó mi mano para la cocina y después de darme las gracias por todo regresó a su habitación. Sin tocarme. Sin evocar ninguna nueva sensación. Dejándome más tranquila.

¿De qué huiría? ¿O de quién? De eso yo sabía un rato. De huir de cosas que me venían grandes. En fin…, Alejandro también parecía tener una necesidad imperiosa de estar solo, como me sucedió a mí cuando llegué. Cuando uno se lame las heridas busca un rincón al que no pueda llegar la mirada de cualquiera. Quizá estaba disfrutando del silencio, de la soledad y de la sensación de que allí estaba a salvo de los problemas.

Apoyada en la recepción miré con un mohín el libro al que me entregaba cada noche. Las páginas de una novela son un buen lugar donde refugiarse y hacer amigos que, aunque desaparecerán cuando la cierres, siempre quedan un poco en ti... pero me apetecía una conversación real. Miré el reloj y descolgué el teléfono para llamar a mi madre, que respondió con su suave y cariñoso tono de voz. Mamá..., cerré los ojos. No hay nada como una madre para reconfortarnos. Por más que sintamos que a veces no nos entendieron o que les decepcionamos.

—Hola, cariño —murmuró.

—Hola, mamá.

—¿Qué tiempo hace por allí? ¿Aún hace fresco?

Las madres y su obsesión por la climatología.

—Empieza a hacer calor. Ya tengo un huésped.

—¿Uno solo?

—Sí, un chico. Un chico joven.

Jugué con el hilo rizado del teléfono y ella emitió un sonido que evidenciaba que aquello no le parecía, ni de lejos, tan emocionante como a mí. Ella creía que el mundo exterior era una trampa mortal para sus cachorros...

—Ay, Maggie, no sé cómo no te mueres de miedo metida en una casa con un desconocido.

Con este desconocido me metía hasta en el infierno solo para verlo sudar.

—Mamá, por favor..., ¡si fuera como tú tendría agorafobia! —me reí.

—¿Es guapo?

—Qué pronto cambias de tercio. Te diré que al menos le gusta la comida que preparo.

Se echó a reír.

—Eso es que sí. Un huésped guapo que intentas ganarte por el estómago.

—Sí, es guapo; pero no, no intento ganármelo. —Me sonrojé—. No lo conozco de nada, por Dios…

—Ándate con cuidado —me aconsejó.

Mis vecinos más cercanos vivían en una casa cuartel…, estaba tranquila. Siempre y cuando no volviera a pasearme desnuda frente a la ventana todo iría bien.

Mamá cambió de tema, como siempre que algo le preocupaba pero sabía que sus advertencias iban a caer en saco roto. Me habló de mis hermanos. De mi cuñada. No entendía por qué no querían tener hijos… Ella sería muy buena abuela. Aunque, claro, esa decisión era muy personal. Compartimos una receta que había apuntado del canal cocina y nos despedimos deseándonos buenas noches y repartiendo besos para los demás. Ya está, Maggie…, ya has tenido tu contacto semanal con el mundo exterior.

Al subir las escaleras hacia mi dormitorio a eso de las doce de la noche vi a Alejandro a través de la puerta entreabierta. Estaba sentado en el umbral de la ventana, mirando hacia fuera con expresión de quietud. Me pareció que sonreía. Y sin saber por qué, yo también sonreí.

Lo que Alejandro y yo sentimos cuando nos conocimos solo se podía definir con una palabra: conexión. Teníamos demasiadas cosas en común como para que el cosmos no se diera cuenta y nos lo hiciera sentir en el estómago.

4

A la mañana siguiente Alejandro se levantó a las once. Bajó a la cocina casi dando tumbos con los ojos y los labios hinchados por el sueño y se sentó en una silla, dejándose caer sobre la mesa. Estaba impresionante. Llevaba una camiseta blanca y un pantalón liviano de pijama de color azul marino. Me encantó el hecho de que bajara así a desayunar; me produjo una sensación de confianza y ternura que quizá estaba lejos de ser real.

—¿Cuántos días he dormido? —preguntó con la frente sobre la madera de la mesa.

—Dos días enteros con sus dos noches —le respondí juguetona.

Levantó la cabeza alarmado.

—¿En serio?

—Claro que no. ¿Quieres café? —le ofrecí.

—¿Tú ya has desayunado?

Llevaba tres horas moviéndome por la casa. Me sorprendía que no se hubiera despertado con el ruido que había hecho sin querer aquella mañana.

—Desayuné hace un par de horas. ¿Qué te apetece?

—Pues… un café —contestó mirando hacia la ventana.

—¿Con leche?

—Sí, pero deja…, yo puedo…

Cogí la cafetera italiana y tiré el sobrante frío para limpiarla y prepararla de nuevo. Se levantó y se acercó hacia donde yo estaba. Por Dios, qué grande era.

—No, no, eres mi inquilino. Los inquilinos no cocinan.

—Bueno, déjame al menos que me prepare el café. Necesito sentirme útil.

—Si tengo que arar la tierra del huerto o algo ya contaré contigo. Por ahora déjame a mí el desayuno.

—De verdad, que prefiero participar…, no me gusta no hacer nada.

—Pues no has venido al sitio adecuado —me resistí.

—Venga, Maggie —sonrió—. Es solo una cafetera.

—Fuera de mi cocina, ¡ya!

Nos reímos y forcejeamos con la cafetera durante unos segundos. Se me olvidó respirar cuando capté su calor y olor. Tan cerca podía apreciar el vago recuerdo de su perfume mezclado con el de su piel. Olía como esos días en los que no quieres salir de la cama. Olía a…, Dios, ese hombre no olía a sexo ni a deseo; ese hombre olía a intimidad. A algo que es imposible que huela un desconocido.

Alejandro terminó arrebatándome la cafetera de las manos mientras sonreía. Una sonrisa clara, espléndida, natural. Ese tipo de sonrisa que esperas de un niño, pero nunca de un hombre guapo como él. Me dejó descolocada porque no recordaba que ningún hombre me hubiera sonreído así; estaba acostumbrada a tratar y a que me trataran de otra manera. Mis relaciones con el género opuesto no habían sido lo que se dice... sanas. Cogí aire, me separé un paso y le pregunté:

—¿Te pongo algo más? ¿Fruta, unas tostadas, un trozo de bizcocho?

—No, por ahora no. Solo café.

Alejandro era de esos hombres que acompañaban el café con silencio, que miraban a lo lejos, que meditaban, que leían, que pensaban antes de actuar. Lo sabía aunque no lo conociera de nada y la seguridad me asustó.

—Tengo que ir al pueblo, ¿quieres algo? —Me quité el mandil y lo colgué detrás de la puerta.

—No, gracias.

De espaldas le miré el trasero. Duro, prieto, pequeño. Humm... ¿un pellizquito estaría muy fuera de lugar? Oh, Dios, pero ¿qué me estaba pasando?

—Quizá tarde un poco. Quiero visitar a alguien. Por si dentro de un rato te apetece, tienes bizcocho casero en esa tartera y pan del día en la panera; tomate en rodajas en la nevera y el aceite ahí. Hay una copia de la llave de la casa en la maceta de la entrada. Cierra si te vas. Volveré a la hora de la comida, pero si hay una urgencia y necesitas localizarme, pregunta en el pueblo y ellos te indicarán dónde estoy.

—No tengo planeada ninguna urgencia. Solo un café. —Me guiñó un ojo y se inclinó hacia el banco, luchando con la cafetera.

—Es de las de antes —dije mientras salía—. Agua abajo, café en la pieza con forma de embudo.

—Ah, ya... —le escuché murmurar con fascinación.

Pero... ¿no era muy confiada dejando mi casa en manos de un desconocido? A lo mejor la prendía en llamas, o la ocupaba, cambiaba las cerraduras y jamás me volvía a dejar entrar. Quizá era un pervertido sexual que robaba mis bragas o se probaba mis vestidos o..., o quizá tenía suerte y al volver estaba desnudo sobre mi cama.

La señora Mercedes me recibió con entusiasmo a pesar de que esta vez no le llevé confitura. Uno de los chicos de la casa cuartel le había dicho que tenía un nuevo inquilino y que era muy alto. Era un pueblito pequeño y cualquier noticia corría como la pólvora. Cuando me clavé una astilla del armario mientras lo lijaba, medio pueblo acudió a la puerta de mi casa para tratar de sacarla. Pero creo que entonces seguía muy reciente el episodio de mi desnudo y el revuelo en el tercer piso de la casa cuartel.

La señora Mercedes, por supuesto, no se contentaba con los rumores que corrían sobre Alejandro. Ella quería todos los datos, pero disimulaba estupendamente su curiosidad.

Me senté a su lado en una mecedora, me quité las sandalias y le di una bolsita con cuentas negras irisadas, mientras esperaba sus preguntas.

—Quedarían estupendas en un vestido de palabra de honor —le dije.

—¿Te gusta esta tela? —Me enseñó un pedazo negro—. Brilla un poco.

—Sí, es preciosa.

—Pues lo haremos con esta. Acércate.

Sabía mis medidas de memoria, así que seguimos con nuestro plan de enseñarme a coserlos yo misma. Me puse con el patrón y ella se acomodó en su sillón con los brazos cruzados sobre el vientre. Le eché una miradita. Ahí iba…

—Y dime, ¿es guapo el inquilino?

—Sí, señora Mercedes. Es guapísimo.

—¿Lo dices en serio o estás siendo *sardástica*?

—Se dice sarcástica —sonreí para mí—. Y no, no, lo digo en serio. Es moreno, con los ojos castaños, los labios gruesos, los dientes blancos, el mentón perfecto, los brazos…

—Sí lo has mirado tú bien, sí... —me tiró un lápiz y añadió—: Toma, hazme un retrato del chiquillo.

Me reí y jugueteé con el lapicero.

—Es que es muy callado y como no da conversación, pues
lo miro.

—Llévatelo a la playa y date una alegría.

—¡Señora Mercedes! —exclamé sorprendida.

—¿Qué? —y su voz sonaba indignada.

—Pues que... no me esperaba esas moderneces de usted.
Esas cosas no son demasiado decorosas. ¿Qué dirían las del coro de la iglesia si la escuchasen?

—A las del coro que les den viento fresco. Tú olvídate del
protocolo; es para viejas como yo. Nunca te veo con jovencitos.

—Ya no soy tan jovencita.

—No tienes ni treinta. Mi nieta tiene treinta y dos y se ha
ligado a un mulato de veinticinco.

—Dígale a su nieta que muy bien hecho.

—Ya. Y dime ¡¿a qué esperas tú?!

—Con un inquilino no, señora Mercedes. Donde pongas
la olla... ya sabe cómo acaba la frase.

—Menuda tontería. Esos vienen y se van, ¿con quién
mejor?

—Pues eso, que vienen y se van. —Empecé a cortar la
tela.

—Si sale mal no tienes que volver a verlo. Si sale bien volverá. Es perfecto. Hazme caso. Llévatelo a la playa.

—Déjese de movidas. En todo caso me lo llevo a dar una
vuelta por la isla y me olvido de historias. Además, usted no lo
ha visto. Ni siquiera parecemos de la misma especie. Ese tendrá
una novia por ahí de las que quitan el hipo.

—Ay, por favor, qué tontas estáis las niñas de ahora. Ponte ese vestidito que te hice, el rojo. Te queda muy bonito. ¡Y píntate un poco los morretes, mujer!

Me reí. Para la señora Mercedes el pintalabios era un arma de seducción de última generación cuya eficacia nadie podría atreverse a poner en tela de juicio delante de ella.

—Usted y el pintalabios. —Meneé la cabeza con desaprobación pero no pude evitar una sonrisa—. Ni siquiera he tenido una conversación con él. No pienso abrirme de piernas en esas circunstancias.

Me miró de reojo y por un momento temí haberme pasado de la raya. No debía olvidar que estaba hablando con una mujer de cierta edad… Pero no.

—Está a la orden del día. ¿Es que no ves la tele o qué? Date una alegría. Caminas muy sola y muy descalza.

—Ese comentario no tiene sentido —me reí—. Se ha puesto usted muy metafísica en un momento.

—De eso nada. Se te va a secar la flor.

Puse los ojos en blanco.

—No puedo acostarme con un desconocido así alegremente. No después de todo lo que me pasó, de la vida que llevaba antes. Eso es arriesgarse demasiado. No quiero.

—Para eso están las gomitas.

La miré con los ojos abiertos de par en par.

—Señora Mercedes, creo que tiene que controlar usted el consumo de azúcar. Está empezando a afectarle…

—No, no, de eso nada. No tengo demencia senil. Solo digo que…

—Merce… —Me acerqué. Solo la llamaba así cuando iba a hacerle una confesión—. Sabe usted que hace mucho tiempo que un hombre no me toca y así estoy bien.

—Pues más vale que te toque antes de que se te cierre el agujero.

Me eché a reír sonoramente y contagié a la señora Mercedes, cuya dentadura se escurrió delantal abajo hasta caer dentro del bolsillo de su babi.

Volví a casa con un bote de caldo casero de la señora Mercedes y con la promesa de que tendría el vestido preparado en dos días para que invitase a cenar a «Espartaco», como ella misma lo bautizó. Pensaba que no encontraría a Alejandro en casa, pero estaba en el porche leyendo. Bueno, la casa no estaba en llamas, él no parecía llevar puesta mi ropa interior y no tenía pinta de haber estado cavando un hoyo para enterrarme en el jardín; pero tampoco estaba desnudo sobre mi cama.

—Hola. ¿No saliste? Hace un día buenísimo.

—Es que… no sé dónde están las playas y tengo el espíritu aventurero un poco atrofiado —sonrió mirando cómo me acercaba al porche, con los ojos entrecerrados por el sol—. Pero aproveché para poner la mesa.

Miré dentro la gran mesa de madera de la cocina. Dos platos, dos vasos y los cubiertos. Qué detalle. Ays…, ¡qué mono!

—¿Tienes hambre?

—Mucha.

Nos miramos. Yo también tenía hambre. Mucha. Hambre de calorcito humano, de cosquillas en el estómago, de sentirme pequeña en brazos de un tío que me tratara bien. Por Dios, qué bien olía.

—¿Consomé con huevo y empanada de pisto? —interrumpí el momento de tensión.

—Suena bien.

Me concentré en calentar el caldo y partir las empanadas. Bueno, más bien hice esas cosas mientras reflexionaba sobre mi tristísima vida sexual, que, para ser sinceros, más que triste era inexistente. ¿Cuánto tiempo hacía que no me tocaba un hombre? Desde que mi ex, un tío que no me importaba lo más mínimo, vino a verme. Y como resultado de aquello le pedí que no volviera jamás; así era mi maña con los hombres. Y de eso hacía… años. Qué triste. Un cuerpo de veintinueve años seco por dentro y a la vez muerto de ganas de que esas manazas enormes y morenas lo sobaran de arriba abajo sobre la mesa de la cocina. Ay por Dios, ¿estaba fantaseando con Alejandro? Sí, estaba fantaseando muy mucho. La próxima vez tendría que llevarle un brazo de gitano a la señora Mercedes. Si comía tendría la boca ocupada y no podría hablar.

5

No, Alejandro no era mi tipo. Podía pasar por alto el hecho de que me sacase tres cabezas; incluso podía parecerme sexy que pudiera sostenerme solo con un dedo porque eso ofrecía interesantes posibilidades en la cama. Tampoco me importaba que tuviera demasiado estilo para ser heterosexual, eso no era más que un prejuicio. Lo que no podía obviar era ese aire de hombre pagado de sí mismo que empezó a aflorar unos días después de su llegada. Conexión a la mierda.

Alejandro era guapo. Y era algo obvio para el común de los mortales, también él lo sabía, porque como escribió Soares, «el creador del espejo envenenó el alma humana». Quizá estaba demasiado acostumbrado a que las mujeres nos dejáramos caer a su paso, que nos desmayáramos y esperásemos a que él nos agarrara.

Unos años antes aquel hombre me hubiera hecho perder la razón literalmente. Hubiese entrado en una espiral autodestructiva que hubiera finalizado con un par de polvos salvajes en el baño de algún garito. Así era yo; si algo se me metía entre ceja y ceja solo existía una posibilidad: conseguirlo. Una vez alcanzadas, las cosas dejaban de importarme; y sí, con cosas me refiero también a personas. Cosificaba la vida, materializaba el afecto y me perdía intentando convencerme de que era así para todo el mundo y que el amor no era más que una cabezonería. ¿Quién podría seguir manteniendo el interés después de un tiempo? De modo que si hubiera conocido a Alejandro antes me hubiera hecho la depilación integral por él y luego si te he visto no me acuerdo. Él habría perdido el interés y yo también, además de pelo donde no suele dar el sol. Pero ya no. Todo era distinto. Yo había dejado de ser así por miedo a desaparecer bajo un montón de cosas que en realidad no valían una mierda.

Me temía que Alejandro era una de esas cosas. Un chico trofeo. Uno de esos que al pasar despiertan deseos en ti de darle un codazo al de al lado y decirle: «¿Ves a ese tipo tan guapo? Lo dejé plantado en un bar tras echarle un polvo». Pero ya ni siquiera hablaba así ni quería hacerlo. Alejandro parecía uno de esos chicos que siempre andan con la más guapa de la fiesta y nunca repiten, ni fiesta ni chica. ¿Qué ganas tenía yo de complicarme la vida? Ninguna.

Pero ¿cómo fui llegando a todas esas conclusiones? Con el roce que, a veces, no hace el cariño. Una tarde lo vi tan tranquilo que le pregunté si quería que le enseñara algunas playas. Aunque me costara admitirlo, tenía miedo de que se aburriera antes de tiempo. Aún estaba decidiendo si me gustaba o no su compañía. Y creo que Alejandro estaba en el mismo punto porque, aunque mantenía una distancia prudencial conmigo, se iba acercando poco a poco. Una visita a las playas le pareció tan buena idea como a mí.

—Espérame un segundo —dijo emocionado.

Subió a su habitación dando zancadas y volvió con una toalla. Lo miré con media sonrisa y quitándosela del hombro la dejé sobre una silla.

—No seas guiri.

No rezongó… solo me dijo «Tú mandas» y me siguió.

Fuimos paseando porque como *don tío bueno* no tenía prisa yo tampoco. Mi único trabajo era prepararle la cena, así que…

El camino hacia la cala a la que quería llevarle estaba rodeado de un espeso pinar. Me gustaba aquel sitio, sobre todo cuando corría brisa y el olor a primavera te rodeaba. No picaba demasiado el sol y la temperatura era perfecta. Alejandro miraba hacia el suelo y yo, que me conocía hasta cada piedra que lo salpicaba, caminaba tranquila a su lado, en silencio.

Esperaba que me lo preguntara, esa es la verdad. Es algo que suele llamar la atención de la gente que acaba de conocerme. No todo el mundo va por la vida sin ponerse zapatos el ochenta por ciento de las veces que sale de casa.

—Maggie, ¿siempre vas descalza?

Me miré los pies.

—Sí. Casi siempre.

—¿Por algo en especial?

—¿Por qué no?

Estaba empezando a salirle una leve sombra negra en las mejillas y en el mentón…, una barba sexy de tres días, de la que te deja la barbilla morada después de un buen beso. Un beso sucio, intenso y de los que te hacen jadear. El jodido Alejandro Duarte estaba como quería… Le miré sus vaqueros recortados y su camiseta negra roída. Tenía pinta de no ser la típica que el tiempo trata mal y salpica de agujeros. Esas pequeñas imperfecciones en la tela estaban hechas a propósito. ¿De qué me sonaba? ¿No había hecho hacía un par de temporadas algo parecido Dior? Dior para ir a la playa. Había que joderse. Lo más probable es que solo fueran imaginaciones mías.

—¿Vives aquí sola? —volvió a preguntar.

—Según —contesté.

—¿Según qué?

—Según cuáles sean tus intenciones. Si quieres violarme, matarme y enterrarme en el huerto, no, vivo con una panda de moteros que se hacen llamar «Los ángeles del infierno», deben de estar al caer. Si es pura curiosidad, vivo sola.

Alejandro sonrió y siguió preguntando.

—¿Eres de aquí? ¿Vives sola desde hace mucho tiempo?

—No.

Siempre me pasaba lo mismo. La primera pregunta siempre traía otra y después la segunda ya empezaba a incomodarme. Y aunque escuchara siempre las típicas preguntas no podía evitar sentir ansiedad. Debería estar preparada, pero no me gustaba hablar de las razones que me habían llevado a tomar la decisión de montar mi casa de huéspedes. Las había superado, pero me resultaba sumamente complicado no culparme de todos los errores del pasado. Eran como un grillete que tiraba de mí desde dentro.

Miré a lo lejos, apreté los labios y me acordé de mi buhardilla con las paredes llenas de dibujos y retales, de mis estanterías plagadas de revistas y en vez de mesitas de noche, el montón de libros de cabecera: uno por cada sensación. Mi cuarto de baño, lleno de botellitas y de cremas. Mi agenda siempre llena. Mi caja de maquillaje. Mis armarios hasta los topes. Mi vida entera abandonada...

—¿Y cómo se anima alguien a una aventura como esta? —la voz de Alejandro me devolvió a la playa.

—Pues... —cerré los ojos y sonreí con el sol en la cara—, creo que estas cosas no hay que pensarlas.

—¿No te sientes sola aquí?

—No —le sonreí falsamente—. ¿Tú te sientes solo aquí?

—No. Es reconfortante.

—Pues así es mi vida.

No pensaba ahondar más en el tema y para mi tranquilidad no volvió a preguntar. No me gusta mentir demasiado.

Lo llevé a una de las playas más conocidas. Aún no se merecía una visita a mi cala preferida..., no lo conocía lo suficiente como para dejarle entrar en uno de esos espacios que sentía tan míos. Había impuesto la norma de comer y cenar con él en la mesa de madera de la cocina, pero no tenía por qué ir más allá. Además, me resistía a que me cayera bien; suele pasarme con los chicos muy guapos, siempre pienso que se lo tienen muy creído, quizá para no colgarme demasiado. O al menos eso es lo que me pasaba antes, cuando era un pedazo de superficial infeliz.

Pero aquella playa, a pesar de no ser excesivamente especial, era bonita. Una cala no muy grande pero con mucha arena amarilla y suave y el mar brillando bajo el sol. Este lugar me sobrecogió cuando llegué y me ayudó a entender lo que sentí. Alejandro contuvo el aliento, pero discreto; a los tíos no les va demostrar que algo los ha emocionado, así que tampoco insistí.

No había absolutamente nadie allí y nos acercamos a la orilla. Metí los pies dentro del agua. Me quité el vestido y lo tiré a la arena, lo más lejos que pude. Cuando me giré hacia él, Alejandro me miraba de un modo que me hizo sentir cohibida, como en un preliminar sexual salido de la nada.

—Ten cuidado con las medusas. El mar está muy caliente este año y puede que ya hayan salido —le dije.

Se quitó la camiseta. Rediós. ¿Cuántos abdominales había que hacer al día para tener ese vientre? ¿Cuántas pesas para tener ese pectoral? No había visto nunca a un tío así. Se desabrochó el pantalón vaquero y se lo quitó. Lo tiró sobre la arena también, junto a mi vestido. Llevaba un bañador pequeño..., al menos a mí me lo pareció, tipo short de los años setenta. Tenía unos muslos musculosos cubiertos de vello oscuro que, con su piel morena parecían la gloria. Piernas fuertes y masculinas… para rematarme. Dios…, ¿por qué me pruebas de esta manera?

Se metió en el agua despacio, recreándose. En mi cabeza la imagen se ralentizó hasta ser insoportable. Me palpitaban las venas, arterias y capilares. Mi cuerpo bombeaba sangre enloquecido hacia todas partes y cuando se humedeció los labios tuve que contener un gemidito de lástima. Lástima por mí misma. Por Dios, era tan sexy que era imposible que no lo supiera…, debía ser demasiado obvio cómo lo mirábamos las mujeres. Seguro de sí mismo, guapo, simpático, aparentemente inteligente… Lo odié durante un segundo como se odian esas cosas que sabemos que nunca tendremos. El ser humano sigue siendo algo ruin en su interior, debemos aceptarlo. Se detuvo cuando el agua le llegaba por la cintura y se fue humedeciendo el pelo y el pecho con las manos. Vale, en serio…, ¿en mi otra vida comía conejitos vivos? Porque de otra manera no me explicaba por qué el cosmos me castigaba de aquella manera. ¡¡Por el amor de Coco Chanel!! ¿Desde cuándo mi vida se había convertido en un anuncio de Coca Cola Light de los noventa? Alejandro se apartó el pelo de la cara con un ademán estudiado y sexy y… rompió la magia. Había algo en él…, algo equis, que no era natural, por muy excitante que fuera.

—Me gusta tu tatuaje —me dijo.

Nunca te emborraches cerca de un estudio de tatuaje. Ese es mi consejo al mundo. A mí la jugada tampoco me salió tan mal, pero podía haber salido de allí con un amor de madre en el brazo, con un brazalete de espinas o… la cara de Luis Miguel, vete tú a saber. Gracias a Zeus creo que, a pesar de mi melopea, elegí más o menos con cabeza: unas frases de una canción preciosa de Silvio Rodríguez que llevaba escrita para siempre sobre las costillas: «Vivamos de corrido, sin hacer poesía; aprendamos palabras de la vida». En el momento, con el alcohol y todo lo demás, me pareció buena idea; un buen resumen de mi filosofía de vida. Pero ahora ya no. Eran restos de algo que fui y que no podía quitarme de encima. No me molestaban, pero tampoco me dedicaba a mirarlos, aunque me viniera bien para recordar lo que me había traído hasta aquí. «¿Te acuerdas, Maggie? ¿Sí? Pues conciénciate…, no necesitas un lío con ningún tío bueno de anuncio».

Alejandro estaba más cerca cuando volví a mirarlo. Solos en una pequeña playa de una isla del Mediterráneo en temporada baja… Fantaseé con ser la única hembra sobre la faz de la tierra y hacerme cargo de la responsabilidad de repoblar el mundo junto a él. Viviríamos felices, nómadas, con nuestra jauría de ochocientos hijos que, además, yo pariría de un estornudo. Oh…, qué bonito es el mundo cuando uno fantasea. Pues ya que estábamos…, yo mediría cinco centímetros más y usaría una talla menos de pantalón. Y comería sin engordar. Y…

—Dime, Maggie… —Lo miré expectante mientras se acercaba un poco más. El agua nos llegaba casi al cuello—. ¿Y de qué escapabas tú cuando viniste?

Me cogió por sorpresa. Los ochocientos hijos salieron corriendo, diciendo adiós a sus padres imaginarios. Nada de parirle niños. Nada de tocarle ni con un palo. Nada de medir cinco centímetros más o de no engordar después de ponerme tibia a bollos. La fantasía se vino abajo con un estruendo horrible, levantando una nube de polvo en mi cabeza.

—¿Por qué tendría que escapar? —respondí tras un silencio muy largo.

—No eres de aquí —dijo iniciando su argumentación.

—No.

—Y estás sola.

—Sí —asentí enérgicamente.

—Eres una exurbanita.

—¿Y eso? —Y levanté mi ceja izquierda al hacer la pregunta.

—Esas cosas se notan.

—Siempre quise vivir en el campo —mentí descaradamente.

—No.

—¿No? —me molestó su seguridad.

—Simplemente no. Lo sé. Te miro y lo sé.

Pero... ¿de qué cojones iba aquello? ¿Era una jodida cámara oculta o qué?

—¿Y tú? ¿De qué huyes? —y lo dije molesta.

—Debes de ser la única que no lo sepa. Déjame disfrutarlo —Cerró los ojos dejando que el vaivén de las olas lo meciera—. Cuando alguien no sabe quiénes somos... podemos ser quienes queramos.

¿De verdad? ¿Podíamos ser quienes quisiéramos? Mentira. Aquella era una mentira tan bonita que me pareció monstruosa. ¿Y qué se hacía entonces con el pasado, con lo que no asumimos, con lo que pesaba? ¿Qué hacía con todas aquellas cosas de mí misma que todavía no entendía, que no podía controlar? Porque mirándome hacia dentro debía confesar que mi comportamiento a veces era errático, explosivo, incoherente. No os asustéis si en algún punto os lo parece... sencillamente lo era y quedaba demasiado por caminar para vislumbrar hacia dónde me llevaba.

Idiota. ¿Por qué todos los guapos eran tontos? Si la sencillez y la amabilidad eran inversamente proporcionales a la belleza, este hombre debía de ser muy, pero que muy tonto. Ñordo. Imbécil. Cretino. Maravillosamente esculpido de los cojones. Jamelgo de mierda. Citando a la gran Rocío Jurado, era un gran necio, un estúpido engreído, egoísta y caprichoso, un payaso vanidoso, inconsciente y presumido, falso enano rencoroso que no tenía corazón.

—¿No te aburres nunca? —me preguntó.

—¡No! —gruñí.

—¿No echas nada de menos?

—¡¡No!! —y volví a mentir porque sencillamente no era de su incumbencia.

Claro que echaba de menos cosas. ¿Cómo no iba a hacerlo? Echaba de menos a mis padres, una copa de vino escuchando jazz en directo en ese local cerca de la plaza de Santa Ana; mi vestido de Missoni, mis shorts de Chloé, mis sandalias de Chanel, mi pintalabios rojo de Dior, mi borsalino de paja, mi maletín Loewe, mis flip flop de Yves Saint Laurent, mis plataformas de Jimmy Choo, mi vestido camiseta de la Casita de Wendy, quitarme mi ropa interior de La Perla delante de algún chico guapo que se fuera en mitad de la noche y me dejara dormir en mi cama con esa colcha de patchwork que compré en aquella tiendecita de Londres...

—Eres como un puzle —susurró Alejandro mirando hacia otra parte.

—¿Y eso por qué? —Estaba empezando a disgustarme y por su gesto deduje que lo sabía.

—Imagino que te rompiste, te recompusiste y viniste aquí, pero te dejaste algo allí que tira desde dentro como si lo tuvieras atado a tus..., no sé..., a tus entrañas...

Nadie había definido mi situación de forma tan gráfica. Y había escuchado muchas versiones. Cuando todo aquello pasó, mucha gente se creyó con derecho a emitir sus opiniones y juicios. Y que de pronto un desconocido diera en el centro de la puta diana me dolía a morir. ¿Quién era él? ¿Por qué me hacía esto? No necesitaba nada de lo que decía. No necesitaba nada. Ya no. Que se preocupara de sus mierdas y dejara que los demás cicatrizáramos nuestras heridas en paz. Dios..., me sentí sangrar por dentro. De verdad. El saco de decepción que guardaba en el fondo de mi estómago se abrió y vertió unas gotas de asco y odio en mi garganta. «Maggie, joder…, ¿qué hiciste?».

Fui hacia la orilla sin contestar; no me quedaba otra. No iba a abrirme con un desconocido y a decirle que sí, que me rompí por tirar demasiado de mí misma, que recomponerme me costó tanto… y que aunque era feliz con mi vida tranquila, me despertaba muchas noches con la seguridad de haber malogrado mi futuro. ¿Quién era él para preguntarme por aquello? No lo conocía. No sabíamos nada el uno del otro. Mientras me apartaba ahogué un sollozo y como tantas otras veces, me prohibí llorar porque era intolerable en aquella situación. Maggie ya no lloraba. Nunca.

—Maggie, era broma…, yo no…

No me volví para mirarlo, pero su tono era arrepentido, grave. Alejandro, de verdad, no se había dado cuenta de que ciertas palabras duelen más que los golpes, sobre todo algunas preguntas que ni uno mismo se permite contestar. Pude haberme deshinchado un poco y contestarle alguna sandez educada, como que «no pasaba nada», pero decidí que no merecía toda aquella rabia entre los dientes.

—Hazme un favor: conversación la mínima. Me irritas.

Alejandro asintió y cuando salí del agua me senté bastante lejos de donde habíamos dejado nuestra ropa. Suele pasar si lo piensas…, sientes rabia y cuando la empujas a gritos para que te salga por la boca, se te clava entre ceja y ceja en forma de remordimiento. Lamentablemente nunca pude controlar mis reacciones. Desmedidas, incoherentes pero empujadas por aquello que, con vida propia, se hacía cargo de mi psique tantas veces.

Me esforcé en ignorarlo, entre dolorida y avergonzada y me entretuve buscando conchas bonitas. Podría hacerles algún agujerito y dárselas a la señora Mercedes para un nuevo vestido con el que alegrarme cuando aquel imbécil se fuera de mi casa.

6

Al día siguiente Alejandro entró en casa en silencio. Estaba morenito y delicioso, pero no le dije nada porque sabía que estaba acostumbrado a que todas las mujeres cayeran rendidas a sus pies. Aunque a veces una vocecilla maligna me susurraba que estaba demasiado sensible y que no tenía razones para pensar tan mal de alguien prácticamente desconocido, no podía remediarlo. A día de hoy tampoco podría hacerlo; Alejandro me había dado un revés moral de los que se dan con la mano bien abierta y esas cosas pican. Y sí, ya lo sé; lo único que había hecho, en realidad, era ser consciente de su propio atractivo y saber más de mí con mirarme que mucha de mi gente.

Alejandro dejó sobre la mesa un montón de conchas limpias y me miró.

—Te traje esto. Me di cuenta el otro día de que recogías algunas…

—Lentejas —espeté dejando caer de malas maneras un cuenco sobre la mesa.

Ofendida, sí; dolorida, también pero… seguía compartiendo mesa con él. En resumen: Maggie la coherente había muerto.

Alejandro asintió, suspiró y subió las escaleras; seguramente iba a darse una ducha. Me quedé mirando las conchitas, todas pequeñas, relucientes y perfectas, sin desconchados ni pedacitos rotos. Le habría llevado un rato encontrarlas…, era un bonito detalle, aunque fuera idiota. Porque era un gran idiota…, uno de metro noventa, que ya es decir. Pasé la mano sobre la superficie de la mesa y recogí su «regalo» para dejarlo caer más tarde dentro de un cajón. ¿Debía escupir dentro de su plato o podía ahorrármelo? Estaba enfadada porque no me gustaba la sensación de desnudez que me había provocado el comentario de Alejandro, eso estaba claro. A veces el pasado y los errores que marcan a una persona pueden llegar a avergonzarla mucho más que estar completamente desnuda en mitad de la calle.

—Maggie —susurró.

Y menos mal que al final decidí no escupir, porque cuando me acerqué al vano de la puerta me encontré con que Alejandro estaba allí sentado como un niñito castigado.

—Siento si lo que te dije ayer te molestó. Soy de esos que hablan sin pensar y… no me imaginaba que te podía hacer daño.

¿Hacerme daño? Él en sí me daba igual, me repetí. Hacían daño otras cosas, como la seguridad de que jamás podría volver a tener nada de lo que llenó mi vida y que no podría porque fui incapaz de mantenerlo. Dolía pasarme la vida allí, aislada de todo cuanto quise y de los míos. Dolía sentirse sola. Su comentario, en realidad, no era más que un dedo que señalaba una herida. Era yo quien no paraba de frotarse la cicatriz para que no se curara, pero son cosas que una no sabe cuando se ha cerrado en banda. Cerrarse no significa superar, significa no mirar.

Tenía dos opciones: quitarle importancia o imponer distancia. Una de ellas me haría más vulnerable, o eso entendí, así que me puse en jarras, miré al techo y resoplé. A veces me convertía en una persona difícil y no era justo, a pesar de seguir sintiéndome rabiosa, pero...

—Ya sé de qué «esos» eres, Alejandro.

—¿Lo sabes? —Levantó las cejas, alarmado.

—Te crees que conoces a las mujeres porque te has acostado con muchas. No te preocupes. Soy como la recepcionista de un hotel. No tenemos que ser amigos —sonreí con tristeza—. Eres mi cliente. Uno más de los doscientos que pasan por aquí cada año.

—¿Eso le dijiste? —preguntó sorprendida la señora Mercedes—. Serás *malasorra*.

La miré con el ceño fruncido barajando la posibilidad de reprenderla por el insulto, pero pensé que la medicación para la tensión tendría algo que ver.

—Es un listo —dije mientras enhebraba la aguja—. Es de esos que se creen que vamos a morir de placer solo con una de sus miradas. Como Zoolander.

—¿Zu qué?

—Es una película muy graciosa en la que un tío... —me quedé mirando su cara de estupefacción y decidí no seguir con la explicación—. Da igual, señora Mercedes, que es un capullo, si me permite la palabra.

—Al menos se disculpó.

—Si no es por lo que me dijo. Es un desconocido. Lo que piense de mí me da igual... Son esas maneras de «nena, soy tu hombre». —Solté lo que estaba cosiendo y chasqueé los dedos.

—¿Si te doy un consejo me harás caso?

Suspiré con desdén. Ponerme pintalabios, estaba claro.

—Sí —contesté resignada volviendo a mi costura.

—Llévatelo a un lugar bonito. No habléis. Haced las paces con la isla. Estoy segura de que ese chico no tiene mala intención. Igual tú estás un poquito escaldada, reina.

Madre del amor hermoso…, cuánto azúcar. Efecto de la telenovela de la tarde, seguro.

—Quizá le haga caso.

—Quítale el «quizá» de las narices. Soy vieja y sabia: a vosotros lo que os hace falta es un poquito de tango…, tango desnudos y contigo «espatarrá» —y dicho esto me dio un codazo y me guiñó un ojo.

La señora Mercedes…, reina de la sutileza.

No tenía intención de espatarrarme, la verdad. Ni de lejos. Si de algo me había servido el mosqueo era para darme cuenta de que ciertas cosas dolían más de lo que creía y que no estaba preparada para volver al «mundo real». Lo mejor era seguir recluida en mi isla, sola, trabajar duro y pensar poco. O al menos pensar poco en cosas como el sexo, el coqueteo o el amor porque… ¿qué narices sabía yo de aquello? Lo mejor era no pensar en lo que no se conocía.

La señora Mercedes cambió de tema en la última media hora de nuestra tarde de costura y fue un alivio volver a discutir sobre si la señora Romi era o no era un poquito borracha. Casi tenía ganas de cumplir los setenta y sentirme más integrada…

Pero no me olvidé, claro, y me refiero a las fantasías desquiciantes en las que Alejandro me hacía de todo menos la colada o en las que yo paría niños suficientes para repoblar un mundo postapocalíptico. Ni eso ni mi posterior decepción y la sensación de que esta no era del todo lógica. Pero al menos me relajé un poco. Es lo que tenía la señora Mercedes… Sentarme con ella era mejor que el diván de un psiquiatra de cien euros la hora.

Cuando llegué a casa estaba más tranquila y un poquito más arrepentida. Pensaba en fumar la pipa de la paz con Alejandro de manera indirecta; mostrarme más amable pero sin salirme de la típica relación comercial entre «empresaria» y «cliente». Caminaba descalza por el sendero con las menorquinas en la mano cuando me di cuenta de que la puerta estaba abierta de par en par, el libro que estaba leyendo Alejandro descansaba en una silla del porche pero... no había rastro de él. ¿Se habría ido harto de mi desdén?

«La has hecho buena, Maggie. Te va a poner una crítica en TripAdvisor que se va a cagar la perra».

Empezaba a asustarme cuando lo oí en su habitación hablando por teléfono. Buff. Menos mal. No quería clientes descontentos por mis arranques de ira (¿quizá provocados por una frustración propia, Maggie?) pero tampoco quería que se fuera a malas por un tema personal. Le dejaría hablar por teléfono y después volvería a ser amable con él. En un primer momento mi impulso fue salir al huerto y entretenerme hasta que terminase, pero me llamó la atención escucharle hablar en un inglés tan fluido. Así que me acerqué al hueco de la escalera para escuchar la conversación como buena maruja de pueblo. Pasaba demasiadas horas con las señoras de setenta y muchos años y ya era una habitual en sus tertulias nocturnas..., aprendía sus técnicas de espionaje. Aunque no me iba a hacer falta poner demasiado el oído porque de pronto Alejandro subió el tono de su voz, alterándose:

—Estoy cansado. ¡¡Sí, estoy cansado!! Ya te lo dije, no puedo más. Estoy harto de tus numeritos, de tus borracheras, de... —hizo una pausa breve, tras la que continuó gritando—. ¡Sí, he dicho de tus borracheras! Bah, contigo no se puede hablar. Pero ¡que me da igual, Celine! ¡Déjame en paz, ni me nombres! ¡¡Ni me nombres!! Total, para lo que te he servido... —otra pausa—, ¿para follar? Ni siquiera para eso. Para agarrarte

63

del pelo mientras vomitabas la botella de vodka que te bebías cada noche y para quedar bonito en las fotos.

Lo escuché maldecir y resoplar y deduje que había colgado. Al parecer los dioses griegos hechos hombre también tenían problemas…, *oh la lá!*

Del cotilleo de haber escuchado una conversación alterada entre mi huésped y la que parecía ser una exnovia, el tema pasó a darme un poco de lástima. Eso o recordé las discusiones telefónicas que tuve una vez instalada en la isla. Mi ex llamó un par de veces, acusándome de egoísta y niñata desconsiderada, pidiéndome explicaciones sobre cómo iba a tener él que gestionar nuestra relación a distancia. Pero, a diferencia de Alejandro, estaba de vuelta de todo aquello y sin pelos en la lengua: me la sudaba. Me la sudaba todo el mundo menos mi familia y yo. Aun así podía entenderlo. Esa sensación de querer escapar y que tus fantasmas consigan perseguirte a través del hilo invisible que va dejando tras de ti un puto teléfono. Por eso lo tiré al mar. Por eso solo tenía una línea fija a través de la que entraban reservas y llamadas de mi familia… Nada más.

Después, mientras preparaba una tortilla jardinera para la cena, Alejandro se sentó a la mesa abatido, suspiró y… volvimos a ser dos extraños que se sienten cerca:

—Tienes mala cara —le dije con suavidad mientras me secaba las manos con el mandil.

—No he tenido muy buen día. —Se frotó los ojos—. En realidad ni siquiera ha sido un buen año. Pero no te preocupes…, no te molestaré con mis problemas. Tú misma lo dijiste: no tenemos por qué ser amigos.

«La que has liado con ese carácter de mierda que tienes, Maggie…».

—Bueno…, sé que tengo un carácter difícil, Alejandro, pero tampoco creas que…

—Da igual, déjalo.

Mierda. Valoración de una estrella en TripAdvisor en camino. Mal karma de por vida a punto de alcanzarme. Dios…, qué remordimientos.

—¿Te apetece un vino dulce? El vino dulce arregla hasta el peor de los días —le ofrecí.

No cambió demasiado el gesto, solo asintió.

—Venga.

—Además del vino… ¿quieres un consejo? —Me miró, sorprendido. Sí, lo sé, yo tampoco esperaba ponerme en plan maestro Jedi. Proseguí—. Y de verdad que no soy de dar consejos. Consejos vendo que para mí no tengo, como decía mi abuela. —Dejé dos vasos sobre la mesa y saqué la garrafa de mistela—. Pero te diré por experiencia que un día se cansan de llamar, se olvidan y uno puede seguir.

—Como respuesta debo decirte que desconfío de los licores que se venden en cantidades superiores a un litro.

Le serví y con una palmadita en la espalda, le espeté:

—Bebe y calla.

Y tanto que bebió. Bebimos los dos. No me gusta que nadie beba solo porque es triste, así que serví una copita para los dos. Brindamos en una especie de «pipa de la paz» silenciosa. Estaba rico. Y él también. Otra, que no se diga. Chín chín… por mis «nulas habilidades sociales». Otro, porque la vida sea menos puta. Qué dulce está el vino. Y qué bien entra. Y oye, sírveme una más. Brindemos por la gente que nos complica la existencia. Y por nosotros, qué coño. Pon otra, Maggie, que ya que estamos vamos a brindar por la gente buena. El sonido del cristal de dos copitas brindando llenaba la cocina. Mi abuela siempre me daba mistela cuando, en los veranos que pasaba allí con ella, me bajaba la regla y me quejaba de dolores. Revoloteaban sobre nuestra cabeza los recuerdos que albergaba la casa y nuestra conversación, salpicada de carcajadas. El vino se llevó las reservas de la mano y los dos volvimos a encontrarnos con los marcadores a cero, sin discusiones ni desilusiones; incluso las expectativas, ridículas hijas de perra, se marcharon para dejarnos ser, sencillamente, un chico y una chica en una isla. La risa de Alejandro era contagiosa y tan sincera como la de un niño. Entrecerraba los ojos al reírse y se mordía los labios. Nuestro estómago se fue calentando y nuestra lengua comenzó a hablar por nosotros, que mirábamos al otro con las mejillas encendidas mientras volvíamos a llenar nuestras copas.

—No entiendo a las mujeres —dijo con un suspiro despreocupado.

—Os equivocáis en el planteamiento. No hay nada que entender. Somos. Ya está. No busquéis más razones.

—Tiene que haber algo —me sonrió—. Un puto manual.

—¿Venís vosotros con uno debajo del brazo?

—No. Pero nosotros somos más simples. Vosotras ponéis la magia y… hasta las complicaciones. Vosotras sois las que sabéis dónde está el truco.

—¡Venga ya! El truco… ¿de qué?

—De la vida.

Su sonrisa volvió a ser clara. Sincera. Y le serví más vino.

A la décima copa los dos estábamos perjudicados. Risueños. Las orejas me ardían. Eso iba a terminar de una manera inquietante seguro. Y si no dejaba de mirarlo acabaría diciéndome algo. A decir verdad, había sido ya en la sexta copa cuando había empezado a notar que, joder…, Alejandro era demasiado guapo como para obviarlo. Lo confieso, entre eso y el alcohol estaba más caliente que el asiento de mi moto en agosto. La idea de echar un polvo con Alejandro y luego olvidarlo me pareció de lo mejor que se me había ocurrido en años. Él me miró y yo le sonreí.

—¿Estás borracha?

—No. —Entorné los ojos, feliz.

Los dos nos reímos. Una pausa. Me miró fijamente y le aguanté la mirada. Abrió la boca y jugueteó con el borde de su vaso.

—Sé que a veces parezco un cretino.

—Sí, lo pareces —añadí.

—Pero no lo soy…, al menos no todo el tiempo.

—Eres demasiado guapo para no serlo —sonreí.

—Y tú demasiado sexy para vivir sola y ser tan rara. Porque rara eres un rato, chata.

Me reí a carcajadas. Él también se rio.

—Pues ya estamos en paz. Tú eres un cretino y yo una rara.

—En paz entonces.

—¿Te apetece ver un sitio precioso? —le dije notando cómo se me trababa la lengua.

—Claro.

¿Por qué no? Me levanté de golpe y sin ni siquiera retirar los vasos sucios, salí de la cocina.

—Cierra la puerta de casa cuando salgas.

Alejandro no se lo pensó en absoluto.

Cuando llegamos a mi cala preferida estaba anocheciendo. Alejandro sonrió y yo me sentí orgullosa de poder enseñarle algo tan bonito, tan especial. El sol empezaba a ponerse y el agua tenía un brillo plateado teñido de naranja. La roca nos rodeaba dejando la cala casi aislada con el sol enmarcado en el mar a punto de hundirse en él.

—Es preciosa —dijo entre dientes, más hablando consigo mismo que conmigo—. ¿Nos bañamos? —Tiró de mi brazo.

—Dicen que todos los años aparecen ahogados un montón de borrachos —le contesté preocupada.

—Ah, pero ¿tú estás borracha?

—Creo que es hora de confesar que… un poco.

Se quitó la camiseta. Vaya por Dios, qué calentón de repente. Se desabrochó el cinturón y se quitó el pantalón vaquero.

—No llevo bañador —susurró con gesto grave pero juguetón.

—Yo tampoco.

—Creo que podremos pasarlo por alto, ¿no?

Me quité el vestido y lo dejé sobre su ropa pero a pesar del arranque de actividad, me quedé allí, en sujetador y braguitas, con la boca abierta viendo cómo se paseaba en ropa interior hasta la orilla. Un par de olas rompieron en sus piernas. Se giró y sonrió como un niño el día de Navidad. Era un dios… demasiado guapo para ser humano. Demasiado guapo para ser real. Dios mío, ¿y si no lo era? ¿Y si solo lo veía yo? No…, no, uno de los guardias civiles lo había visto y se lo había contado a la señora Mercedes.

Me acerqué tan contenta por no estar loca que le salté a la espalda, montándome a caballito encima de él. Bueno, contenta por no estar loca y por el consumo desorbitado de vino dulce. Pensé demasiado tarde que quizá aquella muestra de confianza le incomodaría, pero la verdad es que no pareció inquietarle, porque se metió en el agua a toda prisa, girando y jugueteando con mojarme. Pedí a todos los dioses del Olimpo que no me hiciera una aguadilla porque con la fuerza que tenían sus manazas, moriría.

Me soltó cuando el agua ya nos cubría. Estuvimos buceando, tirándonos agua y algas. Me cargó sobre el hombro como un saco y me lanzó a metros de distancia. La sensación fue tan agradable como la de esos sueños en los que crees que has aprendido a volar. ¿Y si él me enseñaba a hacerlo? Le lancé arena, que se desmoronó húmeda a medio camino, dejando una estela color canela en un agua que empezaba a oscurecerse. Él me tiró un puñado a mí, pero acertó en la cabeza. Hacía un poco de frío, pero no nos importó. ¿Qué es tener mocos al día siguiente al lado de pasarlo tan bien? Alejandro buceó, tiró de mi pierna, me hundí con él y allí, bajo el agua, nos soltamos, nos agarramos y emergimos de nuevo muertos de risa. ¿Cuándo había sido la última vez que me había sentido tan… joven?

Lo perdí de vista, pero algo me rozó una pierna y jugueteé, pensando que era él. Me reí como una cría y Alejandro me preguntó qué era tan divertido como a cinco metros de distancia. Le miré con cara de pánico y grité «anguila» sin darme cuenta de lo poco probable que era que una anguila hubiera nadado hasta aquella playa para provocarme un infarto. Nadé hacia la orilla como si estuviera compitiendo por la medalla olímpica y al llegar a la arena, me tumbé sobre ella, desternillándome de risa por mí, por el vino, por lo mucho que se reía Alejandro mientras salía del agua y por lo pegada que llevaba la ropa interior al Kinder sorpresa. Cuando se reía, relajado, era mucho más guapo. Tan masculino, tan sexy…

Fuimos hacia la parte donde había más lodo y nos dejamos caer; nos sentamos uno al lado del otro y nos untamos las piernas con barro. Su mano grande me embadurnó el estómago y mis manitas intentaron hacer lo mismo entre carcajadas. Ya era prácticamente de noche. Las manos se nos liaron, acariciándonos la piel con la excusa del barro. Y notar el tacto áspero del vello de su pecho me estaba calcinando por dentro, así que con un suspiro lo dejé estar y me concentré en el mar.

—¿Sabes? —dijo con aire taciturno—. Te envidio.

—Estás loco —me reí.

—No, en serio. Mira todo esto. Vives aquí. Sin nada ni nadie que te maree o que te mangonee. Sin tener que cumplir expectativas o…

—Sin que me mareen ni hagan nada por mí. —Me giré y le miré.

—Alguien habrá que haga cosas por ti —sonrió.

—Soy una mujer solitaria.

—No cuela. Alguien que cocina para ti de vez en cuando, que remienda tu ropa o repara tu calentador. Quizá haya hasta un tío por aquí que te visita de vez en cuando... —susurró.

—No, qué va —omití el «ya me gustaría a mí».

—Sí —se rio—. Debe pasar algunas noches, coger la llave de la maceta y subir hasta tu habitación.

—¿Para qué iba a hacer eso? —Fingí inocencia.

—Para hacer cosas por ti.

—¿Planchar la colada y demás?

—No. Para quitarte la ropa... —paseó sus ojos por encima de mi cuerpo—, follarte y dejar que te retuerzas de gusto debajo de su cuerpo..., por ejemplo.

Ay, Dios mío. Puto vino dulce. Pestañeé. ¿Cómo cojones habíamos terminado conjugando el verbo follar?

—Sí, hombre..., ¿no será que eso es con lo que fantaseas tú? —me reí.

—Yo no necesito coger ninguna llave. Solo tengo que subir unos cuantos escalones. —Y me pareció que se acercaba.

—Mi puerta está siempre cerrada. No me fío de los tíos como tú.

—¿Como yo? —Se le escapó una carcajada—. ¿Y cómo soy yo, marisabidilla?

—Como todos los guapos..., malos para la salud.

—Entonces el que viene a hacer cosas por ti... ¿es feo? ¿Cuándo viene? ¿Los viernes? —sonrió haciéndome un guiño sensual.

—No me tires de la lengua.

—Es justo lo que más me apetece hacer ahora mismo.

—Pues terminarás por hacerme confesar que hace años que no me toca un tío —gemí echando el aire de mi cuerpo.

inconscientemente hasta encajar en sus formas. Contu-
jadeo.

—Joder, Maggie.

—Ya…, ya lo sé. Es por el vino —respondí.

—No es por el vino.

—¿Ah, no?

—No. Es que no quiero salir de la cama. De la tuya.

—No recuerdo haberte invitado.

—Si lo haces te llevo de viaje.

—¿Adónde?

Dios. Noté su polla dura. La noté pegada a mi nalga. A mi
ropa interior de encaje, que me recordaba cada día lo que pasaba cuando me dejaba llevar por las cosas que me apetecían.
Me aparté pero él volvió a pegarse a mí.

—A la luna —me susurró al oído.

¿Cuántos tíos me habían prometido rozarla con los dedos? Demasiados. A algunos los creí, a otros solo fingí creerlos.
Pero Maggie ya no estaba para esas cosas. Las había superado.
No quería más cohetes espaciales que la llevaran de viaje y que
le hicieran perder la cordura. No, Alejandro. Tú a tu vida…, yo
a la mía.

—El alcohol te pone muy gracioso —me burlé.

—Bromeo poco. Soy un tío serio.

—Y yo una rancia. —Me aparté.

Los labios de Alejandro se apoyaron en mi oreja, sus manos se enroscaron alrededor de mis caderas embadurnadas en
lodo y susurró:

—Tú también lo has imaginado. Los dos. Rápido y fuerte. El placer de abrirte de piernas y que empuje hacia dentro…,
dime que no.

—No.

—Dímelo de verdad.

—De verdad.

Esperé que sonara a confesión entre colegas y no a petición desesperada. Le eché una mirada de soslayo y me sorprendió comprobar que tenía los ojos fijos sobre mi vientre. Levantó la mirada y sonrió:

—No me cuentes historias raras. No me lo creo.

—¡Te lo juro! —le dije ofendida.

—¿Nada?

—Nada de nada.

—¿Qué dices? —Arqueó las cejas, poniéndose serio—.
Algo. Lo mínimo.

—¿Qué es lo mínimo? —me reí.

—Tú contigo misma, por Dios… Dime que eso sí.

—Hombre sí, joder. Pero nada más.

—¿Y por qué? —Me encogí de hombros—. ¿No… lo necesitas? —volvió a preguntar.

—Aprendes a vivir sin eso.

—¿Estás en un retiro espiritual?

—No —me reí—. De asceta tengo poco.

—Entonces necesitas sexo. El sexo aclara las ideas.

—¿Y eso por qué?

—Porque es una de las pocas cosas instintivas que con-
servamos y que a duras penas controlamos. Después del sexo
es más fácil relativizar las cosas y ser persona.

Lo imaginé empujando entre mis piernas, jadeando empapado de sudor, lamiéndome entera, dibujando con su saliva
un recorrido hasta el interior de mis muslos, tirándome del pelo mientras me penetraba con fuerza desde atrás. Me mordí el
labio. Lo único que tenía en ese momento eran instintos salvajes. *Keep Calm*, Maggie.

—No dejo de ser persona cuando me acuesto con alguien
—susurré.

—Seguro que sí —rio, mirándome de arriba abajo.

—¡¿Y tú qué sabrás?! —me carcajeé.

—Pues no lo sé, pero me gustaría saberlo.

—No más vino para ti..., jamás.

—¿Qué hay de malo en eso? —se rio—. Es más..., anoche lo estuve imaginando. Taparte la boca para que dejes de refunfuñar y metértela hasta que grites...

—¡Serás indecente!

—No te hagas la ofendida ahora. Imaginar es solo eso..., imaginar —bromeó—. ¿Es que tú no lo has hecho? ¿No..., no he aparecido por ahí, por tu... imaginación?

—No.

—No, ¿eh? —me provocó.

—No. Pero quizá estaría bien —susurré mirándole el pecho manchado de barro.

—Sí, ¿verdad?

—He dicho quizá. Por matar el aburrimiento.

—Dijiste que nunca te aburrías.

—Y tú que no eras tan cretino.

Me dio una palmada en el muslo y miró al frente con una leve sonrisa. ¿Cómo sería revolcarse sobre una cama enorme con él, sentir el mullido colchón en contraste con la dureza de su carne apretada, gemir condensando aire en su garganta, humedeciéndola con mi aliento?

No había podido despegar los ojos de él... ni dejar de imaginarnos juntos.

—¿Y cómo imaginas que sería? —le pregunté.

La frase se me escapó de la boca. No tenía intención de averiguar cómo nos había imaginado, pero a veces somos incapaces de contener los deseos.

—Pues... —miró al frente y su voz cogió un tono más grave— salvaje. Sin protocolo. Muy físico. Probablemente rápido..., al menos la primera de las doce veces.

—¿Sabes que eres un fantasma y un desvergonzado?

—Pero te gusta.

—¡Ja!

—Ni ja, ni jo. Tú y yo podemos re[...] quieras.

—¡Cállate!

La cama chirriando debajo del mov[...] cuerpo. Las paredes casi húmedas de conten[...] Mis manos agarradas a su espalda y las suyas [...] movimiento. El sonido áspero de sus jadeos. Y [...] Los pasos rápidos hacia el orgasmo. La explos[...] nida por una fina capa de látex. Joder. Él tambié[...] ginando. Fue demasiado. Apartamos la mirada [...] violento se instaló entre los dos.

—¿Para qué dices que es bueno este barro? —[...] tema.

—Para la piel. Muy bueno —carraspeé—. Tiene[...] jar que se seque y luego que se caiga.

—Pero para eso hará falta sol, ¿no?

Miramos el cielo, con las estrellas ya brillando.

—Sí —contesté.

Nos echamos a reír.

—Volveremos mañana —dijo levantándose.

—¡No! —le contesté—. ¡Mañana tengo que enseñarte ot[...] sitio!

Alejandro tiró de mí para levantarme y me dirigí a la ori-lla. Cerré los ojos cuando dio dos zancadas largas y se acercó hasta que sentí el calor que emitía su cuerpo.

—Gracias por esta tarde.

—A ti. Siempre es agradable tener compañía —le dije con los ojos cerrados.

Silencio. Un par de fotogramas se me cruzaron por la cabeza como residuos de una fantasía no cumplida. Su piel y la mía. Su polla abriéndose camino hacia mi interior y él agarrándola con el puño derecho, gimiendo. Dio un paso más y me

Y todavía con una sonrisa Alejandro vio cómo me metía en el agua. Sonreía porque, evidentemente, no dije la verdad. Los dos nos quitamos el lodo en silencio, nos vestimos y regresamos a casa, callados pero concentrados en un coqueteo visual del que te prende una sonrisa en la cara que hasta duele.

Aquella noche cenamos un sándwich y escondimos la garrafa de licor en un altillo para no tenerla a mano cuando nos volviéramos a poner tontos y necesitáramos decirnos guarradas. Lo mejor era alejar la tentación.

7

Me desperté con un sonido insistente. Como un golpeteo sobre madera. A ver... sí, nudillo sobre puerta, exactamente.

—Maggie... —susurró Alejandro.

—¿Qué? —y soné a camionero después de una orgía de anís.

—¿Puedo pasar?

No. Claro que no. Dormía en bragas y con una camiseta de los Ramones.

—Bueno... —contesté adormilada.

La verdad, creí que se quedaría fuera. Que abriría un poco la puerta, se asomaría, diría lo que quisiera decir y se largaría sin poner un pie en mi dormitorio. Mi *sancta sanctorum*. Pero no. Entró sin camiseta y con un bañador negro con el que estaba para comérselo. Demasiado para mí, al menos aún metida en la cama. Joder, karma..., ¿por qué me odias?

—¿Qué pasa? —Me tapé los ojos con el antebrazo y me volví a dejar caer sobre la almohada.

—Son las diez y media —sonrió.

Joder, ¿no sabía hacerse el desayuno solo?

—La cafetera está en el armario de arriba de la encimera —dije acurrucándome otra vez en posición fetal—. Hay bizcocho de ayer en la panera.

—No, no quiero desayunar —respondió.

Paseó por mi habitación, descorrió las cortinas y abrió las ventanas de par en par. La brisa llenó la habitación, la impregnó de mar y me recordó que, al margen del licor en cantidades ingentes, vivir allí era maravilloso. Con tío bueno o sin él.

Hice de tripas corazón y me senté sobre la cama con mi camiseta de tirantes desgastada extremadamente grande. Por la abertura de los brazos casi se podía intuir el setenta por ciento de mis pechos. Sí, esa era mi indumentaria: una camiseta de Los Ramones hecha jirones, mis braguitas negras de encaje, pelos de loca y el dolor de cabeza más infernal de los últimos decenios.

—Joder…, puto vino —gruñí.

Cuando levanté los ojos del suelo Alejandro me estaba mirando. Y me estaba mirando como lo haría un escolar en la puerta del colegio si yo fuera un bollo. «Sácalo de tu dormitorio antes de hacer una tontería, Maggie».

—Perdona…, me dormí. Qué mala anfitriona. Anfitriona con resaca. —Me coloqué un brazo sobre mis pechos, tratando que no quedaran a la vista—. Dame un segundo y nos tomamos un café.

—Bueno…, siempre podemos seguir durmiendo. —Y avanzó hacia mi cama.

¿Perdón? A ese hombre… ¿le duraba el pedo aún? Cuando me acosté la noche anterior estaba completamente segura de que lo de la playa se debía al «ponme otra copita» y que el tonteo se quedaría en lo que fue. Creí que nos levantaríamos avergonzados por el calentón de la noche anterior y nos evitaríamos con disimulo..., ¿no? Pues no. Quizá necesitaba más horas para que la sangre dejara de bombear hacia su apéndice. O quizá podíamos eliminar la tensión con un «tómame, tuyo es, mío no» de cinco minutos. No, Maggie, NO. No necesitaba un revolcón, me repetí. Necesitaba seguir disfrutando de la tranquilidad de mi vida, con mis rutinas y mi soledad. Paso número uno: dejar de hacerle caso a mi papo, que estaba llamándome estrecha a grito pelado. Alejandro estaba llevándose años de sosiego y salud mental. No quería dejarme llevar, aunque la otra Maggie, esa que tenía dentro estuviera harta de estar sola y aburrida.

Alejandro se sentó a mi lado. Ay, Dios..., qué difícil se ponía la cosa. Colocó una de sus manos en mi rodilla y empezó a acariciarme la pierna provocando un «molesto» cosquilleo. «Molesto» porque no tenía intención de aliviarlo. Lo miré dispuesta a decirle..., no sé, que tenía novio, que me iban las chicas o que..., que me quería casar con Dios, pero no pude; tenía el labio inferior atrapado entre los dientes y pestañeaba lentamente... como si estuviera quedándose dormido. La piel se me erizó, algo bulló en mi estómago y me sorprendí al sentir tanto; era posible que, en cierto modo, me hubiera autoconvencido de que nunca volvería a experimentar las mismas sensaciones que acostumbraba a tener en mi vida antes de llegar a la isla. Creo que hasta abrí la boca, incapaz de articular palabra pero dispuesta a intentarlo. Alejandro no tardó en rodearme la cintura con un brazo y subirme sobre sus rodillas a horcajadas. Los dos contuvimos un jadeo seco cuando me acomodó. Pero ¿¡cómo coño había llegado yo a su regazo!?

—¿Qué haces? —le pregunté.

—Llevarte a la luna.

Estúpido engreído..., no, la canción de la Jurado ya no me servía. Yo quería que me llevase con él. Con los dedos, con la boca, con la polla; acariciando, soplando, follando. La madre del cordero. Empezó a acariciar la parte de piel que mi camiseta dejaba al descubierto y se acercó a mi cuello, oliéndome, como se huelen las sábanas recién puestas en esa cama que has echado de menos. Mis pezones se irguieron endurecidos y cuando las dos manos abiertas recorrieron mis brazos hacia mis manos, mi sexo se contrajo. Si podía hacerme sentir aquello, ¿qué no conseguiría si dejaba caer la camiseta? Me lo planteé. Lo miré a la cara; él me miraba también. Y había algo allí terriblemente erótico, estaba claro. Pero había más. Algo que me ruborizaba, atemorizaba y enternecía a la vez. Algo que podría echar mucho de menos llegado el caso, de lo que me acordaría y que me desvelaría por las noches. Algo que no conocía pero que me sonaba, como si hubiera llenado muchos de los cuentos que me contaron acerca de lo que un hombre te podía hacer sentir. Mierda, Alejandro, ¿no había más putas habitaciones libres en esta isla? Y me asusté.

—Deberíamos levantarnos —susurré.

Sus labios se deslizaron sobre el arco de mi cuello.

—Siento tu piel erizarse… —contestó también con un hilo de voz.

No lo dejé terminar. Y me apetecía, claro, para saber si el final estaba en el vértice de mis muslos. Pero no quería complicarme la vida. Lo que menos me convenía eran problemas en aquel momento en el que, por fin, me encontraba bien. No me apetecía que nadie viniera a enseñarme todas esas cosas que dejé atrás.

—No son horas de… seguir en la cama —dije decidida.

Me miró arqueando una ceja, confuso. Supongo que le enviaba señales contradictorias pero es que lo que apetece no es siempre lo que nos conviene.

—¿Quieres levantarte?

—Sí.

—¿Quieres que… deje de tocarte?

Me cago en la puta, Alejandro. No pero sí. ¿Cómo te lo explico?

—A ver, Alejandro…

—Bien —musitó—. Vale.

Se conformaba. Y yo también. Así que me levanté y me entretuve, disimulando mi turbación mientras recogía algunas cosas del cuarto. Alejandro se levantó y se apoyó en el borde de la ventana con los brazos cruzados. No intentó esconder la erección que había hecho acto de presencia y me pareció un gesto honesto por su parte. Y sexy. Una seguridad en él, en su cuerpo, en su apetito y su sexualidad que ojalá yo supiera imitar.

—Tienes que enseñarme un sitio y… —aclaró.

—Sí…, sí, es verdad…

Quise que se fuera. Fuera de mi habitación. Fuera, ya. Y llévate la resaca, por favor.

—¿Anoche te visitó? ¿Es eso? —dijo entrecerrando los ojos.

—¿Cómo? —pregunté frunciendo ligeramente el ceño.

—Digo que si vino anoche tu novio, el que se cuela por la ventana…

—Sí…, la verdad es que sí. Me dejó agotada. ¿No nos escuchaste? —sonrió como contestación y añadí—: Dame diez minutos. Espérame abajo.

No tardé mucho más. Me puse un biquini, uno de mis vestidos playeros y me recogí el pelo en una cola de caballo. Cuando ya bajaba volví sobre mis pasos y me lavé la cara y los dientes. Y engullí una aspirina.

La playa donde quería llevarle estaba demasiado lejos para ir andando, así que di la vuelta a la casa y cogí la Vespa roja. Paré delante de la puerta y con un guiño le dije que se subiera.

—¿Yo de paquete? —preguntó arqueando una ceja—. ¿Estás de coña?

—Yo no bromeo. Soy una chica muy seria.

Cuando se aseguró de que no era ninguna broma se sentó detrás de mí. Le sobraban piernas por todos lados. Miré hacia atrás y lo vi intentando acomodarse en el poco espacio que tenía para colocar sus piernas infinitas. Una carcajada explotó en mi garganta y él sonrió sin poder controlarlo. Otra carcajada y los dos estallamos.

—¡Serás cabrona! —Y no pudo evitar que las comisuras de sus labios se curvaran hacia arriba—. Si vamos a tener que hacer esto de verdad, no lo alargues. Arranca.

—¡¡Pareces un jodido saltamontes!!

¿Sabéis estos ataques de risa que hacen que te duela hasta el estómago? Esos que te daban cuando a tu hermano se le escapaba un pedo intentando impresionar a tus amigas en plena adolescencia. O como cuando te paras en un semáforo a preguntar una dirección y a la persona elegida le faltan muchos dientes. Una risa absurda pero divertida que se te agarra.

—Ay, por Dios, que me meo… —gimoteé.

Y Alejandro aguantaba estoicamente poniendo los ojos en blanco y dando paraditas en el suelo.

—Avísame cuando se te pase —pero al decirlo sonrió.

Alejandro se levantó y se sentó delante de mí a la fuerza, cogiendo el manillar de la moto y cerciorándose de cómo funcionaban las marchas.

—Creo que esto es más lógico. ¡Deja de descojonarte y sube, maldita! Ve diciéndome por dónde ir.

Cogí aire y apreté los labios fingiendo seriedad, pero apoyé la mejilla sobre su camiseta de algodón y seguí riéndome en silencio aferrada a su cuerpo. Olía tan bien. Era tan alto, tan guapo. Echó la mano hacia atrás y me pellizcó la cintura.

—Bruja.

Y así llegamos a la playa, muertos de risa y agarrados sobre la Vespa.

El lugar que quería enseñarle era una calita muy recogida que no tendría más de doscientos metros cuadrados de arena. En verano se ponía a parir, llena hasta los topes de gente desnuda, pero en temporada baja era una gozada. Parecía que el mar era de otro color allí y que brillaba más bajo el sol. Era uno de esos lugares especiales que invitan a ser feliz.

Entramos en la zona de la arena paseando y miró de refilón la señal que la identificaba como playa nudista. Puso los brazos en jarras, me buscó con la mirada y luego exclamó:

—¡Tú eres muy lista!

—¿Yo? —contesté sin entenderle.

—La clásica triquiñuela de la playa nudista, ¿eh? ¡Marrana!

—No es una obligación lo de desnudarse. Nadie te lo va a exigir —dije sin prestarle mucha atención.

—¡Ah, no! Las normas son las normas.

No. ¡¡¡¡¡¡NOOOOO!!!!!! Me giré, dejando caer las cosas sobre la arena y puse los brazos en jarras, como había hecho él hacía un segundo.

—Si te desnudas llamo a la Guardia Civil y te denuncio por exhibicionismo. —Fruncí el ceño.

—Y yo a ti por marrana.

Los dos esbozamos una sonrisa.

—Alejandro, no pienso quedarme en pelotas —y no me reí al decirlo, porque no estaba de broma—. Y espero que tú tampoco.

—Pues tú verás, porque me están entrando unas ganas de que me dé el aire en el...

—¡Cállate!

—Tranquilícese usted, querida. —Y mirándome de reojo sonrió.

Junto a las rocas de la pared vertical que daban un poco de sombra me quité el vestido y me quedé en biquini. Cuando me giré hacia Alejandro ya se estaba quitando el bañador.

—No, no, no, no... —Empecé a ponerme nerviosa—. No hagas eso. ¡No hagas eso, joder!

—Esta playa es nudista —contestó en tono tranquilo.

—¡¡¡Que no!!! —grité desgañitándome.

—Pero ¿qué más da?

—¡No lo hagas!

—¡Estoy en mi derecho de desnudarme! —se rio.

—¿Y no te da reparo desnudarte delante de mí? —dije creyendo obvia la respuesta.

—Lo hago habitualmente delante de mucha más gente.

Bañador fuera. Me giré y me tapé la cara. No quería mirar... pero así... de reojillo... una miradita...

—Ahora tú —le escuché decir.

—No. Tú lo has hecho porque has querido. —Me puse totalmente de espaldas a él, para no tener la tentación de mirarle demasiado.

Pero ¿por qué a mí, *zeñó*? ¿Por qué a mí?

—No es más que un desnudo —se rio—. No te voy a comer.

Humm..., cunnilingus a la orilla del mar. Sonaba bien. ¡Maggie, por favor, vuelve a ser dueña de ti misma ahora mismo!

—¡Que no!

—El biquini tampoco es que sea muy recatado.

Me giré.

—¿Qué estás intentando decirme?

—Que no hay demasiado que no vea ya... ¿o es que tienes tres pezones?

—No, tengo pene —lo dije tan seria que creo que por un momento se lo creyó.

—Pues desnúdate y nos los medimos, a ver quién lo tiene más grande.

Y los ojos se me fueron sin poder evitarlo hacia abajo. Él. No hacía falta mediciones. Él.

Se acercó y yo me fui dando grititos hacia la pared, alejándome como si fuera una muñeca de Famosa.

—Ven aquí —se rio—. Que no como.

—¡Que noooo! —seguí lanzando grititos de espaldas—. ¡¡No te acerques a mí con la chorra al aire!!

Tiró del hilo de la parte de arriba de mi biquini e intentó quitármelo. Me resistí, le di una coz y grité entre carcajadas pero con un tironcillo la tela desapareció y mis tetas pestañearon cegadas por el sol. Me cogí los dos pechos con las manos y me giré cuando lo dejó caer sobre su ropa.

—¡¡Pero…!! ¿¡¡Qué pasa!!? ¿¡¡Tienes ganas de verme desnuda y pasas del protocolo, no!!? ¡Invítame a cenar antes, tacaño!

—Tengo curiosidad a ver si tienes algo ahí debajo o eres como las barbies, que solo tienen la forma.

—No sé si darte las gracias por lo de Barbie —me sonrojé.

—Lo decía por el tamaño.

—Va en contra de mis principios discutir con un hombre desnudo y con tanto pelo.

Echó la cabeza hacia atrás y se puso a reír sin hacer ni siquiera amago de querer esconder su desnudez.

—No tengo mucho pelo. Tengo el justo —añadió.

—¿El justo para no pasar frío en invierno?

—¿Es eso lo que te pasa? ¿No vas depilada? ¿Vas a lo «película española de los años setenta»? Entonces da igual, no te lo quites. Me resulta desagradable.

—No es el caso, pero si lo fuera me iba a dar igual. Cómo te gusten a ti las cosas me trae al pairo.

—Ya, ya…, ya veo. Felpudo de entrada a casa, ¿eh? ¡Bienvenido a la República Independiente de mi pubis! —se echó a reír a carcajadas—. Si no hay huevos, no pasa nada.

—No es que no me atreva, capullo…

—Nada, nada. Que no pasa nada.

El tono en el que lo dijo me irritó. Se sentó en la arena tibia y miró hacia arriba, donde yo lo espiaba como se mira esa tableta de chocolate que sabes que no deberías comerte y que, si te acercas lo suficiente para olerla hasta puedes paladear. Maldito Alejandro, ahí, desnudo, con todos sus (maravillosos) atributos al aire. La patata morena y sus acompañantes saludándome, diciéndome «Maggie…, ¡ven al lado oscuro!». Y yo acercándome a ellos como si me dejara llevar por un trance hipnótico. Chasqueé la lengua y por orgullo me bajé la braguita hasta los tobillos, la saqué por los pies y me senté junto a él mirando al frente. Eché un ojo. Me estaba mirando.

—Haz el favor de mirar al mar.

—¿Y cómo sabes que no estoy mirando hacia el mar si tú sí lo estás haciendo?

Tenía la mirada clavada en mi entrepierna con media sonrisilla.

—Deja de mirar, he dicho —dije girándome hacia él.

—¿Es pelirrojo? ¿Es teñido? —Le lancé un manotazo al brazo—. ¡Au!

—¡No me mires!

—¿Qué no quieres que te mire? ¿El pubis?

—¡No digas pubis! Suena fatal. Suena a película cochina.

—Si fuera una película cochina chunga diría coño. No, no, diría chirla.

—¿Eres actor porno? Estás demasiado acostumbrado a estar en pelotas, cuidas la longitud de tu vello púbico, te veo desenvuelto en esto de los diálogos absurdos…

—¿La longitud de mi vello púbico, eh? Pues sí que miras tú. ¿Quieres mirar más de cerca?

—¿Eres idiota?

—Solo quiero aclarar cualquier duda que te surja sobre el asunto. —Guiñó un ojo con seguridad y yo miré otra vez hacia su entrepierna sin poder evitarlo—. ¿Evaluando el material?

Los dos nos echamos a reír como tontos y miramos hacia el mar. Qué curioso… nunca me había encontrado tan cómoda y relajada estando desnuda junto a un hombre. Ni siquiera con mis anteriores parejas. Alejandro era… como estar en casa, como parte de una vida sana que yo apenas había comenzado a comprender.

—¿Ves? No era para tanto. —Y apoyando los codos en la arena, se recostó.

—Bueno, no estoy muy cómoda con un hombre de tus dimensiones desnudo a mi lado —mentí.

—Lo que no es muy cómodo es lo de sentarse directamente sobre la arena.

Pensé en algo que pudiera quitarme de la cabeza la idea de que Alejandro estaba demostrando estar cada vez más cerca de la perfección y como nunca me han gustado los pies de nadie, le eché un vistazo. Pero los tenía morenitos y graciosos mientras movía sus deditos jugando con la arena. Maldición. Seguí el recorrido en dirección ascendente, no hacia su entrepierna, sino sorprendida de la longitud de sus piernas, eternas, bien torneadas, tostadas…

—¿Cuánto mides? —le pregunté.

—Metro noventa. ¿Quieres el resto de mis medidas?

—Como si las supieras. —Devolví la mirada al mar.

—99 - 86 - 98.

Le miré de reojo.

—¿En serio?

—Mídeme si quieres. Si me he movido de ahí mala señal.

—Tú eres actor porno.

—Sí. He hecho carrera por lo bien que gimo —carraspeó y con voz sugerente añadió—. Sí, nena, sigue, no pares… —y siguió gimiendo y jadeando, mirando hacia el mar, como si en realidad me estuviera diciendo en un educado tono de voz que se había quedado muy buen día—. ¡Traga, puta!

—Pero ¡qué horror! —grité entre carcajadas echándome hacia atrás sobre la arena.

—Soy lo más. ¿Nos bañamos?

—Vale, pero de aquí a la orilla sin mirar.

Nos levantamos y nos quitamos un poco de arena a manotazos.

—¿Y tú? ¿Cuánto mides? —me preguntó.

—Un metro sesenta y dos.

—Pues me pareces minúscula.

—No soy minúscula, es que tú eres muy alto. O las actrices porno son muy altas, ¿no?

—Sí, al menos con las que yo trabajo. Al especializarme en vikingas… —Miró de reojo, como cerciorándose de que efectivamente yo no me parecía en nada a una valkiria.

—¡No mires! —le pedí al verle con los ojos clavados en mí y el labio inferior entre los dientes.

—No eres la primera chica desnuda que veo, ¿sabes?

—Ya me imagino que no eres virgen.

—Podría ser de los que lo hacen siempre a oscuras.

—No —dije tratando de zanjar el asunto.

—¿Por qué?

Nos metimos en el agua.

—Porque estás demasiado bueno para ser tan raro. —Le guiñé un ojo y me alejé un poco. Se echó a reír—. ¿Qué se siente al ser tan guapo? —insistí.

—Pues… no sé, dímelo tú.

—No soy guapa. Soy… monina.

—Pues yo te daba.

Lo miré de reojo con una sonrisa entre divertida y ruborizada. El agua le cubría hasta cuatro dedos por debajo del ombligo. Joder…, qué estampa. El puto Poseidón recién salido del agua, despeinado, natural… Seguí nadando hasta que me cubriera, para no tener que taparme las tetas con las manos y flotar y él vino hasta mí sonriendo.

—¿Por qué pones esa sonrisita tonta? —le dije contagiándome con su gesto.

—Me preguntaba si esto lo haces con todos tus huéspedes.

—Sí, lo siento. A algunos incluso les llevo el desayuno a la cama desnuda.

—¿Esos pagan más?

—Mucho más. —Se acercó—. ¿Haces pie? —le pregunté.

—Sí.

Me cogí de su brazo, fatigada por mantenerme a flote y me acercó a su cuerpo.

—Eh, eh, eh…

—¿Qué? —me retó.

Mis piernas rozaron sus piernas. Tenía la boca entreabierta…, estaba increíblemente guapo y doscientos cincuenta mil cumplidos más que no sé decir sin ponerme cerda.

—Y dime… ¿tu novia es muy alta tipo vikinga, altura media o muñeca como yo?

—No tengo novia —dijo mirándome los labios y sujetándome por la cintura.

—¿La tenías?

—La tenía.

—Huías de ella, entiendo.

—Entre otras cosas. Y era alta.

—¿Vikinga?

Negó con la cabeza.

—Morena, metro ochenta, ojos verdes.

No, Maggie, contra eso no puedes competir.

—¿Y tu novio? —preguntó acercándome más hacia su cuerpo.

—No tengo novio.

—Sí, mujer, el que se mete en tu habitación por las noches.

—¡Ah! ¿Ese? Es rubio, tipo nórdico, de los que me gustan —mentí. Él era en realidad la viva imagen del hombre de mis sueños más tórridos—. Ojos azules. Un metro ochenta…

—Vaya…

Me acercó un poco más a él. El agua no estaba especialmente caliente, pero a pesar de eso tenía un calor infernal. No podía dar muestras de flaqueza, pero empezaba a estar muy cachonda, que todo el mundo me perdone. Un hombre como aquel, un atlante, desnudo metido en el agua tibia del Mediterráneo a escasos cinco centímetros de mí, mucho tiempo de sequía…, demasiado hasta para la señora Mercedes. ¿Qué haría ella en mi caso? Oh, Dios, debía buscarme amigas de mi edad. Ahora estaba imaginándola a ella corriendo desnuda por la playa con las tetas dándole latigazos en la espalda.

—¿Por qué pones esa cara? —me preguntó en un susurro.

—Tenemos que tener cuidado con las medusas. Una picadura en cierta zona arruinaría tus vacaciones.

—No son vacaciones. Estoy de retiro espiritual.

—Pues nada de sexo, ya sabes.

—En ello estoy, pero tengo un problema, ¿sabes? —dijo en tono severo—. Hay una pervertida tamaño muñeca que me obliga a bañarme desnudo junto a ella y…

Su mano bajó hacia mi cadera y me acercó mucho más hasta que noté su cuerpo frotándose con el mío. Instintivamente, le rodeé con mis piernas. Alejandro se acercó y se inclinó hacia mi boca, pero jugueteando me aparté.

—Ven…, tienes unas gotas de agua…

Me acerqué y sus labios sorbieron unas gotas en mi mandíbula mientras una de sus manos viajaba hacia abajo, atravesando mi espalda a lo largo. Gemí lo más bajo que pude cuando noté su lengua en el lóbulo de mi oreja.

—Para… —me reí—. Para, de verdad.

—¿De verdad? —susurró paseando la punta de su nariz a lo largo de mi cuello.

No, claro que no. Si seguía un poquito más… tampoco iba a pasar nada, ¿no?

Abrió la boca y me mordió el cuello.

—Mmm… —se me escapó.

—Sí. Yo también lo creo.

Acaricié su pelo húmedo y dejé que me clavara suavemente los dientes en cualquier parte de mi piel. Me gustaba. Ese cosquilleo… ese… ¿de dónde venía? Lo había vivido ya antes. Era deseo. Deseo del que solo se calmaba con el pelo pegado al sudor de mi nuca y mi garganta explotando en un orgasmo.

Joder. Pues el mar debía de estar menos frío de lo que pensé en un primer momento al meterme. No me salía ni la voz. Alejandro me agarró de los muslos y me acomodó a una altura tortuosamente placentera, encajando en su cuerpo y llevándome arriba y abajo de su pecho. Su sexo y el mío frotándose. La última vez, mis pechos quedaron casi a la altura de sus labios y trató de arquearme la espalda para acercarlos a él.

—Shh… —Volví a alejarme de su boca un segundo.

—No juegues demasiado conmigo.

—¿Por qué?

—Porque conozco atajos. Y me gusta ganar.

Otra vez su lengua en el lóbulo de mi oreja y su respiración poniéndome la piel de gallina. Sus manos cambiaron de posición. La derecha subió por mi costado hasta que pudo rozar el pulgar con mi pecho y la izquierda agarró con fuerza mi nalga.

—¿Lo ves?

—No veo nada.

—Pero si quieres puedes tocarlo.

Estuve a punto de alargar la mano y tocarlo… a punto, pero preferí frotarme con disimulo que ceder a caricias tan evidentes. Estaba, en el fondo, muy cortada. Nos movimos al unísono y noté su polla encajando entre mis muslos, cerca de mi sexo. Mierda.

—Deberíamos parar —gemí con sus labios en mi cuello.

—¿Por qué?

—No tengo ni idea, pero deberíamos.

—Júrame que quieres parar.

—Joder, Alejandro… —balbuceé.

—¿No quieres?

—Por favor... —supliqué tras un suspiro.

—Por favor… ¿qué?

—No lo sé.

Los dos sonreímos. Su nariz rozó la mía. La mía la suya. Nuestros labios se separaron y…

—*Fa un estar d'angels, parella*!!!

Los dos nos giramos en dirección a la barquita que, a unos cien metros, surcaba el agua celeste a buen ritmo. Sobre ella, dos hombres de mediana edad, de los que quedaban los domingos a jugar al dominó en la plaza.

—*Quant més cosins més endins!!!*

Sus carcajadas graves y masculinas partieron el aire en dos y se llevaron el momento. «Pero qué vergüenza, por Dios»…

Alejandro me soltó sin más y yo aproveché el momento para alejarme un poco. No estaba acostumbrada ya a lidiar con una tensión sexual de aquel calibre y menos con unos señores jaleando. Si no podía poner tierra de por medio al menos pondría mar.

—Maggie —me llamó él.

Me giré, lo miré y me odié por ser tan remilgada como para dejar pasar aquella oportunidad.

—¿Qué?

—¿Me lo parece o nos gustamos?

8

La señora Mercedes me miró de reojo mientras sacaba del bolso un montón de botones grandes de colores y un pedazo de tela un poco excéntrica.

—Niña..., ¿esto te gusta?

—Es moderno, señora Mercedes. O al menos era original cuando aún vivía en la civilización. Quiero un vestidito tipo babi de cole. Fresquito, para cocinar.

—Está bien. Tú lo vas a coser, así que...

Me senté delante del patrón y empecé mi labor mientras la señora Mercedes mojaba un pedazo de bizcocho casero en un café con leche.

—Te ha salido muy rico.

—Gracias. Es que hoy le puse manzana y canela —contesté concentrada.

—¿Le dejaste un pedazo al niño?

—Sí. —Noté cómo empezaba a sonrojarme así que dejé que el pelo me cayera por la cara.

—Te vas a coser la melena. Cuéntame. ¿Cómo va con Espartaco?

—Bueno…, es majo.

—¿No era un *zumandero*?

—¿Un *zumandero*? —La miré intrigadísima dejando la labor de lado—. ¿Qué puñetas es eso?

—No sé, niña, lo dijiste tú. Algo de una película de un tío que te hacía risa.

La miré durante unos segundos y me eché a reír a carcajadas.

—¡Zoolander!

—Pues eso. Qué se yo…

Moví la cabeza sin poder creerme la genialidad de esa mujer.

—¿Y dónde está? —insistió ella.

—Se fue a la playa a hacer ejercicio. A correr y esas cosas que hacen los tíos con ese cuerpo…

—¿Cuándo me lo traes? Para que le vea el cuerpo, digo.

—La tensión, Mercedes.

—La tensión la de tu tía la coja —refunfuñó.

—No es demasiado sociable. Le he propuesto acompañarme, pero dice que prefiere no venir al pueblo. Dice que no tiene ganas de ver gente.

—Pero a ti sí, ¿no? ¿Te estás poniendo rojita?

—Es que… —Crucé las piernas y suspiré. Necesitaba contárselo a alguien y ella era lo más parecido a mi mejor amiga—. Merce…, se lo cuento en confianza, no lo charre usted luego en la tertulia de la noche…

—Palabrita.

—El otro día me dijo que le gustaba.

La señora Mercedes me miró con sus pequeños ojillos arrugados y tras unos segundos se echó a reír. Me quedé estupefacta. Esperaba que aplaudiera y me pidiera más datos, no que se descojonara de mí en mi propia cara. ¡Sería cabrona!

—¿Qué pasa?

—¿Que le gustas? ¡¡Ay, por favor!! ¡Parecéis niños de colegio!

—Bueno… un poco… pero ¡estábamos desnudos cuando me lo dijo! —añadí con saña mientras la señalaba con el dedo índice.

—Pero ¡¡bueno!!

Pensé que me iba a reñir por golfa y me preparé para la regañina.

—¿Te fuiste al catre con él y no me contaste nada?

—¡No! —¿Si pasaba se lo tendría qué contar? ¿Y si del sofoco la dejaba tiesa?—. Es que lo llevé a la playa del acantilado, a la pequeñita, que es nudista. E insistió en que nos desnudáramos…

—¿Y no pasó nada?

—No —negué volviendo a la costura—. Y… lo intentó. Bueno…, igual un par de refrotes, pero nada al fin y al cabo.

—¡¿Por qué no pasó de ahí?! —preguntó indignada.

—Pues… no sé. Pasaron dos de los parroquianos del bar Domingo y les dio por jalearnos. Me dio vergüencita y nos cortó el rollo…, apenas lo conozco de una semana.

—¿Y no podéis gustaros?

—Sí, pero no sé…

—Haz el favor de comprarte una caja de gomitas y hacer que no se olvide de esta isla en todas las posturas que te sepas.

La miré con los ojos como platos y le aparté la bandeja con los pedazos de bizcocho.

—Ya tiene usted suficientes por hoy…

—Estrecha —sentenció ella de morros.

9

Volví del pueblo y Alejandro no estaba en casa, así que aproveché para darme una ducha, ponerme el vestido nuevo negro de palabra de honor y pintarme un poco los labios siguiendo el sabio consejo de la señora Mercedes. Podía decirme misa a mí misma, e incluso tratar de convencer a los demás de que no tenía ninguna intención de acercarme más a Alejandro, pero lo cierto es que me moría de ganas de que fuese él quien me impidiera alejarme. Soy de naturaleza complicada y él tenía algo que despertaba más dualidad en mí: lucha entre la independencia ganada con esfuerzo y la idea romántica de la aventura amorosa. Qué cosas. Pensando en ello preparé la cena y saqué una botella de vino que tenía guardada en la alacena. Y yo iba de que no me gustaba, ¿no?

Cuando regresó, Alejandro me sonrió y me pidió permiso para subir a cambiarse antes de cenar. Casi no podía mirarlo ni a la cara, porque era demasiado guapo, porque me encantaban sus ojillos castaños rasgados y porque me había fijado en su nariz algo afilada y me parecía sexy, sexy, sexy… con personalidad. Además de porque venía de correr por la playa y la camiseta se le pegaba al pecho de una manera que mis hormonas no podían soportar.

Escuché cómo se daba una ducha y me apoyé en la pared del pasillo para imaginar que me desnudaba y me metía con él, sorprendiéndole. Nos besaríamos y follaríamos contra la mampara…, fruncí el ceño. Contra la mampara imposible. Caería y nosotros con ella. Poco sexy aquello de morir desnucados…

Bajó con el pelo mojado, revolviéndoselo con los dedos y tratando de apartarlo de su cara. Llevaba un pantalón vaquero roto en una rodilla y una camiseta negra. Estaba francamente increíble. Podría haberle dado un sartenazo en la cabeza, dejarlo KO y haberme aprovechado de él, pero no sabía si en realidad era posible aprovecharse de un hombre inconsciente.

—¿Qué hay para cenar? —preguntó.

Tardé en reaccionar. Alejandro quitaba el hipo.

—Pues… vino —dije con la babilla colgándome.

—¿Y de plato principal? ¿Tú?

—O tú —me reí.

—Tú y yo…, ¿eh? Pues suena bien, no creas.

Se acercó. Me apoyé en el banco de la encimera retrocediendo pero Alejandro dio dos pasos más hacia mí y se inclinó. Por un instante creí que me besaría. Y si me besaba no iba a poder parar, estaba claro. Así que de un beso pasaríamos a quitarnos ropa y de ahí al sexo, a poder ser salvaje y bruto. Pero… ¿después qué? ¿Cómo se suponía que debíamos comportarnos después de follar, viviendo eventualmente bajo el mismo techo? En un ataque de pánico contesté con un gallito en la voz:

—¡Quiche casera de verduras!

Alejandro chasqueó la boca y cogió la botella de vino para abrirla mientras servía la cena. Olía de maravilla y llenó dos copas.

—Maggie, ¿puedo pedirte algo?

—Claro.

—Me encantaría llamarte Magdalena, si no te importa.

Lo miré. En su boca sonaba distinto.

—¿Magdalena? Suena a bollería industrial, ¿no? —me reí.

—A mí me gusta. ¿Sabes lo que dicen de las chicas que se llaman Magdalena?

—¿Quién lo dice?

—Internet.

—¿Internet?

—Sabes que los móviles tienen acceso libre a Internet, ¿verdad?

—Claro que sí, idiota —me reí.

Se sacó el teléfono móvil del bolsillo y movió ágil los dedos sobre la pantalla mientras yo miraba fascinada. Cuando encontró lo que parecía estar buscando me miró y carraspeó:

—Leo textual: «Se dice que las personas con este nombre son francas y directas, pero en su carácter existe una mezcla de reserva y control, pero también de impulsividad, autoritarismo e incluso a veces agresividad, desconcertando así a aquellos que las rodean. No obstante, son mujeres fuertes, determinadas y ambiciosas que cuando han decidido que algo es innecesario es imposible hacerlas cambiar de opinión. Además, como son suficientemente inteligentes para convertir en lecciones las experiencias de la vida, suelen conseguir lo que quieren. En la vida sentimental, no son unas esposas fáciles de manejar, de llevar y de comprender, pues les falta adaptabilidad y en cambio son posesivas, queriendo así, mandar y administrar por encima de sus parejas».

—Menuda joyita —bromeé—. Dime una cosa… ¿qué hacías tú buscando mi nombre en Internet?

Alejandro hizo una mueca. Pillado.

—Estaba trasteando con el móvil y…

—Deberías apagarlo.

—Había pensado poner un poco de música en Spotify.

—¿Spotify? Vale, eso sí que no lo conozco.

—Ay…, Magdalena —se burló—. El mundo está lleno de cosas nuevas. No entiendo de qué te escondes.

Uff. Escoció. Respira, Maggie.

—Magdalena entonces. A lo mejor al principio no te contesto. No prometo nada.

Sonrió seguro de sí mismo y me sentí tan torpe. Torpe, pequeña, como palurda. No sé explicarlo. Un cosquilleo desagradable me recorrió la espalda. Él sabía del mundo que yo había dejado atrás, se movía como pez en el agua porque formaba parte de toda esa maquinaria que a mí me volvió medio loca. Por aquel entonces aún pensaba que era el entorno, el exterior, lo que me hacía daño. Y me dio rabia pensar que Alejandro podía vivir tan tranquilo en un mundo que a mí me había sobrepasado. Ya lo he dicho…, no me gustaba hablar de mis fantasmas, ni siquiera pensar demasiado en ellos porque me desequilibran hasta ponerme la piel tan sensible que hasta la brisa me hace daño. Y como los perros apaleados… no reacciono bien ni siquiera a las caricias cuando ese proceso se ha puesto en funcionamiento. Así que no vi a Alejandro sonreírme a mí, sino a él mismo, empaquetado, casi acartonado, en postura de portada de CD. Mi cabeza lo convirtió en una especie de Madelman de sonrisa fácil y postiza. Me dio un escalofrío.

Eligió una de sus listas de Spotify y me preguntó si tenía altavoces, pero claro, no tenía. No tenía ni ordenador en recepción, por Dios. Aquello también me molestó. No os esforcéis por entender mi reacción… para mí también era un misterio, pero no podía evitarla. Así que dejó su teléfono sobre la mesa y nos dispusimos a cenar. Sonaba «Shine», de Years & Years; yo no los conocía pero me gustó. Es lo que tenía recluirme…, me estaría perdiendo tantas canciones preciosas, tantas películas que me emocionaran, tantas cosas nuevas…

—¿Te gusta? —me preguntó mientras servía vino.

—Sí.

—¿Qué música sueles escuchar?

—Pues… no sé. No mucha. A veces pongo algún CD pero no traje muchos cuando vine —carraspeé. Mi voz empezaba a sonar demasiado triste.

—Ahm. Ya. Te gusta la calma, ¿no?

—Sí.

—Es…, ¿es por ello por lo que estás aquí, Magdalena?

La incomodidad creció. Creció hasta llenar la habitación, los vasos, los platos. El aire se vació de aquel estado de calma en el que no me preguntaba nada. ¿Por qué estaba allí? ¿Qué respuesta se le da a esa pregunta cuando cualquiera de las opciones ni te deja en buen lugar ni te gusta? Palabras siempre amargas que dejaban el paladar en carne viva, porque sabían a ácido. ¿Por qué? ¿Por qué era él quien tenía que dominar la situación? ¿Por qué parecía tan cómodo y yo tan confusa y tan incómoda?¿Quién se creía para hacer preguntas tan personales? ¿Qué era, el nuevo «estudias o trabajas»?

—¿Por qué me hablas así, Alejandro? —le pregunté de malas maneras.

—¿Así cómo?

—Con esa seguridad de cretino de chiringuito de playa —y se lo dije acercándome la copa a los labios.

Alejandro me miró serio, incrédulo y luego agachó la cara hacia el plato.

—¿Cómo?

—Estoy aquí porque quiero estar aquí. ¿Tengo que darte alguna explicación más?

—No te estoy pidiendo explicaciones.

—Pues suena a lo contrario.

—Debí tocar alguna fibra porque no entiendo nada…

—No, no has tocado ninguna fibra, para nada. Pero parece que lo dices apoyado en la barra de un bar, con un whisky doble sin hielo en la mano. Y me da la sensación de que crees que hablas con cualquier tontita que va a entretenerte con sus mierdas mientras cenas. Y no me apetece. —Me concentré en no decir ninguna palabra malsonante.

—Joder —resopló—. Eso suena bastante retorcido, ¿sabes? Has debido malinterpretarme. Solo estaba charlando. Pero si lo prefieres me callo.

Me miró y siguió masticando como si nada, como si hubiera decidido que interpretar el papel de seductor no valía la pena conmigo. Dios…, Maggie, la loca, sal de mi cabeza. Respira hondo y habla con calma. Tres, dos, uno…

—Perdona, es que yo…

—Esto está muy bueno —añadió señalando el trozo de quiche que le quedaba en el plato.

—Gracias.

—¿Qué lleva?

—Pelos púbicos y uñas de los pies. —Me aguanté la risa mientras él levantaba lentamente la mirada hacia mí—. Es de verduras. Calabacín, champiñones, cebolla…, esas cosas.

—Pues está de muerte.

—Lleva mucha nata, eso sí.

Me miró desconfiado.

—Como engorde tendré que pedirte daños y perjuicios —sonrió sin dejar de mirar la comida.

—Tampoco pasaría nada. Estás de vacaciones, ¿no? En vacaciones siempre se suben unos kilos.

—Ya, bueno, pero yo no me lo puedo permitir.

—¿Por qué?

—Porque mi aspecto me da de comer y no siempre seré así. —Seguía pinchando de su plato con el tenedor.

—¿A qué te dedicas?

Carraspeó, se limpió la boca con una servilleta y me miró.

—Parece que el físico siempre abre muchas puertas. Solamente trato de no cerrar ninguna aún —sonrió tirante.

—Suena lógico.

—¿En qué trabajabas tú antes de montar todo esto?

Ahora la que carraspeó fui yo.

—Bueno…, me tocó la lotería a los veintitrés y llevo dos años aquí. No tuve mucho tiempo para…

—¿Te tocó la lotería? —Levantó las cejas, sorprendido.

Otro con la misma cantinela. Sí, me tocó la lotería. La gente siempre se sorprendía cuando confesaba que a los veintitrés años me llovieron billetes a dolor y por castigo. Suelen creer que aquello solucionó mis problemas, pero lo que no saben es que aquel premio fue el principio de todos mis males. Durante un tiempo mi vida fue un sinfín de gastos estúpidos y sinrazones carísimas; a fin de cuentas yo por aquel entonces era muy joven y no sabía nada de la vida ni de mí misma. Cuando empecé a ir a la deriva, poco después de sentir que tocaba fondo, vi algo de luz después del túnel y decidí invertir parte de ese dinero que ahorré en arreglar la casa que había heredado de mi abuela. El resto de la historia… estaba clara.

—Sí. —Aparté el plato ya sin hambre y me bebí todo el contenido del vaso.

—Qué suerte, ¿no? No conocía a nadie que…

—Bueno, no te creas —sonreí, pero por hacer algo—. A mí me vino bastante mal.

—¿Te tocaron muchos…?

—Los suficientes. —Me revolví el pelo.

—¿Mala experiencia?

—Una pesadilla. Fue algo que ya pasó y de lo que no me gusta hablar. Lo siento.

—No. Discúlpame tú. —Nos miramos. Él sonrió con ternura—. Bueno, parece que nos hemos encontrado con dos huesos. Tú no quieres hablar de las circunstancias que te trajeron aquí y yo no quiero hablar de las mías.

—Pues no hablemos de ellas. —Y por la cara me cruzó una expresión de ilusión.

—¿De dónde eres?

—De Barcelona —sonreí al recordar mi ciudad—. Pero viví tres años en Madrid.

—¿Y eso?

—Un poco de todo: me apetecía salir de casa de mis padres y trataba de labrarme un futuro. ¿Y tú? ¿De dónde eres?

—Soy de un pueblo de Tarragona. Mis padres viven allí. Pero yo vivo en…, bueno, vivo en Nueva York.

Lo miré atónita.

—¡¿Vives en Nueva York?!

—Sí. Al menos la mayor parte del tiempo.

—¿En Manhattan?

—Más o menos —asintió riéndose de mi entusiasmo.

—¿Cómo es? —pregunté maravillada.

—Según cómo estés puede ser muy acogedora o apabullante —sonrió con tristeza apretando los labios.

—¿En qué parte vives?

—Ahora tengo un apartamento en Brooklyn, en un barrio que me gusta mucho, pero hasta hace relativamente poco malvivía en Queens en un entresuelo compartido por…, no sé, ¿doscientas personas más?

—Es el sueño de mi vida —dije anonadada—. Lo del barrio de Brooklyn, no lo de los doscientos compañeros de piso. ¿Cuánto te cuesta el alquiler, por curiosidad?

Se humedeció los labios.

—Un alquiler allí puede costarte, no sé, mucho dinero. Según si es un estudio o tiene dos habitaciones, según la calle, la cercanía al metro...

—Pero ¿como media?

—Unos tres mil quinientos dólares.

—¿Y cómo se enfrenta alguien a ese gasto? —«¿De qué narices trabaja este hombre para poder mantenerse en un piso en un barrio de moda en Brooklyn?», pensé.

—Bueno..., los sueldos son más altos y..., en mi caso..., bueno, prefiero no hablar de ese tema.

—Humm... —«¿No lo paga él? ¿Es el amante mantenido de alguna *socialité* podrida de pasta?»—. Ok. Pero dime una cosa, ¿cuántos años tienes?

—Treinta y dos.

—¿Y cuántos idiomas sabes? —sonreí apoyando la cara en la palma de mi mano.

—Francés, inglés y español.

—Oh. Políglota —comenté en tono jocoso tratando de ocultar la envidia que me daba.

—Y también sé decir tacos en una docena de idiomas más —dijo fingiendo orgullo.

—¿Y catalán?

—Lo chapurreo. Mi madre es argentina y delante de ella la familia de mi padre jamás habló en catalán, de modo que... supongo que podría hablarlo mejor. Fui al liceo francés y... —Puso los ojos en blanco.

—¿Madre argentina?

—Sí. Se llama Daniela.

—¡Qué nombre tan bonito!

—Sí. La adoro —sonrió—. Cuando las cosas no me van bien, ella aparece sin más. Es como si lo supiera. Cuando rompí con..., bueno, cuando rompí con mi novia, me llamó y fue como si...

Se quedó callado, mirando la mesa con una expresión indescifrable. ¿Añoranza, desilusión, melancolía?

—Y… si no es mucho preguntar, ¿por qué rompiste con tu ex? —le interrumpí.

—¿Con Celine? Pues porque… —Cogió aire y llenó las copas—. En realidad todo empezó como una discusión bastante rutinaria. El típico intercambio de reproches. Tú no haces esto, yo siempre me esfuerzo en lo otro… pero la cosa se nos fue de las manos, subió de tono y al final… se destapó el pastel. Resulta que estaba demasiado ocupada gestionando su agenda para poder encajar a todos los tíos entre los que buscaba lo que yo creía tener con ella.—«Pero vamos a ver… ¿el mundo estaba del revés? ¿Quién iba a desear a otros hombres pudiendo meterse en la cama con él?». Siguió hablando mientras lo miraba atónita—. Después yo fui un cerdo para vengarme y terminamos de estropearlo con gritos y peleas en público que se saldaron con una ruptura de esas que da vergüenza tener en el expediente.

—Define «ser un cerdo para vengarme».

—No sé si quiero —contestó con una mueca divertida.

—Una lástima…, me encantaría saber de qué eres capaz.

Se quedó callado, midiendo mi expresión. Creo que quería desahogarse, decir en voz alta algo que le torturaba un poco, un acto del que no se sentía orgulloso, como en una especie de confesión tras la cual yo tendría que absolverle. Iba a explicarle que en realidad no quería saberlo cuando abrió la boca y dijo:

—Me tiré a su compañera de piso. Y después se lo conté.

—¿Perdona?

—En realidad no se lo conté. Le mandé una foto. —Hizo una mueca entre la risa nerviosa y la vergüenza.

—Madre de Dios…, ¡eres un cabrón!

—Ya teníamos muchos problemas. Enterarme de que se acostaba con medio Manhattan fue la gota que colmó el vaso.

Me volví un poco loco. Ella bebía mucho, le iba mucho la fiesta, era egocéntrica e inestable. Yo me convertía en un idiota con ella, como si solo fuera capaz de ser un trozo de carne si estábamos juntos. Solo pensábamos en acostarnos y en salir a cenar de vez en cuando. Nuestra relación siempre fue superflua, sexual.

—¿Llevabais juntos mucho tiempo? —Vaya si estaba preguntona yo…

—Apenas un año. Empezó todo un poco… abrupto. La conocí en una fiesta. Nos presentó un amigo común y bueno, nos fuimos a la cama ese mismo día —se rio entre dientes mirando el contenido de su copa.

—¿Química?

—No lo sé. Química o soledad… Nueva York es muy grande para alguien como yo. —Nos quedamos callados, mirándonos—. No había hablado con nadie de mi ruptura.

—¿No?

—No. Es reciente. Has sido la primera.

—Gracias, supongo —sonreí.

—Ahora te toca a ti. ¿Tu última pareja?

—Buff…, ya ni me acuerdo. Espera que haga memoria —fingí devanarme los sesos unos segundos—. Esto…, Santiago; lo dejamos cuando tomé la decisión de invertir y montar la casa de huéspedes. Teníamos muy pocas cosas buenas en común… así que… simplemente rompí con todo, hasta con cosas que me gustaban y que sigo echando de menos. Él fue un daño colateral.

—Lo dices como si él…

—No, no me importaba demasiado. Es posible que nuestra relación también fuera superflua y meramente sexual. No es que sea una tía fría y sin corazón, es solo que en aquel estado nadie me importaba demasiado.

Nos miramos fijamente.

—Hemos tocado hueso, creo —sonrió.

—Sí. —Quise desviar el tema un poco—. No soy de las que se enamora con facilidad. Creo que solo me he enamorado de verdad una vez, pero no fue correspondido. Sufrí como una idiota y después… aprendí.

—Todos vivimos cosas así.

—¡Venga ya! ¿¡Quién te va a decir a ti que no!? —me reí, relajada.

—Por ejemplo… tú.

Lo miré dejando suavemente el vaso sobre la mesa.

—Ah… —logré contestar.

—¿No dices nada más?

—Pues no sabría qué contestar a eso… —Jugué con los cubiertos, acariciándolos con las yemas de los dedos.

—Tienes varias opciones pero creo que la mejor a estas alturas es aclarar si estás o no interesada.

—¿En ti?

—En… —se mordió el labio— ver qué pasa.

—¿Qué pasa… en qué sentido?

—¿Y si me invitas a tu cuarto para «hablarlo»?

—No…, no me gusta eso que estás haciendo. —Me salió solo como un vómito.

Nuestras dos miradas chocaron.

—Creo que o yo no entiendo o me estás lanzando señales contradictorias a mansalva —sonrió irónico, probablemente dolido por la negativa mientras dejaba la servilleta sobre la mesa.

—Lo siento. —Cerré los ojos, me revolví el pelo y suspiré—. Es que… yo no… y tú… el caso es que… —Lancé un suspiro—. No me acuesto con desconocidos, Alejandro. Las cosas no funcionan así en mi mundo. Y me ofende que lo plantees como un acuerdo comercial. Sinceramente… creo que estás acostumbrado a algo que no puedo darte.

—No se hable más.

La cena terminó abruptamente. Me puse a recoger en cuanto esas palabras salieron de su boca. Me sentí sucia. Como aquella vez que un tío me invitó a cenar e intentó que folláramos en el mismo restaurante sin ni siquiera terminar nuestro plato, con prisas, como si no mereciera más. Como si yo fuera un cuerpo al que no merecía la pena tenerle respeto. Una muñeca hinchable. Una vagina en lata. Dos tetas redondas preparadas para que cualquiera las tocase si le apetecía. Se me estaba yendo la olla… otra vez.

Aquella noche repasé concienzudamente ese pedazo de conversación y acabé por molestarme más y peor. Ya no quería algo así, no porque no quisiera echar un polvo de una noche porque, narices, claro que me apetecía. El hecho era el modo en el que sucediera. Estaba harta de cosas fingidas, de poses, de excusas decoradas para follar conmigo y largarse después. Las había tenido a manos llenas en el pasado y no quería nada que no fuera… normal, humano, natural y cálido. Él lo parecía pero a veces me sentía como en conversaciones para llegar a un acuerdo de fusión empresarial. Y no quería ser un activo ni un pasivo. Quería… ser especial.

10

No tenía intención de ir a casa de la señora Mercedes. Era una visita al pueblo de lo más convencional: hacer la compra y pasearme un poco, pero pasé por delante de la pastelería y vi aquellas medianoches recién hechas... Me acordé de ella. Compré media docena y me presenté en su casa con una sonrisa, fingiendo que no necesitaba alguien con quien hablar y compartir cosas.

—¿Qué haces por aquí? Pensé que estarías en la playa nudista con Espartaco —dijo al abrirme la puerta—. ¿Cómo se llamaba? De tanto llamarle así se me ha olvidado su nombre.

—Alejandro.

—Eso, Alejandro. ¿Cómo va la cosa?

—No va. —Puse cara de decepción.

—¿Por qué?

—Porque..., ¿me deja pasar? No me gusta hablar de este tema en la puerta de su casa. Ya sabe usted que luego viene la señora Ramona y pone la oreja.

—¡Ay, cómo no te voy a dejar pasar! Anda, anda. —Me azuzó hacia dentro.

Como siempre me recibió el frescor de una casa de muros gruesos y paredes encaladas. Olía a cocina de la buena, a un guiso rico y casero. Se podía encontrar, husmeando entre aromas, el eco de las especias que usaba para que sus platos siempre supieran mejor.

—He hecho *all i pebre de rap*…, ¿quieres una ollita?

Asentí. La señora Mercedes siempre hablaba en su propio idioma, mezcla de palabras con las que había convivido toda su vida y el recuerdo de otras que le enseñaron y que jamás usó; siempre a caballo entre la lengua que aprendió en casa y la que habló con su marido, que era de fuera.

Mientras el aroma del guiso de pescado invadía mis fosas nasales y ella llenaba una olla pequeña para que me la llevara a casa, me ofreció café o zumo. Acepté un zumo de naranja, serví dos y me senté descalza sobre el sillón mecedora.

—¿Vamos a coser o has venido a charlar? —sonrió sacando la bandeja de medianoches y unos cuantos frascos de compota y mermeladas.

Cogí un bollo, el cuchillo y lo abrí por la mitad. Alcancé un tarro y me encargué de repartir el dulce entre la miga, pero sin dar una respuesta.

—Vale, a hablar —se contestó ella misma—. A ver, cuéntame por qué no tienes un idilio apasionante con Espartaco.

—Se llama Alejandro —me reí.

—Bueno, pues con ese.

—Porque es de esos que…, que lo dan todo por hecho y creo que…, que merezco que se lo trabajen un poco. Quiero ponerme coquetuela, tontear, que me coja de la mano, que me diga cosas bonitas, que me proponga salir por ahí…, ¡yo qué sé! No ahí, venga, dale…, «quiero follarte hasta que no puedas andar».

La señora Mercedes me lanzó una mirada de soslayo y yo agaché la cabeza y estudié con fingido interés la tela de mi vestido.

—Déjate de tonterías. Tú lo que quieres es enamorarte, no un rollo. —Qué moderna era esta mujer cuando quería.

—No, no, a ver, estoy abierta a un rollo pero... no así.

—¿No será que tienes miedo?

—¿De qué? —La miré sorprendida.

—Ah, no sé. Yo ya estoy fuera del mercado, como decís vosotros. De esas cosas no me entero.

Chasqueé la lengua contra el paladar y me encogí sobre mí misma. Mierda. Sí, tenía miedo. Miedo de que cuando se fuera, todas aquellas terminaciones nerviosas que habían revivido con él no se contentaran con la tranquilidad y el sosiego de vivir apartada de todo. Que mi cuerpo volviera a frustrarse y a apagarse, y a sentir que en mi interior vivía una vieja cansada ya de levantarse por las mañanas. Recordaba el regusto amargo de aquella misma sensación: estar aburrida de la vida. Y sabía muy bien qué iba después..., iba la búsqueda de los límites, la carrera sorteando el extremo que separa la salud de lo enfermizo. Y Maggie perdiéndose entre emociones. ¿Es que no tenía término medio? Quizá no. Quizá formaba parte de un mundo en el que no existían los colores, solo la comunión entre todos ellos o su ausencia. Y allí iba yo, de altos a bajos sin pasar por llanos. Gritando o callando, sin haber aprendido aún a hablar. Estaba aterrorizada, pero no por Alejandro. Al menos no aún. Estaba asustada por mí, porque con él o sin él, estaba llegando a un punto de no retorno, donde los fantasmas aparecían ya cada noche y la vida en la que me había escondido... no bastaba. Él solo era... un estímulo. El desencadenante quizá. Un punto de partida.

—Es extraño. A veces me da la sensación de que nos parecemos mucho, ¿sabe? Que me entiende, como si para él ciertas cosas de mí fueran simplemente evidentes y me comprendiera.

—Entonces... ¿cuál es el problema?

—El problema soy yo, señora Mercedes —suspiré y me froté la cara—. Como siempre... lo único que desentona en mi vida soy yo.

—No digas tonterías.

—Lo digo en serio. Ya sabe usted cómo soy y..., y lo que me pasó. Y él, aunque sea más tranquilo, aunque no esté loco como yo, parece que también está a medio camino entre el lugar de donde viene y el que quiere alcanzar. Yo estoy igual. Sé que esto es eventual, aunque quiera negármelo. Esto no es una solución.

—Definitivamente tú buscas otra cosa —contestó con la voz tomada, terminando de engullir una medianoche.

—¡Que no! —Me reí—. Me refiero a mi vida aquí. Me refiero a no pensar en mi futuro a largo plazo y... sobrevivir.

—Te estás planteando cosas un poco serias, ¿no, Maggie? ¿Por qué no te diviertes y ya está?

—Porque no sé hacerlo. Enseguida aprendo a complicarme la vida.

—Apenas lo conoces —se chuperreteó un par de dedos.

—Lo sé.

—¿Entonces? Vive, haz el favor. Cuando te das cuenta tienes setenta y pico años y todos los dientes postizos. Pásatelo bien con él y déjate de dramas, niña, que la vida ya es lo bastante complicada como para que encima dejemos pasar los placeres. —Y cogió otro bollo de la bandeja.

11

Me asomé al huerto y me pareció que podría recoger unas cuantas patatas. Ya tenía solucionada la cena: una tortilla y andando. La tortilla de patata era uno de mis platos preferidos. Eso, la lasaña de mi madre y el sushi…, sushi…, hacía años que no lo comía. Suspiré y me agaché a cosechar. ¿Quién me iba a decir a mí que estas cosas me harían feliz?

Escuché el ruido de la cortina de cuentas de la puerta y levanté la vista. Alejandro se estaba comiendo una manzana allí apoyado, totalmente sudoroso, sin camiseta y con una botella de agua en la otra mano. Una imagen recién salida de mis sueños más guarros, a pesar de que aún llevara esos pantalones cortos.

—¿Te ayudo? —dijo sonriente.

«¿Te ayudo yo a ti a terminar de desnudarte?», pensé.

—No, no te preocupes. Voy a hacer tortilla de patata para la cena. ¿Te apetece? —Bajé la vista a la tierra.

—Claro —sonrió.

—¿Sabes? No dejo de pensar en sushi..., tengo un antojo horrible —dije sin mirarlo aceptando que él era lo otro que se me antojaba esa noche.

Arranqué una patata de entre la tierra y me caí de culo.

—¿No hay por aquí algún sitio donde lo sirvan? —Se acercó y me tendió la mano para que me levantara.

En el breve lapso de tiempo en que lo toqué, tuve ganas de besarlo hasta dejarlo sin aliento y lamerle la piel del cuello. Saborearlo, olerlo, morderlo, arrastrarlo de nuevo a la cala para quitarle la ropa y terminar lo que habíamos empezado. Dios..., fundirme en sus labios...

«Maggie, despierta».

—No. En el pueblo les pides pescado crudo y te dan una lubina viva. —Me hice la loca, rebuscando en la tierra.

—Vaya, a mí también me apetece ahora que lo has dicho. ¿Y si lo hacemos en casa?

—No sé hacer sushi. Se me da mejor pedirlo a domicilio.

—No creo que consigamos alga nori para hacer maki, pero podemos hacer niguiris y sashimi. ¿Qué me dices? —Él seguía a lo suyo, haciendo planes.

—¿Qué necesitas?

—Un lomo crudo de salmón y otro de atún, por ejemplo. Y arroz del redondo, pero no del que no se pasa. ¿Tienes vinagre de manzana? Salsa de soja también. Y wasabi, pero no sé si lo encontrarás. ¿Tienes un cuchillo de porcelana?

—¿Qué dices? ¿En qué idioma me hablas? —Me eché a reír.

—Bueno, nos las arreglaremos.

—Venga, vamos al pueblo. —Me levanté y me quité el polvo de la falda. No contestó—. ¿No me acompañas? —pregunté frunciendo el ceño.

—¿Y si lo dejamos para mañana? Yo me encargo.

—Bueno..., he esperado mucho... por un día no creo que me pase nada.

Recogí las cuatro patatas en el mandil y nos dirigimos hacia la casa, donde me pregunté a qué olería la casa cuando él tuviera que marcharse.

Me desperté a las tres de la mañana asustada; había soñado que me comía más de tres kilos de piezas de sushi y enfermaba de anisakis. Me senté en la cama sudorosa y demasiado agitada para un sueño tan absurdo. A veces pasa que cualquier tontería te asusta en sueños porque en la vida real hay cosas mucho más tangibles que te aterrorizan pero que finges no ver. Dios…, qué cacao mental tenía.

Abrí la ventana y decidí bajar a por agua, no sé si por sed o por tener una excusa para pasar por delante de su habitación. Alejandro no cerraba la puerta, quizá esperando despertarse acompañado, no lo sé. Cuando me asomé lo encontré boca abajo sobre el colchón, durmiendo a pierna suelta. Me apoyé en el marco de la puerta a mirarlo; su mejilla derecha descansaba sobre la almohada blanca y un par de mechones de pelo, que normalmente estaban agitados hacia arriba, le caían sobre la frente. El brazo izquierdo colgaba desnudo por el borde de la cama. Su espalda relajada también estaba desnuda, contrastando fuertemente con el blanco de las sábanas. A pesar de la potente tentación de hacerme un sitio junto a él, subí un piso más y me volví a acostar. El resto de la noche fue a peor, porque lo que soñé fue que me comía a Alejandro a manos llenas por todos los rincones de la casa.

Cuando me levanté de la cama él no estaba en casa. Después de pasear por todas las habitaciones en su busca, me atreví a entrar en la suya a curiosear un poco, sin maldad. Abrí el armario y miré su ropa. Qué bonita…, había cosas muy diferentes, desde camisetas de Prada, de Armani o de Yves Saint Laurent hasta Levi's o Asos. No parecía haber patrón, como el armario de alguien que acumula cosas de buen gusto que no se ha preocupado por tener que elegir. Bueno, para eso estábamos la gente como yo, ¿no? Para eso nos pagaban. Para entrar en una tienda con el dinero de otros, comprar hasta la saciedad y hacer de alguien una réplica de lo que quería ser. Hacer realidad con dinero y ropa una proyección de éxito. Podía sonar triste pero si algo había aprendido era que el dicho «vístete como quieras que te traten» era cierto. Yo tuve más trabajo a partir de pasearme por Madrid subida a unos *stilettos* de Christian Louboutin.

Salí de la habitación un poco mareada, como siempre que recordaba. Subí a mi dormitorio, alcancé la maleta del altillo, la tiré sobre la cama, la abrí y rebuscando entre el montón de cosas que había dentro, encontré el paquete de cigarrillos y saqué uno. Me lo encendí con el zippo con cristales de Swarovski que guardaba al lado y me senté en el suelo junto a la ventana a fumar en pequeñas y hondas caladas. Dios mío, ¿qué había hecho? ¿Qué había hecho con mi vida? Con mi buhardilla en el centro, con mis amigos, con mis clientes, con mis preciosas cosas y mi frenético ritmo de vida. Lo había tirado todo al mar…, todo al mar. Puto mar antropófago.

Apagué el cigarrillo en el cenicero que guardaba debajo de la cama y me paseé por allí, respirando. No. No había tirado nada por la borda, había rescatado mi vida. Había tomado la única decisión posible si no quería depender de nadie, como si necesitara tutela. Si no quería llegar al punto en el que no pudiese salir de allí sola, tenía que hacerlo de ese modo, porque era mi modo. Mi buhardilla seguía allí. Seguramente cogería polvo, pero mamá mandaba a alguien de vez en cuando para comprobar que todo estuviera bien. Mis amigos no lo eran en realidad. Todos desaparecieron en poco más de dos meses; bueno, Irene insistió pero fui yo quien la apartó para empezar de cero. No podía llevar nada conmigo o el barco se hundiría. Así fue como me convertí en una loca, una hippy, una cabeza hueca; no vale la pena conservar a esa gente que, incapaz de entenderte, elige menospreciarte. Mis cosas seguían en el armario, esperando el día en que pudiera volver a tenerlas sin que dominasen mi vida; no sabía si ese día llegaría, pero estarían allí al menos por si alguna vez tenía una hija tan loca como yo. Mi frenético ritmo de vida me había llevado a aquella isla y no lo echaba de menos; al menos no tanto como era de esperar. Lejos estaban las noches en vela planeando cómo volver y justificar mi huida. Montar una fiesta, ponerme hasta las cejas de cualquier cosa, reírme de mí misma y demostrarles a todos que seguía siendo yo. No. Ya no quería. Cambié de vida antes de que ella me cambiara para siempre.

Alejandro saludó en voz alta cuando entró en casa por la puerta de la cocina y respiré aliviada. No me gustaba estar sola cuando me pasaba aquello. Normalmente acudía al pueblo y me sentaba en la terraza de la cafetería del puerto a charlar con una de las camareras, con la chica de la tienda de collares o con la señora Mercedes.

Bajé las escaleras corriendo pero Alejandro me atajó y cogiéndome en volandas me llevó fuera, como quien coge en brazos a un niño que ha corrido hacia él cogiendo carrerilla.

—No, no, no. No mires. Es una sorpresa. Ahora nos vamos a ir a la playa. Compré unos sándwiches para comer y no volveremos hasta dentro de muchas horas. —Me soltó y siguió—. Hoy te toca a ti relajarte. Nada de amasar ni de pelar patatas ni hacer colada ni planchar ni nada de nada.

Lo miré como deben hacerlo los perrillos abandonados a la primera muestra de cariño. Ahora me parecía más grande, más guapo, más listo, más dulce, más simpático, más…, más todo lo que pudiera ser bueno en el mundo. Apenas habían pasado diez días desde que había llegado con su billetero de Prada y sus maletas de Louis Vuitton, con sus billetes morados y sus dólares.

Apenas diez días y ahora me parecía que era parte de la casa y de mi vida en la isla.

Lo abracé. Abracé su cintura, porque mi cabeza apenas llegaba a su pecho. Aspiré su olor; una mezcla entre jabón de ducha, suavizante para la ropa, un perfume intenso que no identificaba y él. Lo apreté más contra mí. ¿Por qué? ¿Por qué tenía que haber venido? No quería tener a nadie. Con la señora Mercedes me bastaba. Con las llamadas de mi madre y de mis hermanos me bastaba. Con las cartas de mi padre me bastaba. Con recordar a ratos me bastaba.

Respiré hondo sin acabar de creerme que lo que tenía en realidad eran ganas de llorar. No lloraba desde el *delirium tremens* de mi llegada. Años controlando el llanto, manteniendo el nudo de la garganta apretado, sin dejar que se desatara. ¿Por qué ahora? Pues porque el placebo del que me alimenté para curarme las heridas había dejado de hacer efecto. Avergonzada me separé de él. Luego salimos de casa y fuimos andando hasta la playa.

Estuve más callada que de costumbre y no es que sea una chica demasiado parlanchina. Silenciosa tampoco, pero considero que las palabras tienen una vida programada y que deben decirse en el momento adecuado para no morir en vano. Y en aquel momento no creí que ninguna de las que me paseaba por la cabeza con aires de gran señora tuviera que ser verbalizada. Y es que no me gustaba lo que estaba sucediendo desde que Alejandro llegó. No me gustaba la Maggie que emergía, toda llena de vida y ansiosa de sensaciones, pidiéndome que me apartase de su camino. ¿Y si volvía a tocarle a ella? ¿Y si no la había enterrado lo suficientemente hondo? ¿Y si el hecho de no entender el porqué de mi autodestrucción me hacía retroceder hasta la casilla de salida?

Llevaba un rato tumbada sobre la arena húmeda, obligándome a no pensar demasiado, cuando Alejandro salió del agua como un titán. Por todo el sushi del mundo... JO-DER. Joder le jodería yo pero bien. Estupendo. Aquellas visiones dejaban de lado esa parte moñas que tanto me molestaba y que estaba despertando de su letargo como si el jodido príncipe del cuento le hubiera dado un beso. Lo examiné de arriba abajo detrás de unas gafas de sol que debieron ser de mi abuela y que encontré en un cajón. Con aquel escueto bañador negro que dejaba todos sus muslos al aire, Alejandro estaba tan bueno que daba rabia. Se pasó las manos por el pelo húmedo, deshaciéndose de algunas gotas de agua y gruñí entre dientes. «Házmelo aquí, en la playa... aunque escueza». Después se dejó caer a mi lado y me acarició una pierna con las manos llenas de arena.

—Rascas... —jugueteé—. Te esperaba más suave.

—Seré todo lo suave que quieras...

Me di la vuelta, poniéndome de espaldas al sol y Alejandro se dedicó a poner montoncitos de barro sobre mi piel, que luego echaba abajo con un manotazo y volvía a reconstruir. No hablamos más. No hacía falta. Comimos allí callados, de cara al mar, compartiendo a morro una botella de agua. Nunca me había hecho falta tan poco para sentirme tan en calma. Y tan jodida. No hay nada peor que recordar a lo que renunciaste.

A las seis de la tarde, después de bañarnos y tendernos al sol, y viceversa, Alejandro se atusó el bañador, se quitó la arena y me anunció que tenía que volver a casa para prepararlo todo, pero que quería que me quedase allí un rato más.

—No vengas hasta dentro de una hora. Si no, me pillarás en pleno proceso.

Asentí. No creo que encontrara voz en mi garganta para decirle algo amable y no gritarle como una histérica para que dejara de comportarse como el hombre perfecto.

Los hombres perfectos no existían. Ni las mujeres perfectas tampoco. Había intentado serlo y me había desbordado.

Desbordada, las decisiones que una suele tomar son siempre las peores. Como a ratos exigirse demasiado, látigo en mano y a ratos concederse licencias que no te hacen ningún bien.

Pero no pasaba nada. NADA. Alejandro se iría en cinco días. ¿Qué podía suceder en cinco días? Nada tan importante como para que dejara la placidez de mi vida, ¿verdad? Solo era un chico guapo con el que, como muchísimo, echaría un polvo. Y después adiós. Lo mejor sería esperar a la última noche, previa a la despedida. Cuando tuviera las maletas hechas, entrar en su habitación y desnudarme. Luego dale que te pego un par de horas y a la mañana siguiente adiós muy buenas. Que te vaya bonito, pollo. ¿Sabría hacerlo? Mejor no comprobarlo. Lo bueno de no cumplir aquella fantasía jamás era que en ella no habría decepción.

A las siete y media, aburrida ya de estar allí, y llena de arena, volví andando despacio hasta casa. Al entrar Alejandro salió a mi encuentro muy sonriente.

—Todo está saliendo según lo previsto.

—Muy bien, informaremos a las tropas —sonreí cuadrándome con un saludo militar.

—Dame un segundo. Quédate aquí quieta. Ni subas ni vayas a la cocina.

Fue corriendo escaleras arriba y en dos minutos volvió a bajar.

—Ya está. Date una ducha.

Subí pesadamente las escaleras. Los días de playa me dejaban tan cansada como si hubiera labrado un campo de dos hectáreas yo sola. Me desnudé en mi habitación y fui hacia mi cuarto de baño. Había una nota pegada en la puerta. Sonreí al leerla.

«Me he tomado algunas libertades. Espero que no te importe».

Empujé la puerta del baño temerosa de encontrarme con una chica preciosa sumergida en mi bañera, pero no. Nada de eso. Solo una vela encendida sobre el lavabo y el baño preparado. No podía ser real.

Metida en el agua jugueteé con la idea de que me hubiera vuelto loca y fueran espejismos. Quizá tenía que presentarme con él en casa de la señora Mercedes para demostrarme a mí misma que era real. La verdad es que lo mejor que me podía pasar era que todo respondiera a una psicosis, porque si no corría el peligro de colgarme de Alejandro tan rápido que su marcha me pareciera una hecatombe. De él, de sus muslos fuertes, de sus labios gruesos y sus dientes blancos, de sus ojos castaños y profundos, de su mentón, de la sombra oscura de su barba incipiente...

Debía convencerme de que podía ser el rollo más feliz de mi vida y que, como todo, tendría su principio y su fin. Y lo bueno era que sabía cuándo se acabaría, no me pillaría por sorpresa. Nada de relaciones complicadas. Alejandro y yo podíamos tener una relación estupenda todo el tiempo que él pasara allí, cinco o seis días como mucho. Luego, cuando se fuera, añoraría el calor de su cuerpo en mi cama y su olor en mi almohada, pero se me terminaría olvidando y todo volvería a ser como antes. Sí, estaba segura.

Y aunque estaba decidida a que pasara lo que pasara, no supusiera un problema para mí y mi endeble salud emocional, bajo capas y capas de determinación, estaba enfadada. Supongo que llevaba años estándolo. El blanco de mi ira no era otra persona que yo misma porque, cuando la cosa se ponía difícil, cuando estaba dolorida de tanto trabajar o me sentía sola, cuando llovía a cántaros y no había nada que hacer, cuando la casa crujía demasiado por las noches y tenía miedo, cuando me acordaba del tren de vida que llevaba antes... me odiaba por haberlo echado todo a perder. Por obligarme a estar sola. Por haberme forzado a aquella vida deslavazada..., un sustituto apático e insulso de lo que siempre quise ser y casi rocé con los dedos.

Salí de la bañera. Me puse un poco de aceite de lavanda en las piernas y en los brazos, me deslicé por encima el vestido rojo que tanto le gustaba a la señora Mercedes y me peiné. No quería meterme en aquel hoyo y mucho menos estando Alejandro allí. Si me tocaba una de esas épocas de depresión total, de pensar a todas horas y de sentirme desgraciada…, bien, pero que esperase un poco hasta que pudiera vivirla sin público.

Cuando entré en la cocina, Alejandro me esperaba apoyado sobre la encimera.

—Estás muy guapa —sonrió.

—Gracias por el baño. Me ha sentado…, me ha sentado increíblemente bien, la verdad.

—¿Qué te parece si hoy cenamos fuera?

—¿Fuera?

Me asomé al porche y vi la mesa del teléfono, que normalmente tenía en la recepción, con la cena ya servida y lo mejor es que la cocina estaba limpia y no parecía que hubiese estallado una bomba allí dentro. Coño…, sabía cocinar y limpiaba después. Que se lo llevara la Guardia Civil antes de que me casara con él por el rito gitano en mitad de mi cocina y en contra de su voluntad.

La primera pieza de sushi que tomé me supo como si el cielo se hubiera abierto y la mano de Dios me hubiera dado de comer. Puse los ojos en blanco. No quise pensar sobre cómo sería volver a probar el sexo…

—¡¡Dios!! ¡¡Qué bueno!! Esto es increíble.

—Gracias. —Fingió una reverencia—. Oye, Magdalena…

—¿Qué? —farfullé de nuevo.

—Me gustaría que supieras que no suelo tomarme tantas molestias por cualquiera.

Levanté una ceja y tragué. Me acordé de Santiago, mi ex; solía hacer aquellas cosas. Vestía la mínima muestra de atención de una luminosa pátina de lujo que… no tenía. Y yo a ratos me lo creía y otros ratos fingía hacerlo porque pensaba que era lo que tocaba, que en el fondo tenía suerte de que me dedicara algunos mimos. Y una mierda. No es cuestión de suerte ni de sentirte especial tras una grandilocuente moñada. Sentirse especial se construye minuto a minuto, hora tras hora, día tras día, cuando te conviertes en una prioridad para alguien, cuando sabes que en su pecho hay un rincón en el que siempre puedes guarecerte, cuando te tocan y tu piel reconoce al dueño de esas manos como alguien a quien permitirle el regalo de tu placer. Joder…, sentirse especial no es un regalo, es una obligación. Me cabreé. Me cabreé mucho. No era ese tipo de mujer que toma a bien comentarios como aquel. No. Para mí «No suelo tomarme tantas molestias por cualquiera» sonaba peligrosamente a «Soy un tipo duro, siéntete privilegiada». ¿Es que tenía un puto imán en el culo para tíos que me hicieran sentir poca cosa? ¿Es que no sabía mostrarme como una mujer fuerte que merece que la traten como a algo más que una muñequita? O eso entendí a consecuencia de la psicosis que puede experimentar una persona que, como yo, se había acostumbrado a vivir sola. Y que estaba enfadada. Y cuyas emociones, una vez despiertas, tendían a desbordarse.

—¿Eso qué significa? —le pregunté.

—Nada. —Frunció el ceño al escuchar mi tono—. Solo eso. No suelo hacer estas cosas a menudo.

—¿Es para que lo valore más, para que caiga rendida a tus pies…, para que me sienta especial? —pregunté en tono seco.

—¿Especial? Bueno, no esperaba nada de esto cuando llegué. Todo esto está siendo bastante especial. ¿Te vale como respuesta?

Tranquila, Maggie. Estás tergiversándolo todo otra vez. Y una mierda. Cállate, de verdad, traga la rabia, aquí no pinta nada. ¿Y yo? ¿No pinto yo? Sí, pero respira, de verdad, este chico no es Santiago ni ninguno de los otros gilipollas con los que te has relacionado en tu vida. No voy a callarme. No me da la gana. Piensa con tranquilidad, cierra el pico. ¿Tengo que aguantarle esa postura de macho envasado?

… Bueno, a lo mejor mis reacciones tampoco eran muy coherentes…, que nadie se esfuerce por entenderme; la explicación estaba a años vista.

—Pues entonces tú deberías saber que esto me gusta, pero que como no eres el primero que lo hace ni seguro que serás el último no vas a tener trato de favor —sonreí con cinismo. Y ciertamente sonó fatal.

Chasqueó la lengua contra el paladar y se acomodó en su silla.

—Me encantaría saber por qué siempre estás tan a la defensiva conmigo.

—Porque me tratas como si… —me encogí de hombros—, como si no tuviera más opciones que caer rendida a tus pies.

—¿En serio?

—Sí, claro que es en serio.

—Tú tienes un problema, ¿lo sabes? —Por primera vez dejó de lado su actitud flemática y se me encaró.

—¿Yo? ¿Yo tengo un problema? ¿No será que tienes la misma actitud que un chulito de playa? Las chicas en Nueva York deben de ser idiotas perdidas y caen en tu cama abiertas de patas con esas bravuconadas, pero conmigo la cagas.

—Pero ¿¡qué bravuconadas, Magdalena!? ¡¡Ves cosas donde no las hay!!

—Ya, claro, eso será.

—Pero… ¿¡qué es lo que quieres de mí!? —Levantó las manos de la mesa sorprendido.

—¡Nada! No espero nada de ti. Ese es tu problema. ¿Por qué tendría que esperar algo de ti? ¡Ni siquiera te conozco! Siempre estás expectante, esperando una reacción y oye, eres un tío guapo, pero…

Me miró, ofendidísimo.

—Yo flipo contigo —musitó.

—Pues sigue flipando.

—Estupendo…

Menuda discusión de besugos. Silencio durante cinco minutos. Pesado. Irrespirable. Tenso. Como si el aire se hubiera cubierto de acero o cada bocanada de oxígeno estuviera plagada de virutas de cristal. Y cada segundo, resonando dentro de un reloj imaginario en mi cabeza, iba hinchándome, indignándome, metiendo leña en un fuego que ya iba a todo trapo. Al final, por supuesto, exploté.

—Perdona, pero es que te lo tengo que preguntar… ¿qué reacciones esperas en mí? Creo que estás un poco ofuscado con esto. ¿Tengo que palidecer cuando pasas por mi lado? ¿Tengo que agitar un abanico cuando busque tu atención?

—No voy a contestar a eso. No me gusta discutir y cuando no tengo necesidad, lo esquivo y punto —dijo sin mirarme.

—Es curiosidad.

—No es curiosidad. Es hostilidad. Y solo voy a añadir que no voy a cargar con las consecuencias de las cosas que te hizo otro tío, ¿te enteras?

—¿Las cosas que me hizo otro tío? Pero ¡¡¿cómo te atreves a hablar de mi vida como si me conocieras?!! ¡No tienes ni idea! —le grité.

—¡Claro que no la tengo! ¿Cómo la iba a tener? ¡Eres la tía más rara con la que me he cruzado en la vida, chata!

—A mí no me ha hecho daño ningún tío —refunfuñé entre dientes.

—Pues te lo debes de haber hecho tú misma. Fuerte y a menudo porque estás en carne viva.

Levantó la mirada. Bajé la mía hasta el plato. Otra vez una fotografía perfecta de mi vida. Yo era la que me había dañado tantas veces que por dentro estaba en carne viva. Dejó la copa sobre la mesa y me miró.

—Vale, Magdalena. Voy a ser muy claro: me estoy cansando de estos numeritos. No espero nada de ti, eres una desconocida. Solo estoy relacionándome contigo con lo que creo que es normalidad, ¿sabes lo que es eso?

No le tiré el plato a la cabeza de milagro. Levanté los ojos hacia Alejandro de nuevo. Me miraba con los labios apretados, serio. Lo mejor y más sensato sería dejarlo estar. Era imbécil y ya está.

—Alejandro, debe ser que tocamos hueso.

—Sí, tocamos hueso.

—Gracias por la cena y por el baño. —Traté de parecer cordial.

—De nada. Ha sido un placer. —Y el tonito en que lo dijo me tocó las narices a dos manos.

—No soy una desconsiderada, ¿sabes?

—Sé. Pero tú tranquila, reina. Ya hemos dejado claras nuestras posturas. Ya está.

—¿Ahora te pones digno?

—Ah, ¿es que no puedo? —Abrió mucho los ojos.

—Supongo que hay algo que no conozco y que debe de hacerte, no sé, un imán infalible con las mujeres…, quizá si lo supiera también moriría por ti, lo siento… —sonrió por fin, pero su sonrisa era tensa. Continué—. Puede que seas príncipe de alguna casa real europea, puede que seas el nuevo heredero de la fortuna *Playboy* o hijo de un famoso importador de bolsos de diseño, yo qué sé…, quizá te sale la pasta por las orejas o tienes un pene del tamaño de la torre inclinada de Pisa…, bueno, eso ya sé que no, que no es que esté mal, pero no es de libro Guinness…

La sonrisa de Alejandro era cada vez más falsa. Con la mano apoyada en el mentón siguió escuchándome en silencio.

Me puse nerviosa; esa postura tan desmadejada volvía a dejarme ver al chico, al buen chico que no pretendía ofender y que no decía las cosas que yo creía escuchar. Uno sincero, a quien estaba dañando con mi discurso. Pero no podía parar. No podía. Su sonrisa, por muy dolida que fuera, me hacía sentir pequeña y mientras desaparecía iban saliendo a flote toda mi frustración y mi rabia.

—Ya… —susurró, desviando la mirada de mi cara un segundo.

—O puede que seas una nueva promesa del cine, que tu cara aparezca en todas las revistas, que seas el exnovio bombón de alguna estrella del pop, que te hayas desnudado en pleno Madison Square Garden para cientos de personas o que tus nalgas estén aseguradas por millones de dólares… A lo mejor decías la verdad y eres actor porno de los cotizados o…, ¿no me cortas?

—No. Eres de lo más original en tus propuestas. Me estoy divirtiendo.

Pues por su expresión no parecía estar pasándolo muy bien. Su sonrisa se escurría y a cada segundo que pasaba era más bien una mueca.

—¿Acierto con alguna?

—Alguna anda cerca.

—Eres fantasma de profesión, eso está claro. La cuestión es que ninguna de esas cosas me impresiona.

—Claro. A ti. —Se aclaró la garganta y tiró la servilleta sobre la mesa—. Hablemos de ti entonces.

—¿De mí, de qué?

—Hablas de mí, pero solo intentas esconderte.

—No me escondo. —Me puse tensa.

—Claro que lo haces, pero ¿sabes? No lo haces tan bien como quisieras, porque es fácil imaginar toda la historia.

—¿Ah sí?

—Sí. Supongo que tenías un buen trabajo, una pandilla de gente guay con la que salir por ahí, tíos entre los que elegir. Tapabas tu resaca con unas gafas de sol de marca, te peinabas en las mejores peluquerías y adorabas los zapatos. Un buen día algo te pasó y tu mundo se vino abajo. Tan sencillo como eso. ¿Me equivoco, querida?

Apreté los dientes y aparté el plato. Joderrrrrr.

—Está claro, tu éxito con las mujeres se debe a algún tipo de fama, porque de otro modo no puedo comprender que nadie te aguante —masculló—. A veces consigues engañarme, pero la realidad siempre sale al exterior.

—Y está claro que tu relación con los hombres se ha basado siempre en la dependencia, por mucho que vayas de supermujer.

—Eres un gilipollas —sonreí llena de rabia—. Y un superficial. Estás acostumbrado a tu pisito en Manhattan, a tus combinados en el local más *cool* de la ciudad, a lucir tus camisetas desgastadas de Prada, apestando a perfume seguramente de Dior mientras unas cuantas zorritas aspirantes a actrices, cantantes o chicas de moda se te restriegan por la entrepierna apretada en unos calzoncillos de Calvin Klein.

—No utilizo ropa interior de Calvin Klein.

—¿Es en lo único que he fallado?

—Vaya ojo. ¿Prada? ¿Dior? ¿Qué eras? ¿*Coolhunter*? ¿Personal shopper? ¿Estilista?

—Puta. Era puta, pero de lujo —le mentí con malicia—. Por eso te debí de caer bien, porque soy de tu mundillo, ¿no?

—No, eres demasiado bajita para ser puta de lujo. Las buscan altas.

—Suplo la falta de altura con el vicio.

—No lo dudo. Al menos es de lo que tienes pinta.

Me levanté de la silla y le tiré el contenido de la copa de vino en la cara, así, sin pensar. Él resopló e intentó limpiarse los ojos.

—Putas son con las que acostumbras a tratar tú, soplapollas. Yo soy demasiada mujer para ti. He aquí el problema.

Cuando llegué a mi habitación arrastré el armario hasta la puerta y la bloqueé por si se le ocurría la brillante idea de venir a disculparse. Estaba que echaba humo. Me paseé por allí nerviosa, enfadada, colérica. Pensé liarme a patadas con las paredes o los muebles, pero descalza…, dedos rotos…, hospital…, no. No era un buen plan.

Rabia. En llamaradas, quemando cada rincón de mis pulmones, de mis bronquios y alveolos hasta que no quedaba más que ceniza. Grité. No fue un grito en realidad. Fue un gruñido. Tiré todo lo que tenía sobre la cómoda, que rebotó en la pared de enfrente con un estallido de cristales. Tiré el cojín, la almohada… pero la rabia fue mutando, quemando hasta que sentí que me faltaba el aire. No podía respirar. Hipé. Abrí la ventana. Cogí aire de nuevo y jadeé. Mis ojos repasaron la habitación y se pararon sobre uno de los objetos que había arrojado al suelo, el que había estallado en pedazos; un marco de fotos, sencillo, blanco, con el cristal hecho añicos y una fotografía de mis padres. Me acerqué con cuidado de no clavarme ningún cristal y recogí la foto. Allí estaban los dos con su sempiterna sonrisa que solo yo era capaz de borrar con tanta eficiencia.

—Mamá… —musité

Tomé una bocanada enorme de aire, pero mi pecho convulsionó y con sorpresa comprobé cómo una lágrima me resbalaba por la cara. La recogí con un dedo y la miré alucinada. Luego sencillamente me senté en el borde de la cama y me dejé arrullar por la sensación. Lloré. Hasta sollocé con fuerza dejando paso, poco a poco, a una sensación de quietud. Que nadie os mienta…, llorar puede salvaros la vida.

Sentí la necesidad de acercarme a todo lo que perdí, de modo que me encaramé al armario y bajé de nuevo la maleta.

La abrí y me senté en el suelo delante de ella. Saqué mi vestido camisero de la Casita de Wendy y lo olí. Aún olía a Miss Dior. Saqué mis zapatos de cuña de Chloé y mis gafas de pasta marrón de su funda de Miu Miu. Sonreí con tanta tristeza que después lo único que pude hacer fue llorar.

12

Tenía que estar loca, no había otra explicación. Esa rubia estaba completamente tarada. Mi padre me había organizado unas vacaciones en una pintoresca casita en una isla en mitad del infierno regentada por una demente. ¿Podía pasarme algo más? Ya de paso que me mordiera la chorra un tiburón y que me tuvieran que poner una salchicha para reconstruirla.

Cuando subí a mi habitación lo hice con la intención de hacer las maletas y marcharme, pero luego me dije que por mis cojones no me iba sin mi depósito como «fianza». ¡Dios! Pero ¡qué cabreado estaba! Cada escalón se convirtió en un insulto entre dientes: loca, tarada, estúpida, majara, zorra, cabrona, hija de perra, sus muertos. Cuando di un portazo en mi habitación estaba que echaba humo y… cachondo como un jodido perro.

Cuando me marché de Nueva York buscando sosiego en plena crisis de ansiedad no era precisamente aquello lo que esperaba. Esperaba una casita *in the middle of nowhere* y una ancianita amable que me sirviera en el plato más comida de la que pudiera engullir. Pero no. ¡No! Alejandro Duarte, conocido por su «buena suerte con las mujeres», terminaba en una casa cerca de un acantilado (al que tenía ganas de tirar a la jodida Magdalena de las pelotas) con una rubia preciosa, con dos ojos de gata de esos que se te cogen con los dientes a la bragueta, con un culo de la hostia y dos tetas redondas y altas de las que te miran a los ojos, coronadas por unos pezones duros y sonrosados. Me cago en la puta.

Y la luz… Una luz parpadeante, como algo que está demasiado lejos como para poder apreciarlo en todo su esplendor. Una luz que llamaba constantemente mi atención y que me retenía allí a pesar de que estaba como una regadera. La loca de los gatos estaba más cuerda que esta chica.

Me tiré en la cama y traté de concentrarme. Hostia, Alejandro, con lo cabal que siempre has sido, ¿qué haces aquí? ¡Pírate! Ya sobrepasaste el cupo de chaladuras. Pero es que…

Es que me apetecía follármela. Y no en general, hablo de en aquel preciso momento. Sentarla en mis rodillas, darle un par de nalgadas y follármela en el suelo como un campeón. Las ganas de tenerla debajo de mí gimiendo no fueron las que me retuvieron, la verdad. A día de hoy sigo sin explicarme por qué no me fui a la primera muestra de complicación. Quizá tengo alma de aventurero. Quizá me gustan las cosas complicadas. Ya sabía por aquel entonces que disfrutaba peleando y también con que el proceso de seducción se convirtiera en un duelo a muerte entre dos personas fuertes. Pero iba más allá, joder, tenía que ir más allá. Quizá tenía que ver con esa risita que se le escapaba, suave, entre los dos labios cuando le daba vergüenza reírse. Quizá era la luz…, la luz que desprendía. Una luz triste que yo quería ver brillar, aunque no lo supiera aún.

La playa. No, no debía pensar en ello. Si seguía pensando en ello nunca bajaría la jodida erección. Pero... Dios. La playa nudista. Sus tetas, con los pezones bien duros y abultados, frotándose con mi pecho. Sus piernas abiertas alrededor de mi cintura. Mis dedos clavados en sus nalgas. Los escalofríos que le provoqué con la lengua. Cerré los ojos. Un empujón. Estuve a un empujón de frotarle la polla donde debía. Un empujón de caderas. Pero... ¿en serio hubiera sido mejor que no hacerlo? No. No nos engañemos. No hay sexo mejor que el que no hacemos porque en la imaginación podemos alcanzar orgasmos que, vale, no son reales, pero son la polla.

Me quité los vaqueros porque iba a terminar tatuándome la bragueta en una piel bastante sensible. Los dejé tirados sobre el diván a los pies de la cama y me desprendí también de la camiseta pero después de pensarlo unos segundos, me entretuve en el cuarto de baño, lavándola con una pastilla de jabón natural.

Las sábanas estaban recién cambiadas. Magdalena estaba constantemente cuidando los pequeños detalles. No me dejaba dormir más de un día en las mismas sábanas y cuando las cambiaba, después, siempre olían a lavanda y romero. Y a ganas de follar con ella.

Un montón de cristales rotos rodaron por el suelo del piso superior, justo encima de mi dormitorio. Jodida loca de los cojones. Casi podía escucharla jadear, gruñir. Lo que me hubiera gustado que se agarrara a los barrotes del cabecero y destensar ese nudo en el que se había convertido nuestra relación con un polvo antológico. De los que duran poco, como siempre imaginé con ella. De los que son rabiosos y deliciosos a partes iguales. De los húmedos y muy guarros y que terminan con explosiones de voz, de semen, de sudor.

Me cago en la puta, Magdalena, voy a tener que hacerme una paja para poder dormirme esta noche y tú tienes la culpa. Y no sabía si me encantaba la idea o me torturaba.

Me agarré la polla por debajo de la ropa interior y se estremeció bajo el tacto. Se puso más dura, se irguió ufana, pidiendo más atenciones. La apreté un poco y gemí bajo, mordiendo mi labio inferior. Subí y bajé la piel lentamente un par de veces. Imaginé a Magdalena de rodillas delante de mí, abriendo los labios como una invitación. Cerré los ojos para verla mejor. Ella sonrió a la vez que sacaba la lengua, jugando. Sí, joder, qué gusto. ¿A qué sabrían sus pliegues? Le habría hecho un cunnilingus a la orilla del mar cada una de las veces que me bañé con ella allí. Para humedecerla y hacerla disfrutar y que su interior palpitara llamándome a mí y a mi polla. Sí…, a cuatro patas. No. Con ella encima. No. Conmigo encima. De todas las formas posibles.

Pasé el pulgar por encima de la punta y humedecí toda la superficie. Aceleré el movimiento. No quería correrme en sus sábanas recién lavadas. ¿O sí? No, quería correrme en su boca, en sus tetas, dentro de ella. Quería que se moviera encima de mí, haciendo círculos con su cadera, despacio, suavemente, hasta que acabáramos empapados los dos. La imaginaba moviéndose, culebreando sobre mí, con las piernas abiertas, dejándome ver parte del espectáculo. Se apartaría el pelo largo con un ademán distraído y se tocaría los pechos. Puta diosa. «Muévete un poco más. Adelante y atrás, restriégate encima de mí. Agárrame de los muslos, de las caderas, del vientre, del pecho o de la espalda. Clávame las uñas donde quieras, pero hazlo fuerte».

Erguí la cabeza y miré el movimiento de mi mano. Me iba a correr. «Solo sigue un poco más, Magdalena. Lame. Lame despacio. Trágala hasta el fondo y mírame así, como si quisieras engañarme y hacerme creer que no has roto nunca ningún corazón».

El latigazo fue brutal. Casi me levantó de la cama. Me manché el estómago durante lo que me pareció una eternidad. Electrizante. Alucinante. Me miré la mano también manchada y me dio la risa. Pero qué pringue, por Dios.

Después de pasar por el cuarto de baño de nuevo, me eché en la cama más tranquilo pero aún un poco desquiciado. Me iba a volver loco. Esa rubia… me volvía loco. Era un puzle del que, me gustase o no, quería buscar las piezas para armarlo.

Vale. Podía haber estado con tías más espectaculares que Magdalena, pero ninguna tan intensa. No me iba a ir de allí. Tendrían que llevarme a rastras ahora que ya sabía lo que era capaz de hacerme sentir.

13

El día siguiente temí que hubiera recogido todas sus cosas y se hubiera marchado, pero por lo visto Alejandro no era de los que dejan cabos sueltos. Mejor para mí, que ya estaba bastante más calmada, y para mi perfil en TripAdvisor. Ya veía el comentario: «No vayáis…, la dueña está loca y tira copas de vino a la cara».

Nos encontramos en la cocina y compartimos una mirada de soslayo, pero no dijimos nada. Ni yo hablé de sus ojeras ni él de la hinchazón de mis ojos. Pensaba que la situación sería tensa, que me moriría de vergüenza al disculparme por mi salida de tiesto pero Alejandro no parecía molesto e incluso me pareció verlo sonreír; me contagié. Nos cruzamos, entorpeciendo el paso del otro.

—Perdona.

—Disculpa.

Abrí la nevera y saqué la leche. Mientras la colocaba sobre la mesa, él siguió hurgando en el frigorífico para terminar sacando unas cerezas y un melocotón. Nos rozamos de nuevo. Me senté en una esquina de la mesa a beberme un cuenco de leche fría y él se situó enfrente, al otro lado de la mesa a pelar un melocotón. Nos miramos. Dejé el cuenco y soltó el cuchillo.

—No quiero parecer amenazador, no sea que pienses que soy un asesino a sueldo o, no sé, de la mafia —comentó.

—Mira, no había pensado en esas posibilidades —contesté digna.

—Pues te he dado ideas.

—Saca la camiseta que te manchaste ayer de vino y la lavaré —murmuré.

—Ya la lavé anoche y no me la manché. Me echaste una copa de vino encima, que es muy diferente.

Volví a beber un poco de leche. Nos quedamos en silencio dos o tres minutos más. Él comía con desgana mirando hacia la ventana y yo lo miraba a él. ¿Qué sería? ¿Actor, hijo de, heredero de una fortuna, marchante de arte, cantante, diseñador, arquitecto, ejecutivo? ¿Y a mí qué más me daba?

—Alejandro…

—¿Qué?

—Siento lo de anoche. No se me dan muy bien las disculpas.

—Ni las cenas tranquilas de sushi y vino.

Quise ver una sonrisa escondida detrás de su gesto.

—No, tampoco… es posible que me haya asilvestrado —respondí con tristeza.

Carraspeó y me miró antes de decir:

—Dime, ¿no te gusta la sofisticación?

—Ese tipo de sofisticación no. Recuerda que soy una mujer que anda descalza, por si eso puede darte alguna pista.

—¿Entonces?

—¿Te acuerdas de cuando tenías…, no sé, veinte años?

—Ha llovido bastante desde entonces, pero algo recuerdo.

—Pues fíate de entonces. A mí me gustan las cosas así. No me importa qué te ven allí, en la capital del mundo. Aquí estamos en un peñón que flota en mitad de la nada.

—¿Flotamos?

—Lo que sea que hacemos.

—Bueno…, pero no sé si entonces me iba muy bien con las mujeres.

Pestañeé con mi mejor caída de ojos.

—Voy a ir al pueblo. ¿Quieres algo?

—No. Bueno, sí.

—¿Qué?

—Que vuelvas pronto. ¿Eso te lo puedo decir?

Sonreí, me di la vuelta para dejar el cuenco en el fregadero y escuché cómo salía de la cocina.

Anduve hasta casa de la señora Mercedes pensando que en el fondo Alejandro era un buen tío. Era agotador ser como yo era, os lo adelanto. Todo tiene una explicación, aunque no lo parezca. El caso es que, pasado el momento de ira, Alejandro me parecía buen tío. Si me hubiera puesto las cosas difíciles al encontrarlo por la casa, quizá hubiera opinado de forma distinta; a tía difícil no me gana nadie. Yo era una persona de extremos, como ya había demostrado. Alguien dijo alguna vez que del amor al odio hay un solo paso, pero siempre había pensado que en mi caso la delgada línea que los separa se volvía difusa con demasiada frecuencia. Era de blancos y negros, de altos o bajos, de caliente o frío, pero no me iban los templados. Mejor me iría la vida si fuera de las que los aceptan, la verdad.

Era nuestro día de costura, así que la señora Mercedes me esperaba en la puerta, como siempre, haciendo tiempo mientras charlaba de cosas intrascendentes con su vecina de enfrente.

—Señora Mercedes, ¿quiere que pase por la heladería y compre un poco de limón granizado? —dije desde la esquina de la calle.

—No, ya lo compré yo, hija.

Pasamos dos horas cosiendo y no me pude quitar de la cabeza a Alejandro ni un solo momento. Lo más extraño era que esperaba que la señora Mercedes me preguntara por él para poder contarle lo de la noche anterior, nuestra discusión y mis sentimientos encontrados, pero ella no mencionaba el tema. Qué curioso. Me moría de ganas de hablar de él. Incluso pensé que, como no iba a sacar el tema, si la señora Mercedes no me preguntaba, llamaría a mi madre y la pondría al día. Bueno…, quien dice «al día» dice insinuarle la situación, esconderle parte de la verdad y escuchar cómo durante cuarenta y cinco minutos se preocupaba por mi integridad física y mental. Era mucho más fácil hablar con aquella abuela de dentadura postiza escapista enganchada al azúcar porque no me regañaba. La señora Mercedes era… ¿mi mejor amiga? Algo estaba haciendo mal si no encontraba a nadie de mi edad que me hiciera sentir en confianza. Alguien que no me llevara casi cincuenta años, por no exigir demasiado.

Cuando estábamos a punto de terminar la señora Mercedes me miró, sonriendo. La muy gata. Había estado esperando a que fuera yo la que me lanzara a contarle cosas. Un consejo arrojaré al mundo: nunca mantengáis un pulso mental con alguien que os lleva tantos años…, ganará por experiencia. Los años enseñan paciencia. Y como yo no había dicho nada… por fin iba a sacar el tema, pero iba tan justa de tiempo que no podría explayarme en los detalles del día anterior.

—¿Y Alejandro? —dijo como quien no quiere la cosa, levantándose de su silla con esfuerzo.

—Allí, en casa. Se está poniendo negro de tanta playa —disimulé. En el fondo me moría de vergüenza.

—¿Y cómo va la cosa?

—Anoche me preparó un baño y la cena —me sonrojé y recogí mis cosas de encima de la mesa y del sofá y me puse a atarme las sandalias—. Pero la cosa no termino bien.

—¿Y eso?

—Discutimos.

Bonito eufemismo.

—Pero ¿lo arreglasteis?

—Más o menos. —Me encogí de hombros.

—Bueno…, pues va siendo hora de que le prepares tú algo, ¿no?

Se echó a reír como una loca y yo me contagié.

—La dentadura, señora Mercedes, que se irá de vacaciones sin usted —le regañé.

—Tengo una cosita para ti.

—¿Para mí? —La miré sorprendida.

—Sí. A mí de poco me sirve.

—No tiene por qué regalarme nada, Mercedes.

—Toma.

Se acercó al mueble del comedor y allí, junto a las estampitas de todos los santos de la zona, sacó una caja de veinticuatro preservativos.

Espera… ¿veinticuatro preservativos? ¿En serio? ¿Condones? ¡¡Condones!! La señora Mercedes me había comprado condones. Lo único que pude hacer fue abrir los ojos de par en par.

—Creo que la farmacéutica piensa que estoy senil.

Me eché a reír como una loca.

—Pero ¿¡cómo va usted a comprar eso a la farmacia!?

—Pues fui, le pedí mis pastillas de la tensión y luego le pedí una caja de gomitas.

—¿Le dijo una caja de gomitas?

—Sí —asintió—. Pero le pedí que no fueran de colores. En mis tiempos no había de eso, pero entiendo que debe de verse fatal embutida en un plástico de colores.

La miré de reojo y me senté en el sofá con la caja de condones en el regazo. Sonreí.

—Joder. Es usted simplemente genial.

Le di un abrazo sin poder creerme que estaba agradeciéndole a una señora de setenta y muchos haberme comprado una caja de profilácticos y me marché. Pero si pensaba que su genialidad, la misma que la convertía en una loca y en alguien muy sabio a la vez, se iba a quedar ahí, estaba equivocada. Cuando ya me iba calle abajo, la señora Mercedes salió a mi encuentro a toda prisa (que en fin, no era muy veloz).

—¡Maggie!

—¿¿Dígame?! —exclamé desde allí.

—Que me dijo la farmacéutica que tengas en cuenta que no se les puede dar la vuelta y volverlos a utilizar, ¿eh? ¡Son de un solo uso!

Pero… ¿de dónde había sacado yo aquellas amistades?

La imagen de la señora Mercedes pidiendo condones en la farmacia con su monedero de piel, más viejo que la tiña, metido bajo el brazo, me acompañó todo el camino. ¿Qué sería lo siguiente? ¿Teñirse el pelo de rosa? ¿Pillar entradas para Tomorrowland? ¿Apuntarnos las dos a zumba? Bueno, no pasaba nada. Total…, no los iba a usar. Los dejaría en el botiquín del baño de abajo. O no…, mejor no. Era un regalo de la señora Mercedes. Lo guardaría en el mío por si…, yo qué sé, necesitaba hacer un torniquete o atacar a algún ladrón que, por azares del destino, fuera alérgico al látex. O para alguna urgencia como… tirarme a Alejandro. Llegué a casa muerta de la risa.

Cuando estaba a punto de abrir la puerta Alejandro me alcanzó corriendo. Tenía pinta de volver de la playa.

—¡Magdalena! —Me giré, sonriente—. ¡Qué contenta vienes, ¿no?!

—Si te cuento lo que me ha pasado…, no te lo crees.

—A ver.

—No, no, déjalo —me reí y entré hacia la cocina—. ¿Has ido a la playa?

—Sí.

—¿A cuál?

—A esa en la que se puede estar en pelotas. Y debo decirte que es del todo liberador sentarse desnudo en la arena solo y escuchar el mar. Nunca me había hecho falta tanto el aire.

—Suena a que alguien no te está tratando todo lo bien que debería —me burlé de mí misma.

—Suena a que soy idiota y… me encantan las cosas difíciles.

Alejandro subió a darse una ducha y me dejó suspirando. «Mierda, Alejandro…, vete antes de que pase».

Aproveché para sacar el paquete de preservativos del bolso y colocarlo en mi cuarto de baño, en el botiquín. Por si acaso. Para alguna urgencia.

14

Alejandro era objetivamente guapo. Creo que ya lo he dicho alguna que otra vez. Tenía unos ojos rasgados y castaños casi hipnotizantes que se escondían cuando sonreía con ganas. La nariz era algo afilada pero tan sexy y tan masculina... No tenía el mentón afilado ni cuadrado. Era una belleza mediterránea, sensual. Tenía una barba dura y negra que mantenía a raya afeitándose cada tres o cuatro días. Las orejas no eran demasiado pequeñas, pero resultaban delicadas, inmersas en el espesor de su pelo castaño oscuro y brillante, con un corte moderno y favorecedor. La boca era un capítulo aparte. Tenía una boca carnosa en conjunto, pero ninguno de los dos labios parecía exagerado ni afeminado. Era terriblemente magnética y tenía una sonrisa espectacular. Los dientes perfectos, alineados y blancos brillaban mientras los labios se contraían y le salían unas arruguitas de lo más tiernas junto a las comisuras. No creo que hubiera nada como él. Un atlante, un semidiós con un cuerpo imponente, delgado pero fibroso, trabajado sin duda, pero natural. Nada de esos torsos depilados y brillantes de los anuncios de perfume que parecían de plástico. No. El vello de su pecho, corto y oscuro, le daba un aspecto muy masculino.

Y qué bueno tenerlo en casa, a dos metros de distancia, para poder mirarlo con tanto énfasis y detalle. Qué bueno que hubiera amanecido un día de mierda y no hubiera nada mejor que hacer que sentarse a leer… o a mirar a Alejandro.

Alejandro, en el porche, alternaba la mirada entre las páginas de su novela y yo, que fingía estar repasando mi libro de cuentas en el que… no había nada que repasar. Allí, acomodada en el único sitio de la cocina donde podíamos vernos, disfrutaba de aquel juego de miradas mientras él no dejaba de mecerse, sosteniéndose sobre las dos patas traseras y valiéndose de su pie para columpiarse en su asiento.

Garabateé una espiral en las páginas de mi libro y la mina del lápiz se escuchó en la habitación como si fuésemos gatos en alerta. Levanté la mirada otra vez. No había vuelto a su lectura; seguía leyéndome a mí. Sonrió un poco, comedido y le contesté de la misma forma. La lluvia repiqueteaba contra la gravilla del camino y los cristales de las ventanas. Me levanté y anduve hasta la nevera, por hacer algo. El suelo me parecía más frío ahora que yo estaba tan caliente. Las hojas en blanco del tomo de contabilidad se habían convertido en la pantalla de un cine porno que, aquel jueves tarde, solo proyectaba una película guarra convencional con Alejandro y Maggie como protagonistas indiscutibles. Junto a la lluvia, solo se escuchaba el balanceo constante del péndulo del reloj antiguo que estaba en la entrada y el sonido de la tormenta, cada vez más cerca. Cogí la jarra de agua.

Las patas de su silla colisionaron contra las baldosas historiadas del suelo del porche, con sus verdes, sus granates y sus intrincados dibujos. Por el rabillo del ojo vi a Alejandro levantarse y pareció que tardaba un siglo en erguirse. Lo estaba llamando en silencio desde hacía un rato pero, como suele pasar, no hay nada que dé más miedo que ver cumplirse un deseo. Anduvo despacio hacia mí, o eso me pareció. Contuve la respiración y me concentré en el vaivén de la suya. Cerré los ojos cuando noté su calor detrás de mí y acercó mi espalda a su pecho. No se hizo de rogar y su boca entreabierta buscó mi cuello... y yo no sabía qué hacer con la jarra de agua.

—Como a los veinte, ¿no? —susurró sensualmente en mi oído.

—Sí.

—Deséame suerte.

Su enorme mano se cernió sobre mi muñeca e inclinó la jarra. El agua amenazaba con derramarse. Me apreté contra él para impedir que me mojara y gemí. No quería juegos. Alejandro maniobró con rapidez y sentí un chorro de agua fría empapándome entera y que le salpicó a él también. Hubiera sido más sensato dejar la jarra en su sitio pero... hubo algo muy erótico en el sonido de toda aquella agua cayendo sobre nosotros, fría. Dejé el recipiente vacío sobre la mesa y me giré hacia Alejandro, abalanzándome sobre él. Tenía ganas de pegarle, de abofetearlo y de besarlo, morderle, lamerlo. Antes de que pudiera condensar todas aquellas sensaciones en un beso, sus manos me cogieron al vuelo y me subieron a la mesa mientras levantaba mi vestido, empapado y pegado a mi piel.

El Alejandro que me enervaba y el buen chico de sonrisa infantil se fueron dando un portazo y me dejaron con alguien a quien no conocía. Olía igual que él, pero sabía más de mi cuerpo que yo misma. Supo que sostenerme por la nuca apenas a cinco milímetros de sus labios durante unos segundos eternos me volvería loca. El beso que vino después fue... brutal. Su lengua caliente me acarició los labios y luego se abrió paso dentro de mi boca. Me pregunté si alguna vez había besado de verdad.

Dio un paso hacia atrás. Por poco no se me paró el corazón. Fueron segundos, pero me dio tiempo a pensar casi de todo, excepto que quería mirarme. Sentada sobre la mesa de mi abuela con las piernas colgando, descalza, empapada, con los labios hinchados por la brutalidad del beso que acabábamos de darnos y por el esfuerzo de contener todos los que vendrían de allí en adelante. Me agarró la cara, jadeó en mi boca y volvió a invadirla con su lengua. Descubrí entonces una cosa…, quizá las fantasías sean difícilmente superables pero… Alejandro podía hacerlo.

Le atraje más con mis piernas y después las enredé en sus caderas. Subió el vestido todo cuanto pudo y se frotó, alternando la mirada entre el bulto de sus pantalones y mi cara. Asentí. Quería más. Se frotó más fuerte, me mordió el cuello y gimió. Necesitaba tocarle, saber a qué sabía, a qué olía, cómo era tenerlo pugnando por entrar dentro de mi cuerpo y follarme como un animal. Metí la mano entre los dos y la bajé hasta intentar colarla por debajo de la cinturilla del vaquero.

—Tu cama… —respondió crípticamente a la vez que paraba el recorrido de mi mano.

Me cargó sobre él y nos estampamos contra la pared de enfrente. No podíamos separarnos ni siquiera para subir las puñeteras escaleras. ¿Qué más daba una cama que la mesa de la cocina? No encontraba la diferencia. Solo quería notar el peso de su cuerpo.

Me soltó y cogiéndole de la mano tiré de él para empezar a subir peldaño a peldaño. En el descansillo del primer piso me pegó contra la pared de espaldas a él y me subió el vestido entre jadeos, tratando de arrancarme la ropa interior.

—Joder, Maggie… Voy a follarte aquí mismo. No aguanto más.

Seguí tirando de él hasta la puerta de mi dormitorio. Me había convencido: quería hacerlo en una cama.

Lo eché sobre mi colchón y los muelles chirriaron. Vaya, íbamos a tener orquesta. Me quité el vestido y lo tiré al suelo, donde aterrizó con un sonido húmedo. No esperé para sentarme a horcajadas sobre él, encima de sus muslos, y me centré en desabrocharle el vaquero. Se perdió bajo lo que me pareció un montón de ropa cuando se quitó la camiseta y yo me encogí sobre mí misma, deslizándome hacia abajo, solo por el placer de que mi nariz acariciara el bulto que llenaba sus pantalones, dando pequeños mordiscos.

—Para… —sonrió—. O acabaré ahora mismo.

Me dejé caer hacia atrás en la cama y se tumbó sobre mí, acomodándose entre mis piernas en cuestión de segundos. Retozamos unos diez minutos mientras nos lamíamos la boca; lo que aguantamos antes de quitarnos más ropa.

Se deshizo del sujetador de manera sutil, elegante, como si no tuviera prisa. Primero un tirante, después el otro y más tarde un clic en mi espalda. Después, sin protocolo, su boca se cernió sobre mis pechos y con la punta de su lengua acarició la aureola de mis pezones. Un gemido se escapó de mi garganta al notar cómo se endurecían al contacto de su saliva y sus dientes. Los mordió, lamió y pellizcó entre sus labios. Y yo estaba a punto de correrme solo con la fricción.

Nos quitamos el resto de la ropa interior a zarpazos y seguimos retozando hasta que todo se volvió más sucio, más húmedo y más placentero. Se me iría la cabeza si esperaba más. Lo sabía. Me dejaría llevar por lo que estaba sintiendo, correría detrás de lo que me apetecía y me olvidaría de lo demás; era el momento, así que me levanté y fui hacia mi baño para volver al segundo con la caja de preservativos en la mano. Alejandro estaba tirado en la cama, desnudo, duro. Le lancé la caja sobre el pecho y volví a echarme sobre la cama. Había llegado la hora de la urgencia.

Se puso de rodillas sobre el colchón acompañado de un quejido de los muelles, abrió un paquetito plateado y dejándolo vacío en la mesita de noche fue desenrollando el preservativo despacio sobre su polla. Mientras, yo le miraba entre paralizada por el miedo y las ganas. Hacía años que no estaba con un hombre y sabía que esta vez sería diferente. Por mí, por él, por las circunstancias y porque... sencillamente nos habíamos encontrado entre toda la gente del mundo.

Abrió mis piernas usando su rodilla derecha y se apoyó en un brazo en una suerte de flexión mientras se acomodaba. Su mano bajó hasta mi sexo y un par de dedos me estudiaron. Cuando comprobó que estaba lo suficientemente húmeda, colocó su erección y empujó. Cerré los ojos, apreté los dientes y lo escuché gemir. Mis muslos se tensaron y el cuerpo al completo se me encogió de dolor.

Acercó sus labios a mi oído y susurró entre jadeos «despacio» y cada letra se fue fundiendo en mi cuerpo como una lengua caliente.

—Ya estoy dentro de ti.

Se incorporó un poco y sus caderas se movieron hacia delante y hacia atrás, suave, dibujando en el aire una suerte de parábola. Gruñó y clavó los dedos en mis muslos. La siguiente penetración vino acompañada de un latigazo de placer y me arqueé ante su atenta mirada; los pezones duros, la piel de gallina, los labios entreabiertos y húmedos. Alejandro sonrió, lanzó la cabeza hacia atrás y se mordió el labio con placer. Y ese placer era de los dos. Mis caderas se elevaron en busca de las suyas y, acelerándonos, le pusimos banda sonora a la tormenta con unos sonidos también húmedos.

Hay muchas cosas sobre el sexo que se olvidan cuando uno lo aparta de su vida. Se olvida la sensación de la piel mojada de sudor pegándose a otra piel. No recuerdas la tensión que se acumula en tu sexo en cada nuevo empellón, la fuerza, cada vez mayor, que se hace en el ejercicio de empujar tus caderas hacia el otro para que su polla se hunda hasta lo más hondo, en ese punto de tu cuerpo donde hay un algo que estalla con cada roce. Lo admito…, no recordaba lo mucho que me excitaba el simple movimiento de las caderas de un hombre aunque quizá fuera porque nunca nadie me había puesto tan caliente.

Alejandro se movía con contundencia pero sin prisa, como si lo hiciera dentro de un tanque lleno de un líquido muy espeso. Mis manos se agarraron con fuerza a sus nalgas y sentir ese vaivén, ese empujar…, me precipitó. Si otra cosa se me olvidó por el camino fue la vergüenza. En el sexo el pudor solo bloquea.

—Joder, las uñas… —dejó caer en un quejido. Me di cuenta de que estaba dejándoselas clavadas y aflojé mi agarre. Alejandro respondió con un gruñido—. No…, más. Sigue.

Y volví a hundirlas en su carne. Nos besamos. Mucho y muy húmedo. Con mucha lengua. Yo solo tenía que entreabrir mis labios para que Alejandro acudiera a mi boca a lamerme. Aspirar sus gruñidos de placer era narcótico y, conociéndome, podría volverme adicta. ¿No iba a cometer la absurda gilipollez de enamorarme de alguien como Alejandro, verdad? ¿Con cuántas chicas se habría acostado? ¿A cuántas habría dejado plantadas al día siguiente?

Rodamos y me senté sobre él sin dejar que saliera de mí. Necesitaba sentir que dominaba la situación, aunque solo fuera por una cuestión física de gravedad. Me moví, torpe y un poco arrítmica, tratando de que los dos sintiéramos placer, pero follar es como ir en bicicleta…, uno nunca olvida el impulso que le hace saber lo que está haciendo desde la primera vez. Alejandro trenzó sus dedos con los míos, de modo que sus manos me sirvieron de apoyo; después levantó las caderas hasta llegarme a lo más hondo y gimió con fuerza para demostrarme cuánto le gustaba.

Abrí más las piernas y me rocé con su cuerpo; todo era un amasijo de carne y manos, que tocaban por donde podían, sujetándonos, apretándonos. Él miraba con el ceño fruncido el punto donde nos uníamos, agarraba mi pecho izquierdo con su mano derecha y dejaba escapar de entre sus labios gemidos roncos. Aceleré mis caderas, pero sus manos me contuvieron y sonrió al encontrarse con mi mirada.

—No corras…, vas a matarme —susurró.

Notaba las gotas de sudor caer por mi espalda y una quemazón insoportable entre mis piernas que me pedía glotona correrme con él dentro. Puse los ojos en blanco y me mordí el labio cuando, quedándome casi quieta, dejé que él desde abajo controlara el movimiento de los dos. Me extasió no perderme la sensación de cómo entraba y salía de mí casi por completo para volver a hundirse en mi cuerpo húmedo.

Se incorporó y nos sentamos mirándonos muy cerca. Su dedo corazón encontró mi clítoris y lo presionó suavemente; cuando gemí, Alejandro sonrió.

—Estoy casi a punto…, casi… —susurré.

—Joder, sí. Córrete para mí, con mi polla. Dios…, Magdalena.

Magdalena… como si mi nombre significara algo en sí mismo. Mi nombre, completo, sabía a besos en su boca. También a sexo. Y a cosas que aún estaban por venir. No soportaría que Alejandro me llamara como lo hacían todos los demás. Para Alejandro yo siempre sería Magdalena; para él, sería nueve letras empapadas en su saliva, sonando como solo podrían hacerlo en sus labios.

Un cosquilleo me hizo forzar la caída de mis caderas y contuve el aliento. Se me nubló la vista, creí tocar el techo, me quedé quieta y aspiré. Placer por todas partes. En mi sexo. En la colisión de su erección dentro de mi humedad. En el aire. En mi espalda. En mis dedos que hormigueaban y buscaban aferrarse a algo hasta que abrí los ojos y… me dejé caer en su hombro. Me palpitaba el cuerpo, el coño, las venas y me escondí, con las uñas clavadas en su espalda, rabiando de tenerlo tan dentro y querer más. El orgasmo, como mi nombre, sabía diferente con él. Primera lección de un idioma que yo creía chapurrear pero que con él adquiría toda una nueva dimensión.

Alejandro dijo que sí. Lo dijo muchas veces seguidas, lento, en un gruñido, afirmando Dios sabe qué. Quizá que el orgasmo le sobrevenía, quizá un «por fin». Me agitó sobre él, a mí, que me había quedado desmadejada, abierta para él. Cogió mis muslos y me zarandeó, moviéndome de arriba abajo sobre su polla hasta que no pudo más y dejó escapar un sonido gutural en su garganta al mismo tiempo que llenaba el condón. Bombeó dos, tres, cuatro veces más hasta quedarse clavado y quieto.

Pues ya estaba hecho y, como casi todas las cosas del mundo… ya no se podía deshacer. Jadeos. Respiraciones que intentan sosegarse. Algunos gruñidos finales. Y ya está.

Hice amago entonces de levantarme. Demasiada intensidad, inmensidad e intimidad revoloteando alrededor de la cama. Unos pasos y me refugiaría en mi cuarto de baño, sola, en silencio y no tendría que escuchar la respiración de Alejandro que me acariciaba el pelo suelto con torpeza. Pero me retuvo, estaba claro y, en silencio, dejó que sus dedos salieran de entre mis mechones para caer sobre la piel de mi espalda. No podía ser de otra manera; no iba a ser fácil. Podía luchar y marcharme, ser fuerte y un poco fría y dejar claro que un rato de sexo no significaba nada al fin y al cabo, pero lo cierto es que sí había significado algo. El qué no lo sabíamos todavía. Finalmente cedí y le correspondí con las mismas caricias, oliendo su cuello, disfrutando del aroma de su piel mezclado con el almizclado olor del sexo.

—Así. Es… perfecto —susurró.

Fuera se hacía de noche y seguía lloviendo.

Después de lo que me pareció el rato más largo de mi vida, Alejandro me levantó de su regazo, salió de mí y se quitó el preservativo. Estiró el brazo, lo dejó sobre su envoltorio, se puso su ropa interior y se levantó de la cama. Sentí vacío y alivio a la vez. Tuve miedo de esa sensación que me azotó cuando se separó de mí pero a la vez me tranquilizó pensar que era mejor dejarlo así. Un polvo agradable. Un follar bonito.

Sin embargo, en lugar de marcharse entró en mi cuarto de baño y cerró la puerta. Me tapé con la sábana y me puse las braguitas de algodón. Joder. Había sido alucinante. Especial, natural, cómodo y placentero. Pero… ¿qué sería a partir de allí? ¿Un recuerdo, un dolor, una sonrisa nostálgica, el primero de muchos? Alejandro salió del cuarto de baño y sonrió. «Ahora es cuando se va». Pensé. Pero no. Se acercó a la cama, se hizo un sitio a mi lado y se acostó. Sin preguntar, sin tener que responder a nada, así pasamos las siguientes horas, abrazados sobre mi colchón, casi desnudos. Ninguno de los dos rompió el silencio más que con el sonido amortiguado de algún beso profundo y algún ronroneo. Y me quedé dormida con sus brazos alrededor de mi cintura, pegada a su pecho.

Aquello no pintaba bien… No quería terminar mis días recordando a alguien que no me quiso. Prefería estar sola. O al menos lo prefería cuando no me acordaba de lo reconfortante que era el tacto de alguien suave, amable…

Soñé que hablaba con mi madre. Le preguntaba si algún día alguien me querría y ella, con una sonrisa triste, me contestaba que sí, pero que antes debía perdonarme.

15

Pasamos los dos días siguientes en la cama. El primero echados, besándonos en la boca, acariciándonos lánguidamente, masturbándonos con las bocas pegadas y los labios entreabiertos. Casi sin comer ni beber ni movernos; sumidos en un estado de sopor del que entrábamos y salíamos como si nos hubiésemos tomado media caja de Valium. Me dormía sobre su hombro, me despertaba con sus manos apretándome contra su cintura, buscando el recorrido que le llevara hasta el vértice de mis piernas; se despertaba con mi pelo haciéndole cosquillas en el pecho, se dormía con la cabeza apoyada en mi vientre.

El segundo día subí a la habitación con un bol de fruta y algunas sobras y tras comer algo, Alejandro se desnudó, me desnudó y me hizo cosas que ni siquiera recordaba que se pudieran hacer. Casi desmontamos la cama; jamás había visto moverse así el cabecero. Y también fue especial, pero fue más sexual y brutal que nuestra primera o segunda vez. Fue…, fue como un polvo salvaje en el baño de una cafetería con alguien al que sabes que jamás volverás a ver; como cuando todo te da igual. Durante los primeros veinte minutos Alejandro se limitó a follarme sin tregua hasta que sentí que temblaba entera. Gemí como una loca, le clavé las uñas en el trasero y le arañé. Cuando los temblores se convirtieron en un orgasmo colosal, consideré que debía devolverle el favor haciendo algo que suele gustar a todos los hombres sin excepción: una mamada. Y vaya, aprendí que había un par de cosas que parecían gustarle demasiado.

—No, no hagas eso —me dijo mirándome, jadeando, con un par de mechones pegados sobre su frente.

—¿No te gusta?

—Demasiado. Para o me corro —se reía cuando mi lengua se deslizaba arriba y abajo por toda su erección.

Y yo, feliz, reía también, sin dejar de hacerlo, hasta que se deshizo en mi boca con un orgasmo colosal, húmedo, sucio y soberanamente irresistible.

El tercer día salimos de la cama con la intención de ser humanos de nuevo…, humanos de los que interactúan sin necesidad de gemir, quiero decir, pero al final terminamos haciéndolo en la cocina sobre la mesa. Mientras ponía los cubiertos para comer algo en condiciones por fin, Alejandro apareció y tiró un preservativo sobre la mesa y levantó una ceja. Lo siguiente fue un caos de platos rotos y sonido de cubiertos sobre la loza del suelo. De un manotazo lo tiró todo al suelo, me subió encima, me quitó la ropa interior y… ¿para qué más datos, no? Lo sentí por parte de la vajilla, pero… cómo lo disfruté. Lo disfruté exactamente durante treinta y cinco minutos en tres posturas diferentes.

Alejandro me mostró el mundo a través de su piel durante aquellos días. No hablamos mucho, es verdad, pero compartimos experiencias anteriores como solo se puede hacer cuando compartes lo aprendido mediante la práctica. Su cuerpo, así, hablaba de todas las chicas que habían pasado por sus brazos antes que yo con las que aprendió a sorprender a la piel. Sus labios besaban y contaban la historia del primero que dio, del último que compartió con alguien antes de llegar a la isla. Una isla donde todo se unía hasta formar parte de un todo del que bebíamos quienes vivíamos allí.

Llenamos mi dormitorio de canciones por primera vez en mucho tiempo. A Alejandro le gustaba la música suave, con una cadencia quizá sensual, no sé, pero tranquila. Música de la que sonaba a viento en la cara, al sol calentándote las mejillas; música que me invitaba a estar tranquila y plena por primera vez en mucho tiempo. Escuchamos un millón de veces «Atlas Eyes», de Emma Louis.

El cuarto día, mientras Alejandro dibujaba espirales en mi espalda desnuda después de dos orgasmos, le besé el pecho y le pregunté hasta cuándo se quedaría. Había tardado un par de días en atreverme a formular aquella pregunta porque, según mis cálculos, tendría que marcharse al día siguiente. Me besó el pelo antes de contestar:

—Ya va a hacer dos semanas que estoy aquí. —El corazón se me aceleró—. Me iré cuando lleguen los primeros clientes. ¿Cuándo suele ser eso?

—Mediados de junio. A veces finales.

—No, tengo que irme antes. La primera semana de junio como muy tarde.

«¿Irte? Eso te has creído tú…». Nos sumimos en un silencio intenso de los que llegan a ser sonoros. Rebotaban en las paredes preguntas sin respuesta que ni siquiera era momento de plantear. Alejandro sonrió conformado y cambió de tema para destensar el ambiente.

—Debería pagarte ya el resto del mes, ¿no?

Me apoyé en su pecho y lo miré.

—Resulta un poco raro hablar de dinero ahora, ¿no? —intenté sonreír.

—Los negocios son los negocios —sonrió—. No vas a dejar de ganarte la vida porque haya pasado esto que, por otra parte, estaba claro que pasaría.

—Qué va… —me reí, dejándome caer otra vez sobre su pecho y dándole algún beso húmedo.

—Claro que sí. Luego hacemos cuentas.

Tuve una certeza entonces: esa sensación, ese cosquilleo que me recorrió entera cuando Alejandro llegó allí no era resultado de una premonición que indicaba que sería importante para mí, sino la certeza de que había llegado el momento de volver a volar, de ilusionarme, de dejar de castigarme, de querer volver a ser humana. Pero ¿y él? ¿Habría sentido también algo? Algo electrizante y hasta paralizante, algo significativo. ¿De qué había huido Alejandro? ¿De sí mismo, de los fantasmas de cosas de las que no se sentía orgulloso, de alguien que no quiso ser o sencillamente de una ruptura sentimental? Apoyé la mejilla sobre su pecho, sintiendo la aspereza de su vello y olí profundamente. Podría acostumbrarme a aquel calor, a su olor, a su risa sorda y a su manera de enfrentarse a esa parte de Maggie que era intolerable. No me conocía. ¿Por qué aguantaba? ¿Por qué…?

—¿Por qué viniste aquí?

—Porque o salía de allí o reventaba —contestó de inmediato.

Levanté la cabeza y nos miramos.

—¿Hueso? —sonreí.

—De pleno —sonrió también.

Alejandro suspiró, entre torturado y aliviado, como quien sostiene una pena dentro del pecho y va dejando que escape con el aire que sale de sus pulmones. No pasa nada, me dije, no pasa nada si él vino buscando olvidarse de algo que retomará en cuanto se marche. No pasa nada si esto se queda aquí. Me costará y pensaré a menudo que perdí la oportunidad de escarbar entre todas esas cosas que importan más que lo que Alejandro ofrecía a los ojos. Pero me alegraré de haber despertado. Volveré a mi vida tranquila sabiendo que me espera, en el futuro, saber sentir cosas nuevas.

Se incorporó y abrió la boca para hablar, pero las letras que componían las palabras por decir se quedaron atascadas y tuvo que esforzarse por sacarlas.

—Magdalena…, ¿me echarás de menos cuando me vaya?

«Claro que te echaré de menos. Ya no pienso que seas un cretino presuntuoso. A veces fantaseo con esconder tus maletas para que no puedas marcharte. Creo que me estoy enamorando de ti. Pero no, no te echaré de menos porque al final tú decidirás quedarte. Nos casaremos en la playa nudista rodeados de gente en pelotas y tendremos docenas de niños».

—Demasiado.

A veces con la verdad sin adornar basta.

16

La intimidad

La primera vez que pudimos hablar largo y tendido, bordeando ese hueso que a ambos nos dolía, fue un martes cualquiera, entre las sábanas recién cambiadas de mi cama. Olía a lavanda fresca. Había arrancado un manojo en flor del jardín trasero y lo había puesto en una pequeña jarrita de porcelana en la destartalada mesita de noche. Alejandro subió dos tazas de café y sin saber que íbamos a hacerlo, charlamos durante tres horas sin darnos cuenta de que los minutos pasaban. Y como ocurre con todos los grandes dolores, ese hueso roto clamó por que se le prestara la atención necesaria para curarse.

Alejandro me habló de su familia. Tenía dos hermanas pequeñas a las que adoraba, bastante más jóvenes que él. Sus padres habían pasado vacas flacas y pensaron durante mucho tiempo que no podrían permitirse mantener más hijos, pero todo mejoró y llegó María. Y después Aurora. Las veía poco y las echaba mucho de menos. Era parte de una familia convencional en la que todos, además, eran sumamente cariñosos.

Había empezado a estudiar Historia del Arte, pero lo dejó en tercero para dedicarse a otra cosa que, poco a poco, fue cobrando más importancia y que se había convertido en su trabajo, del que por supuesto, no hablamos. Salió con una chica durante tres años interrumpidos por un par de rollos por parte de los dos. La recordaba con cariño, pero aún no había conocido a una mujer que le marcase de verdad. Nunca conseguía implicarse con ellas. Solo lo fingía pensando que pronto le sobrevendría el amor… pero el amor no llegaba. Y él no se desesperaba porque pensaba que, cuando tocase, sencillamente lo sabría.

Cumplía años en enero, pero no le gustaba celebrarlo. No era por una cuestión de vanidad sino de soledad. Solía encontrarse trabajando, lejos de su gente. Era de esas personas a las que le costaba establecer relaciones profundas con desconocidos. Tenía a su familia y a sus amigos de toda la vida, que estaban repartidos por el mundo: Barcelona, Madrid, Londres, Ginebra… En su último cumpleaños todos habían viajado hasta Nueva York para darle una sorpresa; se los encontró cargados de maletas en la puerta de su casa, con matasuegras y aunque empezó riendo… terminó echándose a llorar. Un hombre que admite que lloró abrazado a sus amigos, que vive como se debe vivir, sin contenerse, merece un respeto. Me contó, además, que todos se habían burlado de él, excepto su mejor amigo, que lo abrazó entre sollozos. Se sentía solo. Muy solo. La soledad elegida, decía, era bonita; la impuesta, un castigo.

Era de esos que cogen el metro temprano para correr por Central Park desde antes de que se pusiera de moda ser runner. Por su trabajo le venía bien. Después pasaba por un Starbucks a por un café y se iba a casa, pero su rutina era irregular. Había meses en los que trabajaba mucho, algunos en los que no trabajaba nada, otros en los que ni siquiera dormía ni una noche en su casa. Su agenda debía estar completamente organizada y él entregado a cada proyecto; podía llegar a ser muy estresante. No solía decir que no a nada aunque, confesaba que había alcanzado un buen estatus y podía permitirse ser más selectivo.

Le gustaba la ropa bonita, pero no le preocupaba demasiado. Confesó que ni siquiera había escogido lo que llevaba en la maleta; se había limitado a sacar cosas del armario, sin ton ni son y a meterlas en las bolsas de viaje. Se vestía por instinto y le gustaba la sencillez; era un firme defensor del «menos es más». Odiaba llevar zapatos de los serios. Decía que los zapatos de hombre son horribles y la verdad es que hay muy pocos que se salven. Le encantaban los pantalones vaqueros. Y sentarse desnudo a la orilla del mar, ahora que lo había descubierto.

Siempre le habían llamado la atención las mujeres sofisticadas, elegantes y algo distantes. Le gustaba que le plantaran cara y que el proceso del cortejo se convirtiera en una batalla a muerte, no por esa idea obsoleta de que las mujeres deben «hacerse valer», sino porque le gustaba el juego. Por eso no se había ido cuando le eché el vino a la cara. Le apeteció tumbarme en el suelo, desnudarme y follarme fuerte. Palabras textuales. Lo primero en lo que se fijó cuando nos encontramos fueron mis ojos porque le parecieron inquietantemente claros. Lo segundo fueron mis pechos redondos. Se estuvo preguntando un par de días si eran naturales o no.

—Soy un tío al fin y al cabo y… soy más de tetas que de culo, lo siento —se disculpó entre risas.

En la playa nudista tuvo que controlar una erección dentro del agua que, no obstante, no pasó muy desapercibida, la verdad. Le gustaba el color de mi pelo…, de todo el pelo de mi cuerpo. Decía que era delicioso.

Admitió que se cuidaba mucho. Tenía que hacerlo. Tenía un entrenador personal y seguía una dieta especial. Hacía mucho ejercicio y odiaba tener que preocuparse de cosas como: el pelo de su cuerpo, el tono de su piel, las señales de cansancio.

Era agotador y absurdo querer estar perfecto las veinticuatro horas del día, como un muñeco. Con todos estos datos empecé a tener claro de qué no vivía. No, no era arquitecto, ni heredero de una brutalidad de millones ni bróker ni jardinero. ¿Y si era la versión masculina y actualizada de Julia Roberts en *Pretty Woman*? No…, no podía retirarlo con mis millones y mi trabajo. Si era puto, no podría darle una vida mejor. A lo sumo ejercer de madame…

También le conté cosas de mí. Le dije que adoraba fumar, pero que tuve que dejarlo, como todas aquellas cosas que me generaban una absoluta dependencia. Le confesé lo de mi paquete de tabaco escondido en mi habitación y cómo fumaba de tanto en tanto, a veces ni siquiera uno al mes. Uno de los pocos actos de debilidad que me permitía.

Le conté cosas al azar sobre mi familia. Que mi madre era adorable y muy comprensiva, pero que jamás la trataría como a una amiga porque amigas puede haber muchas pero madre solo una; que mi padre era profesor de matemáticas en la universidad, que fumaba en pipa y le gustaba leer biografías y me escribía cartas largas a mano en las que me contaba cosas que era incapaz de decirme por teléfono; que mi hermano mayor era ingeniero de caminos, que estaba casado, que no quería tener niños y que aún no tenía ni idea de qué hacía en su trabajo o que mi hermano mediano era un cabeza loca, profesor de dibujo en una academia profesional y el que mantenía actualizada y en funcionamiento la página web de mi casa de huéspedes.

Le conté que me encantaban los gatos, pero que aún no me veía preparada para responsabilizarme de la vida de uno porque durante mucho tiempo dudé de mi propia capacidad para cuidarme a mí misma.

—Decepcioné a mucha gente, Alejandro. Y debo aprender a vivir con ello.

Admití que amaba muchas cosas materiales que había tenido que apartar hasta que mi carácter compulsivo no fermentase y desapareciera, y que estuve años saliendo con gente que sacaba lo peor de mí, a la que no quería y que me hacía sentir insegura y que ni siquiera sabía explicarle por qué.

Al final me lie a hablar y hasta le conté que estudié en la escuela de diseño y que fue allí donde empezaron todos mis problemas por codiciar una vida que no podía tener. Mis compañeras tenían apellidos importantes y apoyo económico para poder lanzar su carrera como *coolhunters* para firmas y revistas de prestigio. El proceso era lento y a veces doloroso y una no podía vivir del aire.

La lotería me tocó la primera vez que jugué en mi vida. Un euromillón. Zasca. Me tocaron más de cien millones de las antiguas pesetas. Guardé parte por si acaso en una cuenta a plazo fijo, hice un jugoso regalo a mis padres y hermanos, y decidí lanzarme a la piscina con mi sueño. Aquí me detuve y mirando a Alejandro le dije que estaba cerca de enseñarle el hueso. Él contestó que respondería haciendo lo que debía.

17

Me di cuenta de que me estaba enamorando de Alejandro demasiado tarde. Ya llevaba cerca de un mes en casa y yo ya había recibido con horror las primeras reservas para el 20 de junio. Nos quedaba una semana, quizá menos y creo que no me equivoco si digo que él tenía tanto miedo de irse como yo de que se fuera. La intimidad es algo difícil de conseguir y cuando la pruebas... es adictiva.

Dormíamos juntos. No hubo que decir nada, ni pedir permiso al otro para hacer estos planes. Compartíamos ducha, sin dejar de besarnos. Íbamos a la playa unas veces cogidos de la mano, otras cogidos de la cintura. Era raro, pero extrañamente familiar. Como si llevásemos años haciéndolo. Follábamos todos los días, normalmente un par de veces. Y daba igual dónde. En la cocina, en las escaleras, en mi cama, en mi baño... incluso en el jardín trasero. Era brutal, pasional, cariñoso y abrumador. Muy íntimo. Sin embargo, fue la noche que no lo hicimos cuando me di cuenta de que iba más allá; que quizá la palabra no era «follar» a secas. Para mi terror.

Fui al baño antes de acostarnos y… allí estaba. Casi lo había olvidado. A pesar de que parecía que el tiempo se había quedado congelado dentro de aquella casa, la vida seguía y mi cuerpo también. Ni siquiera estuve atenta al calendario y, cuando menos me lo esperaba, me había bajado la regla de sopetón como una bofetada de una madre que quiere que su hija vuelva a poner los pies en el suelo.

—Alejandro…, me temo que esta noche no podremos… —dije muy sonrojada al salir del cuarto de baño.

—¿Qué no podremos? —insistió para mi total vergüenza.

—Pues… hacerlo.

—¿Hacer qué?

—Follar. —Lo miré fatal.

—¡Ah! ¡Follar! —sonrió burlón—. ¿Cómo que no? Indignado me hallo. Pues ale, me voy. —Hizo amago de levantarse, pero se volvió a echar sobre la cama riéndose—. ¿En serio crees que me iría? ¡Magdalena! —se jactó—, ¡por Dios!

Refunfuñé y me marché a por un vaso de agua y un ibuprofeno. Al volver allí estaba él, sentado con las piernas flexionadas y la espalda apoyada en la pared, esperando a que volviera.

—Pensé que habrías aprovechado para escapar —le dije.

—¿Y perderme el final de la historia?

Me senté a su lado y miré al frente con los dientes clavados en el labio inferior. Hasta el momento los detalles de la caída solo los conocieron los implicados, el doctor que me ayudó a remontar y la señora Mercedes. ¿Estaba preparada para hablar de ello, para hacerme una autopsia en frío? Decidí que por primera vez después de dos años, necesitaba contárselo a alguien más. Me recogí el pelo en una coleta despeinada y tomé aire.

—Hazlo si quieres o si lo necesitas. No voy a pedirte explicaciones. Tú jamás me las has pedido.

—Quiero hacerlo. Diría que... —respiré— necesito hacerlo.

Se acomodó, se colocó un cojín en la espalda y apoyó los antebrazos sobre las rodillas en un gesto muy masculino.

—Pues ya estoy preparado para escucharlo.

—A ver... —Me froté las sienes—. La lotería..., supongo que ahí empezó todo, me permitió arriesgarme y montar el negocio con el que siempre soñé. Era un dinero que tenía de pronto... al dinero que cae así no se le tiene aprecio, lo gastas sin remordimientos. La noche anterior la había pasado en mi piso compartido y cuando me desperté y me tomé el café, tenía más de setecientos mil euros. Lo primero que hice fue comprarme un estudio minúsculo en el centro de Madrid donde planeé cómo hacer las cosas. Había estado viéndolo con una de esas «amigas» que tenía, pero ella al final se decidió por algo más grande. Me enamoré de él y lo pagué al contado. En realidad es una ratonera, pero me gusta —me reí avergonzada imaginándome con Alejandro allí—. Me compré toda la ropa y todos los zapatos que siempre había deseado y dejé el trabajo de camarera que tenía para pagarme los gastos. Me presenté en una tienda en la calle Serrano vestida de arriba abajo de firma y dándoles una tarjeta que me acababan de imprimir; les pedí que me recomendaran si alguna de sus clientas tenía problemas para hacerse con la ropa que le convenía... Hice tratos, conocí a gente..., a una la dejan entrar en muchos sitios bien vestida. No entraré en demasiados detalles, pero de repente tenía más y más clientes, más y más trabajo, más y más dinero. El dinero llama al dinero, está claro.

—Sí —dijo secamente—. Pero sigue...

—Era estilista y personal shopper. Cobraba bien. Muy bien. Casi monopolicé el negocio durante un tiempo. Había días que me llevaba a casa un talón de mil quinientos euros sin apenas darme cuenta. Les recomendaba una peluquería, una maquilladora, un salón… y me llevaba una comisión. Empecé a moverme con gente del mundillo, con antiguas compañeras de la escuela de diseño. Además iba a muchas fiestas. Y… empecé a tomar drogas —rebufé—. Unas rayitas en una fiesta y unas cuantas copas. Me recomendaron las anfetaminas para rendir en el trabajo. Eso me importaba mucho. No quería perderlo porque había tenido demasiada suerte y sabía que o lo cuidaba o me quedaría sin nada. Comencé a vivir en una paranoia continua. Pensaba que si no iba a las fiestas perdería clientes; que si no era popular en ellas la gente no hablaría de mí, no me recomendarían. La competencia es brutal. Luego pensé que si no me cabía una talla treinta y seis nadie querría mis servicios, así que me aficioné a tomar café y poco más a la hora de comer y de cenar. Dormir era un lujo que no me podía permitir, así que tomaba alguna anfeta. Trabajaba toda la noche preparando dossieres y repasando colecciones en todas las revistas de moda, pero cuando conseguía dormirme y me despertaba me daba cuenta de que lo único que escribía eran garabatos ininteligibles y absurdos.

»Iba de fiesta en fiesta. A veces mis padres no conseguían saber de mí en una semana y yo me despertaba de pronto sobria en la cama de un tío que no conocía de nada, vestida, con los zapatos puestos y a veces… ni eso… Entonces me iba a casa y lloraba como una histérica muerta de asco. Lo peor de que se te vaya la cabeza son los momentos de lucidez. Conocí a una redactora de una revista de moda y nos hicimos bastante amigas. Irene… Ella fue la primera que consiguió asustarme. Me dijo que debería hacerme las pruebas del sida y la tomé por loca. La semana siguiente me dijo que tenía un aspecto deplorable y que una amiga le había dicho que se rumoreaba que era anoréxica y adicta a las pastillas para adelgazar. Cuando se enteró de que mi consumo de drogas no era lo que se dice anecdótico, vino a mi casa y me dijo que era patética y que pronto parecería una mala copia de las estrellas de Hollywood que tienen que ir a clínicas de desintoxicación. Recuerdo que me dolió mucho que me preguntase si me creía Lindsay Lohan.

Los dos nos reímos con amargura.

—Ella fue la primera que hizo saltar la liebre. No la he vuelto a ver. Me asusté. Era cierto. Había gastado tantísimo dinero…, era una auténtica superficial. Mis padres estaban muy preocupados y también estaban… la cocaína, el cristal, las pastillas… Podía pasar semanas sin probarlas, pero no decía que no cuando me la ofrecían. Creía que si lo hacía dejaría de…, de ser guay. No sé. Suena patético. Yo lo único que quería era… ser la mejor, a cualquier precio. Mis amistades y mis relaciones eran autodestructivas. Y… un día peté. Me dio un ataque horrible que… —cerré los ojos y agité levemente la cabeza, queriendo espantar los recuerdos— casi prefiero no entrar en detalles. Tuvieron que interceder mis padres. Mi padre me dio dos bofetadas que todavía me duelen, pero me vinieron estupendamente. Era eso o atarme… —Suspiré—. No puedo explicar el asco que me dio ver en lo que me había convertido. No era una adicta a las drogas, era una adicta a la vida de mierda que todos creen que es tan *cool*. Me presenté en una clínica y pedí que me hicieran pruebas para todo lo que se les ocurriera. Pensaban que estaba loca. Me aseguré de que estaba sana… al menos físicamente y bueno, sé que lo normal hubiera sido ir a terapia de grupo y esas cosas pero estaba tan asustada… No quería conocer a personas como yo. No es que negara lo que era, pero creí que recluirme y hablar de ello sin parar no me ayudaría. Tuve la idea de la casa de huéspedes y me pareció la idea más sensata que había tenido en años. Simplemente le dije a mi psicólogo que iba a irme y empezar de cero.

—¿Y te dejó? —dijo Alejandro frunciendo el ceño.

—No tenía muchas más opciones. Me ayudó a hacerlo. No me sentí sola en el proceso. Todos me apoyaron. Asumí mis problemas, alejé esa vida superficial y dimos por terminada la terapia. Aún me llama de vez en cuando —sonreí.

—¿Y no…?

—Echo de menos mi trabajo, mis cosas bonitas, pero no la vida que llevaba.

—¿Y qué pasó?

—Pues perdí mis clientes, no he vuelto a saber de ninguno de esos «amigos» que tenía y mis cosas bonitas están guardadas hasta que un día sea lo suficientemente madura como para poder volver a utilizarlas sin renunciar a mí.

Nos miramos en silencio, midiendo la expresión el uno del otro. Me encogí de hombros porque era incapaz de interpretar la suya.

—Ya sabes por qué llegué a la isla. Eres el único que lo sabe además de mi familia y la señora Mercedes —sonreí. Qué patético, por Dios… Ahora era cuando él se vestía, hacía las maletas y se iba.

—¿Te ha sentado bien? —sonrió acariciándome una rodilla.

—Estupendamente.

—Me alegro.

—¿Te he asustado?

—No. Me muevo en ambientes similares. —Me cogió una mano.

Trenzó los dedos con los míos. No. Por favor…, no. No quería enamorarme de él y me lo estaba poniendo muy difícil.

—¿Te gustaban los zapatos, eh?

—Los adoraba —me reí.

—¿Crees que volverás a ponértelos o vendrás descalza a verme a Nueva York?

—Ah… ¿iré a verte?

—Algún día tendrás que tomarte unas vacaciones, ¿no?

—Tal vez —contesté encogiéndome de hombros.

Se inclinó hacia mí y me sonrió como pidiéndome permiso para darme un beso y yo, por supuesto, se lo concedí.

—Está bien, Magdalena. No pasa nada. —Besó mi cabello y me envolvió con sus brazos.

—Me da una vergüenza tremenda.

—Mañana por la mañana iré a por algo al pueblo. Luego nos sentaremos en la cocina y hablaremos de mí.

—No tienes por qué.

—Sí, sí que tengo por qué. ¿Cómo lo has hecho? —Frunció el ceño.

—¿Qué he hecho? —me asusté.

Apoyó su frente en la mía.

—Lo que sea que has hecho conmigo. No quiero irme. Nunca.

18

Me desperté sola en la cama y no me gustó en absoluto lo que sentí. Palpé las sábanas a mi lado y estaban frías. Hacía bastante que Alejandro se había levantado. Suspiré y miré el techo blanco durante unos segundos… Así sería cuando se hubiera marchado. Cuando bajé las escaleras, me lo encontré sentado en la mesa de la cocina con una sonrisa resignada. Lo besé en el cuello y después me senté a su lado. Tenía una revista en la mano, boca abajo.

—¿Poniéndote al día? —bromeé.

—No…, poniéndote a ti.

—¿Vas a decirme que eres el novio de América? —me reí.

Tiró la revista encima de la mesa con la portada hacia arriba y se levantó para apoyarse en el banco de la cocina, frente al fregadero y medir mi reacción.

Esperaba que su secreto fuera como el final de una buena novela de misterio. Que fuera enrevesado, que se necesitara unir varias piezas para encontrarle sentido. Algo elaborado como que era el antiguo amante de una adinerada señora de edad respetable cuyo poderoso marido podía hacerlo desaparecer del mapa con solo hacer una llamada. ¡Yo qué sé! Pero imaginaba que pasaríamos horas hablando sobre su secreto y que le demostraría que era una tontería esconder algo así y que lo mejor sería quedarse a mi lado. Luego nos besaríamos y se daría cuenta de que no valía la pena marcharse de un lugar donde todo era sencillamente fácil.

¿Cómo puedo expresar la inquietud real al verlo en la portada de una de las revistas de moda más importantes del mundo vestido con un total look de Burberry Prorsum? «El nuevo titán de la pasarela» rezaba el titular.

¿Modelo? ¿Era modelo? ¿Ese era su secreto? Abrí la revista y la hojeé. Fui al reportaje. Lo leí por encima. Afincado en Nueva York. Relacionado durante un tiempo con la supermodelo brasileña Celine. Última imagen de Prada. Había cerrado el desfile de Chanel. Muy cotizado. Se rumoreaba que ganaba por sesión de fotos lo que otros de sus compañeros en un año. Chico reservado. Nunca hablaba de su vida privada. Había posado desnudo para una revista en una ocasión por una cantidad desorbitada de dinero. Un desnudo frontal y bastante agresivo que dio mucho que hablar. Poco dado a aparecer en fiestas, se sentía más cómodo en la publicidad que sobre la pasarela.

Lo miré y él bajó la vista al suelo. No. No podía ser. No me podía haber acostado con un modelo. Un modelo internacional no podía haberme visto desnuda y en posturas imposibles. ¿Y mi celulitis? ¡¡Por favor!! ¿Era ese el mayor problema que presentaba su secreto para mí? Pero no podía quitármelo de la cabeza. Desnuda. Sin pudor. Desnuda. A plena luz del día. Desnuda. Sin ropa. Delante del Dios de las pasarelas. Desnuda. Delante del modelo preferido por Karl Lagerfeld.

¿Cómo había podido ser tan tonta de colgarme de alguien así? ¿Lo peor? Sentirme tan superficial, tan frívola. Le había abierto mi vida a alguien nuevo y… ¿lo que más me importaba ahora era el hecho de que fuera modelo? Menuda tontería. Maggie, por el amor de Dios. Pero no dejaba de pensarlo y cuanto más lo pensaba más ridícula, tonta, bajita, fea e imperfecta me sentía. Se supone que nadie de a pie va a encontrarse con alguien como Alejandro en la vida. Ellos andan por las alturas, sorteando nubes o arcoíris de colores, joder, no caminan a tu lado sobre la gravilla de entrada a casa. No se acuestan contigo y te hacen sentir bien aunque estés desnuda, empapada en sudor y con los ojos dados la vuelta. No se acurrucan contigo en la cama y te ven destapar la herida más antigua que tienes, ni repasan con los dedos tu cicatriz para decirte que es bella, como cualquier otra que te haya dejado la vida sobre la piel. No era la misma clase de persona que yo. ¿De verdad me había puesto a cuatro patas delante de él? ¿Realmente creía que podía tener un rollo de verdad con el supermodelo del momento? ¿Por qué era tan frívola con la situación?

—¿No dices nada? —susurró inquieto.

—Es que me he bloqueado. No me lo puedo creer.

—Todo encaja, ¿no? —sonrió sarcástico.

—No. Claro que no. No encaja nada.

Miré de nuevo las fotos. «No busco una historia de amor. Mi vida no está preparada para ello». No, no me lo había imaginado, no eran pensamientos retorcidos de una persona insegura que se preparaba para lo peor. Lo estaba leyendo. Él lo había dicho. No estaba preparado para una historia de amor y joder, mierda, era lo que yo iba buscando en sus brazos sin darme cuenta. Amor. Que el olor de la piel del otro significara algo. Y él era alguien con una vida complicada, glamurosa y sofisticada que no admitía a nadie más que no estuviera de paso, como evidenciaba su última ruptura.

—¿Por qué viniste aquí? —Me froté las sienes.

—Mi padre lo buscó. Le dije que necesitaba estar solo en un sitio apartado. No quería fotos, no quería que nadie me reconociera por la calle ni...

—¿Por la ruptura?

—Por la soledad. Si iba a sentirme solo, lo mejor era estarlo de verdad. Necesitaba poner orden en mi cabeza.

Asentí. Joder. A ver, respira, Maggie, racionalízalo... ¿qué es lo que te supone tanto problema? ¿Haberte abierto? ¿Saber que se irá de verdad? ¿Su trabajo? ¿El mundo en el que se mueve? ¿No encajar en ningún plano de su vida ahora que lo conoces un poco más?

—En realidad, si lo piensas... es todo lógico.

—¿Lo es?

—Bueno..., por eso toda esa ropa bonita. —Una risita nerviosa se escapó de entre mis labios.

—Sí, claro. Te regalan algo de ropa cuando te dedicas a esto...

—Bueno —carraspeé para templarme la voz—. Al menos ya sé... que tú... no eres puto. Eres...

—Soy modelo —rio.

—Sí. Por eso eres tan guapo.

—Creo que es al revés —se rio—. Ser modelo no te hace ser más guapo. Quizá más psicótico.

—¿Tu novia era Celine, la top model? ¿La misma que abrió el desfile de Victoria's Secret hace tres años?

—Sí. —Se acercó a la mesa y se sentó a mi lado—. Esa era mi novia.

Qué bonito sonaba eso de ir a verlo a Nueva York. Sería mejor darme cuenta ya de que jamás volveríamos a vernos cuando se fuera de allí. Sería una historia mágica que duró lo que tenía que durar para mantener la magia. Después... se esfumó. Podría guardar las revistas y recordar de vez en cuando que casi me enamoré de alguien allí, donde me recluí para dejar de sentirme desbordada.

—Te traje dos más. —Señaló el montón de papel cuché—. Hojéalas si quieres. Voy a la playa un rato.

Cogió las llaves, se las metió en el bolsillo y se dispuso a marcharse. Parecía serio y cabizbajo, como si de pronto en lugar de sentirse mejor por confesar algo que había escondido durante unos días fuera consciente de que la verdad le caía a plomo sobre los hombros. No quería que él creyera que aquello me había decepcionado porque él no era el problema.

—Alejandro… —lo llamé.

—¿Qué?

—Esto no es algo que tenga que avergonzarte. Este no eres tú. Este es tu trabajo. Tú mismo lo dijiste, no siempre serás así. Te surgió esta oportunidad, puedes vivir de ello, se te da bien… ¿qué más da?

—Ya. Pero, entonces, ¿por qué te ha cambiado la cara? ¿Por qué da la impresión de que te he dado una mala noticia?

—No es eso.

—O atrae o espanta, soy consciente. Debo desconfiar de todos a los que atrae pero entonces, ¿con quién me quedo? Porque me he cansado de correr detrás de cosas.

—No te estoy juzgando.

—Es superficial, lo sé —sonrió con vergüenza—. Y frívolo si me apuras.

—Alejandro, es una manera de ganarte la vida. ¿Superficial? ¿Qué trabajo no lo es si lo piensas fríamente? Yo tampoco me dedicaba a salvar vidas —sonreí.

—Pero… ¿qué va a pasar ahora contigo?

¿Conmigo? Que me moriría de vergüenza. Ya veía mi pobre esquela en el periódico local. «Maggie la tonta murió de vergüenza al descubrir que su amante era modelo y que efectivamente jamás se quedaría con ella para siempre». La señora

Mercedes sería la única que no se reiría de mi muerte y dejaría profiteroles en mi tumba.

—Por mí… —resoplé—. Por mí no te preocupes. Ha sido increíble tenerte aquí. Todo… incluso haberte tirado una copa de vino a la cara. Siempre quise hacerlo.

Alejandro arqueó una ceja.

—Explícame una cosa, Magdalena. ¿Jamás escuchaste hablar de mí?

—No. Desde que vine aquí yo…

—Hace dos años yo ya desfilaba.

—Si quieres que te sea sincera es posible que tu cara me sonara o tu nombre quizá, pero… no tenía ni idea. Soy fatal con los nombres y tengo… una memoria pésima. Yo…, no sé. No sé, Alejandro. Todo lo que me pasó me dejó un poco tocada.

—¿Y esto?

—Esto, ¿qué?

—¿Cómo te deja esto?

—No puede dejarme de ninguna manera. Ya somos mayores —sonreí—. Y los años te enseñan a protegerte para no sufrir.

Qué mentira más bien ensayada. Nada te enseña a no sufrir y si realmente existe algo así, no deberíamos acercarnos. El miedo a pasarlo mal nos protege pero sufrir nos curte y nos enseña. No podemos elegir no sufrir. No hay que echarlo de nuestras vidas. No podemos dar la espalda a pasarlo mal. Si algo aprendemos a lo largo de los años es que todo, lo bueno y lo malo, forma parte de la misma realidad. Dos caras de la misma moneda tan diferentes que se sostienen la una a la otra. Si no sufrimos al final nos resignamos con no sentir. Protegernos para evitar una herida suele traer como consecuencia que olvidemos hasta cómo se siente la brisa cuando nos roza la piel.

Pero Alejandro no tendría por qué saberlo. Pareció decepcionado con mi respuesta, la verdad, pero era realista.

Supongo que a los dos nos hubiera encantado inventar una historia de finales felices eternos, de abrazos apasionados con diálogos cargados de «por fin te encontré» o «no volveré a separarme de ti jamás», pero éramos mayorcitos para creer en cuentos.

—Voy a... dar una vuelta. —Se frotó los ojos—. Necesito respirar.

Salió de la casa a toda prisa y yo no lo seguí, porque sabía bien lo que significa necesitar aire de verdad. No pedíamos abrazos desesperados y besos apasionados envueltos en promesas estúpidas y poco realistas. Necesitábamos espacio aunque fuera durante unos minutos. Por el contrario me quedé sentada, y leí todo lo que decían de él, su entrevista, los pies de foto, estudié cada centímetro de aquellas imágenes y, en la soledad de mi cocina me convencí... No podía ser.

El sueño de cualquier chica hecho realidad pero convertido en algo que no era adrenalínico ni travieso ni mucho menos apasionante. A mí me daba igual lo que fuera Alejandro, pero ahora que lo sabía..., ahora que lo sabía no podía entender por qué no le importaba a él.

No era alta. Tampoco una muñequita, bajita y perfecta. Era una chica normal que andaba descalza por una isla pequeña. Tenía los ojos claros, pero asustaban, inquietaban. Era monina, pero no podía compararme con el torbellino de mujer que abría el desfile de ropa interior más famoso del mundo vestida con un corsé de cristales de Swarovski y unas botas por encima de la rodilla, disfrazada de hada. No podía darle igual cambiar una cosa por otra. Estaba claro que era una cosa pasajera y que, como me había planteado con inteligencia al principio, tenía fecha de caducidad. ¿Cuándo había perdido la razón?

Quizá no pudo comprender mi incapacidad para gestionar algo tan tonto como su profesión. Quizá se sintió contrariado porque la mayoría de las mujeres se acercaban a él por ser modelo internacional y en cambio yo lo apartaba. Aunque pensé que cuando lo pensara bien no le importaría demasiado no volver a verme.

Cogí las revistas y me metí en mi habitación a avergonzarme con un poco de dignidad, a solas con mis fantasías infantiles y las mariposas en el estómago que predecían que Alejandro sería importante en mi vida. Intenté tranquilizarme antes de que regresara, pero ni siquiera le escuché entrar en la casa. Abrió mi habitación sin llamar y la llenó con su presencia como lo hacía siempre en una casa acostumbrada a contener las idas y venidas de muchos, pero las vidas de nadie. Nos habíamos comportado como una pareja al uso durante las últimas dos semanas. Nos besábamos en los labios al saludarnos, al despedirnos, al darnos las buenas noches. Nos cogíamos de la mano al andar. Nos reíamos de las estupideces que decía el otro. Hablábamos hasta en silencio. Nos acostábamos, sudorosos, gimiendo, jadeando, apretándonos en un amasijo de carne. ¿No eran las cosas que hace una pareja normal? Abrir una puerta sin llamar después de todo lo que habíamos concentrado en aquellas semanas era una estupidez que no debía tener en cuenta. Sonreí, pero él siguió serio.

—¿Quieres que me vaya? Puedo tenerlo todo arreglado para mañana.

—¿Por qué iba a querer que te fueras? —le pregunté extrañada.

—No lo sé, pero no dejo de pensar que quieres que lo haga. Me miras como si me hubiese salido un pene en la frente o algo peor.

—No es eso.

—¿Entonces?

¿Entonces, Alejandro, qué va a ser? Los hombres tienden a plantear las cosas con más sencillez que nosotras muchas veces, pero hay quienes se bloquean frente a una emoción tan obvia como la frustración. No quería que se fuera…, me frustraba que tuviera que irse, que los días tuvieran caducidad y estuviéramos condenados a ser un recuerdo vago que iría perdiendo los matices, los olores, los colores y el orden de las palabras dichas. ¿Y cómo se explicaba eso? Las mujeres solemos resoplar cuando ellos no nos entienden aunque no encontremos la forma de explicarnos.

—No quiero que te vayas —dije de pronto—. Ya está. Eso es todo.

—Ya —asintió.

—No, «ya» no, no lo entiendes. Es que no quiero que te vayas nunca.

Sonrió y se acercó un paso más a la cama. Ahora es cuando venía esa charlita en la que yo me sentía bien porque él, con dulzura, me decía lo especial que había sido hasta ese momento, que siempre se acordaría de mí… Luego, al recordarlo cuando se hubiera ido me odiaría por pánfila, por tragármelo todo y a él por ser…, no sé, por ser tan guapo, tan buen amante, por ser tan divertido. Por ser modelo y no un jodido *freelance* que pudiera mudarse conmigo sin importar nada más.

—Yo tampoco quiero irme.

—Tienes que irte. Lo entiendo. Y además soy más que consciente de mis limitaciones.

—¿Qué limitaciones? —Levantó una ceja.

—No puedo abrir el desfile de…

—No me lo puedo creer… ¿Es ese tu problema? Qué obtusas sois cuando queréis. —Se sentó a mi lado en la cama—. Magdalena me voy porque no puedo quedarme. Tengo un desfile en Milán a finales de junio, dos sesiones en julio, una entrevista concertada a finales y…

—Ya, ya…

—Mi calendario es complicado. Dependo de las pasarelas, de si me llaman en enero para París, en febrero para Nueva York, en marzo para Japón…, junio Milán, septiembre Nueva York o Madrid… si tengo suerte. Luego están las sesiones y…

Resoplé y me tapé los ojos. Pero qué horror…

—Te mandaré los billetes de avión para agosto si quieres —sonrió, arrodillándose entre mis piernas y buscando que apartara las manos de mi cara.

—No, no…, agosto es temporada alta. No puedo cerrar.

—No tienes reservas.

—Pero tendré clientes. Vivo casi de lo que gano ese mes. Subo el precio y… —Parpadeé. Ya ni siquiera sabía lo que estaba diciendo.

—Pues… septiembre.

Lo miré.

—No, mierda, septiembre es la semana de la moda…, seguro que sale algo. —Miró al techo—. Bueno, hablaré con mi representante y veremos cuándo. Te haré llegar los billetes.

Asentí. Sí, claro que me iba a mandar los billetes. Consultaría con frecuencia mi buzón en el mundo de los sueños multicolores…

II PARTE

DE DOS MUNDOS

19

No voy a hacerme la dura. Me costó un par de semanas recuperarme desde que despedí a Alejandro en la puerta de la hospedería. Ni siquiera me dejó acompañarle a coger el ferri. Pensé que no quería que nadie nos viera juntos, pero lo que no quería era sentirse así, como una pareja de enamorados que se despide. Asustaba. Y de todas formas fue igual, pero sin mar ni barco de por medio. Cogidos de las manos, uno frente al otro, callados, con la presencia de las bolsas de viaje llenas y cerradas a nuestros pies. Joder..., nunca he tenido tantas ganas de patear nada de Louis Vuitton. No creo que vuelva a pasarme, por otro lado.

Me besó. Me besó como en los cuentos adolescentes que te contabas antes de dormir se despedía de ti el amor de tu vida, para volver después y quedarse contigo para siempre, claro. Los dos sabíamos que no era un hasta mañana y esa certeza sobrevolaba como un ave de rapiña esperando alimentarse de los restos de ilusión. Me sonrió y me prometió no hacer promesas. Qué ironía. Prometer no hacer promesas y aun así, hacerlas.

—Te mandaré los billetes, Magdalena. Solo… no te olvides, ¿vale? De las sensaciones. De abrirnos. No…, no te olvides.

«Como si fuese posible». Aguanté una sonrisa triste y estoica hasta que se convirtió en un borrón y pude echarme a llorar. Lo hice sentada en la silla en la que solía leer por las mañanas. Allí, acariciando la madera vieja lacada y sintiéndome tonta por hacerlo, lloré un rato y las lágrimas ya no supieron tan rancias porque eran penas nuevas y no les había dado tiempo a amargar.

Necesité compartir la pena y fue un alivio porque la persona que fui y que me obligó a recluirme en aquella isla nunca hacía nada que la pudiera mostrar débil frente a los demás. Se comía las penas y se las guardaba dentro. Pero ya no era así, me dije, así que fui a casa de la señora Mercedes a lloriquearle, tirada en el sofá, abrazada a la revista. Se lo expliqué todo y le pedí que no dijera nada. Le conté a qué se dedicaba, dónde vivía en realidad y hasta me desahogué y vomité todas aquellas cosas que había imaginado que haríamos cuando lo nuestro se afianzara más. Ella, a pesar de mis llantos, se puso muy contenta y hasta sacó copitas de vino dulce para brindar. La señora Mercedes vivía dando saltos entre la demencia y la genialidad, aunque me temo que son términos que andan muy próximos el uno del otro.

—Ya lo decía yo, con lo salada que es mi niña que se vaya a quedar para vestir santos. Pues ahí lo tienes, ¡modelo!

—¿Vestir santos, Merce? —Me sequé las lágrimas—. No diga usted eso.

—Toda la razón. Mejor vestir santos que desnudar gilipollas.

Sonreí.

—Señora Mercedes…, no volveré a verlo.

—¡Nunca digas nunca! Además, piénsalo… aunque fuera de ese modo. ¡Eso que te has llevado, muchacha! ¡Míralo! —Señaló la revista—. ¡Por Dios, que como estos no hay por aquí!

En eso tenía razón. Nunca había conocido a nadie como Alejandro, pero no solo tenía que ver con su físico. Evidentemente nunca había estado con nadie tan guapo, pero tampoco con nadie que soportara con estoicidad mis vaivenes, que viera detrás de ellos algo más; nunca topé con alguien que oliera a casa, que se riera conmigo y no de mí cuando me sinceraba. Nunca había conocido a nadie que se mereciera más que me enamorara de él…

Me apeteció entonces huir a casa de mis padres, pero enseguida llegó la avalancha de trabajo. Me vino muy bien, no obstante, económica y emocionalmente. En temporada alta subía el precio y, como seguían siendo muy competitivos, llenaba hasta la bandera. Las dos habitaciones con baño propio costaban cincuenta euros la noche. Si querían media pensión subía a setenta euros la noche. Las habitaciones sin baño treinta o cuarenta dependiendo de si eran dobles o individuales; cincuenta o sesenta euros si querían media pensión. Tenía en total cinco habitaciones y casi todo el mundo aceptaba la media pensión.

Un mes con todas las habitaciones reservadas…, haced números. Solía tener una media de dos meses y medio de lleno total. Es muy fácil llenar cinco habitaciones y dar de comer como mucho a ocho personas. Y muy barato. ¿Cuánto podía costarme a mí hacer una parrillada de verduras, empanadas caseras o gazpacho? Carne a la plancha, pescado, guisos caseros… Salía muy bien de precio y yo lo gestionaba todo. No tenía que pagar a nadie para que me ayudara. Trabajaba como una negra, ¿cuánto? ¿Tres meses al año? Sí, hacía camas, aseaba habitaciones, cocinaba y fregaba. Indicaba los puntos más bonitos de la isla, a veces acompañaba a alguien en moto a la playa más alejada. Abría la puerta a las seis de la mañana y la cerraba a las doce. Dormía a saltos y mal pero me daba para vivir el resto del año. La inversión había sido previa. Ropa de cama, muebles, vajilla y demás y adecentar una casa que era una antigualla. Ahora casi todo eran beneficios; pagar luz, impuestos, comida, agua, gas y teléfono.

Y además, como estaba tan ocupada dejé de pensar en Alejandro y su recuerdo se convirtió en algo así como un sueño. Algo bonito que me hubiera cambiado la vida, pero que no sucedió. No esperaba nada de él y mucho menos ahora que sabía que en realidad siempre fue un atlante de vacaciones, inalcanzable.

Por eso la noche que sonó el teléfono a deshoras no se me paró el corazón ni se me pusieron los pelillos de la nuca de punta. Pensé en mi madre o, ojalá, en alguna reserva de última hora. Tenía una habitación libre para la última semana de agosto y estaba loca con cerrarla de una puñetera vez. Solo me senté detrás de lo que hacía las veces de mostrador, saqué el libro de reservas y respondí un aséptico «Dígame».

—Buenas noches —susurró una voz—. ¿Qué hora es allí?

Y esa voz me transportó a la playa y volví a sentir la arena bajo mi piel desnuda. Me trajo el frío del lodo en una noche de principios de mayo. Supo a besos en mitad de la noche y a sábanas revueltas. Cerré los ojos y maldije mentalmente pero… con una sonrisa.

—Pues son las once y doce minutos de la noche. ¿Y allí?

—Poco más de las cinco de la tarde. ¿Qué haces? —susurró.

—Estaba haciendo tiempo. A las doce cierro el portón.

—¿No te compensa tener a alguien toda la noche?

—No, porque si no ahora estaría durmiendo y no podría coger el teléfono.

—Contrata a alguien. Me pondré el despertador a las seis de la mañana la próxima vez.

—A las doce empiezo a hacer la comida para tenerla lista a las dos —me reí.

—¿Aún andas descalza, Magdalena? Echo de menos tus pies sucios —se rio.

—Gracias. —«¿Gracias? Pero ¿qué estupidez era esa?»—. Cuéntame, ¿qué haces?

—Ahora mismo hago la maleta. Tengo un *shooting* en Los Ángeles mañana y cojo el avión dentro de unas horas.

—No olvides coger el kit del supermodelo.

—Y, sorpréndeme, ¿cuál es? —preguntó en tono burlón.

—Bolsa de viaje de Louis Vuitton.

—Hecho.

—Billetero de Prada.

—Hecho.

—Billete de quinientos euros para intentar impresionar a la dueña de una casa de huéspedes.

Se echó a reír.

—No me lo vas a perdonar nunca, ¿eh?

—Fantasma —me reí entre dientes.

Alejandro carraspeó y quise que se llevara también el nudo de mi garganta.

—Verás, te llamaba porque me han confirmado a toda prisa un trabajo cerca de allí. He pensado una locura. Me escapo una noche, cojo un vuelo y el ferri, nos encontramos en algún hotel del pueblo y regreso a la mañana siguiente

¿Qué sonido tiene la decepción? La tibia, la que no es una decepción real. No sé a qué suena, pero sí a que sabe. Sabe al regusto amargo de una copa que no debiste tomar o ese cigarrillo que no disfrutas. Suspiré. Una escapada para follar. Eso era lo que me proponía su llamada de teléfono; la primera en semanas. Casi prefería el silencio a aquella propuesta tan… sórdida. Él y yo en un hotel, a escondidas, a poner perdidas las sábanas y a joder como animales para volver a despedirnos y alargar la sensación de pérdida.

—¿Cuándo? —pregunté por educación, aunque me dije a mí misma que, fuera cuando fuera, no podría.

—Tercera semana de agosto.

—No puedo salir de aquí. Tengo completo.

—Completo es lo que te voy a hacer —se echó a reír.

Cerré los ojos y resoplé.

—Perdona…, era una broma. No soy bueno haciendo chistes.

—No te preocupes.

—Entonces ¿qué pasa?

—Es que… esto no…, no es lo que busco. Me lo pones muy difícil.

La distancia que nos separaba se materializó en la línea telefónica en forma de silencio. Sopesé la posibilidad de colgar, pero no lo hice.

—No dejo de pensar en ti —susurró con voz muy queda.

Cerré los ojos.

—Hay mil chicas que querrían pasar contigo una noche en un hotel, Alejandro. No llames a la única a la que eso le dolería.

—Ah, joder…, yo no…

—Prefiero ser sincera y atajar el problema.

—Te has molestado.

—No, no, Alejandro. Es solo… una diferencia entre tus expectativas y las mías.

—No me has entendido.

—Sí te he entendido —empecé a sonar muy tensa—. Déjalo ya. Pásalo bien, Alejandro. Mucha suerte.

—¡No cuelgues! ¡Espera! ¡Espera! —me quedé callada—. No quiero sexo…, bueno, joder, sí lo quiero, pero lo que me mata es el puto abrazo que nos dimos cuando me fui, Magdalena. No me lo quito de encima. Lo siento a todas horas. Necesito más…

Abrí la boca para responder, pero él siguió:

—Octubre, Magdalena. En octubre te tendré aquí todo el mes.

—Ya. Cuatro meses después. ¿Crees que soy tonta?

—No. No lo eres, pero eres jodidamente testaruda. Solo faltan tres meses. Tengo que dejarte. Viene un coche a recogerme y no quiero hacerlo esperar.

—Vale.

—Te volveré a llamar —me dijo.

—Por cierto. Me compré la revista *Vogue*. Sales en una foto con un pantalón blanco.

—¿Corto?

—Sí. Y con una camiseta amarilla.

—Ya. Qué horror.

—Opino lo mismo. Tenía que decírtelo.

Se rio.

—Échame de menos —me dijo.

—¿Y tú qué me das a cambio?

—¿Qué no te daría ya?

La señora Mercedes pasaba muchos días por mi casa en temporada alta porque en el fondo las dos sabíamos que coser era una excusa para pasar un rato juntas; si el trabajo me lo impedía, buscaríamos otro pretexto para vernos. Y allí estaba, con su babi de flores blancas y negras, pelando patatas y escuchando mi historia sobre por qué sentí que me apetecía destrozar el teléfono cuando él me propuso escaparnos a un hotel.

—Eres una exagerada —me dijo—. Te ofendes como si fueras una señoritinga.

—No es eso.

—Te dan unas ventoleras que es para hacérselo mirar —murmuró dejando una patata en un bol con agua y cogiendo otra.

—Ya lo sé. Es que… no quiero que jueguen conmigo.

—Pues participa tú también, leñe, no estés ahí a verlas venir. Hacía a las chicas de ahora un poquito más decididas…

Puse los ojos en blanco.

—Te he traído un trozo de tela para un vestido —murmuró.

—Señora Mercedes…, el armario me va a explotar.

—Pensaba hacerte una batita de las clásicas, abotonadas por delante. Porque… ¿qué ropa llevarás a Nueva York? Con esos babis que te coso siempre no te puedes ir, flor —cuando decía Nueva York, sonaba más bien a *Novaiok* y no podía evitar sonreír, aunque me doliera que alguien pensara que aquello que deseaba con todas mis fuerzas fuera a hacerse realidad.

—No voy a viajar a Nueva York —me reí mientras hojeaba el *Vogue*.

—¿Y cuándo te lleguen los billetes qué vas a hacer?

—No llegarán.

—¿Y si llegan?

—No puedo ir.

—Échale un vistazo a esas revistas y ya me dirás. A lo mejor hay algo que puedo coserte.

La miré, sonriendo de lado.

—Tengo cosas en mi casa. Podría ir a recoger algo…

—Ah, pues… ya lo habías pensado, ¿no? —Me miró de reojo con malicia mientras pelaba otra patata.

—Merce…, soñar es gratis. Por cierto… —levanté la mirada de repente—, ¿a quién tiene en la tiendecita de vestidos si usted está aquí?

—Al mulato de mi nieta. No veas cómo vende.

Sí señor. Una mujer con buen ojo comercial.

20

Una pareja con un hijo insoportable y una despedida de soltera. El cartel de completo y yo entre asqueada, amargada y contenta por estar entretenida. Una de las huéspedes había vomitado en el camino de llegada la noche anterior y había dormido la mona en el porche. Las normas son las normas, yo no abría el portón hasta las seis. A mamarla. A manguerazos tuve que limpiar aquella mañana... y a manguerazos me daban ganas de entrar en las habitaciones, gritando improperios y escupiendo como la niña del exorcista. No había empezado el día con muy buen pie.

La despedida de soltera me había pedido el salón, que casi quería más que a mi madre, para hacer una tarde de chicas del tipo: vamos a maquillarnos, comer chuches, hablar de penes y pintarnos las uñas. Eso me puso de mejor humor hasta que me di cuenta de que no estaba invitada y de que allí la única amiga que tenía se llamaba Mercedes y, por muy moderna que fuera, me llevaba cincuenta años. Soledad no elegida azotando fuerte.

Salí al huerto, eché la cabeza hacia el cielo y después cerré los ojos; respiré hondo una, dos, tres veces. Los abrí. Esta es la vida real, Maggie. Lo cuentos son solo eso… cuentos. Palabras dibujadas con una tinta mágica que, cuando más las necesitas, hace que desaparezcan. Los cuentos solo son aspiraciones vacías, sueños a medio construir y fortalezas que terminaron siendo flaquezas. ¿Hay moraleja en la vida? Supongo que sí, pero no sé si la aprendemos demasiado tarde, cuando ya no tenemos tiempo de cambiar nada de lo escrito. Princesas, príncipes, arcoíris y atardeceres que no existen.

Alejandro llevaba dos semanas sin llamar y yo quince días exactos con el eco de su voz en la jodida cabeza. Maldita obsesión, Maggie, siempre te agarras con uñas y dientes a lo que más daño puede hacerte.

Estaba en la cocina cuando alguien llamó al teléfono de la recepción. Me limpié las manos con el mandil y fui a cogerlo. Eran las ocho y media de la tarde.

—¿Sí?

—Magdalena.

—Hola. —Me apoyé en la pared, conteniendo la respiración, con el corazón desbocado.

—Escúchame. Quería darte una sorpresa, pero se me ha complicado… todo. Joder. Se ha complicado todo. Estoy aquí, pero no salen ferris y…, joder, ¡¡es que me tiene que salir todo mal!!

—¿Dónde dices que estás? —Me enderecé.

—En la puta isla de al lado, pero no sé por qué no hay ferris hasta dentro de hora y media y yo tengo que estar mañana a las diez de la mañana en el avión. Dicen que no hay ninguno de vuelta que me deje antes de las ocho y es que es físicamente imposible. Menuda puta mierda. ¡Qué asco todo, joder! ¡Hostia!

—Pero… ¿qué haces aquí? —Me sujeté del marco y apoyé la frente en él. Escuché un sonido sordo al otro lado del teléfono e imaginé a Alejandro apoyado en una pared, con el antebrazo entre su cabeza y esta.

—No me creíste y yo… solo quería darte una sorpresa. No hacer promesas, ¿recuerdas? Solo… hacer las cosas. Hacer… planes. El abrazo se me está acabando, Magdalena.

Un abrazo, como una especie de residuo adherido a nuestras pieles, que se iba perdiendo cada día, que el sol secaba, que reblandecíamos de nuevo bajo la ducha, que el viento arrastraba y que se desgastaba cada noche, cuando volvíamos a recordarlo. Un abrazo para dos personas, compartido, que daba para poco. ¿Necesitaba Alejandro complicarse tanto la vida por echar un polvo? Por sexo, sórdido y sudoroso, por un orgasmo que anudar y tirar a la basura envuelto en látex… No valía la pena coger un avión, un ferri, correr y angustiarse. Un abrazo es otra cosa y significa otras muchas. Me intenté quitar el delantal.

—Vale…, esto. ¿Dónde estás? —Me temblaban las manos y no podía terminar de desanudar el lazo con el que me lo había atado—. Da igual. Ve a un hotel y yo iré en…, no sé a qué hora sale de aquí el próximo ferri.

—¿Y la casa? ¿Y los huéspedes?

—Me las arreglaré. Tú… vete a un hotel, de los del puerto. Iré en cuanto pueda.

Me daba igual dejarlos toda la noche durmiendo al raso si con eso conseguía apretarme contra su pecho. Y daba igual que fuera supermodelo o superguerrero ninja.

Colgué sin pensar que en el puerto había al menos cinco hoteles y yo no sabía en cuál se quedaría Alejandro. Joder, ¿qué podía hacer? Cogí la agenda con dedos torpes y busqué su número. La señora Mercedes me contestó al quinto tono.

—Señora Mercedes. Soy Maggie. Tiene que echarme una mano. ¿Tiene a su nieta por ahí?

—Pues sí. Bueno, está en la tienda.

—Necesito que venga esta noche a ocuparse de la casa. Le pagaré bien. Lo que me pida. Un millón de euros. Mi primer hijo. Tengo que salir.

—¿Ha venido a verte?

—Sí. Mi madre me regañaría por correr detrás de un hombre, pero hace dos meses que no lo veo y… No sé ni siquiera qué le diré pero…

—Vale, vale. Te la mando ya. Déjale la llave en la maceta. ¿Qué tiene que hacer?

Miré a todas partes.

—Pues… la cena está a medias. Tengo carne en la nevera y dos jarras con gazpacho. Simplemente es… preguntarle a la gente cómo quiere la carne, poner la mesa, servirles, recoger y… pues nada. Esperar a las doce para cerrar y abrir a las seis. Que se acueste si quiere en mi cama. O no sé…

—Ve. Píntate los labios y ponte ese vestido rojo tan bonito —y su voz sonaba casi más emocionada que la mía.

Pasé por muchas fases en la hora y media que, entre una cosa y otra, me costó llegar. Tuve muchas sensaciones contradictorias. Pero así es el ser humano, capaz de estar triste por lo feliz que será durante unas pocas horas. Sentir el sabor amargo antes de masticarlo. Me miré los pies, calzados con unas sandalias de cuero sencillas y me pregunté si Alejandro sabía lo mucho que habían tenido que pelear mis padres para hacerme cruzar el pantalán del puerto. A duras penas conseguía alejarme de allí en Navidad. Una barrera invisible o una fobia reciente me impedía salir de mi isla y sentirme segura. ¿Sería Alejandro una extensión de esta? Porque si lo era, daría igual dónde fuéramos, siempre estaría en casa.

Cuando llegué al puerto anduve sin saber muy bien adónde ir. ¿Y ahora qué? ¿En qué hotel estaría? ¿A nombre de quién tendría que preguntar? Probé en uno. Pregunté por Alejandro Duarte, Alejandro Müller o incluso por Magdalena Trastámara, que era yo. Nada. Pero si ni siquiera sabía mi apellido, ¿cómo iba a utilizarlo? Fui al siguiente hotel y probé lo mismo. La ley de Murphy lo dice bien claro: siempre será en el último en que preguntes. Había reservado con su nombre completo y tras una llamada de teléfono, me indicaron la habitación y el piso en el que Alejandro me esperaba.

El ascensor me pareció demasiado lento y creí que las escaleras eran la mejor opción. Si jadeaba al verlo, mejor que tuviera cinco pisos como excusa. Me recompuse en el descansillo y anduve hasta la puerta de su habitación, donde ya me esperaba, despeinado, guapo hasta decir basta y sonriente. Nos encontramos con las mejillas totalmente sonrojadas. Lo vi tan alto, tan guapo, tan real... que por poco no me fallaron las rodillas. Nos habíamos prometido no hacer promesas y... allí estábamos.

—Hola.

—Hola.

Atrapó en su puño la tela de mi vestido y me atrajo hacia él. La sensación de sus labios sobre los míos fue extraña después de haberla recordado tanto; la memoria tiene sabores que la realidad desconoce... y lo mismo pasa al revés. El beso fue desesperado y ambos gemimos de alivio. Cerramos la puerta con nuestro propio cuerpo y nos agarramos del pelo para sentir cómo se deslizaba entre nuestros dedos.

—Explícame por qué te he echado tanto de menos... —susurró.

—No lo sé, Alejandro. No sé nada.

—No he dejado de pensar en ti ni un momento. Y lo he intentado. Me estoy complicando la vida, ¿verdad?

Me separé de sus labios y asentí mientras mis uñas se arrastraban con suavidad por sus sienes.

—Soy una persona difícil.

—¿Y quién desea que las cosas sean fáciles? —Sus labios se curvaron hacia arriba.

Touché.

—Déjame olerte —gimió.

Nos besamos de nuevo, todo lenguas y labios húmedos y me llevó hasta la cama, donde me dejó con suavidad. Se quitó la camiseta. Me quitó el vestido. Piel con piel, dientes, saliva, dedos, aliento. Su mano se introdujo dentro de mis braguitas y me acarició. Arqueé la espalda.

—Dime que nadie te toca desde que no lo hago yo —susurró acercándose a mi cuello.

—Solo yo —gemí—. Pero pensando en ti.

Alejandro recorrió mi estómago con la punta de la nariz mientras sus dedos se aferraban a mis braguitas y las deslizaban hacia abajo. Abrí las piernas para él y me retorcí antes incluso de que su boca se acercara a mi sexo. Gemimos y la vibración de sus cuerdas vocales recorrió mi cuerpo por dentro cuando deslizó su lengua entre mis pliegues. Un alarido de placer escapó de dentro de mi boca y él saboreó, sopló, lamió y volvió a lamer, despacio. Cuanto más despacio lo hacía…, más me aceleraba yo. Sus manos se apuntaron a la fiesta e introdujo uno de sus largos dedos dentro de mí para, con movimientos repetitivos, hacerme jadear. Lo miré. Sonreía. Su mano me obligó a tumbarme del todo.

—Para, para… —le pedí.

Ni siquiera hizo amago de responder. Me levantó una pierna, apartándola, haciéndose más sitio y me besó el muslo.

—Cállate —sonrió.

Sopló, lamió, mordió con suavidad y succionó. Su lengua vibraba sobre el nudo de nervios que era mi clítoris y yo me agarré a las sábanas con fuerza, sin poder evitar un movimiento en mis caderas que me acercaba todavía más a él. Esta vez fueron dos de sus dedos los que se metieron en mi interior y al arquearse me llevaron directamente de viaje. ¿A la luna decía? Adonde quisiera. Sin preludio. Sin pasos previos. Una explosión que me derrumbó en la cama. La cama tembló y se mojó conmigo durante el orgasmo.

—Para… —le pedí sensible, hinchada y temblorosa.

—No puedo.

La lengua de Alejandro se deslizó hacia mi entrada y lamió entregado todo lo que tuvo a su alcance. Deslicé mis manos al vértice entre mis piernas y me acaricié con suavidad. Alejandro se incorporó y de rodillas entre mis piernas cogió su erección y la presionó entre sus dedos, arrancándose una mueca.

—No pares —me pidió—. Tócate. Enséñame.

Mis dedos, expertos, que conocían cada pliegue y cada punto sensible, resbalaron sobre la humedad del orgasmo que me había dado hacía apenas unos minutos. Y su mano empezó a viajar arriba y abajo, sobre la piel de su polla. Estaba duro y húmedo y se acariciaba con una lentitud desconcertante y sensual. Pasó el pulgar por la punta, humedeciendo el resto y aceleró el movimiento. Empezó a jadear y yo, mirándole, le imité.

—No sabes cuántas veces he hecho esto desde que te conocí. Tocarme pensando en ti.

Mi espalda se separó del colchón con mis dedos presionando y resbalando hacia el interior y Alejandro se colocó un preservativo. Lo recibí con un grito. Dolor placentero recorriéndome el sexo, haciendo que mi vientre se contrajera de deseo. Volvió a embestirme y mis gemidos se descontrolaron. Sentirle dentro, bombeando, palpitando, llenándome… era una experiencia más erótica que sexual. Encendía algo que ya había en mí, lo potenciaba y lo hacía estallar. Un orgasmo casi onanista. Un placer por el sexo íntimo e intenso, que ya había olvidado. Alejandro pulsaba solamente las teclas que me hacían vibrar. Me encendió, grité, apreté los dientes y le dije cosas que no pude contener.

—Fóllame cuanto quieras… —supliqué.

Alejandro aceleró las embestidas gimiendo como lo hacen los hombres, con los dientes apretados, aguantando el sonido en su garganta. Desaparecí entre tantas sensaciones y agarrándome a su cuerpo, volé. Sin más. Volar hasta caer rendida sobre el colchón, con los ojos cerrados, con la certeza de que tu cuerpo es cien por cien tuyo, pero le dejarías vivir en él, se lo darías para que hiciera lo que quisiera porque jamás lo usaría mal.

—Córrete otra vez… —me pidió, lascivo, con la voz ronca—. Puedo hacer que te corras otra vez.

Poder, querer, desear, soñar, volar… todo se mezcló en los siguientes minutos hasta quedar estampado en una de las paredes en forma de grito de alivio.

Terminamos empapados de sudor, resbalando hasta la moqueta de la habitación. Al llegar al suelo… me reí. Y él también.

21

L o llevas todo? —le pregunté colocándome el bolso hecho con la tela sobrante de una colcha que había cosido con la señora Mercedes.

Hacía apenas unos minutos que había amanecido y nosotros ya recogíamos nuestras cosas de la habitación. Alejandro tenía que marcharse hacia el aeropuerto y yo debía volver a mis obligaciones y liberar a la nieta de la señora Mercedes del marrón que le había caído la noche anterior. Casi no habíamos dormido; unas cabezadas superficiales, de las que despiertas asustado. No queríamos que pasara el tiempo. Él bromeaba con los kilos de maquillaje que necesitaría para la sesión de fotos y yo soñaba con que no tuviera que ponerse delante de una cámara nunca más y pudiéramos pasarnos los siguientes dos años metidos en una cama, durmiendo, follando y «no-prometiéndonos» cosas.

—Alejandro… —musité al no recibir respuesta.

—No. —Apareció a mi lado de súbito y sonrió con resignación—. No lo llevo todo.

Supe que se refería a mí cuando se inclinó y me besó. Yo también me dejaba algo en aquella habitación: las ganas de resistirme a aquello. A mamarla. Si iba a enamorarme, iba a hacerlo bien y con muchas ganas. Que fuera lo que Dios quisiera.

Nos despedimos con mil besos lentos en el ascensor; ni los contamos. Los besos no se cuentan, claro, no hay número que pueda contabilizarlos porque a veces uno son quince y quince no llegan ni a medio. Son un lenguaje en sí mismo en el que caben más decimales y potencias que sobre el orden que estamos acostumbrados a imponerle a las cosas.

Después cada uno salió por la recepción como si no nos conociéramos. Corrí hacia el ferri y él hacia el aeropuerto. Con aquel viaje me había hecho completamente suya. A partir de ahora, si quería romperme el corazón, tomarme el pelo, vapulearme delante de todas sus amigas modelos y reírse de mí… estaba perdida. Creería todo lo que me prometiese. Pero… habíamos prometido no prometer.

Fue el principio de nuestro «nosotros», diré. Fue completamente imposible dejar de pensar en él y en todo lo que podríamos hacer con lo que empezábamos a sentir. Olvidábamos la distancia, los horarios de mierda, la imposibilidad de trasladar nuestros dos mundos a un mismo espacio. Olvidábamos todo lo que no era tan real como un abrazo.

Desde ese día no llamó aleatoriamente cuando se le antojaba. Llamaba tres veces a la semana, formal, puntual, a las seis de la tarde. Le pedí que no llamara todos los días porque… creo que aún quería hacerme la fuerte.

—Así no se convertirá en una obligación y tendremos cosas que contarnos —propuse.

Debí ser sincera y decir que así no pasaría todos los días embobada sin hacer nada de provecho. Pero… la sinceridad a veces está sobrevalorada.

Cuando llamaba, me preguntaba cómo iba la ocupación, si se portaban bien conmigo, si lo echaba de menos. Me contaba cosas de su día, dónde iba o de dónde venía. Le hacía gracia preguntarme qué había hecho para comer o que haría para cenar. Éramos…, ay, diosito…, una pareja en ciernes.

La primera semana de septiembre recibí un sobre certificado con dos billetes de avión; ida y vuelta a Nueva York. Era de esperar, pensarán algunos. Bueno, pues a mí me costó un día de no dar pie con bola, de suspirar muy a fondo y de imaginar, como solemos hacer, todas esas cosas que podrían salir mal en aquel viaje. Que se me escapara un pedo estaba en el tercer puesto de la lista, por debajo de parecerle una aburrida pueblerina o descubrir que él era el aburrido. Un atropello, incidentes en la aduana, secuestro exprés y no tener ropa con la que llenar la maleta completaban el listado. Descubrí dos cosas: que el amor nos pone de un tonto que no se puede aguantar y… que podía ilusionarme de nuevo.

La semana siguiente llamé a mi hermano Andrés y le pedí que colgara en mi página que cerraba hasta próximo aviso.

—Deshabilita el formulario de reserva y anúncialo en el *roll up* de la página principal, por favor.

—¿Te pasa algo? ¿Vas a volver?

—No. Solo necesito unas vacaciones. Estaré en Barcelona dentro de semana y media.

—Oh, oh…, esto suena a maromo.

Sonreí y… colgué.

Me costó despedirme de los rincones de mi casa, aunque iba a estar solo un mes fuera. Los ecos de las conversaciones en la escalera, las risas en el porche, el olor de las cenas alrededor de la mesa del salón y mi plato, solitario, en la de la cocina. El recuerdo de que con Alejandro todo fue diferente desde el principio me había acompañado desde su marcha y ahora volaba a verlo de nuevo, en carne y hueso. Y apenas nos conocíamos. Un mes, treinta y un días, setecientas cuarenta y cuatro horas juntos. ¿No sería demasiado fuera del oasis que había supuesto la isla? ¿Sería diferente en su mundo? Lo fuera o no... yo iba a arriesgarme.

Una vez preparado todo, con mi pequeña maleta de mano y la hospedería cerrada a cal y canto fui a casa de la señora Mercedes hecha un manojo de nervios, a despedirme y a que me diera alguno de sus magistrales consejos.

—Tráeme algo americano —me mandó—. Mantequilla de cacahuete o alguna cochinada de esas.

—Vale.

—Y tranquilízate, por Dios, que aún te queda un largo viaje —dijo al verme tan lánguida.

—Tengo muchas cosas que hacer antes de ir.

—A tu madre dile que le he dado el visto bueno y verás qué bien.

—Pero ¡si no lo conoce! —me reí.

—Bah, como si lo conociera. Ven para acá, que tengo un regalo. —Me tiró del brazo y se internó hacia la habitación que fue de sus hijos y que usaba para guardar los útiles de costura.

—¿Más gomitas? —me reí.

—No, no. Mira.

Arrastró sus zapatillas de ir por casa hasta el armario y sacó de dentro un vestido precioso, tipo *new look* de Dior en los años cuarenta. Era increíble, negro, con vuelo y un cuerpo que se adivinaba estrecho. Nada de sus batas hippies. Lo acaricié y después de unos segundos de silencio, la abracé.

—¡Gracias, Merce! La llamaré desde allí un día y le contaré.

—Ten cuidado, por favor, que tú eres muy buena y no quiero que te den ningún susto.

No sé si ya había recibido suficientes. Me pellizcó la mejilla y se le humedecieron los ojos. A mí también.

—Vuelvo en un mes.

—Un mes es mucho tiempo, Maggie, y tú te vas para enamorarte. De un viaje de esos no vuelves entera. Pero me alegro por ti.

Barajas ya no se llamaba Barajas, como la última vez que lo pisé. Ahora llevaba el nombre de Adolfo Suárez y me pareció más bullicioso, aunque probablemente la que había cambiado era yo. Cogí el metro hasta Nuevos Ministerios e hice trasbordo, sintiéndome una turista de paso, hasta Alonso Martínez, zona donde seguía estando mi piso. Con una sola bolsa de mano y vestida con mi vestido camisero de La Casita de Wendy, mis zapatos de cuña de madera de Chloé y mis enormes gafas de sol, me di cuenta de que entraba en mi casa vestida igual que como había salido dos años antes. La única estancia del pequeño apartamento estaba llena de muebles cubiertos por sábanas y parecía un camposanto plagado de mis fantasmas. Allá, en el rincón, lo que fue mi tocador parecía la aparición espectral de mi historial de relaciones dependientes y superficiales con el género masculino; junto a la cocina, donde antes había un burro de metal en el que colgaba la ropa de la semana, me aguardaban el alma en pena de las noches que no dediqué a dormir ni a llorar por amor, ni a reírme, ni a ser joven sin más, las que perdí buscándole el límite a mi existencia. A veces basta con creer que allá, a lo lejos, hay caída libre hacia la nada de la que no sobreviviremos; no hace falta ir hasta allí y palpar el margen con nuestros pies.

Lloré mucho cuando quité las sábanas de encima de mis muebles y abrí el armario y el zapatero. No sabía por qué lloraba, pero necesitaba hacerlo. Alejandro estaba desempolvando unas sensaciones capaces de volver a hacerme sentir humana.

Eliminé de allí todo lo que me recordaba cosas oscuras de aquel pasado que no quería repetir. Pero, con la intención de ir cerrando capítulos y después de encontrar una vieja agenda con algunos números de teléfono, me animé a llamar a aquella chica que tanto hizo por mí sin saber que llamarme mala copia de «Lindsay Lohan» iba a empujarme a solucionarlo. No la encontré en casa pero le dejé un mensaje en el contestador dándole las gracias, diciéndole que estaba bien y que quizá era gracias a ella. Le conté que salía de viaje pero que volvería en noviembre y que la esperaba en mi casita en la isla si le apetecía pasar un par de días junto a la playa.

Después me concentré en los preparativos. Compré un billete de ida a Barcelona y otro de vuelta a Madrid, desde donde salía el vuelo a Nueva York. Compré dos o tres revistas más de moda para entretenerme y en una de ellas encontré a Alejandro. Era una foto en el *backstage* de la pasarela de la semana de la moda en Milán. Estaba abrochándose una camisa mientras se reía y una chica arrodillada le arreglaba el bajo del pantalón. Temblé de emoción.

La maleta me preocupaba, seré sincera, así que me lancé de lleno, sabiendo que me costaría tiempo, plegarias, maldiciones y algún que otro disgusto. Saqué de mi armario lo que intuí que seguía siendo un clásico o seguía, simplemente, estando de moda. Era la hora de la verdad. Después de vaciar los cajones y cubrir la cama de ropa, empecé a probarme conjuntos. Me alegré (menudo alivio) al comprobar que seguía utilizando la misma talla y que los vestidos hechos a medida de la señora Mercedes no me habían provocado el efecto «michelo de relajación». Vamos… una lorza de toda la vida.

Lo primero fue una falda lápiz negra de Yves Saint Laurent. Me la regaló una de esas «amigas» que tenía antes. Se le había quedado grande y para ella era un honor regalar ropa que ya consideraba para mamuts. La combiné con una blusa blanca de Carolina Herrera de manga larga y con globo en el puño. Esta sí la compré yo, pero en rebajas. Elegí unos zapatos salón clásicos negros de Christian Louboutin y una cartera de mano de Jimmy Choo para H&M. El éxito del primer conjunto me animó.

Saqué del armario un vaquero pitillo de Guess y una camisa amarillo flúor de COS con volante sin volumen sobre el escote y manga corta. Lo mejor para aquello serían unas bailarinas de Pretty Balerinas y un bolso riñonera de Louis Vuitton. Un cosquilleo me invadió el estómago. Aquello iba bien.

Encontré un vestido con fondo beige y flores pequeñas en tonos pastel que recordé haber comprado en TopShop. Iba genial con un pequeño bolso de Coach y unos botines planos de..., ¿estos de dónde eran? Ahm..., de Zara. Parecía que también había tenido tiempo para ir a tiendas normales en medio de mi subidón consumista-drogadicto. Rescaté una cazadora vaquera de Levi's y me miré con satisfacción en el espejo. Empezaba a parecer hasta humana. ¡Qué emoción!

El pantalón pitillo negro de Max Mara me daba un poco de miedo, pero abrochó después de dos intentos. Quedaba perfecto con una blusa larga estampada de Marni y unas plataformas de Jimmy Choo. Para rematar un shopping bag de Miu Miu.

Joder..., recordaba la compra de aquella blusa. Salí a comprar solo porque me sentía sola. No la había estrenado aún... y me había costado casi mil euros. Di la VISA sin remordimientos y sin quitarme las gafas de sol, con ganas de llegar a casa y encenderme un pitillo. Había gastado una brutalidad de dinero durante poco más de dos años... ¿Cómo me dio tiempo a comprar tanto si siempre tenía resaca? Mejor no pensarlo.

Agarré decidida un minivestido de Alexander MacQueen. Pobre hombre; adoraba sus colecciones. Y me encantaba aquel trapo. Me lo puse para tantas fiestas..., necesitaba borrarle el pasado y darle una nueva vida. ¿Qué tal con unas sandalias de

Manolo Blahnik? No sé qué opinaría Alexander sobre esto, pero supongo que tampoco le disgustaría demasiado la mezcla. Una cartera de mano de mi abuela cerraría el *look*. Eso sí que era *vintage*...

A pesar de haber sentido despertarse el gusanillo de mi vida anterior, me desesperé. ¿Tendría que ir todo el mes de punta en blanco? ¿Tendría que llevarme combinadas hasta las braguitas? Sí. Tenía. La imparable estilista que aún vivía encerrada dentro de mí tomó el mando y yo la obedecí.

Llevé de todo. Hasta un vestido de cóctel de Hoss Intropia que me regalaron en un *showroom*. Seguro que Alejandro me brindaría la oportunidad de quitarle la etiqueta. También llevé pantalones vaqueros rectos de DKNY, pitillos de Levi's, una camiseta de Michael Kors, una rebeca de Miu Miu, un microvestido de Marc Jacobs, zapatos de plataforma de Charlotte Olympia, bailarinas de Chanel y de Yves Saint Laurent, un vestido de Dolores Promesas y unas doscientas camisetas y jerséis finos de Zara, Mango, Asos...

Vacié el cajón de la ropa interior y asigné un conjunto a cada prenda de ropa según transparencias. Una vez estuvo todo dentro de la maleta resoplé, revolviéndome el pelo. No había terminado; me faltaban casi todos los complementos...

Llené una maleta entera, de las grandes, con ropa y bolsos y otra un poco más pequeña con lo demás, incluyendo la ropa interior, zapatos y el maquillaje. No quise olvidarme de cosas como tampones, todos los potingues no caducados de mi cuarto de baño para no dejar la almohada negra de rímel y por supuesto... pijamas y camisones.

Lo dejé preparado (ya plancharía cuando llegara a Nueva York) y me fui a Barcelona, a casa de mis padres, en vaqueros. Era la primera vez que me ponía pantalones en mucho tiempo y no entendía cómo había podido olvidar lo incómodos que son cuando te sientas y el botón se te tatúa debajo del ombligo.

Mis padres me esperaban expectantes y algo nerviosos porque no había dado mucha información sobre mi visita. Creo que pensaban que iba a volver de entre los muertos, iba a cerrar la casa de la isla y me iba a quedar con ellos hasta que me restableciera como estilista en la ciudad. Me recogieron del aeropuerto con una sonrisa cariñosa y mucha cautela, como si estuvieran contentos por tenerme allí pero se esperaran tener que controlar en breve una salida de tiesto. No me propusieron salir a comer por ahí, como esperaba; me llevaron directa a casa y sirvieron la comida con mucho protocolo y poca conversación. La tensión se cortaba con motosierra. Pero les dejé abordar sus ansiedades a su manera en lugar de atajarlas a las bravas como hubiera hecho unos años atrás. Tardaron al menos una hora y muchas preguntas sobre cómo iba la casa de huéspedes antes de atreverse a pedir ciertas explicaciones delante de una taza de café. Les dije que me marchaba a Nueva York un mes y… no recibí la mejor de las sonrisas; era de esperar. Mi padre, que intuí que ya empezaba a estar harto de mi conducta errática, chasqueó la boca.

—¿Y ahora eso por qué? —vociferó.

—Me voy de vacaciones. No voy a hacer nada raro. —Dejé la taza sobre su platito y les mantuve la mirada, firme.

—¿Y vas sola?

—No. He conocido a alguien.

Los dos se miraron.

—¿Dónde?

—Fue mi inquilino en la isla.

Ninguno dijo nada durante unos segundos que se me hicieron muy largos.

—Mira que lo sabía… —murmuró mi madre.

—¿Vive allí? ¿Es americano? —me interrogó mi padre.

—No. Es español. Trabaja allí.

—¿Y te vas a su casa un mes?

—No. Busqué un apartotel —mentí. Mis padres tenían un límite que era mejor no rozar.

—No estoy de acuerdo —dijo mi padre.

Carraspeé. Mejor callar por el momento el hecho de que Alejandro se dedicara al mundo de la pasarela y los *shootings* de moda.

—Papá, sé que esto puede resultarte raro, pero he trabajado mucho este verano —dije mansa, agachando la cabeza como un toro que se humilla—. Siempre he querido ir a Nueva York, me ha regalado los billetes de avión y…

—¿Te ha regalado los billetes? —me interrogó mi madre—. Pero a ese tío, ¿qué le pasa? ¿Que el dinero le cae del maná?

Me cogí el puente de la nariz y crucé las piernas en el sofá, mirando mis bailarinas.

—La cuestión es que no quiero ponerme a malas con vosotros, pero no estoy pidiéndoos permiso.

Volvieron a mirarse. Mi padre estaba que echaba humo por las orejas y mi madre parecía estar en medio de un viaje astral.

—Pero ¡Maggie! ¿Has perdido del todo la chaveta? ¿De qué conocemos a ese tío? ¿Cómo sabemos que no es un loco, un tío violento o un asesino que piensa meterte en una maleta y tirarte al lago Michigan?

Levanté la ceja. ¿Dónde coño estaba el lago Michigan? Me repuse del comentario y les contesté:

—Bueno, yo sí lo conozco.

—¿Ah sí? ¿De mucho? ¿Tienes sus credenciales? ¿Su ficha policial?

Saqué una revista del bolso, la abrí con parsimonia y la dejé sobre la mesa auxiliar. Los dos me miraron sin entender.

—Es este —intenté sonreír. No estaba segura de no estar cometiendo una soberana estupidez destapando a qué se dedicaba.

—¿Quién? —dijo mi madre alarmada.

—Alejandro Duarte. —Lo señalé en la foto del reportaje sobre él, vestido con aquel trench de Burberry, impecable, con barba de tres días y apoyado en la pared de un almacén abandonado.

—¿Y quién es Alejandro Duarte? ¿Un famosillo? —dijo mi padre al borde del infarto.

—Es modelo —dije poniendo los ojos en blanco.

—Modelo —repitió—. ¡Ja! ¡Modelo!

—Pero, Maggie, cariño… —empezó a decir mi madre.

—Voy a ir. Ya lo tengo todo preparado. Es el único que ha conseguido sacarme de allí y de…, de la desidia en la que vivo, mamá. Me levanto y me acuesto y estoy sana y no me drogo…, estaré en calma pero no tengo motivaciones. Por el amor de Dios, eso no es vida. Y…, y aparece Alejandro y me da un motivo. Creo que vale la pena intentarlo. Si no sale bien, me quedaré con la experiencia y aprenderé.

—Con la experiencia ¿de qué? ¡¿De meterte en la cama con un supermodelo?! —gritó mi padre.

Me levanté y murmuré que seguiría hablando con ellos cuando se tranquilizaran. Luego me encerré en mi habitación y temblé como una hoja. Era un paso. Antes me hubiera puesto a gritar como una loca y hubiera roto algo de una patada voladora.

Los escuché discutir en voz baja mientras estudiaba el contenido de los cajones de mi antiguo escritorio. Luego mi madre llamó a mis hermanos por teléfono. A los dos. Vaya. Alejandro se alegraría de saber que había sido el motivo de un gabinete de crisis familiar comparable a mi consumo de estupefacientes. Escuché a mi madre decirle a mi hermano Andrés que no se riera, que a ella no le hacía gracia y no pude evitar reírme también. Mi hermano era lo más, simplemente la monda.

Al día siguiente los ánimos aún seguían caldeados y a mí me faltaban tres días para irme. Iba a hacerlo de todas maneras, pero iría mucho más tranquila si tenía su beneplácito. Alejandro llamó a las nueve de la mañana. Le había dado el teléfono de casa de mis padres por si tenía que comunicarse conmigo por una urgencia, porque no tenía móvil. Contestó mi madre y tras unos segundos de silencio me avisó algo trémula. Anduve hacia el teléfono y al pasármelo vi que estaba colorada como un tomate. Era el efecto «voz aterciopelada y sexy» de Alejandro deduje.

—Hola. ¿Qué haces despierto? —me alarmaba un poco que me llamara a las tres de la mañana hora local para él.

—Acabo de llegar de la presentación de un libro con fiesta incluida —contestó.

—¿Estás borracho? —susurré en inglés sonriendo como una tonta.

—No. Qué va —se rio en un murmullo taaaaan sexy que por poco no me desmoroné sobre el mueble del salón—. Solo es que, creo que deberías comprarte un móvil. Por si acaso pasara cualquier cosa. No sé, aduana, aeropuerto... Llevo dándole vueltas toda la noche.

—Pareces mi padre.

Mi madre me miró de reojo mientras disimulaba hojeando una de las revistas en las que salía Alejandro y que descansaban en la mesa de centro.

—Y... no voy a poder recogerte en el aeropuerto.

—Bueno, no te preocupes —contesté mirándome los pies.

—Tengo que...

—No te preocupes, Alejandro. Cogeré un taxi —sonreí.

Y que conste que casi que lo prefería; así tendría tiempo de asearme un mínimo antes de verlo. Los vuelos largos me solían sentar bastante mal, la verdad.

—No, no, escucha. Mandaré un coche a recogerte —insistió él—. Te darán las llaves de mi casa para que puedas subir y acomodarte. ¿Vendrás muy cansada? —preguntó.

—Pues no creo. Llego a las seis de la tarde de allí. Espero haber podido dormir un montón en el avión.

—¿Te importa que salgamos esa noche a cenar? Me ha surgido una cosa y no puedo adelantarlo porque Rachel no llega de Los Ángeles hasta ese mismo día.

—¿Quién es Rachel?

—Ahm, nada. Trabajo con ella. Muy maja. Te caerá bien. Pero dime, ¿te molesta? Tendrás *jetlag* y...

—No, no. Ya tendré toda la noche para dormir. Así me hago al horario.

Mi madre carraspeó.

—Pues entonces... ya está —hizo una pausa y lo imaginé sonriendo—. Te veo el viernes.

—Sí —me sonrojé.

—Apunta mi teléfono móvil, por si acaso.

Garabateé el número en un papel.

—Me muero por verte —añadió—. Y abrazarte.

—Y yo a ti.

Los abrazos rápidos y furtivos en aquel ascensor la última vez que nos vimos se empezaban a gastar...

Colgué y miré a mi madre, que pestañeaba absorta, con los ojos puestos en mí.

—¿Qué pasa mamá?

—Me da miedo —dijo tímidamente pasando la mano sobre el mueble del comedor, como si tuviera polvo—. No sé quién es ese chico.

—No tiene por qué dártelo —sonreí—. No puedes conocer a todos los chicos del mundo. Y soy mayor.

—Pero... ese mundo, Maggie..., el mundo de la moda. ¿De verdad crees que esto es positivo?

—No. —Me encogí de hombros—. No tengo la menor idea, pero es que nunca lo voy a saber. ¿Qué hago, mamá? ¿Me niego a conocer a alguien por miedo a lo que pueda pasarme entonces?

—Ve con cautela. No quiero que te tires de cabeza sin asegurarte de que la piscina está llena, mi vida.

Me toqué el estómago con angustia. Aquellas dudas no me venían bien y no porque yo quisiera escuchar otra cosa y me desagradara que no me dieran la razón, sino porque me sentía como recién salida de una burbuja. Algo débil, torpe y atontada. Sabía que mi madre temía que me hicieran daño, pero también necesitaba que alguien me dijera: «No pasa nada, Maggie, todo aquello ya pasó y tú has madurado». Necesitaba que alguien confiara en mí, pero quizá ese alguien debía ser yo por encima de todos los demás.

—Simplemente... es él —dije sin mirarla—. Mamá, Alejandro es el hombre de mi vida.

Y no sé qué me empujó a hacer esa declaración de la que ni siquiera estaba segura, pero lo recordé durante muchísimo tiempo como el primer signo de inteligencia emocional de toda mi vida.

22

Por la tarde aparecieron por allí mis dos hermanos. Andrés y Juanjo con su mujer, Marisa. Andrés venía cargado de cosas y muerto de la risa; vino directo a palmearme la espalda con fuerza.

—¿Qué tal, *pretty woman? Walking on the Street?*

—No seas imbécil —me reí también.

—Menudo pelo llevas. ¿Vas a hacerte una manta con él?

—Sí y te la voy a regalar para Navidad. ¿Qué tal, Juanjo?

Mi hermano mayor me dio un beso en la sien y me dijo que estaba muy guapa.

—Se te ve muy… recuperada.

—Sí. Lo estoy.

—¿Tiene algo que ver el modelo ese con el que andas? —bromeó Andrés.

—Mñe —gruñí.

—No sabes lo bien que me lo he pasado investigándolo, rollo FBI.

—¿Qué dices? —Arqueé las cejas.

—Bueno, tal y como me pidieron papá y mamá he buscado por Internet a tu novio.

—No es mi novio. —Puse los ojos en blanco—. No entiendo esa necesidad de ponerle nombre y etiqueta a las cosas.

«Claro, como si yo no tuviera ganas de ponérsela también...».

Mi padre, que no me hablaba más que con monosílabos desde el día anterior, le escuchó muy atento y pidió silencio. Juanjo y Marisa se sentaron en el sofá a beberse un refresco y mi madre se acomodó en un sillón mientras Andrés preparaba su presentación. Yo me sentí como si estuviera en una reunión de negocios en la que se iban a discutir las condiciones de mi despido y a la que no había sido invitada.

—Lo primero que he encontrado es algo que parece haber sido muy sonado —dijo Andrés.

Sin previo aviso, mi hermano desplegó un folio que traía enrollado bajo el brazo y como por arte de magia, Alejandro apareció con todo su esplendor. Y cuando digo todo su esplendor estoy hablando de toooodo su esplendor. Vamos, en pelota picada; con la chirimoya saludando. Fondo blanco, pelo revuelto, mirada directa a cámara, manos enlazadas detrás de la nuca. ¡Por Dios! Me hubiera escandalizado si no fuera porque me quedé embelesada con la imagen. Los ojos, aquella nariz angulosa tan atractiva, los labios entreabiertos, el cuello en tensión, los brazos tirantes, el pecho marcado, surcado de la cantidad perfecta de vello, dibujando un camino sobre su estómago plano hacia su perfecta, grande, tersa y preciosa... po...

Podía haber seguido con los ojos clavados en su entrepierna eternamente, pero Marisa se atragantó con la Fanta llamando la atención de todos. Y no solo se atragantó, sino que le salió un borbotón por la nariz. Mi hermano, a su lado, empezó a toser y mi madre se giró de cara a la pared escandalizada.

Mi padre, por su parte, se tapó la cara con las dos manos. Chorra de Alejandro, esta es mi familia. Familia, esta es la chorra de Alejandro.

Andrés siguió hablando.

—Vale, Maggie, no comentaré los motivos por los que pareces no sorprenderte ante este artístico desnudo. Supongo que sobran las presentaciones.

—Guarda eso. Mamá está hiperventilando —dije fingiendo tranquilidad.

No, no estaba tranquila. Estaba como un mono en celo, pero no podía dar muestras de flaqueza. Si me ponía así solo por una foto y la promesa de poder tocarlo en cuestión de días, no quería imaginarme cómo sería la primera noche. Era inevitable verle allí desnudo y no recordar… cosas.

Mi hermano continuó.

—No os alarméis. Es el único desnudo que ha hecho. Ha declarado y cito textualmente: «No me siento demasiado cómodo posando desnudo. En su momento lo hice porque consideré que era el momento de hacerlo, pero no entra en mis planes repetir. Desde luego, si lo hiciera no sería algo tan directo. Era demasiado frontal, demasiado agresivo. Lo hice porque no tenía edad de cuestionarlo. Ahora pienso diferente» —dijo leyendo sus apuntes.

Mi madre suspiró aliviada cuando Andrés me tiró la fotografía en tamaño A3 y yo la enrollé de nuevo, con intención de guardármela, claro. Pero eso lo haría con disimulo.

—Es el mayor de tres hermanos. El único varón.

—Eso también podría decíroslo yo —me quejé—. ¿Acabamos con este circo?

—No —dijo mi padre.

Andrés me sonrió descarado. Si me hubiera sacado la lengua, aquella escena se hubiera parecido muchísimo a una centena de recuerdos de mi niñez.

—A ver… ¿por dónde iba? Sí…, su padre fue a Argentina a buscar trabajo y volvió casado y con un hijo, por lo tanto él, a efectos reales, es argentino. Creo que tiene la doble nacionalidad.

—¿Argentino, Maggie? Pues ya sabemos qué te sedujo… —se quejó Juanjo, que odiaba que todos los argentinos nos derritieran con ese acento tan sexy.

—¡Cállate! —contesté irritada.

—Su madre se llama Daniela, su padre Alejandro también. Sus hermanas pequeñas María y Aurora. Dice que no le gusta Nueva York porque se siente solo. Echa de menos España y le gusta la playa, el aceite de oliva y tonterías varias. Viendo la primera foto me imagino qué uso le da al aceite, pero Maggie, dile que para eso está el Johnson Baby —carraspeó y siguió—. Las malas lenguas dicen que le pagaron medio millón de dólares por el desnudo. Otros dicen que es una exageración pero que era una cifra a la que no pudo negarse. Hasta hace nada, salía con una modelo brasileña que está como un quesito. Adjunto foto.

Enseñó otra foto, justo del desfile de Victorias' Secret con ella disfrazada de hada. Era un maldito mamón y Celine, la ex de Alejandro, el sueño de cualquier hombre. Un metro ochenta de tormento y piernas eternas, con unos ojos verdes como las esmeraldas, que brillaban con los focos y una boca perfecta que invitaba a besarla. Me parecía sexualmente atractiva incluso a mí. Si me lo tuviera que montar con una tía, su nombre sería el primero de mi lista, sin duda. Gracias, Andrés, me hace sentir increíblemente segura de mí misma encontrarme de morros con una foto de la expareja de Alejandro en ropa interior, desfilando en uno de los *shows* más famosos del mundo. Desvié la mirada de la puñetera foto y repasé la cara de los caballeros que había en el salón. Mi padre y mi otro hermano tenían los ojos como platos y empezaba a intuirse una sonrisita socarrona en sus bocas.

—Pero vaya, que parece que ya no están juntos. Al menos sabemos que tiene un gusto exquisito para las mujeres. Lo que no sabemos es que hace contigo —sonrió Andrés mirándome.

—Esto es ridículo. Me voy. —Me levanté y fui dignamente hacia la puerta del salón.

—Vaya, ¿ahora que viene lo sustancioso?

Me giré y lo miré.

—¿Sustancioso?

Todos nos quedamos callados y él asintió, muy serio.

—Desde que saltó a la palestra le han acusado de —carraspeó, aclarándose la voz— ser asiduo a orgías violentas, tener tres hijos secretos, estar enganchado al speed, ser coprófago, violador, creerse un vampiro, tener sexo con modelos menores de edad, tener sífilis, formar parte de una red de tráfico de pastillas para adelgazar y de amañar cartones en tres bingos.

Me quedé mirándolo alucinada. Miré a mi alrededor…, a ver…, ¿estaba despierta o era uno de esos sueños absurdos en los que, de pronto, alguien entraría volando por la ventana para anunciar Pentecostés? Me pellizqué. No. Estaba despierta. A ver…, ¿progenitor? ¿Drogadicto? ¿Sifilítico? ¿Vampiro? ¿Traficante? ¿Binguero? ¿Alguien da más?

Mi padre se tocó el pecho y temí que estuviera a punto de darle un infarto.

—Andrés… —supliqué con un hilillo de voz.

—No es coña.

Extendió un montón de artículos impresos por encima de la mesa del comedor. Cerré los ojos. «Cuenta hasta diez, Maggie, cuando termines todo habrá pasado, entrará un dragón por la ventana y podrás escapar sobre su lomo, porque has debido volverte loca y todo esto es parte del delirio».

—Por el amor de Dios, Maggie —lloriqueó mi madre.

—Pero…

—Tú no te vas. ¡Tú no sales de tu cuarto en dos años! —gritó mi padre, rojo como un pimiento morrón.

¿Alejandro tiene sífilis?

—Andrés, si es coña déjalo ya, que a papá le va a dar una angina de pecho —escuché susurrar a mi otro hermano.

—A ver, familia, que no cunda el pánico.

—Pero cómo no va a…

—¿Sois tontos del culo? ¡Este tío no tiene ni una jodida multa de tráfico! Está más limpio que la calva de Mr Propper. A ver si dejamos de armar un circo por cualquier cosa y tratamos a Maggie como la adulta que es… pandilla de tarados.

Dicho esto Andrés se abrió una Coca Cola y le dio un par de tragos tranquilos. Pensé, de verdad, en estamparle la lata contra la boca y después hacérsela tragar, pero no dije nada. No me salía ni la voz.

—¡Calma, joder! —Dejó el refresco sobre la mesa—. De lo único que podemos acusar a este tío es de tener un par de cojones bien plantados como, por otra parte, hemos podido verle colgando en la foto adjunta número 1.

De pronto sacó de la nada otra copia de la foto de Alejandro desnudo y la desplegó. Marisa dio un gritito y mi madre se tapó la cara con un cojín. Quise ver en la cara de mi padre una mueca parecida a la risa, pero probablemente fue un holograma que desapareció tan pronto lo atisbé.

Si de algo había valido toda aquella movida era para confirmar que había crecido en una familia de lunáticos y para demostrarme que no habría sorpresas… al menos desagradables.

23

No iban a mentirme y a decirme que estaban encantados de que su hija pequeña se marchara a Nueva York para encontrarse con un hombre al que había conocido en su casa de huéspedes y que, además, era top model. Huy, top model. Suena fatal, ¿verdad? Hola, soy top model y utilizo las bragas de mis novias... La cuestión es que como vieron que no podrían hacer nada para disuadirme hicieron lo mejor que sabían hacer: tomar medidas para estar tranquilos. Me compraron un móvil y se aseguraron de que podría recibir llamadas desde el extranjero. Cuando aterricé en Madrid le mandé un mensaje de texto a Alejandro para decirle que aquel era mi nuevo número de teléfono y que me llamara si necesitaba decirme algo de última hora.

Cogí el avión a las cuatro de la tarde y a pesar de mis reparos con los vuelos transoceánicos, me acomodé en el asiento y agotada como estaba por los nervios, la lucha con mis padres y de ganas de ver a Alejandro, dormí casi todo el trayecto. Me desperté para tomarme un zumo a la hora de merendar y para cenar. El desayuno o lo que quiera que fueran a darnos a punto de llegar no lo quise. Ya volvía a estar más nerviosa de lo que mi estómago podía soportar.

A la salida, tras recoger mis maletas, localicé a un hombre con mi nombre completo escrito en un folio. Fui hasta él y sonriente me presenté. Hablaba español y se llamaba Edgar. Fuimos hablando hasta el coche y cargó las maletas no sin esfuerzo. Después me dio un manojo de llaves y me explicó cuál era cuál.

—Bienvenida a Nueva York —dijo cuando me acomodé en el asiento del coche.

Cada kilómetro que fue deslizándose a nuestro alrededor, más allá de las ventanillas, me trajo el recuerdo de cosas que no había vivido. No, no estoy loca, no hablo de *deja-vù* ni de fallos de Matrix, hablo de todas las escenas de películas que me tragué durante buena parte de mi adolescencia y que tenían Nueva York como escenario principal. Y mis sueños. Mis sueños de establecerme allí y triunfar sintiendo que el sueño americano se puede conseguir aunque hayas nacido en otro país. Después, al crecer, se me fue la cabeza y creí que ser mediocre, débil y no aspirar a ser mejor era suficiente.

Edgar me dio una pequeña vuelta para evitar algún atasco que debía de formarse a esas horas y más pronto que tarde me dejó con las maletas en la entrada de un bonito edificio de cinco plantas. Me ayudó a subir las escaleras hasta el ascensor (si podía llamarse ascensor a aquel montacargas) y después se marchó deseándome una feliz estancia.

Llamé a mis padres antes de entrar en el piso para que se quedaran tranquilos y me dejaran acomodarme a mi aire, a la espera de encontrarme con Alejandro en la ciudad de mis sueños.

Cuando entré, me sorprendió mucho el aspecto de la casa. No era lo que había imaginado porque, quizá, no sabía qué debía imaginar. No era uno de esos apartamentos a lo Wall

Street, lujosos, blancos y grises, con el skyline de la ciudad dibujado tras sus ventanas. Era un pisito tipo loft con paredes de ladrillo que alguien había decorado de manera cálida pero ecléctica. Nada más entrar te encontrabas de frente con la cocina, con muebles muy clásicos y sencillos lacados en blanco. El horno parecía del siglo pasado y se abría gracias a un tirador en color dorado. En la nevera tenía varias fotos sujetas con imanes. Una de ellas era un selfie con cuatro chicos de su misma edad, todos con cara de haber bebido un poco bastante pero estar pasándoselo bomba. En otra, las que reconocí como sus dos hermanas sostenían una cartulina blanca en la que habían escrito que lo echaban de menos. Su padre y su madre en otra, deduje. Sonreí. Había una postal de la isla y también una nota con mi nombre.

> *Bienvenida,*
> *A partir de ahora y durante todo este mes esta es tu casa. Espero poder hacerte sentir tan cómoda como me hiciste sentir tú a mí. Hemos quedado a las ocho y media pero no voy a poder ir hasta casa a recogerte. Te dejé veinte dólares sobre la barra para el taxi porque no sé si te dio tiempo a cambiar; dale la dirección que te apunto más abajo. Es un restaurante que se llama A.O.C. Estoy siendo un anfitrión horrible. Espero que sepas perdonarme. Dentro de la nevera hay algo para ti. Por cierto, dejé espacio en el armario del dormitorio para tus vestidos. Como vendrás descalza supongo que no necesitas más. Me muero de ganas de verte.*

Abrí la nevera. Un ramo de flores.

Frente a esta zona había una mesa de madera clara con dos bancos para economizar espacio que podía imaginar con facilidad llenos de gente que brindaba con copas de vino.

A la derecha, sin división entre un espacio y el otro, se encontraba el salón donde reinaba, en la pared de ladrillo rojizo a la vista, una vieja chimenea que era más bien ornamental. Dos sofás en ele, una mesa de centro de madera y hierro y estanterías de obra en blanco plagadas de libros. Los sofás no tenían pinta de ser excesivamente cómodos, pero ya me imaginaba a Alejandro diciendo que no valía la pena cambiarlos: «Nunca se sabe cuánto tiempo estaré aquí. ¿Y si me voy mañana?». Práctico y sencillo; ese era mi chico.

Cuatro ventanas de unos cuarenta centímetros de ancho daban luz a la estancia que albergaba la cocina y la sala de estar y en todas sus repisas, un montón de plantas que habían visto tiempos mejores. Sonreí. Era un lugar que invitaba a quedarse.

Hice rodar mi equipaje hasta el arco que daba paso al dormitorio. Sin puerta. Vaya por Dios. La habitación tenía todas las paredes de ladrillo y dos ventanas con marcos de madera que daban a la otra calle. Una cama grande vestida de blanco y flanqueada por dos mesillas de líneas sencillas, un armario empotrado, un espejo de cuerpo entero apoyado en la pared, una cómoda un tanto *vintage* y una alfombra de las que podrían contarte historias de las mil y una noches completaban la estancia.

Dejé las maletas junto al armario y eché un vistazo a lo que escondía la única puerta del interior de la casa…, el baño. Blanco, de azulejo rectangular y sencillez abrumadora, solo contenía una ducha, una pila con armario de madera debajo y el váter. Frascos de perfume, espuma de afeitar y alguna crema salpicaban las superficie. Olía a él. Y a limpio. Se había afanado por dejarlo reluciente, estaba segura.

Me senté en la cama y saqué un mapa del bolsillo de detrás de mi vaquero para localizar dónde estábamos y situar el local en el que habíamos quedado. Consulté la hora…, me daba tiempo a abrir mis maletas, darme una ducha y llegar allí puntual.

¿Cómo lo hice para llegar diez minutos tarde? No lo sé. Creo que fue mi indecisión delante del espejo. En la isla todo era más fácil. Debía elegir si vestido o vestido. Si vestido con chaqueta o vestido solo. Si descalza o con sandalias. En la isla tampoco es que tuviera muchas citas con hombres de bandera en locales presumiblemente *cool*. Era otro rollo.

Después de mucho pensar me había decidido por un vestido camisero que había encargado hacía miles de años en una tienda donde cosían vestidos plagiados de las grandes colecciones. Era muy bonito; negro, hasta la rodilla, abotonado por delante, con un cinturón que lo ceñía a la cintura y una lazada blanca con un adorno tipo broche antiguo en el cuello. Era copia de un Yves Saint Laurent de 2010. Me puse unas sandalias de quince centímetros de tacón con plataforma, pero estas sí del Yves Saint Laurent de verdad y no del de Lavapiés. Mejor ni siquiera menciono lo que me costaron por no recordarlo. Creo que debía de estar hasta arriba de anfetaminas cuando decidí que podía gastarme aquello en unos zapatos. Pero, bueno, lo hecho, hecho está.

Me recogí un poco el pelo con unas horquillas invisibles y me maquillé discretamente. Alejandro jamás me había visto arreglada, de modo que prefería no pasarme. En uno de los escenarios apocalípticos que imaginé con todas aquellas cosas que podían salir mal de aquel viaje, el número ocho era que no me reconociera con tanto potingue y gritara despavorido al intentar darle un beso.

Paré un taxi en la calle y con un inglés un poco oxidado le pedí que me dejara exactamente en la dirección indicada. No quería tener que andar más de dos pasos con aquellos zapatos. Había practicado durante mi semana de preparación en Madrid, pero me imaginaba fácilmente tropezándome con un bordillo y llegando al restaurante sin dientes.

El local parecía pequeño e imaginé que no habría mucha pérdida, pero no lo vi cuando entré. Un encargado de sala salió a mi encuentro mientras oteaba el horizonte para preguntarme si tenía reserva y mencioné con voz queda el nombre de Alejandro.

—Su mesa está fuera. La están esperando.

Después de un pequeño pasillo y de atravesar otra sala, un camarero me indicó la salida hacia el jardín interior, donde efectivamente Alejandro estaba sentado junto a dos hombres y una mujer. Se estaban riendo y Alejandro hablaba con ellos de forma muy animada. Llevaba una camisa blanca arremangada hasta los codos, de sport, y un pantalón vaquero oscuro. Para comérselo. Como recién sacado del *lookbook* de…, no sé, ¿Carolina Herrera hombre? No. Mejor.

Alejandro se giró al sonido de mis tacones. Después de unos segundos que me parecieron eternos tuve la impresión de que palidecía. La sonrisa se le escurrió para quedar con una cara no sé si de sorpresa o de conmoción. Se levantó, estuvo a punto de tumbar la silla y la cubitera donde descansaba una botella de vino y parpadeando se frotó la barba y caminó hacia mí, a mi encuentro.

—¿Eres tú? —preguntó y se detuvo delante de mí.

—Sí —respondí con un hilo de voz.

—¿De dónde has sacado…?

—De mi antigua vida.

—No sé qué decir.

—Pues… di algo antes de que crea que no te gusta en absoluto —pedí muy nerviosa.

Se acercó y me besó en los labios. Me miró otra vez, como asegurándose de que era yo y sonrió.

—Estás…, coño, Magdalena, estás increíble. Esto no me lo esperaba. Ven.

Me rodeó por la cintura con un brazo y volvió a besarme.

—Alejandro…, creo que los americanos no son muy amigos de las muestras de afecto públicas. —Bajé la mirada, sonrojada, sintiendo la mirada de sus acompañantes clavada en mí.

—Bah. Nosotros somos mediterráneos. Que se note —carraspeó y dio un paso hacia atrás—. Siento que no podamos cenar solos. Son cosas de trabajo. Acabamos de salir de una reunión y…

—No te preocupes. Tendremos tiempo de sobra para estar solos. ¿Molestaré?

—Nunca. ¿Qué tal con el inglés?

—Algo oxidado.

—Pues te vas a poner al día enseguida. No te preocupes.

Nos giramos y tiró de mí hacia la mesa. Si hubiera podido clavar los tacones allí mismo y no moverme… lo habría hecho.

—Chicos, esta es Maggie, Magdalena —dijo marcando la pronunciación española—. Magdalena, estos son Robert, uno de los contactos de la agencia; Louis, un amigo fotógrafo y Rachel. ¿Rachel, cómo te presento a ti?

—La tía que le suministra Valium —dijo una morena decidida, de unos cuarenta con el pelo corto y una sonrisa descarada.

—Es mi representante —aclaró él—. Y no le hagas caso. No me he tomado un Valium en mi vida.

—Eso me tranquiliza —le sonreí a él y después a todos—. Encantada de conoceros.

—Tú eres la chica por la que huyó una noche de un *shooting* en Mónaco, ¿no? —se rio ella.

—Creo que sí. Ya lo siento. —Hice una mueca que provocó que se echaran a reír.

Me hubiera encantado una de esas presentaciones que aclaran el punto en el que estábamos. Ya sabéis: esta es Magdalena, mi amiga, o mi novia, o la mujer a la que me tiraba en una playa del Mediterráneo, o la futura madre de mis quince hijos, pero... nada. Hola, majos, soy Maggie. Magdalena, a secas.

A pesar de mis... «dudas» pasamos una velada muy animada. Me puse un poco al día con el idioma y me sentí integrada (y medio zombi después de la segunda copa de vino). Cenamos queso con fruta, algo de carne y no recuerdo qué más; seguía estando tan nerviosa que solo logré fingir que comía. No es que fuera una de esas damiselas a las que el caballero en cuestión tiene que recordar que debe comer... es que los nervios me daban retortijones y prefería no verme en la situación de buscar un baño por todo Manhattan. Es poco glamuroso, pero es la verdad.

Gracias a Dios, Alejandro dio por finalizada la rueda de reconocimiento a las diez y nos despedimos para marcharnos a casa con la excusa de mi *jetlag*. Mucha miradita..., alguna a mi escote. Él, rascándose el cuello que la camisa dejaba a la vista con uno de sus largos dedos. La camisa..., joder..., LA CAMISA, la madre que la parió, qué bien cosida estaba. Sus piernas y las mías rozándose por debajo de la mesa. La mano derecha de Alejandro, abandonada sobre el respaldo de mi silla, acariciaba mi cuello con sigilo. Preliminares socialmente aceptados y no demasiado públicos que nos metieron prisa porque, en realidad, no tenía sueño, pero lo compensaban las ganas de meterme en la cama con él. Y a juzgar por sus prisas, él también tenía muchas ganas, porque ni siquiera esperamos a vernos solos en la intimidad de su piso. Nada más meternos en la parte trasera del taxi, Alejandro tiró de mí, casi haciéndome caer sobre su regazo y levantando mi cara, me besó. Y ya el primer beso fue brutal en la oscuridad de aquel coche. Alejandro me sujetó la cara con las dos manos y apretamos nuestras bocas cuanto pudimos, haciendo de aquel beso algo profundo y húmedo. Su lengua entró con violencia hasta encontrarse con la mía y la sensación fue tan explícita y sexual, que gemí levemente.

—No hagas eso... —susurró separándose un momento.

—¿El qué?

—Ese gemidito... me acelera y no sé si podré frenar.

Me acerqué a él de nuevo y lo besé repitiendo un sonidito similar.

—Pues me muero de ganas de que no puedas frenar, pero espera a entrar en casa.

Ni caso. Su lengua entrando en mi boca me provocó otro gemido y Alejandro metió, en un descuido, una de sus manos dentro de mi vestido y me tocó un pecho amasándolo. Cuando apretó los dientes y gruñó, creí que me corría allí mismo. Otra mano subió por mis muslos y se metió entre ellos.

—Para, en serio. Estamos en un taxi —le dije intentando sin ganas separarlo de mí.

—Si le dejo cinco dólares de propina ni se inmutará si nos lo montamos aquí mismo. —Y su mano intentó apartar mi ropa interior.

—¡Eres un gilipollas! —me carcajeé.

—¡Están acostumbrados a todo!

—Pero ¡yo no!

Alejandro se apartó y a punto estuve de protestar, pero preferí callarme y ser consecuente. Miró por la ventanilla, se recompuso, me volvió a mirar y sonrió. Esa sonrisa se me clavó como si me la hubiesen disparado.

—No recordaba que eres una chica tradicional, de campo. Como ahora llevas zapatos...

—Me da igual que me hagas burla —contesté devolviéndole la sonrisa—. Además, no aguanto más. Subiré descalza a casa.

—En esto estamos igual..., yo tampoco aguanto más.

Me pareció una provocación de lo más prometedora. Mis pies ni siquiera tocaron el suelo del piso al entrar; lo hice subida en brazos con las piernas alrededor de sus caderas y la lengua dentro de su boca. Cuando se dejó caer casi a tientas en el sofá le desabroché la camisa y el pantalón y él hizo lo mismo con mi vestido. Lo dejamos todo tirado en el suelo y nos comimos a besos como si con aquello fuera suficiente.

—¿A qué hueles? —me preguntó con los labios pegados en mi cuello.

—A Baby Doll, de Yves Saint Laurent. ¿Te gusta?

—Me gusta.

No quise ahondar mucho más pensando en si el cambio le habría gustado o no, así que deslicé mi mano por su vientre hasta encontrarme con su erección. A juzgar por su estado, estaba muy, muy, muy excitado. Estaba dura. Mucho. Tentadoramente dura. En un movimiento lento me concentré en acariciarle de arriba abajo poniéndolo visiblemente nervioso. Alejandro se quedó mirando cómo le masturbaba unos minutos, pero cuando le arranqué un gemido rasgado y contundente perdió la paciencia:

—Para y desnúdate del todo. Ya.

—No quiero —jugueteé.

—Quiero hacer contigo todo lo que se nos ocurra, no correrme en tu mano.

Me levanté, deslicé mis braguitas por mis piernas y después volví a subir a horcajadas sobre él que con el pantalón y la camisa a medio quitar estaba…, mejor no entro en detalles. Liberó la erección de debajo de la ropa interior y moví mis caderas de delante hacia atrás hasta que se coló entre mis pliegues ejerciendo presión.

—Dios…, qué húmeda estás —gimió.

—¿Esto te gusta?

—Demasiado. Vamos a la habitación —me dijo.

—¿No quieres hacerlo aquí? —me reí.

—Aquí, en la cocina, empotrados contra una ventana o en Tiffany's, pero no me dejes que pase de aquí sin condón.

—Abrí las piernas para acomodarme a su cuerpo y él emitió un sonido animal y ronco antes de seguir hablando—. No, no, no hagas eso. Si entra ya no podré parar.

—Vamos a tu cama.

Rozó su sexo con el mío y me pareció que en un solo empujón de su cadera se colaría dentro de mí. Yo estaba húmeda y él muy duro. Dios…, me hubiera encantado que se dejase llevar, pero lo lógico era parar una situación que se nos podía ir de las manos.

—Alejandro… —me quejé, porque tampoco quería ser irresponsable.

Caminamos desnudos y pegados el uno al otro, lamiéndonos la boca. Nos detuvimos por petición expresa de sus brazos contra una de las paredes, donde me subió en brazos de nuevo y tanteó mi entrada con su mano.

—Para… —jadeé—. Para o no podremos dar marcha atrás.

Fue hacia la habitación y nos tiramos juntos sobre la cama conmigo encima. Besé todo su pecho hasta su ombligo, lamiendo todo a mi paso, enloquecida por el olor de su piel. Su primer gemido al notar la calidez de mi boca cerniendo su erección fue tan, tan, tan excitante que me pregunté si sería posible parar una vez empezada la mamada. Cogió aire repetidas veces y luego volvió a gemir.

—Joder, Magdalena… —dijo—. No pares, Magdalena.

No pensaba hacerlo, la verdad. Tenerlo en mi boca, en tensión, excitado y perdiendo el control formaba parte, desde que lo había probado, de mis momentos preferidos. Alejandro era sexo e intimidad… Uno de esos hombres con los que disfrutas hasta sin hacerlo. Y eso me gustaba.

Su mano me acarició el pelo y las mías se pasearon por su estómago y sus muslos. Miré el espejo que descansaba apoyado en una pared. Qué imagen más soez, más sucia, más excitante…, más nuestra. Podría quedarme a vivir dentro de ese reflejo para siempre.

—Magdalena, para. —Seguí un poco más deslizando mi lengua empapada de saliva hasta la base de su pene—. De verdad… para ya o me corro.

Se incorporó cuando empecé a masturbarlo rápido y se hundió en mi cuello, jadeando de rodillas, mientras mi mano lo agitaba. Dejó una huella húmeda en mi cadera y se apartó para tirarme en la cama y acomodarse entre mis piernas abiertas.

—Ayúdame. —Abrió el cajón de su mesita y me pasó una caja de condones.

Saqué un preservativo de su funda y lo deslicé por encima de su erección sin poder evitar toquetear un poco más de lo necesario, con una mano sobre su pene y otra sobre sus testículos duros. Alejandro echó la cabeza hacia atrás.

—Joder…, que no llego. Que no puedo más.

Lo solté temiendo que estuviera demasiado excitado como para terminar yo. A juzgar por su quejido, parecía estar muy cerca. Alejandro se tumbó sobre mí, tanteó mi entrada y me penetró. Los dos gruñimos excitados. Inmovilizó mi cara y me besó condensando en mucha lengua, dientes y gemidos, la cantidad de besos que no nos habíamos podido dar en aquellos meses.

Levanté más mis caderas y embistió despacio, hasta el fondo. Lo sentí llenándome con placer mientras mi cuerpo se apretaba a su alrededor. Repetimos el movimiento e inclinándose metió uno de mis pechos en su boca para tirar suavemente del pezón a la vez que arremetía contra mí en una seca penetración.

Una, dos, tres, siete, quince acometidas y estaba ya al borde de correrme como nunca. Hasta Alejandro, no tenía ni idea de lo que realmente significaba desear a alguien hasta el punto de humedecer tus propios muslos. Creía que el sexo era una cosa pero…, secretos de la vida…, es otra.

—¿Dónde has estado hasta ahora? —Y sus dedos se enroscaban entre los mechones de mi pelo largo.

—¿Y tú? —sonreí—. ¿Por qué no viniste antes?

No sé cuánto tiempo estuvimos así, pero cuando nos acercábamos peligrosamente al orgasmo, quisimos alargarlo cambiando de postura. Siguiendo las indicaciones de sus manos me arrodillé en la cama, con la espalda pegada a su pecho. Abrí un poco las piernas y dejé que me tocara cuanto y donde quisiera. Colocó una mano entre mis piernas y otra en mi pecho izquierdo. Dos manos y sus penetraciones…, demasiadas atenciones como para no dejarse ir, con su voz derritiéndose en mi oído con el aviso de que se correría pronto. Sentí sus embestidas llevarme de viaje… ¿a la luna decía él? Pues donde él dijera yo iba.

—Adoro estar dentro de ti. Me enloquece…

Y con los susurros de Alejandro, su mano derecha acariciando mi clítoris húmedo e hinchado y mi pezón izquierdo presionado entre sus dedos índice y pulgar, un rayo me atravesó entera y me corrí, despedazándome y recomponiéndome, dejándome a merced de la explosión y los alaridos de alivio que salían de mi boca hasta estamparse en el cabezal de la enorme cama. Sus manos se deslizaron hasta mis caderas y se agarró a la carne que las cubría para seguir empujando hasta que el movimiento entre una y otra penetración se fue ralentizando. Una estocada dura y honda me avisó de que él también estaba terminando. El calor de su aliento en mi nuca al emitir un gruñido y un tirón de pelo que me lanzó al techo de gusto y… se acabó. Exhaustos, fuimos resbalando hacia delante en el entusiasmo del orgasmo y los últimos empujones, entre gemidos, jadeos y palabras a media voz que ni se entienden hasta quedar acostados boca abajo. Su cuerpo, medio echado sobre el mío y su respiración agitada.

—Joder, Magdalena… —gruñó satisfecho.

Nos giramos hasta quedar mirando hacia el techo y cuando ya empezaba a preguntarme si en lugar de amor, como a mí me gustaba pensar, sería en realidad una espiral sexual, Alejandro cogió mi mano derecha y la besó para llevarla después a su pecho. No, Maggie..., no es sexo. No es el tipo de sexo que tú ya conocías.

24

Cuando me desperté estaba sola en la cama. La noche había sido tranquila. Nos habíamos quedado dormidos mirando hacia el techo de la habitación pero habíamos ido acomodándonos poco a poco hasta acabar acurrucados de lado. Lo sentí abrazándome buena parte de la noche y fue como volver a la isla durante unas horas, a ese lugar en el que parecía que nada podía hacernos daño.

Encontré a Alejandro apoyado en la mesa de madera que separaba la cocina del salón, bebiendo agua, con una toalla sobre los hombros y empapado de sudor.

—Buenos días —sonrió—. Perdona que me levantara sin decirte nada, pero salí a entrenar. Quería estar de vuelta antes de que te despertaras y hacer algo…, no sé, como llevarte el desayuno a la cama. Pero mira qué desastre.

—No soy de esas que esperan el desayuno en la cama —le dije con una sonrisa.

—¿Por qué no?

—No sé. Esas cosas en realidad no pasan.

—Sí pasan —sonrió—. Mi padre sigue llevándole el desayuno a la cama a mi madre de vez en cuando.

—Entonces nunca me habré cruzado con un tío con el padre adecuado.

Alejandro sonrió y se quedó mirándome durante unos segundos. Pareció estudiarme.

—¿Qué? —le pregunté inquieta.

—No sé. Es que… estás diferente.

Me miré con interés fingido, bromeando. Después de dormir toda la noche desnuda, me había puesto un pijama de satén negro, de Victoria's Secret, sin demasiado misterio: short con ribete blanco en las perneras y camisa de corte masculino y bolsillo bordado en el pecho. Quizá no estaba acostumbrado a verme así y esperaba que me levantara con unas braguitas y mi vieja camiseta de los Ramones. Me encogí de hombros.

—No te dejes engañar. El hábito no hace al monje.

—No es eso. —Arqueó las cejas—. Hablas diferente.

—Me estaré integrando por fin en la sociedad.

Alejandro dejó escapar una risita y hasta yo, que era la implicada, supe identificar ese típico pasteleo de las parejas que empiezan y para las que todo es maravilloso.

—Ese pijama es… sexy.

—Pues espera a ver con lo que he llenado la maleta —bromeé.

Hombres…, compras encajes, muselinas y demás tejidos delicados y luego les gusta verte con un pijama cualquiera.

Nos duchamos juntos. No fue idea de ninguno de los dos, la verdad. No nos lo planteamos. Entré intentando localizar dónde había dejado mi bolsa de aseo y sus brazos me cazaron hasta arrastrarme bajo la ducha. En las películas ellas patalean divertidas y finalmente se dejan seducir bajo el agua caliente… Yo entré ya seducida, la verdad. El pijama me la traía al pairo.

Solo quería quitármelo y pegarme al cuerpo de Alejandro que siempre reaccionaba con rapidez a mi desnudez. Sus manos recorrían mi pecho, por encima de los pezones endurecidos, y al momento estaba duro. Supongo que es lo que suele pasar con las parejas recientes; el solo desnudo del otro es erótico. Con el tiempo, ese erotismo se vuelve intimidad y confianza y al sexo hay que buscarlo un poco más a fondo. Como aquello no respondía a ningún maléfico plan inicial, llegado el momento no tuvimos ningún preservativo a mano y tuvimos que decidir si salíamos de la ducha para trasladar el show al dormitorio o terminábamos allí. No necesitamos palabras, la verdad, porque compartíamos urgencia. No conocíamos el cuerpo del otro desde hacía tanto tiempo como para no encontrar interesante una búsqueda de rincones, pieles y humedades. Yo me corrí en sus dedos, mientras me frotaba con suavidad y dos de los dedos de su otra mano se deslizaban dentro de mí. Él se corrió por primera vez encima de mí y la sensación de recibir los disparos de su orgasmo caliente fue… francamente buena.

Aquel día planificamos las rutinas para aquel mes…, las mínimas, claro. Aquello no iba de organizar un planning tipo «excursión escolar» donde cada comida, escapada o paseo tuviera que estar programado. Pero Alejandro no estaba exactamente de vacaciones y había que organizarse para encajar sus horarios conmigo. Nos hizo ilusión, pero ninguno de los dos dijo nada. Él se levantaría antes que yo para entrenar y al volver tendría a alguien que lo recibiera; yo tendría un guía de excepción para patear la ciudad los primeros días para hacer turismo, aunque él lo odiaba. Después viviríamos Nueva York, y no solo Manhattan, como se merecía, sin prisas. Lo único que tendríamos que tener en cuenta es que la semana siguiente tenía una sesión de fotos el miércoles a la que quería que lo acompañase. Me emocioné como una niña, la verdad. Cuestión de formación profesional, supongo. También iríamos a una fiesta el sábado.

—Puede ser una oportunidad también para ti. Habrá mucha gente del mundillo. ¿Quién sabe? A lo mejor… no quieres volver —sonrió.

Ni siquiera me había parado ni un segundo a pensar en la posibilidad de que estar con Alejandro me abriera horizontes profesionales desconocidos. Ejercer de estilista allí o de ayudante para cualquier firma habría sido un sueño para la chica que fui, pero esa era una tonta que gastaba más de lo que debía en trapos, fiestas y desfases. Era una pequeña empresaria en España y tenía mis responsabilidades, si es que se podía llamar ser empresaria a regentar mi casa de huéspedes.

Caminar a su lado por Nueva York fue muy especial, la verdad. Conocía rincones preciosos; ese tipo de sitios que no aparecían en la guía turística que yo había comprado y de la que él se reía sin parar. Me llevó a jardines donde los neoyorquinos escapaban durante la hora del almuerzo y comimos sándwiches rodeados de trajeados descalzos, como en Bryant Park. Escuchamos música en la calle, donde buenas bandas de jazz daban conciertos bajo el amparo de alguna pérgola como en Union Square. Hicimos fotos a las fachadas de los edificios del Soho y pateamos las calles, arriba y abajo, en busca de pintadas de Banksy. Los mejores bocadillos de pastrami o un restaurante chino, en pleno Chinatown, que daba miedo por fuera y donde comimos el mejor dim sum que probaré en mi vida. Y todo con libertad, sin cámaras detrás, sin gente que le parara y le pidiera fotos.

—Esto es Nueva York. Hay un famoso en cada esquina —se rio cuando le pregunté—. Soy modelo, no actor. No van parándome todos los días. Además, ha sido Celine la que se ha llevado la atención de los paparazzi, cosa que le agradezco soberanamente. Por lo visto está saliendo con un jugador de la NBA como un armario. Como mucho me hacen fotos saliendo de alguna fiesta o en algunas tiendas. No suelo salir demasiado en las revistas de cotilleo.

Bueno, así estaba mejor. Mientras tanto, después de dos ampollas de tanto caminar y un amago de lumbago que se saldó con un buen masaje por parte de Alejandro, la cuestión relativa al estado de la relación que manteníamos seguía sin aclararse. Esperaba que se resolviera en algún momento de aquel viaje de una manera natural, del tipo: «¿Conoces a Magdalena, mi novia?». Porque, ¿para qué voy a mentir y decir que me daba igual lo que fuésemos? No por ponerle nombre, sino por saber qué esperar el día que volviera a España. Había muchos kilómetros de la Gran Manzana a mi pequeña isla. Pero su postura también era comprensible. Llevábamos muchos meses sin vernos y apenas nos conocíamos, ¿cómo íbamos a saber qué tipo de relación queríamos? Debíamos darnos un tiempo para asegurarnos y conocernos antes de salir en *Vogue Novias* vendiendo la exclusiva de nuestra boda. Siempre quise casarme con un vestido de Elie Saab...

Por las noches tratamos de actuar con la máxima naturalidad. Quizá eso era lo extraño; no saber qué era para la persona a la que me estaba dando tanto. Pero, bueno, hoy en día las relaciones, supongo, se construyen así. Calmada ya la pasión más desenfrenada del principio, acostarse (y con ello me refiero al inocente hecho de meterse en la cama para dormir) fue un acto rutinario. Incluso sentí un poco de vergüenza al dirigirme a mi lado, pero fingí estar muy cómoda. Me metí en la cama y me acurruqué mirando hacia la parte contraria después de dar las buenas noches. Pero Alejandro se acercó y me giró hacia él, dejándome cómodamente apoyada sobre su pecho.

—No te vayas tan lejos —me dijo tierno—. Me gusta abrazarte y no sentir que no sé en qué kilómetro de esta cama te he perdido.

Y para mí todo aquello era tan nuevo... que el más mínimo gesto me parecía una hazaña. Daba igual las parejas que hubiera tenido hasta entonces. Era como si todo se hubiera esfumado y yo hubiera perdido mi experiencia previa en el proceso de recuperación. Alejandro tenía que enseñármelo todo porque yo estaba en blanco. Confiaba en que juntos aprenderíamos lo bueno, porque de lo malo ya tuve bastante.

Cuando nos cansamos de hacer turismo (siempre según lo que él llamó «el método Duarte») me llevó de tiendas. Y no puedo negar que tenía miedo. En el fondo echaba un poco de menos la comodidad y la familiaridad de mis vestidos de la isla que solo saqué de la maleta para lucir dentro del piso. Y no es que tuviera miedo a que el logo de Chanel me mordiera o que la Y de Yves Saint Laurent me llamara puta aprovechada. Es que tenía miedo a..., a ser la de antes. A prestarle más atención a unos zapatos que a lo que tendría que comer durante un mes para poder pagarlos. No quería olvidarme de dormir porque necesitaba hacerme con el nuevo modelo de tal o cual vestido de tal o pascual colección para una clienta que estaba dispuesta a pagarme el treinta por ciento.

Pero Alejandro insistió argumentando que había pasado suficiente tiempo, que me había curado y que además ahora éramos dos. Dos, qué palabra tan bonita para tener solamente tres letras. Hay algunas palabras que deberían ser mucho más largas, más contundentes en el paladar porque de alguna manera, con su suavidad, con su brevedad, nos pasan desapercibidas.

Entrábamos cogidos de la mano en las tiendas y los dependientes perdían el aliento, a punto de hacerle una reverencia y por consiguiente, de hacérmela a mí. Me sentí Julia Roberts yendo de tiendas con Richard Gere en Rodeo Drive. Alejandro sonreía tímido y me miraba y les decía que íbamos a echar un vistazo. Y yo esperaba que les pidiera que me hicieran más la pelota y que, al salir cargada de bolsas, sonara la canción de *Pretty Woman*.

A mí no me iba mal en la casa de huéspedes. Había ganado bastante dinero aquel verano, pero con eso tendría que vivir prácticamente el resto del año…, no podía despilfarrar ni echar mano a la ligera de lo que aún tenía ahorrado. Al menos eso me tranquilizaba. Sabía decir «no». El problema es que Alejandro no encontró la razón por la cual tuviera que decirlo. Ya en la primera tienda que visitamos me apartó en un rincón y me indicó que no iba a dejar que aquello se convirtiera en una de esas torturas chinas femeninas: me lo pruebo, lo adoro, pero no lo puedo pagar y me despido de ello desde el escaparate llorando a mares.

—Estás en Nueva York; esto es la Quinta Avenida…, date un capricho. Sin discusiones absurdas, por favor. Solo… un par de trapos que te recuerden este viaje cuando te los pongas.

—No voy a ponérmelos, Alejandro. Volveré a la isla y seguiré poniéndome los vestidos de la señora Mercedes. Esto es… eventual.

—O no.

Me asusté y me escondí en su pecho, pero me acercó hacia un perchero y llamando al dependiente se fue a un rincón a responder a una llamada de teléfono.

Me compré una rebeca de Chanel de tweed, de las clásicas; siempre había querido una pero nunca me la compré, no sé por qué. Y claro, cayó una minifalda a conjunto. Sucumbí también a una camiseta de algodón un poco macarra y a unos zapatos de tacón.

En Manolo Blahnik, justo frente al Moma, llamaron a la encargada nada más lo vieron entrar. Le pregunté si era un cliente asiduo, si a todas sus amantes nos llevaba de *shopping* pero como respuesta solo recibí una carcajada sincera. La encargada, una tal Tracy, se deshizo en halagos hacia mis tobillos y mis pies, y después de convencerme para llevarme unos salones rojos, me regalaron un par a cambio de prometerles que me los pondría para la fiesta de la semana siguiente, que por lo visto, sería muy sonada. Así que además de los *stilletos* de piel en color rojo, me llevé el modelo Dorsay en color lila. La cosa más bonita que he visto en mi vida. Dolía mirarlos.

A punto de que me diera un infarto le supliqué, por favor, que me sacara de allí. Estaba comenzando a fibrilar. Enamorada y gastiza... pues qué bien.

25

La calma

Mi apartamento en Brooklyn me gustaba, no voy a mentir. Me sentía orgulloso de que ese pedazo del mundo, tan pequeño, colorido, cálido y *cool* me perteneciera... al menos mientras lo tuviera alquilado. Evidentemente la decoración no había sido cosa mía, casi me lo alquilaron hasta con la ropa de cama. Es una exageración, claro. Tuve suerte..., un amigo de un amigo se marchaba al Upper East Side y dejaba colgado al casero y yo... estaba encantado de coger el testigo.

Así que aunque me gustara, casi no lo reconocía como mío. No había hecho por aquel piso nada personal. No había dejado una impronta en su imagen que me identificara, quizá porque incluso me sentía confuso a la hora de dejar esa huella en mi propio aspecto a la hora de vestirme. Todo lo hacía a tientas, sin saber demasiado.

Había colgado fotografías en la nevera: mis padres, mis hermanas, mis amigos y una postal de la isla que, aunque no se lo confesaría jamás a Magdalena, miraba ensimismado todas las mañanas mientras me tomaba el café. La postal era poca cosa; una imagen con toque setentero (ya se sabe, los años setenta, el Mediterráneo y mucho turismo del norte de Europa, del que volvía loco a Fernando Esteso) de una cala. Si la analizabas de cerca hasta podías ver lo pasada de moda que estaba la ropa de baño que lucían los diminutos bañistas. Pero me gustaba porque me recordaba a ella, a nosotros, a la arena fina y amarilla de la playa donde la deseé la primera vez y a esa brisa que parecía volverla loca a ratos. Era mejor echar la culpa a la Tramontana que a todo eso que no estaba del todo claro en las reacciones de Magdalena.

Ella fue lo primero que sentí mío dentro de aquel apartamento. Que nadie me malinterprete. Jamás le diría que era mía ni lo consideraría siquiera. Era solo… como lo más personal de aquella casa, lo más cercano a quien yo me sentía en realidad. Ella, con su pelo dorado desperdigado sobre la almohada de la cama, con las piernas enredadas en las sábanas blancas, durmiendo. Y yo de pie, como un bobo, pensando que sería terrible dejarla marchar.

«La has hecho buena, Alejandro. ¿No decías que ya llegaría el amor? Pues toma, dos tazas». Amor ya. No sé. Estaba desorientado. Los meses sin ella habían sido confusos. La añoraba, pero me repetía sin cesar que meterse en una historia con ella, una historia de verdad, lejos de la isla, era meterse en problemas. ¿De verdad compensaría complicarse la vida?

No creía (ni creo en términos generales) en las relaciones a distancia. Con Celine de alguna manera había sido un intento de. Ella siempre andaba de acá para allá, con campañas, *shootings,* fiestas… y a mí no me gustaba ni perseguirla ni que ella lo hiciera conmigo. Al final lo nuestro se resumía a llamadas del tipo: «Estoy en Nueva York. ¿Cenamos?». Cena, polvo y ale. Pero nunca, jamás, me ensimismé mirándola dormir. Ella me gustaba porque estaba buena y porque cuando la conocí me pareció una loca muy divertida, siempre dispuesta a tomarse un chupito más y a reírse a carcajadas. Fachada, claro. Las carcajadas en su boca eran atrezzo.

Pero no lo eran en la de Magdalena. Ella las escondía, como si en realidad reírse no fuera con ella. Escucharla reírse era media vida condensada en el aire y eso…, eso solo puede significar que me había enamorado. ¿Cuándo? ¿Cómo? ¿Por qué? En la isla. Poco a poco. Porque tocaba.

Escuchaba obsesionado una canción aquel entonces. Se llama «Jungle», de Emma Louise y hablaba de una relación como la que temía que íbamos a protagonizar nosotros. Magdalena, mi novia. Complicación en sí misma. Vida en estado puro.

«Soy complicada, no vas a tenerme, tengo problemas, entendiéndome a mí misma, (…) hiriéndonos, hiriéndonos…», decía la canción. Y era como si ella me la cantara.

Follar con Magdalena empezó a significar demasiadas cosas como para condensarlas en una sola palabra. No tenía ni idea de qué quería decir aquello, pero hundir mis dedos en la carne de sus caderas mientras ella se movía encima de mí, desnuda, con el pelo rubio y ondulado deslizándose sobre sus hombros, pechos, espalda, pegándose a su boca húmeda… había dejado de ser solo placer. Era conexión. No digo que me acercara a ella por las noches con la intención de «conectar». Vamos a llamar a las cosas por su nombre, aunque esto sea una historia de amor. Yo me acercaba con intención de satisfacer un apetito muy carnal pero cuando empezábamos… era como ir de viaje a otro planeta. Y Magdalena se convertía en una diosa de una religión de la que yo quería ser devoto de por vida.

Había tantas cosas que no sabía de ella. Los motivos, los entresijos, las razones, los vientos que soplaban dentro de su cabeza. No sabía qué le gustaba, qué le desagradaba, con qué soñaba…, casi no sabía nada. Nada, más que la quería a mi lado, bien cerca.

Llamé a mis padres unos días antes de que ella llegara y les dije que estaba esperando una visita desde España. Alguien especial. Me preguntaron tantas cosas que fui incapaz de responder a ninguna. Solo que como ella no había nadie en el mundo y…, maldita sea, no sabía la razón que tenía. Para bien y para mal. Era como esa frase que rodaba a menudo por los perfiles de Facebook de mis amigas de Tarragona… «Tantos siglos, tantos mundos, tanto espacio… y coincidir». Mierda de ñoñería.

Y cuando mis padres me llamaran después de que Magdalena volviera a su isla, ¿qué les diría? Porque estaba condenado a intentar algo en lo que no creía: una relación a distancia. Ni ella lo dejaría todo por seguirme ni yo querría que lo hiciera. Y, ¿entonces? Entonces seguía acojonado, disfrutando de ella, pero evitando plantearme demasiado qué seríamos en el futuro, cómo la presentaría a mis amigos, qué significaría en mi vida o cómo podríamos hacerlo posible. Yo solo… disfrutaba. De ella, de su pelo, que me obsesionaba, del brillo de sus ojos cuando cruzábamos alguna arteria principal de Manhattan de noche, de su cuerpo, de los besos que me daba, de las fotos que le hacía en cada rincón, cuando no miraba, de verla comerse un helado de esos que venden en *foodtrucks*, de escucharla suspirar cuando la abrazaba por la noche. Y cuando se acercara el momento, cuando ya empezara a escuchar el motor del avión… me decidiría, porque no tenía otra escapatoria, y dejaría de ser cobarde. No me importaba cuánto se complicara. Magdalena había llegado a mi vida por una razón y yo debía encontrarla.

26

El miércoles Alejandro me despertó a las siete de la mañana con una taza de café. Intenté remolonear pero me dijo que me tenía que levantar y estar lista en quince minutos.

—Tenemos que coger un taxi.

Abrí un ojo y me acerqué la taza.

—¿Quince minutos? ¿Por qué no me despertaste antes?

—He intentado despertarte hace diez minutos y sigues remoloneando. No recuerdo que tardaras más de un cuarto de hora en arreglarte cuando estaba en la isla.

—Pero entonces iba descalza por la calle —me reí volviendo a dejarme caer sobre las mullidas almohadas.

Alejandro recogió los dos envoltorios de preservativo que habíamos dejado la noche anterior y luego tiró de la sábana hasta que casi rodé por el suelo.

—¡No quiero llegar tarde!

Gruñí y me levanté de la cama. Pero ¡si ni siquiera me había dejado los cinco minutos de rigor para recrearme en el recuerdo del sexo de la noche anterior! Dios…, y fue muy bueno. Yo encima, sus manos en mi cintura y su boca entreabierta condensando el aliento en mi barbilla.

Después de una ducha muy rápida (y muy fría) me asomé y con el pelo empapado le pregunté si podía ir con uno de mis antiguos vestidos. Me miró levantando una ceja.

—Trata de no parecer una hippy tipo Yoko Ono o pensarán que se me ha subido a la cabeza y empiezo a buscar compañías extrañas.

Sonaba, suave, una canción que no conocía cantada por un hombre con voz sensual.

—¿Qué está sonando?

—«How deep is your love», la versión de The Bros. Landreth. Te has perdido algunas cosas buenas estos dos años.

—Ya me pondrás al día.

Prometedor, ¿no? Ponerme al día con Alejandro.

Nos subimos en el taxi a las ocho menos cuarto. Alejandro me miraba de reojo con media sonrisa dando a entender que llegaríamos tarde.

—Lo siento. Les diré que ha sido culpa mía. ¡Y no pueden pensar nada raro porque voy vestida de persona normal! —dije señalando mis vaqueros.

—No me he quejado… al menos en voz alta. —sonrió devolviendo la mirada hacia la ventanilla y pasando el brazo por encima de mis hombros.

Cuando llegamos, Rachel ya estaba allí con cara de pocos amigos. Le lanzó una mirada rayo mortal a Alejandro y otra residual a mí mientras mi «no sé si puedo considerarte como algo mío pero estoy loca por ti» dejaba su bolsa de mano tirada en el suelo y se disculpaba por el retraso.

—Ponte cómoda. Irá para largo.

Me sentí invisible cuando arrastré un taburete hasta el fondo de la sala y me senté en él. Cómodamente invisible.

Era hora de ver lo mucho que era capaz de brillar Alejandro.

Pruebas de luz. Maquillaje. Peluquería. Vestuario. Las manillas del reloj corriendo a grandes zancadas. Cientos de manitas volando a su alrededor, alisando hasta la más mísera arruga de su camisa. Decenas de ojos repasando cada rincón de su piel que quedaba a la vista que… a veces era más de la que me gustaría. ¿Qué había de la intimidad? Curioso concepto cuando se trata de la piel de un modelo, ¿verdad? Porque lo que era territorio de mis labios quedaba a la vista con frecuencia.

Retoques. Una camisa estrecha un poco desabrochada. Unos pantalones de traje que hacían sus piernas aún más eternas. Un taburete de madera en medio de una sala de aspecto industrial. Música. Y él. Él. Brillando en medio. En color o en blanco y negro, daba igual.

Un cosquilleo desagradable en mi estómago presagió el comienzo del mecanismo mental que me hacía daño. Debía haberme quedado en el piso, haber salido a dar una vuelta por el barrio, comer un sándwich en una de esas cafeterías tan monas, leer un libro y tomar café. Él habría llegado por la noche, cansado y yo le hubiera sorprendido con un plato de cuscús, como en la isla. Tomaríamos una copa de vino y…, buenas noches, mi amor, mi vida, dame un beso y no me hagas promesas pero dime cosas que se hagan realidad en el futuro, sin ponerles nombre. Ay, Dios… Todos se movían deprisa y yo me preguntaba qué hacía allí y si aquel era mi Alejandro. O si MI Alejandro existía. ¿Y si me estaba agarrando con uñas y dientes a alguien que estaba de paso?

Se desnudó y se puso a hacer flexiones rápidas, como en un entrenamiento militar. ¿Qué hacía? Ah…, para que se marcara un poco más su pecho en las fotos. Para definir más la sombra de su pecho, de los tendones, de su vientre. Debía haberme enamorado de alguien menos perfecto; de algún modo egoísta me haría sentir mejor. Paré el látigo mental y respiré hondo. Fotos sin camisa, solo con unos vaqueros desabrochados y las manos en los bolsillos. La cinturilla al límite, dejando que la boca entreabierta prometiera cosas que difícilmente pueden cumplirse a través del papel de una revista. Cuello en tensión. Mirada a cámara. El corazón cabalgándome en el pecho porque ese hombre al que desearían tantos ojos cuando apareciera en las páginas satinadas de una revista, podía ser mío durante un rato, pero no era de nadie en realidad. Alejandro, el titán. Alejandro, el atlas. Alejandro, sosteniendo mi esperanza, mi ilusión, mi mirada.

Más fotos. Un traje sin camisa. Esas cosas extrañas que llenan las páginas de revistas como *Harper's Bazaar* y frente a las que luego babeamos sin preguntarnos por qué el modelo se olvidó la camisa antes de ponerse la americana. Una sencilla camiseta blanca, algo desbocada y su cuerpo hacía el resto hasta hacerla destacar.

Y para terminar… ellas. Oh, Dios. ELLAS. Cinco chicas ataviadas con un esponjoso albornoz que lo saludaron con ilusión. Parecían viejos conocidos. Se dieron un beso en la mejilla, se abrazaron. Ellas emitían gemiditos de algarabía. ¿Era posible que hubiera retozado con todas aquellas preciosidades? Quizá hasta a la vez. Y yo allí. Pero qué tortura, santo cielo…

Sonaba «Adventure of a lifetime», de Coldplay, pero yo en ese momento no lo sabía. Alejandro se apoyó en una banqueta atendiendo a las indicaciones del fotógrafo y el jefe de escena y ellas…, pum…, se quitaron el albornoz quedándose desnudas.

Aparté la mirada incómoda. Hasta me mareé, porque cuando me di cuenta de que llevaba muchos segundos conteniendo la respiración. «No te alarmes. Está muy acostumbrado. Para ellos es trabajo. Ni siquiera miran».

¿De verdad? ¿Qué estaría experimentando el chico que estaba posando entre diez tetas?

Retortijones. Eso me provocó estar allí. Retortijones. Por poco no me lo hice encima del miedo. Cinco chicas preciosas: dos rubias, una castaña, una morena y una pelirroja. Todas completamente desnudas a su alrededor. A veces se acercaban y el fotógrafo les daba instrucciones del tipo: «Alejandro, cógela por la cintura, acércatela, entreabre la boca. Imagina que vas a besarla. Así. Bien».

Bien. Termina por matar a la pánfila de Maggie. Estupendo, mirada acero azul. Zoolander. O *zumandero*, como diría la señora Mercedes. ¿Qué me diría la señora Mercedes si estuviera allí? Que les lanzara una maldición gitana, seguro. Y que me pintase los labios. Aproveché, me disculpé en silencio aunque nadie me escuchase, di media vuelta y salí a la escalera de incendios (que siempre, quieras que no, queda mucho más de película) para llamar y charlar un poco con mi amiga…, sí, mi amiga la casi octogenaria. No quería ver más de lo que pasaba allí dentro.

La conversación con la señora Mercedes fue como un bálsamo. Me preguntó cosas como si allí en los restaurantes había camareros o te lo servías tú todo, como en las hamburgueserías, y si me gustaba la comida.

—La comida es horrible, Merce. No sabe usted lo mucho que echo de menos su arroz caldoso.

Sonaba vivaz y contenta. Y yo, de pronto, también. La isla y todo lo que contenía conseguía calmarme una vez más.

La sesión terminó muy tarde. No sé cuántas fotos le habrían hecho pero me pareció que tendrían una auténtica barbaridad entre las que elegir. Probablemente me perdí la chispa de la sesión, pero había demasiada gente por allí y demasiado ruido dentro de mi cabeza. Los primeros miedos acuciantes desde que había llegado; los de verdad, no esa lista de posibles desdichas que había elaborado mentalmente.

Lo disimulara o no, había sido demasiado para mí. Salí agobiada a pesar de que desde que aparecieron las cinco chicas no había vuelto a entrar al set. Demasiada gente, demasiadas luces, demasiadas voces, demasiadas chicas perfectas desnudas colgándose del cuello de la camiseta de Alejandro, tocando su piel, rozando sus muslos desnudos contra los vaqueros de mi…, ¿de mi qué?

En el trayecto en taxi de vuelta me mantuve en silencio, inmersa en mis fantasmas; esos que me decían que quizá no era suficiente, que nunca podría competir con ellas, que necesitaba muchas cosas que no tenía para aspirar a tenerlo. Y a pesar de que Alejandro estaba muy cansado, se preocupó al notarme tensa.

—¿Estás bien? —me preguntó.

—Claro. ¿Por qué no iba a estarlo? —fingí una sonrisa que contradecía lo que escondían mis ojos.

—No lo sé. Dímelo tú —sonrió de lado, comedidamente. Probablemente ya se imaginaba cuál era la verdadera respuesta a esa pregunta, pero quería saber qué contestaba yo.

—No es nada. Solo… tengo sueño. Y me duele un poco la cabeza.

Alejandro dejó escapar una risa sorda entre sus labios perfectos e inclinándose sobre mí me rodeó con el brazo y me besó el pelo.

—Ay, Magdalena …

—¿Qué? —y supongo que contesté mucho más seca de lo que pretendí.

—No tienes motivos para estar así —dijo con su tono conciliador, sensato, cariñoso…

—No estoy de ninguna manera. Solo tengo sueño.

—¿Te ha molestado?

—¿Qué tendría que molestarme?

—Lo de las chicas.

—No creo que tuvieras opción.

—No me has contestado.

—No es eso. Es que... quizá me tendría que haber quedado en el piso. Ya sabes..., pasear un poco, respirar sola por el barrio, preparar la cena...

—¿Te hizo sentir incómoda?

Cerré los ojos. Sinceridad, Maggie, es la mejor respuesta.

—Un poco. Pero el problema es, evidentemente, mío.

—¿Es que aún no te has dado cuenta de que lo único en lo que pienso es en ti?

No contesté. Estaba enamorada y asustada. ¿Qué iba a decir? Y él no añadió nada más.

Cuando Alejandro se durmió aquella noche, me limité a mirarlo durante horas. Era guapo, buen chico, tenía los pies en el suelo y siempre estaba buscando aprender algo nuevo, cualquier cosa. ¿Y yo? ¿Cómo era yo? Quizá era el momento de repetir aquel ejercicio que me recomendaba tanto mi psicólogo: hacer un listado mental, lo más objetivo posible, de mis virtudes y defectos. El fin era poner cada cosa en su lugar y convencerme de que merecía ser feliz y que eso, al fin y al cabo, era lo más importante. Sabía cocinar, me dije, y estaba aprendiendo a coser, aunque no lo hiciera demasiado bien. Era aplicada, eso no debía negármelo; cuando algo se me metía entre ceja y ceja, solía esmerarme y dedicar esfuerzo y tiempo. Además... era trabajadora. Y divertida cuando quería. Sabía ser cariñosa. No era una belleza de las que desencadenaban las fuerzas de la naturaleza a su paso, pero era agradable de ver, como me dijo uno de los novios gilipollas que me eché cuando yo también era un pelín imbécil. Tenía un cuerpo proporcionado pero... (y ahí venía la lista de defectos, que es donde solemos meter la pata) no era una modelo como las que acostumbraba a ver Alejandro. Tenía un carácter de mierda, debía admitirlo; igual estaba arriba que estaba abajo, me costaba entender que había un punto intermedio en todas las cuestiones y solía centralizar la ira hacia mí misma. ¿Era lo que merecía Alejandro?

Perdí la noción del tiempo entre preguntas retóricas y listas mentales, y cuando me di cuenta estaba a punto de amanecer. Pero al menos ya lo sabía con certeza. No; nunca antes me había enamorado de verdad. Y estaba muerta de miedo.

27

No había sido la sesión de fotos en concreto y no tenía queja de él. Ya llevábamos, ¿cuántos? Más de diez días juntos; y todo iba muy bien. ¿Qué pasaba? ¿Por qué sentía aquella angustia? Era como un viejo vacío, una desazón. Como si me hubieran arrancado algo que llevaba mucho tiempo conmigo y sin lo que era incapaz de avanzar.

Supongo que no supe disimularlo como pretendía, porque pasados un par de días Alejandro me preguntó otra vez si pasaba algo.

—A menudo meto la pata y no me doy cuenta —murmuró con la mirada fija en el plato, mareando la comida que compartíamos sentados en la mesa de su cocina.

—Tú no has hecho nada —sonreí y le acaricié los nudillos con las yemas de los dedos.

—¿Entonces? —Alcanzó con la otra mano el vaso de agua, pero se limitó a agarrarlo con fuerza, sin mirarme.

—No sé. Me siento rara.

—Quizá echas de menos tu casa.

—Quizá. —Me encogí de hombros.

—Quizá te aburres conmigo.

Levanté una ceja. Al fijar la vista en Alejandro lo descubrí con una expresión desconocida. Se mordía el labio inferior y tenía la mirada perdida, evitando mirarme. ¿Era miedo? ¿Él también estaba asustado? Me enterneció.

—¿De verdad crees que me aburro? Soy una mujer acostumbrada a andar descalza y a recoger tomates de un microhuerto.

Se rio, relajando la tensión de sus hombros y soltando el vaso de agua me acarició el hombro desnudo.

—Ya no. Me da la sensación de que… a lo mejor es que le he dado demasiadas vueltas, ¿eh? no vayas a pensar… pero me da la impresión de que cuando te conocí no esperabas nada de la vida. Estabas allí y vivías a gusto, pero sin expectativas. Ahora pareces balancearte entre una cosa y otra. Has activado un interruptor. —Y me lanzó una mirada de reojo mientras se humedecía los labios, como midiendo mi reacción.

—Muy observador —me complació que alguien pudiera darme las respuestas que ni siquiera yo encontraba y, sobre todo, que ese alguien fuese él.

—Con lo que me interesa sí lo soy.

Nos miramos durante unos segundos. Decidí que tenía que deshacerme de aquel miedo, que tenía que descubrir la mano de cartas que llevaba para que, al menos, Alejandro lo entreviera, pero antes de que pudiera preguntarle cómo se planteaba nuestra relación cuando me marchara de allí, me dijo:

—Oye… ¿y si salimos a cenar esta noche? Sería una buena oportunidad para hablar un poco.

Acepté, por supuesto. Por un lado necesitaba entretenimiento para dejar de pensar en la angustia que sentía en la boca del estómago. Por otro, nos vendría bien cambiar de aires, arreglarnos, pasear ese devaneo en el que vivíamos por las calles de un Manhattan maxitransitado; sentirnos pequeños, insignificantes e insuflarnos el tamaño a besos. Sí. Salir a cenar era una buena idea. Hablar un poco de lo nuestro… también.

Alejandro quiso reservar en un restaurante muy de moda en el Meatpacking District, pero no pudo ser. No era lo suficientemente famoso como para conseguir mesa allí, pero tras un par de llamadas, tuvo otra en ABC Kitchen. El restaurante estaba en las inmediaciones de Union Square y me pareció precioso. Las paredes blancas mostraban el ladrillo grueso original y el techo estaba cubierto de finas vigas de madera; la iluminación, entre industrial e íntima sin posibilidad de encontrar un término no entre medias que pudiera definirla, me encantó. Mesas blancas, sillas blancas, vajilla blanca sencilla. Bonito, sin estridencias y con estilo… como Alejandro.

Nos dieron una mesa junto a una de las paredes, no demasiado lejos de la cocina. Alejandro se disculpó y me comentó que no era una localización demasiado glamurosa, pero era lo único que había conseguido. Debía de estar habituado a chicas que tomaran en consideración dónde se situaba la mesa dentro del plano del restaurante pero yo, definitivamente, no era como ellas. Estaba maravillada, joder. Todo era tan luminoso y tan elegante… Me sentía como una niña de instituto a la que se le invita a una fiesta universitaria.

—Es perfecto —le dije con sinceridad.

Crucé las piernas y observé cómo acomodaba la servilleta sobre su regazo, sin mirarme. ¿Estaba algo tenso o me lo parecía? No creo que fuera por el restaurante…, había algo más. Nos sirvieron un maravilloso vino blanco y pensé que una copa me reconfortaría. Un fotógrafo, que seguramente estaba esperando encontrarse con otra persona, nos había pillado entrando en el restaurante y había lanzado unos cuantos flashes que me habían dejado perpleja. Sabía que podía pasar, pero… era extraño. ¿A quién le iba a interesar yo?

—Estás muy guapa —sonrió Alejandro, cogiéndome la mano por encima de la mesa.

Me miré de reojo, con un vestido vaporoso en color menta y con complementos en dorado viejo.

—Gracias, tú también estás muy guapo.

Y no mentía. Alejandro llevaba un traje azul marino, sin corbata y con camisa blanca, con el primer botón desabrochado. Una sencillez que sobre su cuerpo tomaba un cariz admirable. Tenía esa suerte el muy *jodío*.

Nos concentramos en la carta. Qué violento. Qué postizo. No podíamos estar tan tensos y tan poco nosotros mismos en un sitio como aquel; me negaba. Bajé la carta de golpe y me concentré en mirarle con intensidad, como queriendo clavarle la mirada tipo rayo acusador, como hacía Rachel. Me miró, apretó los labios y se le escapó una sonrisa traicionera.

—¿Qué? —preguntó.

—¿Qué estamos haciendo? —susurré frunciendo el ceño.

—Vamos a cenar. —Me hizo una de sus irresistibles caídas de ojos.

Soy fuerte. Lo soporté.

—Avísame si has contratado a un violinista. Más que nada para que me dé tiempo a salir corriendo antes que pasar tal vergüenza.

La sonrisa se le ensanchó.

—No hay violinista. Contraté a un gaitero.

Los dos nos reímos.

—Que me perdonen los asturianos, pero eso es peor. En serio, ¿qué hacemos?

Dejó la carta a un lado.

—No sé. Estas cosas os gustan, ¿no? Una cena en un sitio bonito, tener la oportunidad de usar uno de esos vestidos elegantes...

—Si vamos a estar cómodos, claro que sí. Pero... ¿nos has visto? Parece que nos hemos caído con el culo encima de una escoba y la llevamos incrustada.

—No te gustan los restaurantes de moda, apuntado. Mañana te llevo al McDonalds de Times Square.

—Gilipollas —me reí—. Pues también me gustan las hamburgueserías grasientas, para que lo sepas. Las muestras públicas de romanticismo..., espera, no: las muestras de romanticismo en general... me dan alergia. Soy poco peliculera yo.

—No lo pareció cuando me echaste una copa en la cara.

—Eso te lo merecías por cabrón engreído.

Alejandro lanzó un par de carcajadas.

—Hostias, menos mal. Bienvenida, Magdalena. —Respiró con alivio.

—¿Qué quieres decir con bienvenida? —Arqueé una ceja y poniéndome rígida en la silla le solté la mano.

—Estaba algo inquieto... —Se relajó y sirvió más vino.

—¿Y por qué?

—Estabas tan... mansa... Yo recordaba esta Magdalena, ¿sabes? La respondona. La que no se contenta con lo que le digan los demás y siempre es la que suelta la última palabra. No quiero un borreguito poniéndome buena cara. No quiero groupies. Yo... yo quiero una tía como tú, con dos cojones.

—Ovarios —puntualicé—. ¿He sido un borreguito? ¿Tengo pinta de groupie?

—No. No sé. —Se rascó el cuello y desvió la mirada—. Quizá me lo pareció. Pero a lo mejor es solo parte del proceso. Nosotros no somos como el resto. Lo que es normal para los demás no nos sirve.

—¿Qué quieres decir?

—Pues… que normalmente las parejas se conocen, salen por ahí, cenan, pasean, van al cine, se besan, se acuestan, pasan semanas apartados del mundo follando a todas horas y cuando se les pasa, si siguen interesados vuelven a salir al mundo real y… se hace más o menos oficial.

—Sí. ¿Y?

—Nosotros lo hacemos todo al revés. Primero discutimos —sonrió—, luego nos acostamos, después descubrimos lo increíble que es besarnos, nos encerramos durante dos semanas follando como locos, pasamos cuatro meses sin vernos y ahora… pasamos un mes juntos.

—Ya —sonreí con resignación y bajé la mirada a mis manos, que descansaban sobre el mantel—. Estás hasta los cojones de tenerme aquí. Era un riesgo.

—¡No! No me malinterpretes. Solo digo que… nos hacen fotos juntos en la puerta de un restaurante. No somos una pareja normal y en el fondo, supongo que, por más que esperemos formar parte de la rueda habitual de las relaciones…, no funcionamos así.

—¿Y cómo funcionamos?

—Otra pareja habría esperado a asentarse. Nosotros mañana iremos a una fiesta en la que tendré que presentarte. Y dime… ¿quién es Magdalena Trastámara?

—Una amiga.

—Mis cojones —sonrió—. A una amiga no me la como con los ojos. Mis amigas no me ponen cara de gilipollas.

—¿Te has preguntado si no tendrás cara de gilipollas habitualmente?

—En serio, Magdalena, ¿no te parece extraña esta complicidad cuando en realidad prácticamente somos dos desconocidos? De repente, siento más afinidad contigo que con el resto de la humanidad y apenas sé nada de ti —susurró devolviendo la mirada a la carta como si se avergonzara de decir aquellas cosas en voz alta.

—Sabes mucho más que otros.

—Ni siquiera sé... tu signo del zodiaco, dónde naciste o... tu talla de sujetador.

Levanté las cejas e intenté no reírme.

—Bueno, si consideras que esos datos son absolutamente necesarios te diré que soy cáncer, nací en el Hospital Casa Maternitat en la calle Sabino Arana de Barcelona y uso una 90C de sujetador.

—No quería decir que fuera necesario... Vaya. Es bueno saberlo, por si... yo qué sé —levantó las manos y puso los ojos en blanco en un gesto muy simpático—... por si quiero regalarte un sujetador de brillantes o alguna de esas cosas excéntricas que hacen en este país. Lo que quería decir es que...

—Hay cosas que es divertido descubrir sobre la marcha, ¿no crees? —le interrumpí.

—¿Cómo qué?

—Como que consumes litros de café al día, que eres de los que gustan de utilizar el pestillo de las puertas a pesar de que solo tengas una dentro de toda tu casa, que utilizas más cremas que yo, que comes muy lento...

—No utilizo más cremas. —Frunció el ceño—. Solo dos.

—Solo digo que si me lo hubieras contado no me hubiera hecho tanta gracia descubrirlo.

—Espera... —sonrió espléndidamente y hasta los ojos se le encendieron—. ¿Y qué hay de ti? Creía que andabas descalza y en una semana has sacado de la maleta millones de zapatos de esos que las mujeres definís como fabulosos mientras ponéis cara de llegar al clímax. Te imaginaba con tu pelo suelto y tus vestidos hippies y apareces vestida de... ¿Yves Saint Laurent?

—¿No te gustan las sorpresas? —evité el tema de haber llevado un vestido de imitación delante de un modelo.

—Por no hablar de que no esperaba ropa interior... como la que utilizas —dijo acercándose hacia mí, sobre la mesa, a modo de confidencia.

—¿Te gustaban más mis braguitas de algodón y encaje? —lo imité, reclinándome sobre el mantel.

—Todo tiene su encanto. Vamos a dejar el tema. Me estoy poniendo duro y aún no hemos cenado —se rio y volvió a apoyar la espalda en su silla.

Tenía razón. Era mejor cambiar de tema.

—Déjame adivinar. Tu película preferida... A ver, eres de la generación de *La Guerra de las Galaxias*.

—No —volvió a mirar la carta—, *El Padrino*.

—¿Todas?

—La primera.

—Bebes whisky.

—Ginebra —se rio.

—Humm..., qué ojo tengo. Dicen que el fuerte de las mujeres es la intuición. Cuando lleguemos a casa recuérdame que me busque los huevos a ver si no me los he visto y los llevo ahí colgando.

—No, los hubiera visto. No los tienes.

Nos echamos a reír como dos tontos.

—Estás inquieta. Necesitas definir esto, ¿verdad? —no contesté y él, sonriendo desvergonzadamente, prosiguió—. Y tu película preferida es... ¿*Amelie*?

Lo miré sorprendida por el cambio de tema y porque había acertado.

—Sí.

—*Amelie* y el cine clásico.

Abrí la boca de par en par.

—No me lo puedo creer —me reí.

—Y lo tengo más difícil. A mí me lo han preguntado mil veces en mil revistas diferentes pero sobre ti no tengo dónde buscar —se rio.

—¿Dónde está el truco?

—Solo hay que saber escuchar —sonrió sin enseñar los dientes y de repente estuve a punto de derretirme sobre la silla.

—Mi hermano no expuso ese tipo de información cuando hizo la presentación sobre ti en casa de mis padres. Ni películas ni libros ni arte ni…

Me miró levantando las cejas.

—¿Cómo?

—Mi madre convocó un gabinete de crisis cuando le dije que venía a verte y mi hermano buscó toda la información que pudo…

—¿Qué tipo de información?

—Lo básico para demostrar que no eres un psicópata, supongo. Eso sí, no desaprovechó la oportunidad de incluir en la presentación las fotos de tu desnudo. —Levanté significativamente las cejas.

—No jodas —se rio—. ¿Enseñó la foto con mi…? Ahí, con todas las vergüenzas al aire…

—No parecías muy avergonzado en la foto.

—Bueno, la procesión va por dentro. Creí que se me encogería hasta desaparecer.

—Pues no fue el caso —me reí.

—No te voy a hablar de los trucos que hay para que no pase.

—Oh, sí…, háblame de esos trucos. —Fingí estar muy interesada, apoyando la barbilla sobre el puño.

—¿Decidiste ya? El camarero no deja de mirarnos.

—Será porque él también vio tu desnudo.

Sonrió de lado, sin dejar de mirar la carta. Luego la cerró, apartándola a un lado y llamó al camarero, con la esperanza de que no le preguntara más.

—¡Eh! ¡Que aún no he elegido! —me quejé—. Pídeme esto. —Señalé uno al azar.

—¿En serio?

—¿Qué es?

—Coles de Bruselas de acompañamiento.

—Déjalo.

Me callé el infierno que desencadena la ingesta de coles de Bruselas en mi estómago (y la posterior necesidad de desalojar gases) y pedí unos ravioli de ricota. Él escogió el salmón con espaguetis de calabaza. Bebimos más vino y entre que la conversación había destensado el ambiente y el vino entraba que no veas... cuando llegaron los platos los dos estábamos muchísimo más tranquilos.

—Cuéntame más cosas sobre ti. Datos de esos como... qué talla de calcetines usas o si prefieres el cepillo de dientes eléctrico o el manual.

—Espera..., aún tengo que demostrarte mis poderes de adivinación —sonrió de nuevo—. Te gusta el helado de vainilla con cookies.

—Eso no vale. ¡Es universal!

—A mí me gusta más el de chocolate —se rio—. Y ahora que lo pienso me encantaría echártelo por encima y lamerlo despacio... He notado que te gusta más que lo haga despacio... con la lengua, me refiero.

—Jodido marrano —me reí—. Ni siquiera hemos llegado a los postres. Guarda las guarradas para cuando nos quede poco para volver a casa.

—En realidad... no estaba pensando en guarradas.

—Claro que no; son cosas muy sanas —me burlé.

—Lo digo en serio. Tengo muchas ganas de hacer el amor contigo.

—Jodo con el niño...—Lo miré golosa—. Vas a terminar matándome.

—No, no…, hay una diferencia entre lo que hemos hecho hasta hoy y lo que quiero hacerte ahora.

Arqueé la ceja.

—¿Está queriendo decirme usted algo, señor Duarte?

Pero metiéndose un pedazo de pescado en la boca prefirió no contestar a mi pregunta; solo mantuvo las cejas levantadas hasta que me hizo reír a carcajadas y me llenó el estómago de mariposas. ¿Cuántos hombres distintos había dentro de Alejandro? ¿Cuántas cosas diferentes sabría hacerme sentir?

Sin embargo, la diferencia entre lo que habíamos hecho en la cama hasta aquel momento y hacer el amor no la comprobé aquella noche. Quizá fueron los nervios que nos secaron la garganta o lo delicioso de aquel vino, pero vaciamos dos botellas. Cuando salimos del restaurante los besos que nos apetecía darnos no se parecían en absoluto a la actitud con la que uno se enfrenta a hacer noblemente el amor con alguien a quien ama (en plan moñas). El romanticismo aquella noche nos dio un poco igual y lo celebro. Yo seguía enamorada, claro, pero eso no está reñido con el hecho de que me apeteciera probar cómo hacía Alejandro las cosas en plan duro y desatado.

Probablemente fue mi culpa. Empecé quitándome la ropa interior en el restaurante y metiéndosela en el bolsillo de sus pantalones al salir. Él contestó tocándome descaradamente, con dos de sus dedos en mi interior, dentro del taxi, arrancándome incluso algún gemido.

Cuando llegamos al apartamento nos tumbamos sobre el sofá pero ni siquiera elegimos el más grande y cómodo; nos echamos sobre el primero que pillamos y con la ropa a medio quitar, sin preocuparnos ni siquiera de ir a por un preservativo a la habitación, me penetró. Fue una sensación brutal, desmedida, animal e incontrolable. Y el ritmo fue enfermizo. Lo que empezamos a hacer fue follar como animales, sin duda. Y quien dice como animales dice a gritos, graznidos, rugidos y ronroneos. El amor se quedó al otro lado de la puerta, maullando pedigüeño para que le dejáramos entrar.

—Alejandro…, el condón —le recordé.

—Me la pela. Voy a follarte hasta que no aguantes el gusto que te va a dar.

Y así descubrí a otro Alejandro que… también me gustaba. Gemí sintiéndole entrar hasta lo más hondo de mí y salir por completo para repetir sin cesar el proceso.

—Ver cómo desaparezco dentro de ti, tan mojada…, joder. Quiero llenarte entera…, quiero correrme dentro y que después te toques para sentirlo…, me muero en tu coño, Magdalena. Me muero…

Las penetraciones eran tan violentas que se escuchaba la colisión húmeda de nuestros sexos y su piel y la mía chasqueando sin parar al golpearse. Y tan brutal fue que no duró mucho, claro. Fue un polvo feroz en el que hubiera permitido que hiciera conmigo lo que le apeteciera si hubiera querido. Si hubiera pedido por esa boca… se lo hubiera dado porque me excitaba.

Me corrí. Joder cómo me corrí. Le clavé las uñas en el culo, le empujé hasta que no pudo estar más dentro de mí y lancé un alarido que debió de despertar a los vecinos. Alejandro jadeaba contenido, sin moverse; creo que temía correrse dentro si lo hacía. Pero por el contrario, salió de mí e incorporándome de un tirón, llegó hasta mis labios para follarme la boca con toda la contención de la que fue capaz. Diré en su defensa que avisó cuando previó que iba a correrse y diré en mi confesión que fui yo quien abrió la boca y sacó la lengua con descaro.

—Joder…, Magdalena, joder.

Oh, sí, joder… Empapó mi lengua con gotas calientes y densas y gimió tan grave que el sonido hizo vibrar los cristales. Y cuando se apartó de mí, tragué y me limpié la comisura de mis labios sin apartar mi mirada de su cara. Alejandro gimió de desesperación.

Aquella noche la pasamos entera follando. Sin parar. Y repetimos muchas veces más en el salón. Y repetimos sin condón,
porque no tuvimos fuerzas ni para ir hasta la cama; solo queríamos follar en aquel sofá y que el mundo entero se fuera a la
mierda fuera de aquel edificio. El sofá de la perversión, lo bautizamos. Y lo bautizamos en más de un sentido.

Ups…

28

El sábado por la mañana me desperté esperando no encontrarlo allí, pero estaba tirado en la cama durmiendo como un bebé. Acerqué una mano y le acaricié el vello de su pecho. Se removió y abrió los ojos asustado, parpadeando sin parar y muy despeinado.

—Buenos días —susurré.

—Joder…, me he dormido —dijo con la voz pastosa.

—Creo que tus abdominales seguirán en su sitio mañana aunque no entrenes hoy.

—Ugrsdf —farfulló.

Hubo un silencio en la habitación, que empezaba a iluminarse con el sol de la mañana. Me moví debajo del suave edredón de plumas blanco y me acerqué hasta acomodarme en su pecho.

—¿A qué día estamos? —Se tapó la cara con la mano.

—Sábado.

—Del mes…

—Quince de octubre.

—Mmmm. ¿Puedes pasarme el teléfono?

Le alcancé el inalámbrico y pulsó una tecla de marcación automática. Se escucharon unos pitidos mientras se frotaba los ojos. Acomodada como estaba sobre su pecho…, no es por ser cotilla, pero se escuchaba estupendamente lo que ocurría en la otra parte del hilo telefónico.

—¿Sí? —escuché decir a una mujer.

—Felicidades, ma.

—Gracias, hijo —contestó una voz con un dulce deje argentino—. ¿Cómo lo pasás? ¿Y Magdalena? Tiene un nombre relindo.

Alejandro me miró.

—Se oye todo —susurré.

Él se levantó, teléfono en mano, y se metió en el baño. Demasiada intimidad como para compartirla ya conmigo, supongo. Ilusión porque su madre supiera mi nombre; miedo por si toda aquella intensidad le asustaba.

Un rato más tarde se acercó a la cama en ropa interior, dejó el teléfono en su peana y se volvió a acostar, llevándose la mano derecha a las lumbares con un quejido.

—Oh, joder…

—¿Qué pasa? —le pregunté.

—Creo que ayer me hice daño.

—¿Entrenando?

—No… —Se movió poniendo cara de dolor—. Más bien empujando entre tus piernas en el sofá.

Me eché a reír.

—No te rías. Me has lesionado.

—Yo no te lesioné.

—Sí, señor —se rio—. Tú pidiéndome más y yo obedeciendo…, pobrecito de mí…

—¿Perdona?

—¿Cómo decías? No pares, no pares…

Le tapé la boca.

—No hace falta que repitas todo lo que dije anoche. Era otro contexto.

Retiré la mano y mordiéndose el labio añadió.

—Métemela, métemela… —susurró—. ¡Dios! ¡Cómo me pones! ¡Haz conmigo lo que quieras, Alejandro, haz conmigo…!

—¡Eres imbécil! —Pataleé mientras se me tiraba encima—. ¿Quieres que te recuerde lo que decías tú?

—Que quiero correrme dentro de ti. Que no quiero dejar de follarte nunca. Que me muero porque me dejes metértela por…

Le tapé la boca.

—Eres un pervertido. Y por cierto ayer se nos fue mucho la olla.

Se acomodó entre mis piernas.

—En eso tienes razón… pero me corrí fuera. —Hizo una mueca—. Todas las veces.

—Déjame ir al baño —dije esquivando un beso—. Ni siquiera me he lavado los dientes aún.

—Menuda hippy de pacotilla. —Se hizo a un lado y me dejó levantarme.

Antes de entrar en el baño lo miré, allí tirado, con la cabeza apoyada en su antebrazo.

—Esta noche tenemos una fiesta —dijo.

—Lo sé.

—Y te pienso emborrachar.

Aquella noche le tocó el turno a un vestido Galaxy negro, de Roland Mouret prestado y que jamás devolví, por cierto. Como me dieron por muerta socialmente no creo que me lo reclamen jamás. Pensarán que lo vendí para conseguir anfetaminas y Valium en el mercado negro. En los pies me puse los Manolos regalados. Me peiné con esmero una coleta *fifties* y me pinté los labios de un tono nude y los ojos en sutiles morados.

No me planteé que aquella fiesta fuera realmente importante. Acompañarlo a un sarao era *cool,* pero me recordaba demasiado a la persona que fui. Estaba un poco asustada, agarrada a su mano con la mía sudurosa sin saber muy bien a qué atenerme, pero supongo que por aquel entonces yo aún me preocupaba demasiado. Quizá ese ha sido siempre mi problema, que no he sabido dosificar la preocupación: me cegaba cuando no tocaba y la veía desaparecer en cuanto la necesitaba.

Había algo de prensa congregada en la puerta del local y al abrir la puerta del coche que nos había recogido cayeron algunos flashes que me paralizaron por un momento. Alejandro puso la mano en el final de mi espalda y susurró mientras enfilaba hacia la entrada que estuviera tranquila. Los fotógrafos le llamaban por su nombre para que se parara. No me cogió de la mano, pero tampoco se paró, haciéndome un favor bestial. Estaba impresionantemente guapo con traje negro y camisa blanca sin corbata. El evento no era tan formal, como por lo visto nuestra relación.

Entramos en la fiesta y al momento se concentró en presentarme a gente pero, claro, como Magdalena a secas; nada de Magdalena, mi novia; Magdalena, mi chica; ni Magdalena nada. A lo sumo, Magdalena Trastámara es estilista. ¿Buscándome contactos en Nueva York? Con todos mis respetos, ¿para qué los quería? Tenía ganas de amordazarlo, atarlo, subirlo en un avión y meterlo en mi casita de la playa para siempre. Aunque después de vivir con él su ritmo durante aquellas semanas empezaba a dudar que mi rutina fuera lo suficiente para Alejandro.

Rachel estaba allí, con su semblante siempre dibujando una suerte de sonrisa irónica, como si la vida de la Gran Manzana, el trabajo, las fiestas y la gente le parecieran un trámite algo absurdo. Me gustaba que alguien como ella estuviera junto a Alejandro, guiando su carrera, aunque no fuera Miss Simpatía.

Estuvimos charlando con ella un buen rato y vaciamos un número indeterminado de copas. Champagne y vino blanco. Las bandejas de canapés pasaban entre la gente como apariciones espectrales a las que nadie hacía demasiado caso. Aquella fiesta tan chic, tan moderna me recordaba un poco a todas aquellas noches que pasé en Madrid creyéndome tan guay; me puse un poco ñoña. A veces creemos que las cosas bonitas que nos salen al paso en la vida borran nuestro pasado, pero lo llevamos siempre a cuestas... al menos hasta que decidamos dejarlo atrás.

Alejandro tenía que hacer «negocios» aquella noche. Había trabajado para la marca que celebraba el sarao y, además debía dejarse ver, sobre todo delante de ciertos contactos que paseaban copa en mano. Estaba a punto de cerrar un contrato para ser la próxima imagen de Chanel y rozaba con los dedos la consagración de su carrera como modelo. Así que le animé a ejercer de «chico de moda» sin preocuparse por mí. Con gesto dubitativo se dejó llevar y se paseó arriba y abajo, a veces cerca de mí, a veces lejos. Rachel también estaba trabajando, de modo que terminé en una esquina, junto a una mesa, intentando hacer durar mi vino lo máximo posible. No pude evitar pensar, mirando el contenido dorado de la copa, que yo no encajaba allí. Y no hablo ya de lo obvio (no soy modelo) sino del punto en el que me encontraba en la vida. Ya había pasado por ciertos «puertos» por los que muchas de esas chicas tendrían que pasar. Resabiada y algo resentida con el éxito..., así me encontraba. ¿Sabría gestionar la relación a distancia con un hombre que triunfaba en una profesión que me recordaba tanto a la que yo no supe mantener?

—¿En qué piensas? —Alejandro apareció de súbito delante de mí, con el ceño ligeramente fruncido.

—Hola —sonreí—. No pensaba en nada en particular. Solo... observaba.

—¿Estás agobiada?

Negué con la cabeza, incapaz de verbalizar aquella mentira. Sí, me agobiaba ver al Alejandro que exigía su trabajo, como en la sesión, porque lo sentía lejos, inalcanzable. Así era él cuando no estaba conmigo, cuando tenía que trabajar. Y miles de chicas suspiraban por alguien que ni siquiera sentía del todo mío. Notaba que la seguridad en mí misma se me escurría de entre los dedos.

—Voy a avisar a Rachel de que nos vamos.

—No. Aún no.

—Pues entonces ven..., quiero presentarte a algunas personas.

—Tú ve, no te preocupes por mí.

Alejandro sonrió.

—Eso ya es imposible, Magdalena. Ya nunca podré dejar de preocuparme por ti.

A otra chica aquella afirmación la abría alentado e ilusionado. A mí me daba miedo, porque sabía lo mucho que podía hacer que los demás se preocuparan por mí, por mis decisiones, reacciones, vicios, obsesiones... No quería arrastrar a Alejandro conmigo.

Nos fuimos poco después. Me arrastró con él por toda la sala una vez más, antes de irnos, para hacerlo por la puerta grande. Bebimos una última copa sonriendo, siendo los «reyes del baile», fingiendo que no nos preocupaba el punto al que empezábamos a acercarnos. El amor que tanto buscamos insufla vida y te la quita como si inspirara y espirara dentro mismo de tus pulmones. Y... ¿qué pasaría si no estábamos preparados?

Rachel hizo una llamada y un coche nos recogió en la puerta cerca de la una de la madrugada. Nos guarecimos de algunos flashes en su parte de atrás y marchamos hacia su casa callados, mirando hacia nuestras respectivas ventanillas. Al internarnos en Brooklyn Alejandro buscó mi mirada y sonrió.

—Conozco un garito que cierra tarde. ¿Nos tomamos otra?

Me hubiera metido en la cama de buen grado (con el edredón por encima de la cabeza) pero cedí. Parecía ilusionado con la idea, de modo que fingí que yo también lo estaba.

El local se llamaba Montero's y no era lo más glamouroso que habían pisado unos Manolo's, la verdad. Pero era auténtico; uno de esos bares que no necesitan ser nada más porque sus botellas apelotonadas en la barra junto a bolsas de Doritos y su decoración confusamente marinera le conferían una personalidad brutal. Una especie de viaje en el tiempo en el que te adentrabas después de dejarte engatusar por el canto de sirena de un neón rojo.

Nos sentamos al fondo de la barra y Alejandro pidió algo que nos sirvieron en dos vasos chatos y *on the rocks*. Olía a gasolina pero brindamos y lo bebimos de dos tragos y… pedimos otros dos.

—Es el único local que conozco por aquí que cierra de madrugada… y no tiene música atronadora.

Miré alrededor; un grupo mixto que rondaría los sesenta reían y brindaban con unas Budweiser, vestidos con vaqueros y jerséis dados de sí. Y nosotros dos, vestidos de gala, hacíamos bailar el licor en nuestros vasos.

—Es un buen lugar donde emborracharte. —Alejandro se quitó la americana y se arremangó la camisa—. Así te sonsaco dónde está el problema.

—No hay problema.

—Estamos en un bar que se llama Montero's. Lo menos que puedes hacer es no mentir. En Montero's no se puede, está prohibido. Eso y vomitar en el suelo.

No pude evitar sonreír.

—Es que…

—Es que, ¿qué?

—Que esta noche me he sentido un poco rara.

—¿Por qué? ¿He hecho algo que…?

—No, no es eso.

—¿Entonces?

—¿Y si…, y si no pertenezco a tu mundo? ¿Y si…?

—¿Y si dejamos los «y sis» y hablamos en serio?

—Vale. Pues… empieza tú.

—Humm. Ok. Ese vestido te hace unas tetas increíbles.

Apreté los labios para no dejar salir la carcajada.

—Brindemos por mis tetas.

El licor quemó todo lo que encontró a su paso cuando cayó garganta abajo. Llamó a la camarera con un gesto y pidió dos más.

—Magdalena, tienes que dejar de darle tantas vueltas a la cabeza. Dentro de unos años nos arrepentiremos de no haber sabido disfrutar más de esto, sin preocuparnos.

—Suena un poco apocalíptico.

—Hoy es hoy y solo estaremos aquí ahora. Lo que pase mañana… es otra cosa. Y no hagas una lectura pesimista; solo digo que…, que el año que viene, cuando estemos en Dios sabe dónde bebiendo Dios sabe qué, recordaremos este bar y nos diremos… «tendríamos que habernos besado más» o «¿por qué no bailamos?».

—Una lástima que no haya gramola —me burlé.

Nos rellenaron los vasos y volvimos a brindar.

—Vamos a hacer una cosa…, a ver qué te parece. Nos bebemos esta copa y luego nos bebemos otra.

—¿Y después?

—Y después nos queremos, sin esperar más.

Empezaba a estar borracha, eso es cierto; quizá esa fue la razón por la que no quise dar más vueltas al hecho de que la boca de Alejandro hubiera conjugado el verbo «querer» con un nosotros en medio. Solo... pensé en todas las veces que me dije eso de «tendría que haber disfrutado mejor» y... brindé con él. Por aquella noche. Y por nosotros. No vacié más copas... por el bien de mi integridad física.

Alejandro me contó historias sobre sus primeros meses en Nueva York. Cuentos divertidos para no dormir sobre un chico viviendo la oportunidad de su vida, de casting en casting, escuchando «no» y bebiendo en bares con chicos que habían recibido un «sí». Una campaña de Abercrombie que acabó siendo un «poso sin camiseta en la puerta de una tienda» y una sesión de fotos que terminó, por fin, entre las páginas de una revista importante.

Yo le respondí con recuerdos de los fines de semana de diversión sana, cuando aún tenía un grupo del que sentirme parte.

Salimos de allí agarrados y como dos cubas. Risueños. Haciendo eses por la acera y bromas sobre nuestro estado. Pero las risas fueron dejando paso a largos silencios. Quizá le tocaba el turno a él de pensar demasiado. O quizá le estaba costando caminar sin terminar con los dientes en la acera. ¿Quién sabe?

—¿En qué piensas? —le pregunté.

—En que camino muy bien para estar borracho.

Me eché a reír.

—Porque borrachos estamos un rato.

—Es mejor admitirlo —dijo con un suspiro.

—Gran idea la de beber gasolina con el estómago vacío. Si digo tonterías la culpa es tuya.

—¿Vas a aprovechar para confesar algo supervergonzoso?

—¿Vas a aprovechar tú para confesar algo en general?

—No marees la perdiz. Tú quieres definición. —Me miró de soslayo y sonrió.

Desvié la mirada al suelo, a mis zapatos, que eran demasiado bonitos como para preocuparme ahora de otras cosas... aunque los viera borrosos.

—No la necesito, si es lo que quieres decir.

—Pero la quieres.

—Sería agradable saber a qué atenerse. —Y cuando volví a mirarlo vi que tenía una sonrisita de suficiencia en la boca.

—Conmigo es fácil. Lo raro es que necesites que te lo diga.

—Pues ya ves. No lo necesito, pero me gustaría.

—Quiero estar contigo. Contigo y ya está —repitió sin mirarme.

—Eso no define mucho.

—No te aproveches de mí. Estoy borracho —me callé mirando otra vez mis Manolo's golpeando el pavimento. «Míralos, qué bonitos, cómo brillan. Qué lástima guardarlos para siempre cuando vuelva a la isla», me dije. Y él siguió—. Quiero decirte todas esas cosas cuando no lo esté. —Cerró un ojo e hizo el gesto universal de empinar el codo—. Quiero decirte que eres la mujer de mi vida, que le digo a todo el mundo que me vuelves loco, que no sé qué hacer contigo, porque te irás... ¿Sabes? Deberíamos..., ¡deberíamos casarnos! —Lo miré, sorprendida y horrorizada y decidí obviar su improvisada petición de mano. Sería lo mejor—. Y yo..., yo te presento a gente por si tú quieres quedarte. Pero sé que te irás porque eres demasiado buena para quedarte aquí. Tienes que volver a la playa a hacer tortillas de patata para gente como yo, pero no quiero.

Me arrullé contra su brazo y a pesar de lo absurdo del tema de las tortillas, me pareció muy tierno.

—¿Cuándo vendrás tú?

—¿Crees en las relaciones a distancia? —me dijo parándose en mitad de la calle.

—No. Al menos no hasta ahora.

—¿Y ahora? En este preciso momento. ¡Ahora!

—Quiero hacerlo… —dije riéndome de la vehemencia que le daba el alcohol. Sin duda, esa última copa que rechacé pero que él había bebido, había puesto la guinda.

—Magdalena. Me gusta tu nombre y tu pelo, y tú… Me gustas tú y…

Nos besamos, sus manos rodearon mis caderas deslizándose tortuosamente sobre el tejido del vestido hasta agarrar mis nalgas. Sus labios sabían a él y a alcohol, pero seguía siendo… como mi casa. Lo aparté de mi pecho con un gesto cariñoso.

—Pero gustar es… —susurré haciéndome la tontorrona.

Alejandro se rio.

—Mañana me acordaré de que acosaste verbalmente a un pobre borracho que solo quería besarte.

—Si puedes construir esa frase no estás tan borracho.

—Pero los borrachos nunca mienten y ya estoy —hizo un gesto, parándose de nuevo— diciendo más de lo que debería porque debo sonar borracho y patético. Pero la verdad es que no quiero conocer a nadie más en mi vida, quiero que no te alejes. Ya no quiero vivir lejos de ti —susurró tirando de mí—. No es el mismo vacío vivir sin algo que te llene que rozarlo con los dedos y tener que dejarlo marchar.

¿Me valía? Esperaba que Magdalena Trastámara se contentara con eso porque tenía razón; no podía arrinconarlo verbalmente cuando estábamos borrachos para conseguir información. «Joder, Alejandro… y ¿ahora qué?». Lo único que pude hacer fue besarlo.

—Huy, no, no. —Me apartó un poco—. Si cierro los ojos me mareo…

Nos perdimos. Habíamos estado caminando en la dirección contraria sin darnos cuenta y cuando quisimos arreglarlo, Alejandro decidió coger «un atajo». Un golpe de suerte nos pasó por delante en forma de taxi libre, porque los pies no me respondían. Y... maldito viaje que me dio. Gimoteó tanto que el conductor amenazó con bajarnos allí mismo. Y no sé de dónde puñetas era, pero tenía un acento infernal que me obligaba a contestar cosas que nada tenían que ver o pedirle que me repitiera las cosas tres veces. Nos dejó en la esquina de su calle, lo que significaba al menos doscientos metros de cargar con mi cuerpo encima de unos tacones y tirar de aproximadamente metro noventa de jamelgo con demasiado licor en el estómago. Quieras que no... se me bajó el pedo. Cuando llegamos a casa él necesitaba dormir la mona y yo un fisioterapeuta y, si me apuras, un quiropráctico. Lo llevé directamente a la habitación y no precisamente con fines erótico-festivos. Lo acosté empujándolo contra la cama y le quité los zapatos. Gimoteó, acurrucándose.

—Arriba, Alejandro. Tengo que quitarte la ropa.

—Ahora no. No se me va a levantar.

Me eché a reír. Montarme encima de él en aquel momento me producía el mismo pavor que los ruiditos guturales de Alejandro al taxista..., no quería terminar la noche limpiándome pota del pelo.

—Alejandro, cariño... —Me sorprendí de mi propia expresión.

—Vale, vale, pero tú encima.

Se incorporó, abrió los ojos y se miró las manos.

—¡¡Madre mía, tengo un montón de dedos!!

—Ven —Le desabroché la camisa mientras él miraba.

—Magdalena, no prometo nada.

—No seas tonto. No quiero acostarme contigo.

—¿Ah, no? ¿Por qué no? —Frunció el ceño.

—Porque estás borracho.

—Y tú. ¿Sabes de lo que tengo ganas? —Se acercó para hacerme una confesión—. De hacerlo a pelo, pero hasta el final. De correrme dentro de ti. Y de hacerlo por detrás.

Levantó las cejas repetidas veces quizá con la absurda esperanza de que aceptara.

—Pues yo de lo que tengo ganas es de que te duermas y hacerme un sándwich.

—¡Yo también quiero uno! Bueno no, que me voy a poner gordo y Rachel dice que si me pongo gordo me quedo en el paro.

—No digas tonterías —rebufé—. Y facilítamelo un poco. Levanta el culo que te voy a quitar el pantalón.

Cuando deslicé el pantalón por sus piernas y se lo quité, Alejandro se quedó como muerto sobre la cama.

—¿Alejandro…?

—Agdjk —gimoteó.

—¿Qué?

—Haz que pare…, se mueve la cama.

—Ven.

—No. —Se encogió.

—Ven.

—No.

—¡Que te levantes!

Se incorporó y se puso amarillo al momento.

—Voy a vom…

Justitos…, justitos para llegar al baño y no poner perdida la pared. Le cogí la frente mientras las arcadas podían escucharse en cualquier punto de Manhattan. Y vaya si vomitó, por el amor de Dios. Me entró hasta la risa. Cuando dejaba de vomitar respiraba fuertemente, apoyándose en los antebrazos, sobre la taza. Luego repetía. Y volvía a gimotear. La naturaleza es sabia. Parimos nosotras porque si tuvieran que ser ellos los que sufrieran los dolores de un parto la humanidad se extinguiría.

Abrí un ojo. Alejandro estaba murmurando de mala gana en el cuarto de baño. Lo vi salir cargado con un cubo y me incorporé sobre los codos para verlo mejor y poder reírme más a gusto. Al escuchar cómo me movía en la cama, se asomó a la habitación y se apoyó en el marco de la puerta. Tenía muchísimo mejor aspecto que la noche anterior cuando, después de mucho vomitar, se dejó caer entre las sábanas, pero aun así… lo había visto con mejor pinta.

—Buenos días —dije.

—No lo he soñado, ¿verdad? Vomité en el váter con la tapa cerrada.

—La abrimos en el último segundo como en una película de acción.

—Ohm… —Dejó el cubo, la fregona y los guantes.

—¿Pensabas limpiarlo tú mismo?

—¿Qué pensabas que haría? ¿Llamar a la chacha? —Asentí. Puso cara de tristeza y se sentó en la cama—. ¿Lo limpiaste todo tú?

Asentí de nuevo, desperezándome.

—Pero fue poca cosa. Tienes buena puntería. ¿Qué tal estás? ¿Estómago para sushi? —pregunté.

—¿Y tú? —se rio.

—Yo sí. Tengo una casa de huéspedes, colega.

—Sí. Oye…, otra cosa. —Se frotó las sienes. Debía de tener un dolor de cabeza de órdago—. ¿Dije muchas tonterías anoche?

—Algunas.

—Ya. ¿Te pedí que nos casáramos, verdad?

—Sí —me reí—. Pero, tranquilo, no te arrastré hasta Las Vegas para que cumplieras tu ofrecimiento, de modo que respira.

—¿Definí? —Me miró con el ceño fruncido—. Me refiero a si te di un discurso sobre sentimientos o futuro o cualquier mierda ininteligible en boca de un borracho.

—No. No entraste demasiado en el tema.

Se separó de mí y me miró, cogiéndome la cara con sus manos enormes.

—Eres..., eres tan buena que no puedes ser real.

—No te preocupes por el vómito —me reí.

—No. No me preocupo por nada. Desde que tú estás aquí, ya no me preocupo por nada.

Dios. Estaba loca por él. Y él parecía estarlo por mí. *Le vie en rose.* Quedaba decidir qué pasaría cuando tuviera que volver a mi casa grande y desierta y a mi isla, donde podía andar descalza pero en la que no estaba Alejandro pero... si no disfrutaba de aquellos momentos no tendría recuerdos intensos a los que agarrarme.

Como muchas veces pasa en la vida, aquello que ansiaba llamó a la puerta en cuanto dejé de prestarle atención a su llegada. Rápido. Como si la noche anterior, entre confesiones y copas de Dios sabe qué, nos hubiera llegado el momento pero hubiéramos querido mantenerlo en secreto. Así fue como nos llegó el amor.

Por la tarde salimos a pasear. La gente andaba a grandes zancadas por las aceras y cruzaba los pasos de peatones a toda prisa mientras nosotros caminábamos con pereza, cogidos y melosos.

Seguimos paseando y paseando y paseando hasta que nos encontramos con el puente de Brooklyn. Corría un poco de brisa y empezaba a refrescar, pero íbamos envueltos en un par de chaquetas de punto grueso y nos dábamos calor el uno al otro, tan agarrados como íbamos. Había mucha gente por allí haciéndose fotos, paseando, corriendo. Alejandro me apretó un poco más contra él cuando una bandada de chicas se le quedó mirando y los murmullos se extendieron. Respiró profundamente al ver que pasaban de largo.

—¿Podemos sentarnos un rato? —preguntó.

—Claro.

Nos acomodamos en un banco y me arrullé contra su pecho.

—Va a anochecer en breve. Esto aún no lo has visto. Desde aquí se ve precioso.

Me rodeó con el brazo y dejé caer la cabeza sobre su hombro, cerrando los ojos. La brisa, los olores, los sonidos. Dicen que uno no conoce una ciudad si no ha registrado su vida con todos los sentidos; aquel rincón congregaba una buena cantidad de ese tipo de estímulos. Uno podía soñar durante un instante con los ojos cerrados y almacenar en la memoria a largo plazo todas aquellas sensaciones. Generar recuerdos que evocar en la isla, añorándole. Era un instante casi mágico que Alejandro interrumpió con su voz de terciopelo.

—Magdalena.

—Mmm. —Traté de girarme hacia él, pero me lo impidió.

—No, no abras los ojos.

Se acercó a mi oído. Sus labios rozaron mi cuello en una caricia perfecta y por fin…

—No dejo de pensar…, quisiera encontrar las palabras perfectas, pero tengo miedo de que se queden cortas. Yo… lo que quiero decir es que… Que te quiero. Que me he enamorado de ti. Me he enamorado de verdad por fin y… creo que será de por vida.

Cogí aire y contesté:

—Yo también.

No hicieron falta palabras perfectas como tampoco me hizo falta abrir los ojos para besarle.

29

Me hubiera encantado plantarme en el calendario, darles una paliza a todos sus pretenciosos días y que el mes de octubre se hubiera quedado en coma, pero el tiempo pasó y yo me encontré un día recogiendo mis cosas de su apartamento entre triste y amargada porque, además, me había bajado la regla días atrás y adiós sexo y adiós a «hacer amorosamente el amor». Hola, «¿Alejandro, tienes un ibuprofeno?».

Así que allí estábamos, haciendo la maleta, metiendo junto a mi ropa nueva y mis viejos modelitos todos los recuerdos de un mes perfecto y un par de revistas con mi foto en las que se preguntaban quién era esa misteriosa y elegante chica que acompañaba a Alejandro Duarte. Elegante. Deberían verme con los pies negros andando descalza por la carretera que había junto a mi casa, con el pelo suelto y la raya en medio, con las uñas negras después de pelar alcachofas. Sí, de lo más elegante del mundo.

Él estaba callado, serio y bastante meditabundo. Al principio me asusté, pero era evidente que aquel mes había estado demasiado bien como para dejarlo ahí. Estábamos enamorados. Era lógico estar tristes.

Cuando salimos del apartamento le pedí que me dejara volver a entrar para echar un último vistazo y le planté un beso al frigorífico, dejando mis labios pintados estampados allí. Hice lo mismo en el espejo del baño. ¿Marcadita de territorio? No, creo que más bien fue ñoñería. La «meadita» la había echado rociando mi perfume en la almohada y hasta dentro del armario. Estoy loca, ya lo sé. Pero es que me iba muy lejos…

De camino al aeropuerto casi no hablamos. Revisé la documentación, que el teléfono móvil seguía dentro de mi bolso y si llevaba suelto para comprarme una chocolatina. En realidad disimulaba el esfuerzo titánico que estaba llevando a cabo para no echarme a llorar como una gilipollas. Había sido… especial. Cuando una plantea un viaje como aquel sueña mucho; se corre el peligro de que la realidad no alcance a la ficción que hemos inventado y volvamos decepcionadas, pero… ¿qué pasa cuando a pesar de soñar mucho y muy fuerte todo se desborda y es aún mejor? Las calles de una ciudad increíble cubiertas de hojas rojizas y anaranjadas, dejando sus esquinas al resguardo de la brisa fría y húmeda y nosotros dos… viviendo allí como si pudiéramos hacerlo siempre. No habían sido unas vacaciones, sino un ensayo general para lo que podría ser el futuro. Juntos. ¿Y si habíamos encontrado un lugar en el que quedarnos siempre? Y… no me refiero a Nueva York. Me refiero a nosotros.

Una vez en el aeropuerto, recorrimos la terminal silenciosos y tras facturar las maletas y acercarnos al control de seguridad, Alejandro me atrajo hasta él y me abrazó con fuerza. Había llegado el momento de la despedida sin saber, además, cuándo podríamos volver a vernos. Sabíamos que era posible que durante las Navidades Alejandro pudiera viajar a España pero son fechas muy familiares, aún no había comprado el billete…, estaba todo en el aire.

—Te quiero —dijo.

—Y yo.

Di un paso hacia atrás y nos sonreímos con tontuna.

—Prométeme que no te vas a olvidar de esto. Sé que el huerto te va a tener muy ocupada pero... —Le golpeé el pecho y se echó a reír—. Necesitaba destensar el ambiente —confesó.

—Ya lo sé. No te preocupes. Entre pepinos, nabos, calabacines y berenjenas..., me acordaré de ti. —Me alejé otro paso—. Échame de menos.

—Como un loco —sonrió—. Ya estoy arrepintiéndome de no haberte hecho el amor esta mañana...

—Mejor dejar un buen recuerdo.

Alejandro dibujó esa sonrisa preciosa con la que sus ojos se escondían y cazó mi muñeca antes de que pudiera alejarme un paso más.

—El mejor de los recuerdos.

—¿El mejor?

—El mejor por ahora. Nos quedan muchos que crear por delante.

Me puse de puntillas para besarle de nuevo. Con su sabor en mi boca tuve que alejarme a la fuerza porque querría quedarme si dejaba pasar un minuto más. Él también se alejó después de susurrar que me quería. ¿Era posible querer a alguien que dejaba tantas incógnitas a su paso? Supongo que sí. El corazón tiene razones que la razón desconoce...

Me giré un par de veces para verlo allí, quieto, mirándome con las manos en los bolsillos.

Adiós, Nueva York. Gracias por ser el escenario perfecto para enamorarme de por vida.

El recibimiento de mis padres en el aeropuerto fue... regulín. Mi señor progenitor seguía, al parecer, de morros por el asunto del viaje. Mi madre… estaba nerviosa. Cuando me planté delante de ellos con las dos maletas, sonreí y confesé que había sido el mejor viaje de mi vida ella se ablandó y él… sufrió un poquito más. No los culpo; son mis padres y se preocupan por mí. Dado mi currículum vitae, lo entiendo aún más. Pero estaba ilusionada y contenta y quería hacerlos partícipes de esa nueva Maggie que estaba rompiendo el cascarón. Necesitaba compartir mis sentimientos hacia Alejandro que era, según todos los indicios, por fin, un buen chico con quien podría iniciar esa relación sana que tanto había aguardado.

Lo de las revistas los remató. Quería enseñarles mi cara de enamorada y lo guapo que era Alejandro, pero ellos solo vieron a su pequeña, con un historial de desequilibrio en su vida, expuesta en el papel cuché. No pude culparles, pero mi labor entonces era la de tranquilizarlos y hacerles ver que esos pequeños inconvenientes no eran nada al lado de todo lo bueno que podía construir junto a él. Sí, lo sé. Me vine arriba con todo el equipo. Y allí estaba yo, en la revista *InTouch* en inglés con un vestido corto (parrusero sería una definición más fidedigna, la verdad) de Missoni y unas sandalias de tacón altísimo cogida de la mano de un tío que me sacaba dos (en realidad tres) cabezas. Una vez en casa mis hermanos y yo nos echamos unas risas y al final hasta mi madre se animó a cotillear con nosotros sobre si salía bien o no en aquellas fotos, pero mi padre…, buff…, mi padre lo llevó fatal.

Intentaron disuadirme de que volviese a la isla. Estaban muy cerca las Navidades, decían, y no iba a tener clientes ahora en pleno invierno. Pero ni era pleno invierno ni quería estar allí encerrada con ellos mientras echaba de menos a Alejandro. No me entenderían. Y además, tenía que regresar a mi casa a seguir con mi vida de verdad, y no estaba hablando de mi pisito en Madrid. La isla. Ese era mi hogar. Necesitaba volver al salón de la señora Mercedes y sentarme en su mecedora. Ahora que hacía frío me prepararía un chocolate caliente, de los suyos, bien espeso y tejeríamos bufandas y cuellos de lana mientras en el hogar crepitaba el fuego. No me jodas... No hay color entre esto y quedarte con tus padres a ver *Saber y ganar* en un piso en l'Eixample de Barcelona.

No obstante pasé por Madrid para dejar toda mi ropa glamurosa, excepto un par de vaqueros y un par de zapatos que sí llevé conmigo. Deshice las maletas, llevé unos trapos a la tintorería y me paseé por allí de incógnito, por la Malasaña en la que tanto soñé con ser grande y que me vio alzar el vuelo y caer contra sus adoquines. Me tomé un café en Starbucks, comí sushi sobre mi pequeña cama viendo la tele, escogí un par de libros que llevar conmigo a la isla en mi librería preferida en la calle San Joaquín y compré dulces en el horno de San Onofre para mi mejor amiga, la señora Mercedes. Después volví a mi vida, dejando mi teléfono móvil apagado abandonado en un cajón. Teniendo el teléfono fijo en la isla me bastaba.

Mi casa me pareció horriblemente grande cuando abrí persianas y cerrojos de nuevo. Y fría. Pero el cuerpo se te acostumbra a la humedad y la falta de ciertas comodidades como la calefacción central y, además, no era nada que no pudiera arreglar con la estufa y un par de troncos en la chimenea. Total... allí nunca hacía el frío suficiente como para pasarlo mal; solo un par de sabañones odiosos y listo. Me lancé a ordenar cosas, limpiar y demás tareas, pero lo tuve que dejar todo a medias, porque lo único que me apetecía era ir a casa de la señora Mercedes a contarle toda mi aventura en Nueva York y a llevarle los dulces y la mantequilla de cacahuete tamaño industrial que le compré en un supermercado en Williamsburg, cerca del apartamento de Alejandro. Cuando abrió la puerta parecía más cansada y un poco más mayor, pero me dije que debían de ser paranoias mías. Me abrazó muy fuerte y tuvo que echar mano de ese pañuelo de tela que siempre llevaba en el bolsillo, que tenía bordadas las iniciales de su marido, para secar un par de lágrimas.

—¡Señora Mercedes! ¡No llore!

—No me hagas caso, hija. Las viejas lloramos por todo. Y suspiramos «Ay, Señor» constantemente. ¿No te acuerdas o qué?

Y la abracé porque hasta cuando se ponía regañona era una de mis personas preferidas en el mundo. Y siempre olía como lo hace alguien a quien quieres…, a cosas bonitas como lavanda, jabón y comida casera. Me lo preguntó todo, hasta con qué podía combinar la mantequilla de cacahuete. Que si Nueva York era muy grande, que si había visto a algún famoso, que si había efectivamente camareros o te lo tenías que servir tú todo, si de verdad brillaba todo tanto. Y se lo conté todo, claro, excepto la manera en la que Alejandro tenía pillada la medida de mi cuerpo para hacerme temblar y gritar de alivio después. Tenía una edad en la que una no puede ir cogiendo sofocos…

Traté de volver a la normalidad muy feliz…, esa es la verdad, pero la felicidad se fue derrumbando poco a poco hasta que me di cuenta de que era imposible mantenerla. Los primeros días me mantuve muy ocupada para no acordarme de Alejandro. Así que lijé el marco de una puerta y lo pinté, quité las manchas de las paredes y volví a pintar algunas zonas, cociné una barbaridad y congelé toda una colección de tuppers ordenados según contenido. Cuando me di cuenta de que ni con esas… descubrí que Alejandro no era el único «mal» que me aquejaba. Son cosas de las que una no puede huir por más que le pese. Cuando menos te lo esperas el susto te coge por sorpresa y, hala, infarto de miocardio emocional. De esa manera fue. Una mañana me levanté, descubrí que mi huerto estaba casi yermo y me senté sobre la tierra a lloriquear, dándome cuenta de que ya no había rutina que retomar porque una parte de mí se había quedado por el camino. Lo dicho… de ese tipo de viajes una nunca vuelve entera.

Llamé a Alejandro sin mirar el reloj ni pensar que allí eran las dos de la madrugada; casi le provoqué una angina de pecho. Cuando se recuperó del susto no pudo más que reírse y decirme que no debía alarmarme y que todo sonaba de lo más normal…, había encendido el interruptor.

—¿De qué interruptor me hablas? —pregunté confusa.

—Cariño. El cuerpo te pide más. Es normal.

—¿Quieres decir que esto ya no me llenará jamás?

—No lo sé, pero no te preocupes; lo que venga, vendrá.

Y ese era el quid de la cuestión. Había activado un interruptor de cambio de vida y todo mi mundo esperaba, conteniendo el aliento, a que ese cambio, efectivamente, se produjera. No había más.

30

Se nos hizo demasiado cuesta arriba. Me puse muy intensa con lo de que la casa me parecía demasiado grande y demasiado vacía y viendo que después de reactivar la página web no entraban reservas, decidimos adelantar su llegada a España. Sí, ese viaje normalmente relámpago en Navidades iba a convertirse en algo más de un mes en el que aprovecharía para hacer algunas cosas en España. Supongo que Rachel debió de jurar en hebreo cuando él le pidió que lo arreglara todo y sí..., supongo que también se acordó de mi madre y maldijo el amor, que a veces no hace muy buenas migas con los negocios. El plan establecido era encontrarnos en Madrid a mediados de noviembre. Ahora ya no podíamos pasarnos cuatro meses sin vernos. Ahora nos queríamos, ahora teníamos una relación, ahora me debía toda una noche haciéndome el amor sin desfallecer. Alejandro Duarte me quería. Qué fuerte, chata.

Cuando le conté a la señora Mercedes lo que me estaba pasando, me aconsejó marcharme unos días a mi piso en Madrid.

Un poco de trajín social me iría bien, me dijo, aunque no era consciente de que mi vida social allí implicaba mucha comida a domicilio y películas en DVD. Pero quizá tenía razón. Me convenció, claro, pero me pidió que la llamara para ir contándole qué tal. Le prometí llevarla allí alguna vez.

—Hay una confitería donde hacen unas lenguas de gato para morirse del gusto.

—Tráeme unas pocas cuando me eches de menos y vuelvas.

No sé por qué me dio tantísima pena aquella contestación. Estoy segura de que ella creía que yo no volvería...

Me senté a ordenar mis ideas, eso sí. Quizá no era tan malo dejar la casa en invierno y volver sobre el mes de marzo o abril. Lo adecentaría todo y empezaría la temporada alta con ganas renovadas. Refrescar a la Maggie campestre y hacer que pudiera convivir con la otra, con la cegada de ilusión y rejuvenecida que tenía ganas de hacer más cosas.

Alejandro tenía mucho trabajo por esa época, así que esperaríamos a finales de septiembre para volver a vernos cuando terminara la semana de la moda en Nueva York. ¿Cuánta vida de pasarela le quedaba? ¿A qué edad se jubilan los modelos? Esperaba que a los treinta y tres. Y una vez jubilado, Alejandro vendría a la isla y seríamos superfelices allí... ¿Sí? Humm. Algo fallaba en aquella ecuación y no éramos ni Alejandro ni yo. Era la isla. ¿Cómo podía ser? Pero ¡si era mi hogar! En eso se habían quedado todos los miedos que sufrí en Nueva York... en dos Maggies contrapuestas que peleaban por su espacio.

—Es lógico, Maggie, todos sabíamos que lo de la isla no era una medida permanente. Fuiste a mejorarte, a ordenar tu vida y ya lo has hecho.

—Pero aquí era feliz.

—Pues ya no lo eres.

No. No debía haber llamado a mi hermano Andrés. Debería haber llamado a alguna amiga que me comprendiera, pero la única que tenía se llamaba Mercedes y le hablaba de usted.

El día 15 me preparé y volví a Madrid. Decidí quedarme un tiempo. En la isla refrescaba y ya no podía andar descalza y… mi huerto había muerto. No podía estar gastándome tanto dinero en ir y volver. Cerré de nuevo la página de reservas hasta nuevo aviso, con el corazón encogido como siempre que uno toma decisiones sin saber si tendrá que arrepentirse de ellas en el futuro.

Cuando llegué me afané en convertir mi ratonera en nuestro nidito de amor. Ordené percheros, organicé ropa y envasé al vacío muchas cosas para que cupieran debajo de la cama en unas cajas maravillosas que encontré en un bazar chino. Además de un montón de espacio que no sabía que tenía, descubrí un mensaje en el contestador. Era Irene, la chica que me había salvado de mí misma llamándome mala copia de Lindsay Lohan. Me decía que seguía viviendo en Madrid, que tenía vacaciones como en goteo y que le iba a ser imposible por ahora visitarme a la isla, pero que llamara si iba por Madrid y tenía ganas de hablar.

Descolgué el teléfono y la llamé enseguida; estaba desesperada por tener una amiga allí y recordé lo bien que lo pasábamos cuando aún era medio normal y salíamos a tomarnos una copa a algún sitio mono. Irene era una buena chica y me lo había demostrado años atrás y yo… tenía demasiadas ganas de hablar con alguien de todo lo que me había pasado desde abril.

Se alegró de escucharme y yo de tener la posibilidad de retomar nuestra amistad. Quedamos en encontrarnos en una cafetería del centro, el Café de la Luz, un rincón precioso y mágico de Madrid que casi había olvidado. No pude ponerme más nerviosa. Quería parecerle normal y recuperada, por lo que pasé mucho tiempo delante del armario, tratando de decidir con qué tendría mejor pinta. No es que tuviera la intención de arreglarme demasiado, pero tampoco se me ocurrió acudir con un vestido de los que la señora Mercedes me cosía. Al final me puse vaqueros pitillo de Fornarina, unas bailarinas de Chanel y un jersey de cuello alto negro de Asos. Y cuando llegué a la cafetería, me senté en una mesita a morderme las uñas. Unos cinco minutos después de la hora convenida entró en el local, buscándome con la mirada. Irene no era una mujer guapísima, pero era terriblemente magnética. Podía a duras penas meterse en una talla 42 pero se cuidaba muchísimo para no subir de ahí. Decía que el día que lo hiciese se quedaría en paro. Eso tenía en común con Alejandro.

A pesar de no estar dentro de los cánones de belleza de la industria de la moda, tenía un novio guapísimo que había conocido en una tienda de licores a punto de cerrar. Irene hizo algún comentario sarcástico de los suyos en voz alta y Fede, su actual chico, la miró de reojo. Los dos iban a una fiesta y necesitaban algo para no llegar con las manos vacías. Entablaron conversación, se dieron los teléfonos y esa misma noche quedaron en verse después de las fiestas…, ya hacía cinco años que vivían juntos.

Cuando me localizó en un rincón, sonrió. Buena señal. Al menos no iba a decirme que tenía pinta de ser Helena Bonham Carter de resaca. Me levanté para saludarla y me sorprendió dándome un sentido abrazo tras el que nos sentamos. Pedimos un cappuccino y nos quedamos mirándonos sin saber muy bien cómo empezar.

—Estás guapísima —murmuré agradecida por su muestra de cariño.

—Eso es que tú siempre me miras con buenos ojos.

—No, es verdad, estás guapísima. Brillas. Pero… venga, ponme al día, por favor —le dije.

—Te resumo: sigo currando en lo mismo, donde me explotan por poco más que un cuenco de arroz; sueño de manera recurrente con que mato a la editora jefe; se han puesto de moda los colores flúor; sigue la amenaza de que vuelvan los ochenta y estoy embarazada.

—¿¿Embarazada?? —Abrí un montón los ojos.

—Lo que oyes, colores flúor.

Las dos nos reímos y me levanté a abrazarla.

—Enhorabuena. Fede debe de estar...

—A Fede se le cae la baba. Ya veremos cuando no me vea ni los pies... —dijo tocándose el vientre.

—Estás estupenda.

—Ya lo sé. Mi jefa no opina lo mismo, pero que le den por el culo.

—Pero dime... ¿de cuánto?

—De muy poco. ¿Pilila o centollo? Misterio misterioso. Ahora te toca a ti —me dijo—. Salta a la vista que tú no estás embarazada.

—A ver... —Miré hacia el techo, como si estuviera haciendo memoria—. Fui una imbécil, me volví loca, me retiré a una isla, monté una casa de huéspedes, conocí a Alejandro Duarte y me enamoré de él.

Dejó caer la cucharilla del café sobre el platito.

—No bromees con estas cosas...

—No, no bromeo —suspiré—. Por Dios, no se lo cuentes a nadie de la revista. Tenemos suerte de que no les interese la vida privada de Alejandro... al menos por ahora. Pero es que necesitaba confesárselo a alguien. —Cerré los ojos y apoyé la barbilla en mis manos entrelazadas.

—¿Estás saliendo con Alejandro Duarte?

—Sí. Supongo que sí.

—¿Cómo? No es que tú no... pero, joder, ¡él! Hostias, Maggie, que no te siente mal pero es un divo...

—Es un tipo de lo más normal. Te lo prometo —sonreí como una boba al acordarme de él.

—Tienes razón, es el Dios hecho hombre más normal del mundo.

—No sabía ni quién era cuando me enamoré de él.

—¡Estás de coña! —se rio en una carcajada.

—Me desenganché de *Vogue, Elle* y *Vanity Fair* entre otros vicios.

—¡Imposible!

—¡Lo hice! Ahora he vuelto a caer. —Hice un mohín—. No recordaba que las revistas fueran tan caras.

Dio un sorbo a su café.

—No es que desconfíe de lo que me estás contando, pero... ¿cómo es que no te he visto en ninguna revista de cotilleo?

—Supongo que aquí en España la vida privada de Alejandro tampoco interesa demasiado. —Me encogí de hombros.

—Cuéntame más.

—¡Es que no quiero que parezca que presumo! —Cogí la taza, calentándome las manos que tenía heladas.

—¡Tienes que presumir! ¡Y yo quiero información sustanciosa!

Me sonrojé.

—Me da igual quién sea, ¿sabes? Es simplemente genial. Es la primera vez que me enamoro así en toda mi vida.

—Pero, por Christian Dior, cuéntame cómo pasó todo.

Sonreí, suspiré y empecé con mi historia en versión reducida, claro. Por fin iba a poder contarlo y desahogarme de todas aquellas emociones. Irene asentía, abría los ojos de par en par, daba palmaditas y decía: ohhhhh, de vez en cuando. Una vez terminé respiré hondo y caí muerta sobre la mesa.

—Espectacular —dijo.

—Júrame que no lo contarás —supliqué.

Esperaba que Irene siguiera siendo la chica que recordaba. Estaba falta de amigas y empezaba a ver claro que iba a confiar en ella total y absolutamente.

—No lo contaré, pero, Maggie, es Alejandro Duarte..., acabarás saliendo en *Cuore*.

—¡No jodas! ¿Tú crees que eso le interesará a alguien?

—Por Dios. ¡Claro! —se rio—. Y la mitad de las españolas te odiará a muerte por estar calzándote a semejante macho. Analizarán lo quemadas que llevas las puntas del pelo o si dejaste un par de pelillos por depilar en tu bigote.

—Pero ¡qué horror! —Me llevé la mano al labio superior.

—¿No compensa? —y al decirlo arqueó con ironía sus cejas perfectamente depiladas.

Sonreí.

—Claro que compensa. Pero es que... somos como de dos planetas diferentes. Él de «Villa buenorro» y yo de «Normalita del burgo»

—Maggie, lucero, ¿tú te has mirado? Siempre has sido una monada. Además, habrás estado... ¿cuántos? ¿Dos años perdida en una isla del Mediterráneo? Pero seamos sinceras: tienes una estilista y personal shopper cruel y perfeccionista dentro. Él es modelo. No me parece que seáis de planetas tan diferentes.

—Quizá tengas razón.

—No. Quizá no. La tengo. Ahora lo único que tiene que preocuparte son los viejos vicios.

—Lo sé. —Y agaché la cabeza avergonzada.

—Las fiestas mugrientas, la gente chunga, los vestidos caros...

—Ya lo sé. Pero, créeme, no creo que vuelvan a tentarme.

Irene sonrió dándome una palmadita en la mano.

—Si vas a volver por aquí puedes llamarme cuando quieras.

—Ni siquiera sé si quiero volver a trabajar de eso..., no sé.

—Dale una pensada. Háblalo con él.

Quizá era verdad, quizá no éramos de dos mundos distintos. Esas cosas son tonterías que una pareja de verdad debe atreverse a plantear. Y aunque lo fuésemos, ¿no podía el amor con todas esas cosas?

III PARTE

DEL MISMO (COCHINO) MUNDO

31

El reencuentro fue emocionante, como el de todas las parejas recientes que se han tenido que separar durante unos días a la fuerza. Alejandro cargaba una bolsa de viaje en el hombro y sonreía y conforme nos acercábamos al otro, los labios se humedecieron, el corazón se desbocó y un cosquilleo fue creciendo en el estómago. Me sentí como una cría; no hay que subestimar esa sensación porque no se trata de rejuvenecer sino de quitar la sábana con la que tapamos ese tipo de ilusión cuando crecimos. Es liberador saber con certeza que las terminaciones nerviosas de nuestro cuerpo siguen siendo capaces de experimentar ciertas emociones como la primera vez. Salté a sus brazos y él tuvo que soltar la bolsa para poder cogerme. Su mano enorme se internó entre mi pelo y me besó en la frente, en la sien y en los labios.

—Te quiero —y al decirlo cerró los ojos y tragó.

Sé que Alejandro empezó entonces a darse cuenta de lo que significaba haberse enamorado; tantos años buscando sentir algo significativo y ahora que se había topado con ello... fue consciente de que la vida se le complicaba. Así es. Querer soluciona la soledad, pero entorpece la existencia porque anula el instinto de supervivencia, aviva el placer de hacernos daño y multiplica los problemas. Vaya..., perdonad la crudeza de las palabras, pero siento que en esa glorificación del amor que encontramos en todas partes se les olvida la cara oscura, la que nos hace a veces peores personas porque despierta nuestros temores más antiguos. El amor nos hace capaces de las mejores y de las peores cosas, tengámoslo claro.

Alejandro no tuvo oportunidad de ver mi piso cuando entramos, porque lo hicimos con la boca entreabierta pegada a la del otro, las lenguas juguetonas y las manos muy concentradas en desnudar al otro. Casi había olvidado la sensación de pegar mi mejilla a su pecho y dejarme hacer. Casi había olvidado lo que significaba el sexo si él dibujaba las letras que lo componían en mi piel. Mi cama chirriaba un poco y nos puso la banda sonora, acompañando cada empellón de sus caderas. Yo, abierta a él, agarrada al cabezal, gemía y susurraba cosas sin sentido porque el cuerpo se me había vuelto loco y necesitaba cada conexión neuronal para asimilar el placer. Cuando se dejó ir, apretándome, rugiendo... yo ya estaba más allá del Nirvana. Y al besarnos después sellamos aquella relación.

Era extraño salir con alguien más o menos conocido porque para mí era sencillamente Alejandro, pero cada persona que lo había conocido a través de una fotografía, un desfile, publicidad... se había creado una imagen sobre él que, por muchos puntos en común que tuviera con la mía, no era la misma. Y descubrías que no existía solamente el Alejandro que tenía cosquillas en el cuello o que bebía café hasta la extenuación. Estaba también el serio, que posaba con la mandíbula apretada delante de una cámara; el dulce, al que le encantaban los niños; el decidido, cuando se acercaba a un paparazzi, le daba la mano y le ofrecía posar para una foto a cambio de que nos dejase cenar en paz. Todos eran el mismo y todos eran reales, pero a muchos solo los conocía de vista. Y es que la primera vez que entré en un restaurante madrileño con Alejandro me di cuenta de verdad de que estaba saliendo con alguien conocido. Muchos miraban sin saber dónde ubicarlo. ¿Era actor? ¿En qué serie salía? ¿Dónde lo habían visto? ¿Ese no era el exnovio de Jennifer López? Cosas así.

Las mujeres solían acertar. Se acercaban sigilosamente de una en una, casi siempre animadas por un grupo que les guardaba las espaldas.

—Hola, perdona que te moleste pero… llevamos un rato mirando y… ¿eres Alejandro Duarte?

Él sonreía y asentía.

—¿Puedes hacerte una foto con nosotras?

—Claro.

Entonces dejaba la copa en la barra y caminaba hacia ellas con sus eternas piernas. Luego volvía sonrojado y yo me sorprendía de que siguiera sintiendo aquella vergüenza cuando todas aquellas chicas habían tenido oportunidad de verlo completamente desnudo en un reportaje que, sí, con el tiempo busqué y que también disfruté página a página. Alejandro era tímido. Un modelo que de vez en cuando tenía que decir en una sesión de fotos, «que nadie mire, por favor», aunque pocas veces lo conseguía. Un chico que quería ir al cine, pasar un domingo tirado en la cama en pijama y comerse una hamburguesa con remordimientos, porque le costaría el doble de ejercicio sudarla al día siguiente. Y yo la chica que se había enamorado de él.

No tardamos en salir en varias revistas de cotilleo. Ya había firmado el contrato para ser la nueva imagen de Chanel y protagonizaría su anuncio estrella para las Navidades del año siguiente, lo que le dio más caché al asunto. El chico de actualidad en el panorama de la moda era español. Era cuestión de tiempo que acabaran interesándose por su vida sentimental. Nos fotografiaron entrando y saliendo de mi casa, en una tienda en la calle Serrano, acudiendo al restaurante El Mar (si no lo conocéis, os lo recomiendo), cerca del Paseo de Recoletos, cogiendo un taxi... Al principio era divertido leer las historias que se inventaban. Primero decían que era una amiga de sus hermanas, después que me había conocido en uno de sus viajes de trabajo. Hasta que descubrieron quién era yo pasaron dos meses en los que semana sí, semana no, publicaban algún tipo de información sobre nosotros. No éramos portada, pero allí estábamos.

Alejandro me advirtió de que un día dejaría de ser divertido y ese día llegó cuando una de las revistas publicó unas fotos nuestras saliendo de una cafetería. No sé si es que me habían pillado en un mal día, si estaba en una postura demasiado relajada o lo que se había relajado era mi alimentación. Quizá me había pasado con la cerveza. La cuestión es que parecía que estaba embarazada de tres o cuatro meses.

Mi madre me llamó llorando, gritando que no podía explicarse cómo se tenía que enterar por una vecina, cómo no había tenido la decencia de avisar. Antes de que pudiera contarle la verdad siguió increpándome por no haberle presentado todavía a Alejandro, por ir con él por ahí como si no tuviera familia, por no decirle que quería tener un bebé o que no quería tenerlo y que había sido un error de cálculo.

—¡¡Nunca he sido una de esas madres que se harían el harakiri, Maggie!! ¡No te iba a desahuciar por ello! ¡Creía que confiabas en mí!

—Mamá, por favor, no hagas caso a las cosas que te digan las vecinas ni las revistas ni nada por el estilo. No estoy embarazada.

—¿Y la foto?

—Pues en la foto salgo fatal y punto, mamá. No te voy a hacer abuela. Te lo prometo.

—Creí que…

—Ya sé lo que creíste, pero fíate de mí. Es una mala foto y no volveré a ponerme ese jersey en la vida.

—Es que… ¡no me gusta que salgas con alguien así! ¿No podías haberte buscado un abogado, un notario o algo por el estilo?

Puse los ojos en blanco, ¿qué más podía hacer? Conformarme. Nunca llovía a gusto de todos.

Con quien me eché unas risas fue con la señora Mercedes, que me llamó para preguntarme cómo llevaba el embarazo. Quise enfadarme con ella, pero no pude. Terminé echada en mi sillón orejero llorando entre carcajadas mientras ella hacía leña del árbol caído y se metía con mi jersey.

—Eso te pasa por no llevar uno de los que te hice yo —sentenció—. Esos sí que te hacen buen tipito.

Y yo la eché tanto de menos…

Pero por más que añorara mis rutinas en la isla, a la señora Mercedes o a tener sitio para cocinar de verdad, empecé a retomar mi vida en Madrid de forma progresiva y de pronto estaba tan a gusto que me planteé quedarme allí una temporada. Se lo conté a Alejandro y al final terminó encogiéndose de hombros, sentado en el sillón de mi sala de estar/salón/dormitorio/vestidor. Me hacía gracia verlo allí porque parecía un gigante sentado dentro de una casa de muñecas.

—No sé, Magdalena. Es una decisión muy importante; no la tomes a la ligera —contestó haciendo como si hojeara una revista.

—No sería para siempre. La idea sería volver en primavera a la isla.

—Ya sabes que a finales de enero, en febrero y en marzo estoy hasta arriba. No estaré aquí.

—Lo sé. Por eso. No quiero estar allí sin hacer nada más que esperarte.

—Antes no formaba parte de la ecuación y vivías feliz allí. No quiero que tengas que cambiar por mí. No quiero limitar tu vida.

—No limitas nada. Es una decisión personal.

—Vale. Entonces, ¿quieres retomar tu trabajo aquí?

—No lo sé. Me quedaré y lo pensaré.

Había algo que me decía que Alejandro no estaba muy de acuerdo con la idea de que volviese a trabajar en Madrid. De vez en cuando me dejaba caer que me podía presentar a tal o cual contacto y empezar a hacer cositas en Nueva York. Tampoco le parecía absurda la idea de hacerlo en Barcelona.

—Puedes estar en casa de tus padres. Lo tendríamos más sencillo para vernos cuando volviera y tu familia se quedaría más tranquila.

Era fácil deducir que para Alejandro el problema radicaba en que no estaba del todo seguro de que no volvieran a tentarme los fantasmas de mi vida anterior. Quizá sospechaba que los estímulos que tendría al volver a vivir en la ciudad en la que había perdido el norte podrían devolverme a un mal camino que había conseguido dejar atrás; o quizá no quería que me encontrara con recuerdos rancios. Pero sentía que todo aquello estaba más que superado; mi pasado superficial, frívolo e insustancial estaba más que enterrado. Sobre las fiestas, las drogas y la mala vida…, ¿qué decir? Ese fantasma estaba mucho más que vencido. Así que, en lugar de montar una escena como hubiera hecho años antes, decidí demostrarle con actos (que son amores y no buenas razones) que era una persona adulta y sana.

Conocer a Irene ayudó a que se tranquilizara; lo hice conscientemente. Quería que comprobara que podía tener relaciones sanas con gente del pasado. ¿Por qué de pronto me importaba tanto que Alejandro estuviera seguro de que era capaz de retomar mi vida en Madrid de forma sana? Bueno…, siempre fui alguien dependiente de la opinión de los demás. Tenía mucho camino por delante y la vida me enseñaría que era posible amar sin depender, que era posible derribar las barreras psicológicas y seguir sintiéndose cerca del otro. Entregarse a una relación, a una persona, a un sentimiento no implicaba desaparecer, fundirse en el otro y crear un ente nuevo con nuestra persona y la suya, sino integrarse. El amor sano es una suma de dos, en la cual nadie pierde. La adicción afectiva es una enfermedad que tiene cura pero yo aún no lo sabía, como muchas otras cosas.

Volviendo al tema… Irene y Alejandro se cayeron muy bien desde el primer momento. Hubo química entre ellos dos; no como la que teníamos nosotros, sino en el sentido de poder ser buenos amigos en el futuro. El hecho de que ella no babeara al verlo ayudó bastante.

Alejandro acudió a buscarme a la cafetería donde estábamos las dos y al final acabó sentándose y pidiéndose otro café.

—Te va a dar un infarto un día de estos —le dije acariciándole el antebrazo.

—Es que considera que tomo mucho café —le explicó a Irene.

—Yo también y sigo viva —contestó restándole importancia.

—¿Ahora te dejan tomar café? —dije sorprendida viendo su panza creciente.

—Pues algún descafeinado, pero lo huelo y parece que recuerdo a qué sabía el de verdad —sonrió Irene acariciándose la barriga—. Empecé a hacerlo para mantener el hambre a raya.

Alejandro levantó una ceja.

—¿Te pusieron a dieta por el embarazo? —le preguntó dándole vueltas a su sobrecito de azúcar.

—No. Antes del embarazo. Mi jefa considera que estoy gorda y se pone de un pesado…

—¿A qué dijiste que te dedicabas? —preguntó muy sorprendido.

—Soy periodista. Escribo para *Fashion and Art* desde hace…, no sé, dos siglos.

—¿Y hace comentarios sobre…?

—Sí, sobre mi peso, mi culo, el tamaño de mis brazos o mis gemelos… —Irene puso los ojos en blanco—. Supongo que si un día llegara con la exclusiva de que Coco Chanel ha resucitado de entre los muertos y va a concederme una entrevista dejaría de acosarme, pero mientras tanto o hago oídos sordos o me pago una lipoescultura, no hay más. Esa señora es una rancia superficial y punto.

Irene tenía un alucinante sentido del humor con el que enfrentarse a las cosas que la agobiaban y preocupaban. Yo en su lugar le hubiera puesto una denuncia por *mobbing*, trato vejatorio o algo similar, pero ella aguantaba con la esperanza de que un día su trabajo valiera lo suficiente para sus jefes como para que pudieran dejarla en paz… a riesgo de que esas personas no solían cambiar.

—Y lo cierto es que voy a utilizar esta cita contigo para dármelas en la redacción, espero que no te importe. Tienen una foto tuya enorme en el tablón con las órdenes del día —siguió diciendo.

—¿Desnudo? —pregunté yo.

Irene asintió.

—Te hemos tapado…, ya sabes, la picha. Dos o tres compañeras se sentían cohibidas.

—Oh, Dios… —Alejandro se tapó la cara—. Me quiero morir.

—Ay, calla, calla. Déjate de lo de morirte. La editora te tiene…, buff…, dice que eres el hombre más increíble que ha visto en su vida… —Lo miró sonriente—. Trató de entrevistarte en Nueva York el año pasado, pero no pudo. Y me alegro por ti. Es una petarda.

—Quizá, si le interesa una entrevista... podemos apañarlo a nuestra manera —dijo él sin mirarla pero con una sonrisilla maligna.

—¿Cómo? —pregunté yo.

—Que… —se aclaró la voz— si sirve para que esa tía deje de acosarte, puedes decirle que has conseguido una entrevista conmigo. Pero me la haces tú.

Irene abrió la boca exageradamente.

—¿De verdad?

—Claro —sonrió—. Algo muy… informal, ¿vale?

—Claro, claro. Llamo a…

—Toma. Llama a Rachel Simons. —Le tendió una tarjeta—. Es mi representante. Chapurrea español, pero para conversaciones que no sean sobre fiesta, siesta o sangría, mejor en inglés. Dile que te lo he dicho yo; lo de la entrevista, no lo de la sangría —se rio abiertamente—. Habláis de fotos y de lo que queráis; así suena todo como mucho más profesional y esa editora tuya se tendrá que callar la boca. Estaré en Madrid hasta mediados de diciembre. Luego me marcho a Tarragona. Pero antes, cuando quieras.

La entrevista salió en el número de enero anunciada a lo grande en portada. Era la primera vez que Irene conseguía algo así y casi lloró de emoción. Rachel había llamado a la redacción de la revista para decir que Alejandro solo lo haría con Irene y ella, en ese mismo momento, recibió la envidia y admiración de toda la plantilla, incluida su editora jefe.

—¡¿Puedo acompañarte?! —dijeron muchas voces a la vez.

—Lo siento, chicas, pero hablé con Alejandro anoche y fue muy claro en ese tema. Él y yo solos.

La entrevista se hizo en mi casa pero Irene lo falseó y contó, en una redacción impoluta y extra elegante, que se habían encontrado en Ramses, un restaurante muy de moda en Madrid en aquel momento. Creo que Irene consiguió a cambio de la publicidad un par de cenas gratis para ella y Fede. Habían tomado canelón de carabineros, solomillo de Vaga Gallega y de postre, un plato compuesto por piña, coco fresco y helado de piña asada. A mentirosa no la ganaba nadie. ¡Qué tía!

Crearon una atmósfera intimista que encantó a todo el mundo, porque no tuvo nada de típica. Hablaron sobre la parte más frívola y somera del mundo de la moda y las absurdas presiones que produce en la gente. Alejandro expuso con sobriedad que la pasarela, la publicidad y todo lo que la envolvía era una maquinaria bien engrasada que, en el fondo, vendía humo. Ser modelo no tenía más mérito que otra profesión. Él, decía, pasaría de moda y llegaría otro y tendría que dedicarse a otra cosa. Desnudó de poesía su trabajo con gusto y casi placer pero de manera que nadie pudiera sentirse ofendido. Habló de sus rutinas, de su desnudo, de mí y de sus planes.

«Nunca he prostituido mi vida privada en pro de la profesional. Sí es cierto que vendí un desnudo muy controvertido, pero con mi vida soy mucho más reservado que con mi cuerpo. Soy muy celoso con ella. Cuando Celine y yo salíamos juntos todo era un circo que al final nos sobrepasó. Eso es justo lo que me enamoró de mi actual pareja y no me importa decirlo. Ella conoce de qué va este mundo, no se sorprende, a pesar de que tenga sus reservas. Me encantó que para ella supusiera un inconveniente que me dedicase a esto y no al contrario. (…)

Quiero pararme a pensar qué voy a hacer cuando todo esto acabe, porque un día me bajaré del tren en el mejor de lo casos. En el peor alguien me tirará a empujones. De todas formas es algo que ni a mi pareja ni a mí nos preocupa demasiado; sucederá y ella estará allí para ayudarme a que me apee».

Y esa ella... era yo.

32

Alejandro no entendió por qué, mientras él volaba a casa de sus padres, no hacía lo mismo para ver a los míos. Y como yo tampoco comprendí (con cierto resquemor) que se marchara para verles estando tan cerca las Navidades y no se quedara conmigo, me enfurruñé y preferí quedarme en mi casa, donde había redescubierto un rincón solo para mí y donde podía hacer lo que me placía sin preocuparme de que mi madre me pusiera de vuelta y media por levantarme a las once o mi padre exigiera que empezara a tomar decisiones. No tenía ganas de que nadie me mareara, esa era la verdad… y sabía el motivo: cuando uno no tiene muy claro hacia dónde va y está dando palos de ciego, que los demás le digan que tiene que apurarse a encontrar su camino… no mola mucho. Aunque a veces sea necesario. En su momento no entendí por qué Alejandro insistía tanto en que fuera a ver a mis padres pero ahora, con todo ya pasado, me doy cuenta de las miradas suspicaces, los comentarios estudiados y las primeras tiranteces. Había activado un interruptor que encendía un lado muy determinado de mi psique. Y las idas y venidas entre Tarragona, Madrid, Barcelona y la isla me mareaban un poco más de la cuenta.

Alejandro pasó unos días en familia mientras yo, rodeada de ambiente prenavideño y muchas luces, me dedicaba a acercarme con cautela a lo que fue mi mundo antes de aquellos dos años de paréntesis. Mientras él le daba vueltas sin parar a la cabeza yo estaba ociosa. Rabiosamente ociosa. Me paseaba por mi pequeño estudio, me sentaba, hojeaba una revista, marcaba las cosas que me gustaban, apuntaba un par de ideas peregrinas y salía a la calle a mirar tiendas, a comprar plumas, botones desparejados y demás basurilla con la que hacer tocados y diademas. De algún modo, echaba de menos cosas de la isla, como mi cocina, donde podía amasar, guisar, hornear… y a la señora Mercedes que siempre tenía tiempo para mí. Cuando volvió Alejandro y quiso que pusiéramos en común nuestra agenda para cuadrar los días que le quedaban allí y las Navidades, me sentí aliviada de tener algo que hacer. Me encontraba sin un rumbo fijo, perdida de algún modo; quería quedarme en Madrid con la misma intensidad que deseaba volver a la isla. Sabía que quería a Alejandro a mi lado, nada más. No sabía si Madrid, Barcelona, la isla, Nueva York; personal shopper, dueña de una casa de huéspedes, algo nuevo… Se sumaba la angustia con la que amenazaba la idea de la soledad. Si había conseguido ordenar mi vida gracias a ella… ¿por qué de pronto me daban ganas de arañarme al imaginar el eco de la casa vacía en la isla?

Sospechar que todos opinarían que debía volver a lugar seguro me empujaba hacia la dirección contraria por un mero gesto de insurrección muy típico de mi peor época. Y ver a Maggie la loca asomar la patita me asustó tanto que, impulsivamente, deduje que todos tenían razón excepto yo.

—Creo que, definitivamente, debo volver a la isla —anuncié en el AVE de camino a casa de nuestras respectivas familias el día de Nochebuena.

Alejandro chasqueó la lengua contra el paladar y me preguntó el motivo por el que de pronto estaba tan segura:

—Creía que era lo que todos queríais —exclamé confusa.

—A ver, Maggie…, no tienes que hacer lo que los demás queramos que hagas. Te damos consejos porque tú los pides y te queremos, pero tienes que tomar tus propias decisiones. Lo nuestro no va a cambiar porque decidas una u otra cosa. Solo… cambiarás tú y tienes que buscar que ese giro sea para ser más feliz. Es normal que quieras sentirte realizada; no te castigues por querer encontrar tu camino. Has pasado mucho. Ahora… no estás sola. Solo… no te precipites.

Hablé de ello con mis padres, pero como esperaba, me agobié al hacerlo. Todo eran opiniones y recomendaciones, sugerencias y «lo que yo haría es…». No me gustó y, paradójicamente, me sentí más sola que cuando decidí marcharme a la isla a emprender por mi cuenta. La soledad no depende de la cantidad de gente que te rodee, eso está claro. Así que volví a Madrid en cuanto tuve oportunidad con la excusa de que Alejandro tenía mucho trabajo y quería aprovechar para estar con él todo el tiempo posible. Lo llamé de camino a casa para confesarle que regresaba a Madrid antes de lo planeado. Él cogió el AVE de vuelta a la capital al día siguiente y decidió quedarse conmigo hasta que tuviera que prepararse para París a finales de enero.

Ahora veo que el desequilibrio volvió entonces, empezando poco a poco, como pequeños seísmos que casi pasan desapercibidos pero que presagian un desastre mucho más grande.

Alejandro me enseñó muchas cosas sin pretenderlo. No digo que estuviera todo el día moralizando o que se convirtiera en Platón para compartir sus enseñanzas. Pero aprendí con él algo de la independencia. Cuando estábamos juntos lo estábamos al cien por cien, pero eso no quería decir que no se hicieran más planes. Él tenía que trabajar y quería que yo saliera, socializara y volviera poco a poco a una normalidad a la que no sé si algún día pertenecí. Así que mientras él veía a contactos de trabajo o salía a tomar una cerveza con algún colega, yo me daba cuenta de que esa primera dependencia que construí al principio... no iba con él. Ni conmigo. Y el mundo se empezó a volver más complejo, pero también más real. No tenía sentido encerrarse en una cárcel de cristal y sentarse a observar lo que pasaba fuera porque lo que no me hacía daño tampoco me permitía sentir.

Con la independencia y la vuelta al ritmo de vida de la capital, retomé algunas malas costumbres: volví a fumar. Y no fue algo que me planteara... simplemente fui un día al estanco y pedí un cartón de mi marca preferida. Alejandro no pudo esconder que ese pequeño acto, ya no de rebeldía, sino de retroceso, le molestaba. Un día entró en mi piso con una copia de mis llaves y me encontró fumando delante de un cenicero rebosante de colillas. Llevaba todo el día esperándolo y fumando mientras él se reunía con alguien en un *showroom*.

—¿Has comido? —me preguntó sin un «hola» ni «¿qué tal?» previo y en tono bastante hosco.

—Sí. ¿Por?

—Porque tienes pinta de haberte pasado todo el día ahí sentada fumando y esto parece una cámara de gas.

Vale, con el humo habíamos topado. Acepté que le molestaba como también me agobiaba su ritmo de trabajo y sus continuos viajes, pero temí que fuera algo más, que estuviera hartándose de mí y que pasara a ser un estorbo. Todo esto en... ocho meses, cuatro realmente juntos... Me sentía insegura. Era la primera relación que me planteaba con seriedad y él había conocido a muchas mujeres en su vida. ¿Quién me decía a mí que yo fuera realmente distinta? Así que empecé a esconderme para fumar, como una púber que sabe que hace algo que no debería, pero mi piso era muy pequeño; no había demasiada escapatoria, así que cuando me pilló, además de irritado, se sintió confuso.

—¿Crees de verdad que la respuesta es fumar escondida en el cuarto de baño? —preguntó con las cejas arqueadas.

—Yo...

—No es por el tabaco, aunque no puedo negar que no me gusta que fumes. Pero es que... estoy inquieto. Estás cambiando. No sé muy bien por dónde podrías salir mañana. A lo mejor dentro de un mes es algo peor.

Me dejé caer sobre la taza del váter y lo miré con arrepentimiento.

—Lo siento. Soy muy compulsiva..., Me fumé uno y ya... no pude parar. Pensé que lo que te irritaba era el olor y no quise...

Cogió aire y se arrodilló delante de mí con una sonrisa serena.

—Estoy siendo duro contigo, lo sé. Estás buscando tu sitio y no es un proceso fácil. Perdóname. Pero no quiero que te escondas, ¿vale?

Me hundí en su pecho fuerte y percibí su olor a través del tejido de su jersey.

—Te quiero, ¿lo sabes?

—Claro que lo sé. Solo... dime que pedirás ayuda si no estás bien. A la mínima. Aunque te parezca una chorrada. No quiero que te hagas la fuerte ni que te lo calles. Quiero que nuestra vida sea nuestra, de los dos, Magdalena. Para mí esto es serio.

—Y para mí.

—Estás..., estás empezando a ser... —suspiró—. Mi prioridad, eres tú. De verdad. Hagámoslo bien.

Debería estar prohibido querer de la manera en la que lo quería.

—Prefiero estar muerta que hacerte daño.

Hablé también con Irene y a pesar de que me advirtió de que los viejos hábitos no me hacían bien, estaba segura de que no volvería a pasar. Lo sabía. No me afligí.

La señora Mercedes me ofreció, durante una de nuestras llamadas telefónicas, una solución eventual.

—Ven unos días. Toma la decisión sabiendo a qué dices adiós.

Aquello me dio alas y me centré lo suficiente como para tomar la firme decisión de volver a la rutina que me mantenía en calma hasta que Alejandro apareciera. Entre los dos buscaríamos la manera de hacer que lo nuestro y la isla convergieran sin problemas.

Y justo cuando ya pensaba organizarlo todo para volver a la isla, recibí la llamada de un par de antiguas clientas. La concentración se disipó en el recuerdo de lo mucho que me gustaba mi trabajo. Pisé mis planes de futuro de nuevo en mi cabeza. Mi ropa bonita. Mis zapatos. Mi estatus. El orgullo de ser buena en lo mío y saberlo. Una vida llena de cosas que brillaban en la que Alejandro me cogería de la mano como un ancla que me recordara dónde estaba mi puerto. Me cegaron las luces de lo que prometía ser esta vez.

No hace falta que cuente más. Caída libre…, allá voy.

33

El primer día que salí a hacer mi trabajo después de tanto tiempo, Alejandro estuvo a mi lado como la madre que lleva a su hijo al colegio por primera vez. Desde luego así es como me sentía: como una escolar nerviosa. Había decidido instalarse en mi casa mientras estuviera en España, así que estábamos juntos. Sonrió, me abrazó y me dijo que no tuviera miedo de nada. En realidad, aunque era fácil ver que desconfiaba un poquitín de mi capacidad para enfrentarme a los problemas que me habían empujado a marcharme dos años antes, estaba ilusionado con mi pasión. Lo supe en cuanto me vio prepararme; no pudo disimular su sorpresa. Él me había visto trabajar con las manos, amasar, tender, limpiar, hacer camas, fregar… Mi trabajo en la casa de huéspedes me gustaba porque no me permitía pensar en nada más, descansaba mi alma en él y me dignificaba como solo puede hacerlo el trabajo físico. El mío, sin embargo, me apasionaba, me elevaba, me hacía sonreír como solo puede hacerlo alguien que vuela con lo que hace. No era la ropa bonita, el pintalabios potente que cubría mi boca, no eran los bolsos de firma o mi tarjeta de visita. No era la cantidad de dinero que podía ganar si jugaba bien mis cartas y trabajaba con la gente adecuada. ¿Habéis observado alguna vez a alguien hacer algo que le apasiona? Encoge un poco el alma. Roba el aliento. Se siente emocionante casi en primera persona. Y así sonrió Alejandro cuando me vio prepararme. Había olvidado cuánto amaba ese trabajo. No sabía hacer otra cosa. La casa en la isla era genial, pero había sido un parche. Me había hecho feliz, pero ahora tenía que buscar cómo reubicarla en mi vida, como todo lo demás.

Alejandro me ayudó a vestirme, a elegir zapatos y luego, cogiéndome en brazos, me dio un beso fuerte en los labios.

—Hazlo y sé la mejor —sonrió infundiéndome algo de valor.

Y aun así me fui temblando como una hoja.

Cuando volví a casa y le enseñé la factura, Alejandro se rio a carcajadas sentado en el único sillón de la casa.

—¿De qué te ríes? —le pregunté con los ojos llenos de desconfianza.

—¡La coges así, como quien enseña un arma homicida!

—Me siento como si hubiera robado este dinero. ¡No me ha costado nada!

—Es tu trabajo —sonrió con bonanza.

—Pero es muy fácil —me quejé.

—No lo es. ¿Has visto cómo va vestida la gente por la calle? —Un par de sonoras carcajadas despertaron una sonrisita tímida en mis labios—. Si te parece sencillo es porque eres muy buena en lo tuyo. Yo sería incapaz.

Se levantó y me envolvió en sus brazos para besar mi frente después. Me sentí tan en casa y protegida que era difícil no dejar a los miedos marcharse por la puerta de atrás.

—Ahora solo… controla la cantidad de trabajo, ¿vale? Que no sea demasiado. El estrés es… es una mierda.

Era un peligro. Fue lo que quiso decir pero como muchas veces pasa con la gente a la que amamos, no hicieron falta las palabras reales, bastó con el eufemismo. El estrés traería más inseguridad, menos estabilidad, menos horas de sueño y más… necedades. Y no es por dármelas de nada, pero mi futuro profesional a partir de ese día empezó a ampliarse y a brillar. Aquello subiría como la espuma en las siguientes semanas y era entendible. Todas las señoras con dinero querían que las vistiese la novia del chico de moda. En publicidad se llama metonimia de contigüidad. O… algo así.

Volví a sacar toda mi ropa de trabajo, mis cuadernos e hice unas cuantas llamadas. Organicé mi tablón en el piso y programé citas con las siguientes nueve personas que llamaron. A la décima le dije que no podía atender más clientas por el momento, que tendría que esperar.

—Quiero tomármelo con calma —confesé.

—¿Cuánto le pagan las demás?

—No es una cuestión de dinero, de verdad —contesté con amabilidad.

—Insisto. Mejoraré la oferta.

Lo pensé. Solo una temporada. Volvería en abril a mi casita en la playa con mucho dinero en el bolsillo. Las siguientes Navidades podríamos pasarlas en Nueva York o en París o donde nos apeteciera. No tendría que ser él quien pagase cada vez que saliéramos, podría permitirme algunos apaños en la casa como aire acondicionado y calefacción central, además de… algún capricho.

—Bueno…, entienda que para mí es un esfuerzo… —le contesté.

—Sé que es usted sobradamente profesional y que quiere dar el mejor servicio posible pero estoy muy interesada… y segura de que una clienta más no podrá afectar al rendimiento de su trabajo. El doble. ¿Qué le parece?

¿El doble? ¡Pues sí que tenía tirón Alejandro!

—Está bien —fingí decir a regañadientes.

No es que necesitara el beneplácito de Alejandro, era una mujer adulta, pero pensé que no estaría de acuerdo con mi manera de gestionarlo, de modo que se lo escondí. Le escondí que de pronto tenía mucho trabajo, además de cargar con el esfuerzo de ponerme al día. No tenía por qué canibalizar mi vida. Tenía que disfrutar de ella. Tenía que subir hasta la cresta de la ola y divertirme porque esta vez me lo debía; no podía desaprovechar esta segunda oportunidad. No todo el mundo tenía la suerte de poder volver al terreno de juego.

La primera vez que hicimos el amor creí que no podría contener las lágrimas, y nadie me conoce por ser una persona demasiado... romántica. Fue especial de verdad. Nada de palabras vacías o de ponerle el rimbombante título de «amor» a un acto de necesidad física entre dos personas que se atraen. Lo que quiero decir es que no estaba preparada para algo con tantísima carga emocional. Esperaba sexo con cariño, pero aquello fue sencillamente otra cosa. Algo nuevo que no había experimentado nunca porque, quizá, nunca había querido lo suficiente como para traspasar aquella frontera.

Fue perfecto, como solo pueden serlo las cosas que nacen porque sí, sin tener que ser preparadas. Volvíamos de cenar en uno de mis restaurantes italianos preferidos y al llegar a casa, sin velas, sin pétalos de rosa, sin cursilerías, nos sentamos junto a la ventana a mirar la calle, en silencio. Era relajante. Habíamos hablado de muchas cosas durante la cena; una charla intensa sobre lo que esperábamos de la vida. Estuvimos tensos, la verdad, no con el otro, sino con la situación. La primera vez que hablas con tu pareja de cómo quieres que sea tu vida es un momento susceptible. ¿Qué pasa si siempre quisiste ser padre y tu pareja no quiere ni escuchar hablar de la palabra bebé? ¿Qué pasa si el sueño de tu vida es casarte y la otra persona opina que es la chorrada más grande del universo? Y no quería casarme, pero siempre me imaginé enfrentándome a la maternidad con ilusión. Quería ser una de esas madres modernas que seguro que después no sería, pero me daba igual. Y él, para mi tranquilidad, no sentía demasiada predisposición hacia el matrimonio, pero sí que se veía siendo padre. Me asusté un poco cuando añadió las palabras «relativamente pronto» pero se encargó de distender el ambiente bromeando sobre todas las cosas que nos quedaban por ensayar antes de ponernos con el momento de la fecundación. Había sido una buena noche..., una de esas importantes. Así que el silencio de aquel momento era casi necesario; teníamos que reflexionar sobre todo lo que habíamos descubierto del otro y sobre las puertas que se abrían frente a los dos en un futuro cercano. ¿Era de verdad? ¿Sería para siempre? ¿Podríamos hacer que no se apagara nunca aquella sensación?

—¿Cómo nos ha pasado esto? —musitó.

—¿A qué te refieres?

—A... ¿cuándo se convirtió esto en amor? ¿Cuándo nos dijimos a nosotros mismos eso de «no puedo dar un paso más sin el otro»?

Me giré hacia él con una sonrisa y le dije que el tiempo no entiende de ciertas emociones, que hay fechas que era mejor no apuntar. Él respondió que me quería.

—Tanto que no sé cómo decírtelo ni qué hacer con esto.

—Guárdalo, para que dure mucho —le contesté sonriendo.

Nos besamos, pero supo a poco, así que lo hicimos una vez más, dos, tres... a la cuarta no nos molestamos en separar los labios. Nos apoyamos en la barra de la cocina, me subió encima y me desabrochó la blusa. La dejamos caer. Se quitó la camiseta. La dejamos caer. Luego nos dirigimos al dormitorio y nos dejamos caer en la cama.

Me es imposible describir todos y cada uno de los aspectos que hicieron de aquello algo diferente. No fue que nos miráramos a los ojos, no fueron las cosas que dijimos ni las promesas que juramos no hacernos pero sí cumplir. No fue el placer que sentí ni el modo en que las caricias se convirtieron en algo más. No fue nada de eso en concreto y sin embargo lo fue todo.

Después de un orgasmo demoledor, de los besos y los abrazos del final, de jurar que nos querríamos y respetaríamos siempre, que seríamos el uno para el otro y no nos olvidaríamos de las cosas importantes de la vida, Alejandro se durmió y yo salí a la escalera a fumarme un cigarrillo y a meditar sobre por qué esta vez estaba tan segura de no haberme equivocado. Era el hombre de mi vida. Si no era él, no habría nadie más.

Alejandro era guapo… y no solo eso. Tenía un guiño de ojos travieso, una media sonrisa arrolladora y un cuerpo que imponía hasta respeto. Daban ganas de arrodillarse ante él y rezarle, porque era la máxima manifestación de lo increíblemente certera que puede ser a veces la naturaleza. Hay gente a quien los ojos le hablan pero no era su caso, porque sus ojos gritaban a pleno pulmón. Alejandro tenía estabilidad económica, liquidez y cabeza para manejarla. Alejandro tenía estilo. Era cariñoso, duro cuando tenía que serlo; no se perdía, siempre seguía su norte. Era inteligente y nunca pedante. Era un amante de vértigo y el hombre menos egoísta que había conocido nunca. Adoraba a su familia, nunca cerró la puerta a conocer a la mía. Y, sin embargo…, cuanto más lo pensaba más segura estaba de que no era ninguna de esas cosas lo que me hacía sentir así tal y como me sentía. Aturdida, abotargada, dispersa, ilusionada, tonta, cría, volátil, firme, segura…, todo junto y a la vez.

Volví a la cama más confusa que antes, porque el amor, así en puro, sin diluir en ninguna sustancia ni atenuante puede resultar difícil de asimilar. Alejandro se despertó al sentir mi peso sobre el pequeño colchón y sonriendo me dijo que apestaba a tabaco.

—Dime por qué te quiero tanto... —le contesté.

—¿Qué? —Se incorporó adormilado, apoyándose en los codos.

—Que por qué nos queremos tanto. Necesito entenderlo.

—No lo sé. No hay nada que entender, mi vida.

La ternura con la que me lo dijo me ablandó.

—Pero ¿es posible? ¿Es de verdad?

—¿Por qué no iba a serlo?

Me encogí de hombros. Porque esas cosas no le pasan a la gente normal. Porque era de cuento de hadas. Porque había sido demasiado fácil. Porque había sido desde el principio demasiado perfecto.

—Acuéstate y deja de darle vueltas a la cabeza —sonrió.

—Es imposible. —Me senté en la cama, mirándolo.

—Magdalena. Te quiero porque me enamoré de ti. Me enamoré de ti porque era imposible no hacerlo. Naciste para completarme y yo para completarte a ti. Y no hay más.

—¿Así? ¿Tan fácil? ¿Ya tan claro?

—¿Quién dice que tiene que ser complicado o enrevesado?

—Yo. La tele. El cine. Los libros.

—Pues yo digo que no. Ya he perdido demasiados años buscando con otras lo que tengo contigo. Lo tengo claro.

—No quiero que pienses que...

Me dio un beso interrumpiéndome.

—En abril deberíamos volver a la isla —sonrió—. Y celebrar nuestro aniversario.

—No sería un aniversario real —sonreí.

—Te quiero, Magdalena. Lo demás me da igual. Las fechas. La ciudad. La casa. Tus problemas. Los míos. Ya nada más existe en la vida más que la tuya y la mía.

Y quizá el error fue creerlo.

La primera vez que Alejandro dejó caer la idea de irnos a vivir juntos creí que estaba bromeando. Lo miré como si me hubiera contado un chiste y me eché a reír.

—No entiendo por qué te ríes tanto —contestó ofendido.

—¿Aquí en mi ratonera? ¿Los dos?

—Bah, da igual. Olvídalo.

Ahora sé que si no lo miré con ilusión e hice planes con él, si no dibujé los planos de nuestros castillos en el aire codo con codo con Alejandro, fue por terror a que de pronto todo se convirtiera en humo. Los días eran raíces que se hundían en el suelo, en la tierra húmeda y me daban seguridad, pero aún nos tambaleábamos un poco si soplaba el viento fuerte. Y ese viento lo tenía dentro de la cabeza; era complicado solucionar un problema que estaba generando yo misma y que además era mudo, invisible y cuidadoso al destruir.

Pero los días pasaron y Alejandro volvió a dejar caer el tema. Vivir juntos sería más cómodo…, vivir juntos sería un paso lógico…, vivir juntos nos ahorraría dinero…

—Pero, vamos a ver. ¡Es imposible! —me reí—. Tú te pasas medio año de aquí para allá.

—Bueno, sabes que estoy cansado de Nueva York. Cuando tocara… viajaría y ya está. Tú tampoco tienes obligaciones fijas.

—Y ¿qué voy a hacer? ¿Ir de groupie contigo y dejar de trabajar? No me gusta la idea.

—No. La cuestión sería… establecernos de una manera más o menos fija en un sitio y luego programarnos para movernos los dos o solo yo.

—No entiendo nada —me reí.

—Mira. Nos mudamos a… Barcelona, Madrid… incluso Nueva York o Londres, pero juntos. Donde quieras, pero juntos. Y tú trabajas de lo tuyo. Podemos mover hilos a ver qué sale. Yo trabajo de lo mío y cuando tenga algún compromiso, vuelo y regreso a casa. Y de abril a septiembre nos quedamos en la isla —sonrió como un bendito.

—¿La isla? ¿Y qué hacemos desde abril hasta septiembre en la isla? ¿Qué hacemos con Milán y Nueva York? —Me reí poniendo los brazos en jarras.

—Pues si tengo que trabajar voy y vuelvo.

—¿Y yo mientras me construyo un telar para esperarte mirando al mar?

—Cínica —se rio.

—¡Piénsalo! ¡Es imposible!

—Piénsalo tú. No es imposible. Elimina de la ecuación la isla. Ya la introduciremos cuando deje de trabajar tanto.

—Tú…, vale. ¿Y yo? ¿Cuándo tú dejes de trabajar tanto yo también tendré que dejar de trabajar tanto? —Di una palmada—. ¡Nunca creí que fueras tan machista!

—¡No soy machista! —se quejó—. Cuando te conocí vivías allí y andabas descalza cultivando patatas en un huerto, Magdalena, por Dios… Creí que era importante para ti. No sabía que te importaba tanto el trabajo.

—Pues… —me recompuse—. Ahora parece que sí.

—Eliminamos la isla. —Se metió las manos en los bolsillos—. Madrid, Barcelona…, elige.

Me reí, mirando hacia otra parte, emocionada, acongojada y… enamorada como una niña.

—Sería mucho más fácil —insistió con una sonrisa.

—Sí, lo sería —añadí.

—Ya llevamos nueve meses juntos. Lo tenemos claro. Si no sale bien, cada mochuelo a su olivo.

—Pero… no entiendo…, no suelen ser los hombres los que se animan a tomar este tipo de decisiones. Solemos ser nosotras las que…

—Solo quiero estar cómodo y aquí no lo estoy —me interrumpió y señaló mi piso—. Esto está genial como estudio pero como casa… —Me miró con gesto grave.

—Sí, es cierto. Es una casita de soltera.

—No quiero ser la mano que ordene tu vida de repente, pero entiende que es lo más lógico. Calculo que a partir de este año la cosa va a ir hacia abajo.

—¿Crees que tendrás menos trabajo?

—No. Seré más exigente. Quiero empezar a… echarle el freno. No quiero seguir despertándome sin saber dónde estoy y…, seamos sinceros…, estoy mayor. Rachel lo mencionó hace poco y tiene razón. La puerta de la pasarela está a punto de cerrárseme en la cara.

Me asusté. No por Dios. ¿Y entonces qué iba a hacer? Lo imaginé jugando a la petanca en el parque de debajo de casa, junto a los jubilados. No. Desentonaría. Yo acelerada, con cinco *Vogues*, cada una de un país, corriendo con unos salones de Salvatore Ferragamo por toda la calle Serrano y él con boina y un carajillo. Bueno…, ni yo era una superheroína de lo *fashion* ni él era un colega inmovilista que se conformaría con lo que viniera, pero en las fantasías de uno la realidad es como le venga en gana.

—Empezar a frenar no significa bajarme del carro —se rio al leer mi expresión—. Más campañas, menos pasarela. Más de lo que sí me gusta hacer. Tengo que concienciarme de que un día pasaré de moda, que empiezo a tener una edad y que… tendré que dedicarme a otra cosa. Tengo que aprender a diversificar. Es el momento.

—Bueno…, a mí me gusta Madrid. Es lo que mejor conozco para trabajar. Podría… —Lo miré como esperando que reaccionara con risotadas y dijera que todo era broma—. Podría establecer el estudio en mi piso, incluso recibir a mis clientas aquí..., hacerlo todo de un modo muy personal... Fuera cama, fuera burros de metal..., una mesa, tres sillas...

—Me gusta la idea.

—Sí... —sonreí.

—¿Buscamos casa?

—¿Y la tuya en Nueva York?

—Estoy pagando el alquiler de una casa que a duras penas puedo permitirme y en la que nunca estoy. Si tengo que ir, Rachel me buscará un sitio donde quedarme. Si es para temporadas largas..., allí también podrías hacerte una cartera de clientes en el futuro, muy pocos, para cuando vayas...

—En febrero y en septiembre. Ir a los desfiles..., ordenar y renovar un par de fondos de armario... —Empecé a ilusionarme—. ¿Estás seguro?

Asintió.

—Pues... somos adultos. ¿Por qué no?

Y era verdad, éramos dos adultos con nuestro pasado a cuestas pero con ganas de hacer realidad ciertas quimeras que un día imaginamos.

La primera vez que Alejandro entró en casa de mis padres parecía que iba a desmayarse y a sufrir un ataque epiléptico. Tras haber tomado la decisión de compartir piso en Madrid, de establecernos allí y empezar a hacer nido, Alejandro, que sorprendentemente era mucho más tradicional que yo para algunas cosas, decidió que era el momento de las presentaciones formales. No es que le apeteciera, que conste, pero lo veía necesario.

Paró dos veces mientras subíamos las escaleras de casa.

—Dame un segundo, por el amor de Dios; espera que recupere el ritmo cardiaco normal.

Tiré de él y apreté la manaza con mi manita para infundirle valor. Nos recibió mi madre, muy sonriente; estaba contenta de poder ponerle cara a mi novio. Seguro que, aunque la realidad no fuera todo lo perfecta que ella deseaba, siempre sería mejor que las paranoias que debían de estar castigándola noche sí, noche también. Mi padre, por su parte, estaba enfurruñado en un sofá. Y Alejandro, a pesar de su metro noventa, parecía un niño asustado.

—¿Quieres un café? —le ofreció mi madre mirándolo con admiración.

—Mejor dale una tila —le dije por lo bajini como respuesta.

Alejandro sonrió y le dio la mano a mi padre.

—Encantado, señor.

—Ya, ya…

Mi madre sirvió café, pero tuvo el tino de hacerlo descafeinado; supongo que a Alejandro la tensión arterial elevada se le notaba hasta en los ojos. Nos sentamos los cuatro en el salón, en la mesa donde solíamos comer y sonreímos, ellos tensos, yo distraída. Acabábamos de darle el visto bueno a un ático con terraza totalmente reformado, en la zona de Retiro, con dos habitaciones amplias y un salón grande, dos baños… impresionante y con un alquiler, claro, impresionantemente caro. Alejandro quería seguir buscando… Pero ¡¡tenía vestidor!! Valía la pena.

—Bueno, Alejandro, hijo, ya teníamos ganas de conocerte.

—Sí, yo también a ustedes. Pero… ya se sabe. El trabajo…

—Ah sí. Modelo —rumió mi padre.

—¿Y qué nos contáis? —insistió mi madre, por cambiar de tema y distender el ambiente.

—Nos vamos a vivir juntos. Hemos alquilado un piso en Madrid —dije a las bravas.

Pude escuchar la saliva pasando por la garganta de Alejandro.

—¿Y tu casa? —preguntó mi padre.

—Allí no cabemos los dos. Lo estoy reconvirtiendo en mi estudio para atender a mis clientes.

—¿La casa de huéspedes? —dijo mi madre confusa.

—No, vuelvo a tener clientas. He vuelto a trabajar de estilista y personal shopper.

Mi padre echó la cabeza hacia atrás como si le hubiera dado una bofetada.

—¿Así, sin más?

—Sí, así sin más, después de casi tres años. Supongo que para ti tres años son un tris tras... —refunfuñé.

—Bueno es... una decisión muy meditada —dijo Alejandro con un hilo de voz, mirando con pavor a mi padre al que, por otra parte, sacaba dos cabezas.

—¿Tuya o suya?

—De los dos —contesté tranquilamente mientras me miraba las uñas.

—No tiene por qué repetirse lo que pasó. Ahora somos dos para equilibrarnos el uno al otro —añadió Alejandro.

—Eso espero.

Mi madre nos miró de nuevo y sonriendo nos preguntó si no nos gustaban las bodas. A Alejandro le entró la risa nerviosa y yo me contagié.

—Vaya, ¿os hace gracia? —dijo mi padre.

—No, no... —se apresuró a decir Alejandro.

—Mamá... —le reprendí cariñosamente.

—Ay, hija, estoy chapada a la antigua, ¿qué le vamos a hacer?

Y pestañeó soñadora, imaginando ver vestida de novia a su única hija.

Pero lo único que imaginaba con pestañeos soñadores su única hija era llenar el enorme vestidor del nuevo piso con todos sus preciosos vestidos.

La primera vez que vi al padre de Alejandro se me cortó la respiración. Pero de verdad. Me dio un flash... pero ¡bueno! ¿Ese era mi suegro? Después de conocer a mis padres, lo lógico era que yo conociera a los suyos... y a Alejandro la lógica aplastante le gusta cantidad. Debía de tener unos sesenta años, pero nunca había visto a un hombre de esa edad tan guapo. Se parecía muchísimo a Alejandro, pero tenía las sienes plagadas de canas. Era alto y delgado, con las piernas largas y una sonrisa cálida y muy mediterránea. Me dio dos besos y pensé que si Alejandro iba a ser así no me importaba en absoluto que los años también pasaran por él.

Su madre llevaba el pelo impecablemente teñido de un tono tabaco con reflejos dorados. Tenía los ojos oscuros y la piel color canela con unas pocas manchas del sol y la edad sobre su terso escote. Era elegante, como mis clientas, sin hacerle falta lucir un traje sastre de Chanel. Una elegancia innata, de la que tienen aquellas que siguen estando guapas en un día de playa. Era menuda, delgada y vestía unos pantalones vaqueros, unas bailarinas y una camisa blanca.

Las hermanas de Alejandro, por su parte, eran un ciclón. Tenían veinticuatro y veintidós años e iban increíblemente bien vestidas para la edad que tenían. Yo a los veintidós reciclé vestidos de mi abuela y los usaba con calzas blancas y zapatillas Victoria... Ambas se lanzaron a su cuello en cuanto lo vieron y lo cubrieron de besos. Eran bonitas y tan diferentes como el sol y la luna: Aurora era morena, con el pelo larguísimo y brillante y los ojos de un precioso color avellana; María era rubia, como debió de ser su madre de joven, con los ojos pardos y enormes. Las dos se parecían a Alejandro, pero mágicamente no parecían tener nada en común entre ellas. Al principio me miraron con suspicacia; no se las veía muy desenvueltas en la práctica de conocer a las parejas de su hermano, lo cual no estaba mal porque me hacía sentir especial.

Las presentaciones fueron mucho menos tensas que en casa de mis padres. Sirvieron unas cervezas frías para todos en la terraza, a mediodía, donde su madre estaba preparando carne a la brasa en una barbacoa que tenían en un rincón. Hablamos de nuestro piso en el centro, de mi estudio y de que podrían venir cuando quisieran a vernos. Sus hermanas se apuntaron enseguida con *tour* por las mejores tiendas incluido y parecía que yo ya les gustaba un poco más.

—¡Paga Alejandro! —dijeron ellas ante la perspectiva de comprarse algo en Miu Miu.

Él puso los ojos en blanco.

—A ver si os pensáis que me cae la pasta del maná, sinvergüenzas.

—¿Eso… son unas bailarinas de Chloé? —me preguntó una de ellas.

—Sí.

—Las «Lauren» —le dijo la una a la otra a modo confirmación.

—¡Callaos ya, joder! Sois dos urracas —se quejó Alejandro.

—No me importa —contesté palmeando suavemente su rodilla.

Las dos me sonrieron.

—Maggie es estilista y bueno… compra ropa para gente que no sabe muy bien cómo debe vestir, qué le queda mejor… —dijo Alejandro a modo de explicación.

—Nos lo contaste por teléfono —sonrieron.

—Ellas quieren ser diseñadoras. Las dos —se rio Alejandro con gesto mortificado.

—Se necesita gente creativa y sangre nueva, Alejandro. ¿Por qué no tus hermanas?

—¿Cuándo os mudáis? —preguntó su madre, cambiando de tema.

—La semana que viene terminamos de instalar los doscientos cincuenta mil zapatos de Magdalena. Luego ya veremos si nos caben muebles.

Que sus hermanas y madre le reprendieran por el comentario no me hizo sino sentir integrada. Su familia me abría los brazos y yo…, yo no sé si nunca se lo supe agradecer.

El resto de primeras veces que nos aguardaran a la vuelta de la esquina… no me daban miedo. Y quizá ese fue otro error.

34

S alí en ropa interior del cuarto de baño del nuevo piso; tenía ducha amplia, acristalada y moderna de la que siempre salías como nueva. Alejandro estaba hablando por teléfono con Rachel sobre una sesión de fotos para una revista y escuché sus pasos acercarse hacia el dormitorio. Le sentí llegar antes de escucharle carraspear. Su presencia llenaba la habitación y no era solo de deseo.

Entré en el vestidor y me giré para mirar la hora. Lo vi apoyado en la puerta de nuestra nueva habitación, sonriendo. Frunció el ceño, hizo morritos y tapó el auricular:

—Mmm..., qué sexy, ¿no?

Sonreí y me concentré en ojear el perchero donde tenía colocados los vestidos, no sin echar un vistazo al estado de lo que llenaba sus pantalones, evaluando el material. Alejandro se despidió con un abrazo de parte de los dos y dejó el inalámbrico sobre la mesita de noche de su lado de la cama. Era un dormitorio amplio donde reinaba una inmensa cama casi siempre cubierta de sábanas blancas. Bajo esta, una alfombra de rafia fina, de color natural y en el cabecero, una fina balda donde habíamos colocado marcos con fotos preciosas en blanco y negro.

—¿Hace frío? —Me hice la loca, eligiendo el vestido para la cita de aquella tarde.

—Sí, aunque aquí hace calor, ¿no?

Me giré para mirarlo y sonreímos. Fui hacia el cajón de mi ropa interior y saqué un liguero y unas medias de seda. Alejandro resopló y puso los ojos en blanco. Me abroché el liguero y me senté en la cama para ponerme y enganchar las medias. Volví a mirarlo; se había movido muy sigilosamente por la habitación y ahora se acercaba.

—¿A qué hora has quedado? —susurró.

—A las cinco.

—¿Tengo tiempo de hacerte proposiciones indecentes?

—¿Cómo de indecentes? —Levanté la mirada hacia él.

—Mucho. —Arrugó un poco la nariz.

—Necesito más datos —bromeé.

—Eso que hacemos tú y yo desnudos...

—¿Ducharnos?

Alejandro se mordió el labio inferior con una mezcla entre impaciencia y morbo.

—No. Quiero follarte. Me da igual cómo, Magdalena, pero quiero hacerlo.

Eché un vistazo al reloj de la mesita de noche otra vez.

—Yo ya estoy listo —murmuró.

—¿Nada de precalentamiento?

—No creo que me den tirones —sonrió quitándose la camiseta—. Y no vas a llegar tarde. No te voy a quitar ni una prenda.

¿A quién quería engañar? Siempre me apetecía y siempre estaría dispuesta para sus proposiciones indecentes. Así que yo misma me acerqué y me empotré contra sus labios. Enseguida abrimos la boca y su lengua y la mía se enrollaron. Me alejé un momento con los labios húmedos y le pregunté:

—¿Puedo ponerme los zapatos?

Resopló porque la idea pareció gustarle. Maldito fetichista. Lancé una carcajada divertida, me puse los Christian Louboutin de diez centímetros y volví a acercarme a él, que ya se desnudaba. Sus brazos me envolvieron la cintura y su lengua me recorrió entera la boca. Me levantó y apoyó mi espalda contra la pared, cogiéndome de las nalgas y apartando mi ropa interior. Jadeé de sorpresa cuando noté de sopetón toda su erección clavándose en mí.

—Para, para, Alejandro…, sin condón no —gemí.

—Solo esta vez —suplicó.

—No, para —gemí con otra embestida y apreté las pantorrillas contra su trasero—. Siempre decimos eso de solo esta vez…

—Tú estás sana. Yo estoy sano.

—Pues piensa en lo otro…, piensa en… —gemí más hondamente—. Oh, Dios…, qué difícil me lo pones.

Me tiró sobre la cama y se desnudó por completo. Ronroneé sobre la colcha.

—Alejandro…, póntelo.

—Pónselo —bromeó.

Me bajó las braguitas, se hizo un sitio entre mis piernas y volvió a embestir con fuerza. Grité por la sorpresa, el placer, el dolor, todo mezclado.

—No, no, Alejandro, no voy a disfrutarlo —mentí—. Un día nos llevaremos un susto.

—Déjame solo un par más de… —Cerró los ojos.

—No, no, para. —Le di una coz con la pierna derecha entre carcajadas.

Alejandro me arqueó, me colocó en un punto estratégico y empujó una, dos, tres veces más. Me mordí el labio con fuerza, pidiéndole a mi yo racional que aflorara y le pidiera de verdad, con convicción, que parara para ponerse un preservativo.

Arg… no lo conseguí.

—¿Ya no me pides que pare, eh? ¿Ya no? —me preguntó con los dientes apretados.

—Córrete fuera… —supliqué.

Jadeó y empujó más fuerte entre mis piernas cogiéndose con las manos del borde de la cama. Levanté las caderas en su busca y él, enardecido, se tumbó sobre mí, respirando agitadamente junto a mi cuello, removiendo mi pelo con sus exhalaciones.

—Frena, frena… —susurré—. Cuidado…

Se levantó y se secó la frente con el dorso de la mano. Con el frío que hacía fuera y el calor que estábamos generando allí dentro. Allí, delante de mí, desnudo, preparado, sudoroso… mi Alejandro.

—Tú encima —sonrió.

Aproveché para coger un preservativo de la mesita de noche y Alejandro refunfuñó mientras se lo ponía. Después tiró de mi mano y me subió de nuevo sobre él para dejarse caer sentado en la cama. Me moví, arriba y abajo, despacio, notando centímetro a centímetro cómo entraba y salía de mí cada vez más húmedo.

—Joder, Magdalena… —se quejó de placer entre dientes.

Alejandro movía su cadera hacia arriba y yo hacia abajo. Me frotaba. Jadeaba en su cuello, humedeciéndolo con mi aliento condensado en el hueco que se formaba justo debajo de su garganta. Miré el reloj. No teníamos mucho más tiempo. Aceleré y gemí exasperada para que supiera lo muchísimo que me gustaba sentirle dentro, duro, húmedo de mí, tensándose, palpitando.

—¡Ah! —gruñó—. Para, si no quieres que me corra.

—¡Dios! Me voy…, Alejandro. Me corro.

Apuré el ritmo de mis caderas y él se mordió el labio inferior, aguantando a duras penas el placer. Arqueé la espalda y toda la piel se me puso de gallina a la vez que Alejandro se incorporaba pegándome más a él. Salió de mí justo a tiempo de quitarse el condón y que su gruñido de placer satisfecho me mojara el vientre.

Llegué a tiempo al estudio, pero justita, justita. Tenía cita con la señora del Valle, dueña de una cantidad obscena de millones. Gastaba, gastaba y gastaba sin control. Ella era marchante de arte, o al menos así se autodefinía. Su marido trabajaba en banca de inversión y su hija mayor era periodista en una revista de decoración. Era la primera vez que la señora del Valle iba a traer a Camila, su hija. Quería que estudiara un fondo de armario adecuado a sus necesidades y de paso comprarse un par de zapatos con la excusa de que le sirvieran para toda la temporada como complemento *it*.

Había remodelado mi piso de Malasaña para convertirlo en el despacho perfecto. Tras nuestra mudanza al ático, alquilé un trastero donde «abandoné» la cama y demás trastos que no iba a necesitar, de modo que el pisito había quedado bastante diáfano. Dos de las paredes estaban cubiertas de una librería blanca que llegaba hasta el suelo, llena a reventar de libros, fotografías y objetos decorativos preciosos. A ratos me parecía una sección de Zara Home, pero quedaba tan cuco…, una mesa de despacho de madera clara, una silla del mismo color y cojines blancos y dos más, enfrente, con estampados un poco más modernos. Un viejo sillón orejero en un rincón, de color canela y acompañado de un precioso mueble lleno de vinilos antiguos y un tocadiscos terminaban de decorar el espacio. La cocina seguía allí, pequeña y bonita, despejada, con poco más que un tarro de galletas, una cafetera moderna y algunas piezas de vajilla.

Recibí a la señora del Valle y a su hija Camila en la puerta, con una sonrisa y los labios pintados de un color rojo clásico de Yves Saint Laurent. Había escogido a toda prisa un vestido negro con cuello blanco que compré en Choies a muy buen precio y me había dejado el pelo suelto; eyeliner, máscara de pestañas y andando. Las dos me miraron de arriba abajo y sonrieron, dándome el visto bueno.

Preparé café en la máquina Nespresso mientras charlábamos de todo y de nada en concreto, se lo serví en unas tazas preciosas que había comprado en Zara Home y les ofrecí una cajita de galletas francesas artesanales de mantequilla que ni miraron. Sorprendentemente, ese tipo de personas me hacían sentir regulín. Yo sabía que era mona, que sabía sacarme partido y todas esas cosas, pero gente como la señora del Valle, tan podrida de pasta, tan acostumbrada a tener la sartén por el mango, el protocolo de su parte y un cuerpo escuálido... me hacían sentir torpe, insegura y... con la necesidad de tener que esforzarme mucho para llegar a su nivel. Qué estupidez... pero ese tipo de sensaciones eran difícilmente gestionables, sobre todo cuando era yo quien las sentía.

Me senté en mi mesa con ellas dos al frente y me repetí mentalmente que si ellas habían acudido a mi piso era porque necesitaban mi ayuda, no al contrario: «Mantente fuerte, Maggie». Suspiré, sonreí y me concentré en tomar notas de los eventos a los que tenía programado asistir Camila aquella temporada para ir confeccionándole una ficha personal.

—¿Cómo sueles ir vestida a trabajar? ¿Exigen algún tipo de *dress code*?

—No, podemos ir en vaqueros, pero me gusta..., ya sabes, suena tonto, pero me gusta ir siempre trendy.

Asentí, anotándolo.

—Claro, te entiendo. ¿Cuáles son tus prendas preferidas?

—Mis sandalias color nude de Chanel y mi vestido de Óscar de la Renta.

Sonreí. Óscar de la Renta y Chanel, ¿eh? Vaya, vaya.

—Me gustaría ver tu armario, ya sabes, para estudiarlo un poco, ver qué echo en falta, cómo sacar partido a lo que ya tienes… —sonreí coqueta.

—¡Cuando quieras! —dijo con entusiasmo.

Mucha pasta, un armario fuera de lo común y una madre un poco estirada, pero todo lo demás parecía normal… Camila me cayó bien.

—Me reservas una horita cualquier tarde de esta semana y me paso por allí. Esa hora no entra dentro de mi jornada… —sonreí—. No hay que pagarla. Pero por lo que me cuentas tengo una idea ya —seguí diciéndoles.

—¿Puedo preguntarte cuáles son tus prendas preferidas? —me contestó ella.

—Sí, claro. Pues… creo que mis vaqueros de Michael Kors, una blusa blanca de manga abullonada de Carolina Herrera y los salones negros de Christian Louboutin que llevo puestos. Son sencillos, quizá demasiado clásicos y no son los más espectaculares que tiene, pero me chiflan. Son una apuesta segura.

Les guiñé un ojo. En realidad yo no era así. ¿Son una apuesta segura? Esa expresión era de lo más pretenciosa. Pero resulta que aquello es lo que esperaban de mí y no sería yo quien le negase algo a la mano que me daba de comer.

—¡Me compré esos zapatos exactamente iguales en cuanto se los vi! —exclamó su madre—. Porque son unos Louboutin, pero ¡son tan sencillos! Los adoro.

Y yo adoraba la pasta que ganaba con señoras como ella y que me permitía vivir en un precioso ático en la zona de Retiro con mi maravilloso novio, me repetí cuando, al levantarme, me sentí observada.

Nos fuimos de compras. En realidad fuimos a Salvatore Ferragamo exclusivamente. No quería andar con aquellos tacones por toda la ciudad, así que fui a tiro hecho. La señora del

Valle se compró dos pares espectaculares. Tenía un gusto exquisito; solamente tuve que preocuparme de estudiar qué dos pares combinarían más con toda la ropa que habíamos comprado hacía poco.

Cuando terminamos Camila me sorprendió preguntándome si tenía tiempo para tomar una copa de vino con ella.

—He quedado con un par de amigas a dos pasos de aquí. Estarían encantadas de conocerte.

Miré el reloj. No tenía nada que hacer y no habían sacado el tema de Alejandro a colación, que me violentaba someramente. Supongo que estaba hambrienta de vida social; ir a tomar una copa de vino con unas chicas de mi edad sonaba bien. Podríamos hablar de trabajo, de zapatos o de la tirante política internacional…, cualquier cosa que me hiciera sentir parte, de nuevo, de eso que llaman mundo. De modo que…

—Está bien —sonreí.

—Cielo, ¿cerramos esto ahora o…? —dijo la señora del Valle abriendo su bolso.

—No tengo prisa. Usted es de confianza —sonreí.

—Quien paga descansa, cariño. ¿Cheque o metálico?

—Como prefiera —sonreí otra vez.

Sacó de una cartera preciosa de Chanel dos billetes de doscientos euros y me los tendió con una espléndida sonrisa.

—Espere, no es tanto. —Abrí la cartera de mano.

—Quédate con el cambio, mujer, por el café y las pastitas.

Fruncí el ceño.

—Pero ¡bueno!¡El café era una invitación! —Y no habían ni olido las galletas.

Se giró riéndose, negándose a coger el cambio.

—Bueno, invitaré a Camila a unas copas entonces.

—Eso es lo que tenéis que hacer. Divertíos.

Y tanto que lo hicimos…

35

Volví a ganar bastante dinero. No era para perder la cabeza, pero era mucho para la cantidad de tiempo libre que me dejaba. Mi fama iba creciendo y mi cartera de clientas también; con ellas crecieron también mis ingresos. Pero todo dependía del mes, de las llamadas que recibiera, de los saraos que hubiera para la gente VIP o de las tarjetas que las encargadas de algunas boutiques de Serrano y colindantes dieran a sus mejores clientas. Ganaba y ganaba, pero como ningún ingreso estaba asegurado, no me sentía del todo estable económicamente.

Alejandro tenía que viajar a menudo pero estaba en lo cierto cuando dijo que viviendo juntos sería mucho más cómodo. Volvía de viaje, deshacía la pequeña maleta, se daba una ducha y estaba en su casa y conmigo. Nada de compartir una cama destartalada de noventa en mi estudio de Malasaña y dejar la maleta abierta en el suelo en cualquier parte. Él iba y venía sencillamente. Yo trabajaba, pero con descanso y con cabeza, porque sabía que un día el negocio podía ir enfriándose y mis ingresos menguarían ostensiblemente. No mentiré…, echaba de menos la isla, pero como se añoran las cosas que un día te hicieron feliz y que después miras con cierta condescendencia. Es difícil de explicar…, quizá lo que más se acerque a aquella sensación es decir que echaba de menos ser feliz con tan poco. Y a la señora Mercedes, claro, sus abrazos, sus chascarrillos y el olor de su cocina. La quería y la apreciaba pero mis llamadas fueron haciéndose cada vez más ocasionales porque de pronto sentía que mi vida iba a todo trapo.

Rescaté del ostracismo, en el fondo de un cajón, el móvil que me regalaron mis padres antes de irme a Nueva York pero me pareció anticuado, así que terminé comprándome el último modelo de iPhone desde el que podía gestionar mi cartera de clientes, acceder al correo y a las redes sociales; Alejandro y yo estábamos continuamente conectados, sin importar dónde estuviéramos. Me tuve que poner las pilas con los nuevos canales. Irene me dio una clase práctica, móvil en mano, sobre Twitter, Facebook e Instagram. Me habló de algo llamado Snapchat pero lo dejé pasar. Aquella noche soñé con emojis.

Creé perfiles en todas las redes sociales para que pudieran visitarme mis clientas y lo actualizaba todos los días varias veces, colgando fotos que hacía a escaparates, a revistas, a mi armario, también ideas sobre la ropa de la temporada o las fusiones que pensaba hacer entre lo nuevo y lo antiguo con las cosas de mi armario. Casi como en mi vida.

Creé otro perfil con un nombre falso, con el que conectaba con mis hermanos, Alejandro, sus hermanas, y con algunos de sus amigos con los que cogí confianza después de alguna visita y mucha cibervida. Me partía de risa con ellos y a Alejandro le encantaba verme tan feliz. Empezaba a sentirme una chica de treinta años normal, sin pasados oscuros ni ansiedades.

Y… empecé a salir un poco más. Nada de fiestas de locura hasta altas horas de la madrugada. Nada de empalmar una fiesta de presentación de un libro con el cumpleaños de alguna niña bien para acabar en una rave debajo de un puente hasta arriba de pastillas. Todo aquello no tenía absolutamente nada que ver con mi trabajo, solo con la persona que había sido. A decir verdad, aunque Alejandro recibía muchas invitaciones para ir a eventos y saraos con lo más granado y guapo, siempre fue excesivamente celoso con no mezclarse a no ser que no tuviera más remedio. Ese era su trabajo, decía, no él. Así que los viernes por la noche nos esperaban citas tranquilas en algún restaurante bonito, en el sofá de nuestro piso comiendo algo que encargábamos a domicilio o cocinando para nuestros amigos.

Camila resultó ser una chica muy divertida. Empezamos quedando a tomar una copa de vino una vez por semana para hablar de su trabajo en la revista, de mi vida como estilista o de cualquier frivolidad. Me presentó a sus dos mejores amigas, Blanca y Margarita; las dos muy *cool,* muy a la moda y con muy buenos trabajos, lo que las convertía en clientas potenciales. Camila acababa de romper con su novio; de ahí el cambio de armario. Blanca andaba que no andaba con un bróker más joven que ella que se creía un tiburón de Wall Street y que trabajaba en Torre Picasso. Margarita, sin embargo, casi mantenía a un caradura que iba de hippy pero al que le gustaba el buen vino y que no se decidía entre ser pintor, poeta, músico o fumador de porros. De lo que sí estaba seguro es de que tenía un interior muy atormentado. Bluff…, qué pereza.

A pesar de que procedíamos de dos mundos completamente diferentes, las cuatro encajamos enseguida. Eran muy divertidas, siempre tenían algún plan emocionante que proponer, algún cotilleo sustancioso y me hacían sentir integrada. Eran mi pandilla de amigas, aunque a veces no se dieran cuenta de la excesiva facilidad con la que gastaban y de que tenían vicios… peligrosos. No le di demasiada importancia al hecho de que Blanca confesase necesitar hacerse una «rayita» para animarse, copa en mano, un viernes cualquiera, cuando estábamos pensando en alargar la noche. Maggie lo tenía superado. Pobre Blanca, que no sabía lo que se hacía…

Intenté que Irene se uniera al grupo, pero estando tan embarazada tenía excusa para no sumarse. No quería estar en espacios llenos de humo y nosotras cuatro fumábamos como unas energúmenas. Era un vicio que por lo visto volvía a estar de moda; las puertas de todos los garitos y restaurantes de moda estaban abarrotadas de fumadores charlando. En dos años volvería a perder fama y glamour y volveríamos a ser unas apestadas. Éramos conscientes.

Se animó un par de veces a cenar con nosotras pero decía que se le cargaban las piernas y que no aguantaba el dolor de riñones de tener que estar de pie junto a una de esas mesitas altas de los bares que elegían las chicas.

—No me gustan esos sitios. Paso hambre. A mí dame algo con consistencia o dime que estoy a dieta. Las cosas a medias no me gustan —decía sonriendo.

Sabía que además no terminaba de gustarle el ambiente y que, por lo que fuera, no se sentía cómoda con ellas, pero jamás lo dijo. Así era Irene. No quería polarizarme. Ella también disfrutaba viéndome tan integrada y tan contenta y yo callé todas aquellas cosas que creía que hacían a mis nuevas amigas sencillamente humanas…, pequeños defectos, aristas que no casaban con mi nuevo yo, costumbres de dudosa madurez, por decirlo de alguna manera. Quería que Irene estuviera cerca, me hacía sentir más segura y respaldada, pero las chicas me hicieron entender que Irene tenía otra vida y que nuestras salidas la agobiaban. Al final dejé de llamarla para ese tipo de quedadas y simplemente la veía a solas para tomar chocolate y galletitas en una cafetería bonita y agradable o para cenar con Fede en casa. A Alejandro lo tenía enamorado; lo hacía reír con sus comentarios ácidos y esa fingida ligereza con la que hablaba de las cosas más complicadas para terminar diciendo algo siempre sabio. Irene era preciosa por dentro y nunca tendría que arrepentirse de nada, porque se esforzaba en ser quien era.

Camila, Blanca, Margarita y yo parecíamos (o nos creíamos) las protagonistas de *Sexo en Nueva York*. Siempre hablando de zapatos, de ropa, dinero y de hombres. Al principio no me animaba a hablarles de mi relación, pero pronto me dije que era de ese tipo de cosas de las que hablas con tus amigas… y yo quería ser una más. Así que cuando me sentí con la suficiente confianza preparé una cena con ellas en casa. Quería presentarles a Alejandro, pero no quería que él pasara un mal rato teniendo que esforzarse por ser abierto y simpático con gente que no conocía de nada. No es que fuera un tío arisco que no quisiera relacionarse con nadie; es que estaba cansado de la vida social postiza.

A Irene la adoraba, pero por los pocos comentarios que me hacía sobre las chicas, siempre pensé que no sentiría lo mismo por ellas. Dejaba caer de tanto en tanto, con protocolo y disimulo, que parecían un poco antojadizas y frívolas, y que no entendía por qué pasaban de amar con obsesión algo o a alguien (un local, una bebida, un trapo, la anfitriona de alguna fiesta) a odiarlo con inquina. Estaba de acuerdo con él en eso pero me dejaba un poco llevar y cuando estaba con Alejandro en casa le quitaba fuego. Con el tiempo, dejé de contarle algunas cosas porque tenía miedo a que las juzgara.

Así que organicé la cena en casa un día que sabía que Alejandro andaría por allí de paso. Me aseguré de que tuviera algo que hacer y no pudiera quedarse. Una visita de unos amigos suyos me vino como anillo al dedo. Así sería algo mucho más natural y él podría escapar.

Veinte minutos más tarde de la hora convenida llegaron las tres juntas y después de dejar los abrigos en el cuarto de invitados les enseñé la casa. Era espaciosa para tener dos dormitorios y estaba reformada. Estaba muy orgullosa, además de la decoración, de haber hecho de ella un hogar. Para Alejandro y para mí era nuestro refugio y no porque no tuviera nada que envidiar a las que aparecían en revistas de decoración.

—¡Me encanta! —dijo Margarita, vestida con uno de esos vestidos largos increíbles que solo ella sabía de dónde sacaba.

—Gracias —me sonrojé un poco y atusé un cojín del sofá para ahuecarlo.

—Oye… lo tienes impecable. ¿Cuántos días viene la chica?

La miré un momento sin entender. Después sonreí.

—No, no, solo viene cuando estamos de viaje. Nos encargamos nosotros. Tenemos tiempo.

Las tres se miraron y Blanca babeó.

—Lo que daría yo por ver a Alejandro Duarte limpiando el suelo de mi casa.

—Pues no tiene mucho misterio. Se pone unos vaqueros y una camiseta vieja y se pone a limpiar el baño —sonreí—. Como cualquier hijo de vecino, no te creas. Pero con menos maña.

—Me gustaba más imaginarlo en ropa interior —contestó.

—¡Oye! —me reí.

—Lo sé, lo sé. ¡No codiciarás al novio de tu amiga!

A lo mejor no había sido tan buena idea lo de presentarlos formalmente. Si se le ocurría hacer algún comentario de ese tipo delante de Alejandro, no se iba a quedar callado; podía ser muy cínico fingiendo ser simpático.

Preparé unos Bloody Mery's y saqué unos entrantes fríos a la barra de la cocina, alrededor de la que nos sentamos en taburetes altos.

—Imaginaba esto lleno de fotos de Alejandro —dijo Camila.

—¡Qué va! Es muy tímido. A veces esconde en el mueble del comedor las revistas donde sale porque le da vergüenza. No le gusta mirarse demasiado.

—Será al único al que no le guste. A mí me encanta mirarlo —se rio Blanca otra vez.

Sonaron las llaves en la cerradura.

—Pues mira por dónde…

Alejandro entró en la cocina metiéndose las llaves de nuevo en el bolsillo. Llevaba unos vaqueros un poco estrechos, un jersey gris, un pañuelo de lana largo y espeso enredado alrededor del cuello y una cazadora de cuero negra. Estaba para comérselo, con esa pinta que tienen los modelos a pesar de ir vestidos de calle.

Entró decidido en la cocina, pero dio un frenazo al mirarlas. Fruncí el ceño. ¿Qué le pasaba? ¿Y esa repentina fobia social?

—¿Qué tal? —dijo mientras se quitaba la chupa.

—Hola —respondieron las tres a coro entre risitas y codazos.

Me fijé en que Alejandro estaba tenso y su nuez viajaba de arriba abajo, como si la saliva se le pegase a la garganta y no consiguiera tragarla. Me dio un beso en los labios a modo de saludo.

—¿Estás bien?

—Sí, sí. —Miró a Camila y volvió a mirarme a mí, dibujando una sonrisa—. ¿Qué hacéis? ¿Zumo de tomate o algo más fuerte?

—Me temo que hemos sido malas —le dije.

—Humm… —Torció la boquita como si fuera a regañarme—. Me gusta cuando eres mala.

—¿Quieres una copa?

—No, no…, espero tomarme más de una dentro de un rato. Lo siento, pero hoy no podré acompañaros. He quedado con unos amigos en media hora.

—Ah… y vas a cambiarte —afirmé.

Me levantó una ceja. Deslizó la mirada hacia Camila de nuevo y se frotó la frente después.

—¿Voy a cambiarme? —preguntó extrañado. Arrugué el morrito a modo de respuesta—. Vale. ¿Qué me pongo?

—Lo dejé en el armario. Las dos primeras perchas.

Asintió y sin decir nada desapareció rumbo al dormitorio. Me quedé mirando a las chicas, que se daban codazos infantiles y se reían.

—Es un bombón —suspiró Blanca.

Miré a Camila, cuyos ojos seguían en la oscuridad del pasillo en el que se había internado Alejandro. ¿Qué pasaba ahí? ¿Qué me había perdido?

—Eh…, sí. Oye, Camila…

—¿Pedimos ya la cena? —respondió.

Mi cerebro empezó a funcionar deprisa. Se me secó la boca. Alejandro era, con diferencia, lo único valioso dentro de aquel piso de lujo. Permitidme decir que era el jodido sol que ponía luz a toda mi vida. Alejandro era bueno, sacaba lo mejor de mí, se esforzaba porque los dos fuéramos abiertos, sinceros, sanos el uno para el otro. Alejandro era esa persona que siempre creí que no debía buscar, porque difícilmente existiría. Mi Maggie más vieja, la que había vivido por dos y recordaba todas aquellas cosas que había olvidado con la intención de seguir adelante sin fantasmas, me dijo que no valía la pena ahondar allí, en esas miradas o en la tensión que se respiró en la cocina durante unos minutos. Y la Maggie más joven e inexperta… simplemente acató la orden.

Alejandro se fue diez minutos después. Se despidió con un beso en la boca y un:

—No volveré tarde.

Y no lo hizo, pero yo sí.

36

Alejandro estuvo bastante callado los días siguientes a mi cena de chicas en casa. Al principio pensé que se sentía algo molesto porque salimos a tomarnos unas copas y se nos hizo un poco tarde. Cuando hice acopio de valor y se lo pregunté, sonrió y me dijo que no le importaba en absoluto que saliera por ahí, que hiciera vida y amigas.

—Pero esas chicas…, Maggie…, no sé si me gustan.

No añadió más. Los dos teníamos trabajo. Por la noche ninguno quiso profundizar en el tema. Estaba muerta de miedo de que averiguara que a Camila y a las chicas, de vez en cuando, se les iba un poco la mano con la fiesta. A mí no, que conste. Pero ¿no le preocuparía demasiado a Alejandro que me moviera con gente que solía tener un pollo de coca guardado en el monedero de Prada? Que nadie se confunda: no estoy diciendo que este mundo de la moda, de lo *fashion*, de la carrera en busca de la tendencia esté llena de drogas y excesos. Para nada. Es cuestión de personas, como en todos los ambientes. Una profesión no va a empujarte a consumir y para más inri ellas ni siquiera se dedicaban a lo mismo que yo. Es solo que…, joder, qué ojo tenía para escoger mis compañías… pero eran mis amigas y al final… ¿quién era para juzgarlas? No me gustaba pero no era su madre; confiaba que maduraran y se dieran cuenta de lo absurdo que era encerrarse en el lavabo de un local de moda para ponerse un tirito entre copa y copa. Confiaba en que lo hicieran porque, además, me hacía sentir terriblemente desintegrada.

Pero lo notábamos. Los dos notábamos que donde antes solo estábamos él y yo, ahora convivíamos con un «algo» desconocido que antes no estaba. Un secreto y, qué raro, no era mío.

No tardó en salir y no porque yo me pusiera a cavar como una loca. Aunque me perseguía cierto estado de paranoia, no quise verlo. Le di la espalda, creyendo que si una no mira lo que le aguarda agazapado en la oscuridad… sencillamente no existe. Pero existía.

Era viernes. Alejandro se había levantado temprano para ir a entrenar; tenía un nuevo preparador físico que se lo llevaba a dar brincos por el Retiro y después a una sala de máquinas donde, al parecer, le hacía sufrir bastante. Me hacía gracia cuando achacaba el cansancio a la edad y no al tute que se daba en el gimnasio. Habíamos comido juntos en Perra Chica, pero se había ido atropelladamente antes de terminar el café porque Rachel estaba en España y tenían que hablar de futuro. No supe nada de él hasta que apareció en casa sobre las ocho y media de la tarde. Me estaba arreglando porque las chicas y yo íbamos a salir a cenar y a pasear los zapatos nuevos que habíamos comprado el día anterior, pero cuando le vi la cara se me quitaron un poco las ganas.

—¿Qué pasa? —le pregunté preocupada.

—Sé que tienes planes pero… ¿te importaría quedarte en casa? Tengo algo que contarte.

Había bebido un poco; se lo notaba. Alejandro no acostumbraba a tomar demasiadas copas, así que un par de tragos le ponían la lengua tonta.

—¿Has estado bebiendo?

—He estado... hablando con Rachel.

—¿Es por trabajo? ¿Estás preocupado por...?

—No, Magdalena. Pero Rachel me ha dado un buen consejo y le voy a hacer caso. Te espero en el salón.

Dejé la plancha del pelo sobre el mármol del baño y con el pelo a medio ondular y envuelta en una bata estampada me senté a su lado en el sofá.

—¿Qué pasa?

—Hay algo que tengo que contarte, pero me siento un gilipollas.

—¿Qué...?

—Yo... —bufó y se despeinó para terminar con los antebrazos apoyados en sus rodillas y los ojos en la alfombra.

—Tú... ¿qué?

—Camila y yo —el corazón amenazó con párárseme— ya nos conocíamos. Supongo que lo imaginaste.

No supe qué decir. Llevé mi cuerpo hacia delante buscando su mirada.

—¿Cuál es el problema? Quiero decir..., ¿por qué andáis entonces jugando a los desconocidos?

—No sé por qué ella no te lo ha contado. Yo... cuando hablabas de Camila no podía imaginar que fuera la misma.

—Vale, Alejandro, pero ¿dónde está el problema?

—El problema es que Camila y yo nos acostamos hace tiempo. No fue nada serio pero... —se encogió de hombros— lo hicimos. Unas cuantas veces. Ni siquiera recuerdo cuántas.

Me levanté del sofá. ¿Cómo? ¿Qué cojones...?

—¿Me estás diciendo que Camila y tú os habéis acostado?

—Hace…, no sé, tres o cuatro años. Yo estaba de paso por Madrid, la conocí una noche de fiesta y… ya ves.

«Estaban enamorados. Sí, seguro que lo estaban. Ay, Maggie, pobre Maggie. Qué tonta eres. Te fuiste a la isla y te creíste que el mundo era bonito, ¿eh? Eres la misma gilipollas que cuando te marchaste. ¿Por qué lo hiciste? Esto no te hubiera pasado si te hubieras quedado aquí; este era tu sitio, tú te lo ganaste. ¿Qué más daban las fiestas o los excesos? Jodida cobarde. Lo hubieras controlado con el tiempo, ¿no te das cuenta?».

—Vale. ¿Y ahora que? Eso quiere decir que ella y tú… ahora…

—Eh, eh… —Alejandro se levantó y me cogió por los brazos—. ¿Qué haces? Ni se te ocurra pensar que…

—¿Os habéis visto en más ocasiones?

—¿Qué? ¡No! ¿Ves, Magdalena? Por eso no quería decírtelo. La cuestión no es que Camila y yo nos acostáramos. Seamos realistas, cariño, yo lo he hecho con más chicas, ¿sabes? Antes de salir contigo… Eso ¿qué más da? Estoy hablando de sexo, de nada más. Sexo eventual que surgió y se esfumó. La cuestión aquí es por qué cojones esa chica no te ha dicho nada.

Fruncí el ceño.

—¿Me estás diciendo que la culpa es suya por acostarse contigo?

—No me estás entendiendo —insistió—. No hagamos un drama de mi pasado porque tú también te has follado a otros y yo no me vuelvo loco. Es normal, joder. ¿Por qué no deberíamos haberlo hecho? De lo que tiene culpa Camila es de haberse acercado a ti sabiendo con quién salías y no haberte dicho que me conocía.

—Que te la follaste.

—Que follamos los dos. De mutuo acuerdo, ¿sabes?

«¿Qué estaba pasando?».

—Entonces…

—Entonces, Magdalena, esa chica no me da buena espina. No está claro. Hay algo aquí que… no encaja.

—¿Por qué iba ella a…?

—No tengo ni idea pero lo que no voy a hacer es callarme porque esto no me parece bueno… ni sano. Esa chica es…

—¿Por qué dejaste de verla? —pregunté.

—¿Cómo?

—Que por qué no seguisteis follando.

—¡Pues porque no me gustaba lo suficiente, por Dios!

—No está loca, no te acosó ni te amenazó ni…

—Frena —me pidió muy serio—. De verdad, frena. Estoy intentando mantener una conversación honesta contigo y no sé qué te está pasando.

—Me pasa que una de mis mejores amigas folla contigo y no me lo cuenta y ahora vienes tú diciendo que…

—Ahora vengo yo diciéndote la verdad. A mí sácame del saco de los malos, por favor te lo pido. No tengo ganas de que mi vida sexual antes de conocerte se convierta en un suplicio.

Lo miré frunciendo el ceño. Me acosté con bastantes chicos cuando estuve en Madrid. Algunos ni siquiera los recuerdo porque iba demasiado puesta cuando lo hice. Luego salí con Santiago… si podía llamarse salir a lo que hacíamos nosotros. Un ir y venir de peleas en bares, gritos, sexo, dependencia y desdén mezclado con mucha fiesta y luces de colores que parpadeaban. ¿Podía culpar de verdad a Alejandro por acostarse con una chica guapa cuando aún no me conocía? Joder, no. No podía… pero me cabreaba. Me cabreaba mucho porque Camila era la jodida Alexa Chung de Madrid y era muy guapa. Tenía estilo, un trabajo que molaba, era divertida y sabía divertirse también. Siempre estaba leyéndose algún libro maravilloso que, cuando me prestaba a veces me costaba entender. Le gustaba el cine en versión original y estaba muy delgada…, joder. Camila era lo que las revistas y la televisión nos vendían. Camila era una de esas chicas que no querrías que formaran parte del pasado de tu pareja porque eran difícilmente comparables con nada más. Era muy guay, aunque suene infantil, pero es que me sentía infantil.

Me dejé caer en el sofá con una exhalación. «No, Maggie, toma las riendas. Alejandro está contigo porque quiere estarlo. Vuestra historia es preciosa y cada día es mejor que el anterior. No te vuelvas loca. No empeores. No pienses como entonces. Respira».

—Vale —asentí—. Vale. Lo entiendo.

Alejandro se sentó a mi lado, me rodeó con su brazo y me besó la sien.

—Te quiero, ¿vale?

—Vale. —Me froté el ojo sin maquillar—. Pero es que no me lo explico. ¿Por qué no me lo ha dicho?

—Eso es algo que vas a tener que preguntarle tú.

Lo miré haciendo un mohín involuntario.

—Es una tía genial.

—No lo es tanto. No sé si habrá sentado un poco la cabeza pero me preocupa un poco que salgas por ahí con ella. Se mostraba bastante… desmedida.

—Qué va, Alejandro.

—Que sí. Que esa chica no es ninguna maravilla.

—Joder, Alejandro…, ella es… envidiable.

Levantó las cejas y sonrió con cierta condescendencia.

—Ay, Magdalena —suspiró—. ¿Es que no te has dado cuenta?

—¿De qué?

—De que es justo al revés. Son ellas las que te envidian a ti.

Aquella noche no salí, claro. Necesitaba pegarme mucho a Alejandro, mantenerme ocupada para controlar ese pistón que se activaba para convertirme en una persona que pensaba diferente y que solía hacerlo mal. Reflexioné más de lo que hubiese querido, es verdad. ¿Por qué me lo habría escondido? Porque quería hacerme daño. Porque me envidiaba por tener lo que ella ya no tenía. Porque ahora Alejandro era alguien y cuando estuvo con ella apenas estaba levantando el vuelo. Porque se sentía avergonzada. Porque un día lo dejó pasar y luego le dio vergüenza confesarlo. Porque lo había olvidado. Porque… demasiadas explicaciones plausibles y muy pocas certezas.

Cuando volví a verla, quedamos solas. Nos sentamos en Living in London delante de dos tazas de té. Ella, como siempre, parloteaba animada ajena a mi estado de ánimo, que era más bien apesadumbrado. No quería perder a mis amigas, mi nueva vida, el estatus, las salidas, las risas, la despreocupación, los planes, las llamadas, las fiestas, las cenas…

—¿Compartimos un trozo de tarta de zanahoria? —me preguntó echando un vistazo al mostrador.

Siempre hacía lo mismo, pensé. Pedía algo para compartir, pero ella solamente tonteaba con el tenedor y dejaba que yo me lo comiera. ¿Quería que engordara? Paranoia.

—No me apetece demasiado.

—Venga, Maggie. Un pedazo es demasiado para mí sola. ¡Compártelo conmigo!

Me encogí de hombros dispuesta a hacer lo mismo que hacía ella y no probar bocado.

—Oye, Camila…, quería hablar contigo de algo.

Ella terminó de pedir la tarta a la camarera y después se volvió hacia mí.

—¿Qué?

—Que quería hablar contigo sobre algo.

Su expresión se ensombreció un poco y cogió aire. Asintió, agobiada, como si la careta de despreocupación se hubiera resbalado.

—Vale..., te lo ha dicho.

—Sí —asentí.

—¿Puedo preguntar qué te ha contado?

—Pues que..., que os conocisteis una noche hace años y que... os acostasteis.

—Varias veces —apuntó.

Y joder..., cómo rascó.

—Sí, lo sé. Ya me lo ha dicho. Y que conste que no me molesta el hecho de que..., no sé, que os encontrarais hace un trillón de años y terminarais en la cama. Me molesta no tener una respuesta convincente a la pregunta de por qué tú no me lo dijiste desde el principio.

La tarta llegó y se quedó allí mirándonos sobre la mesa, obscena y cubierta de *buttercream*. El estómago me dio un vuelco y se me puso del revés. Y empecé a imaginarme de todo. Un montón de bocas húmedas abriéndose y engullendo se me vinieron a la cabeza y después la tarta no era tarta, sino pedazos de piel que una lengua enorme recorría entre jadeos. Me estaba volviendo loca.

—Maggie... —Camila me cogió las manos por encima de la mesa—. No quería..., no quería..., no sé. No es algo de lo que se hable la primera vez que tomas algo con alguien. Hola, soy Camila y tuve un rollo con el que dicen que es tu chico. Ni siquiera sabía si era verdad que...

—Tu madre lo sabía de sobra. Ella misma buscó mi confirmación en una de sus primeras visitas —respondí molesta.

—Mi madre es una cotilla, joder. Una maruja aburrida que habla más de la cuenta. Maggie..., ¿cómo podía sacarte el tema?

—Vale. ¿Y después? ¿Es que no has tenido oportunidad?

—Me dio miedo.

—¿Miedo de qué?

—De hacerte daño. —Torció el gesto y suspiró—. A nadie le apetece escuchar que una tía ha estado con su novio, por mucho tiempo que haya pasado. Yo… te quiero. Eres una de mis mejores amigas. No quería perderte por… por cinco o seis polvos en un hotel.

Sábanas caras y ellos dos follando, lamiéndose, gritando, gruñendo. Semen por todas partes. Saliva. Cogí la taza de té y cerré los ojos. Maggie…, tienes que calmarte.

—No significó nada para mí.

¿Insinúas que para él sí? Eres mala. Eres frívola. Eres demasiado perfecta y debes ocultar un defecto que haría temblar a quienes te rodeamos. Para, Maggie, para…, es tu amiga.

—En serio…, Maggie, tía…, te quiero, ¿vale? No sé qué haría sin ti. Eres…, eres como mi mano derecha o algo así. Sin ti no podría ni atarme los zapatos. No nos enfademos por un tío.

¿Un tío? No era «un tío», era Alejandro, el hombre de quien estaba enamorada, con quien compartía mi vida y a quien quería en ella para siempre. Jodida rastrera. Mala persona. Tirana. Inmadura. La miré, asustada. Mi cabeza iba demasiado deprisa. Me sentía a punto de perder el timón y el norte y terminar en mitad del mar sin saber dónde estaba. Me sentía, joder…, me sentía capaz de tirar la mesa y las sillas, romper platos y vasos, gritar y tirarme del pelo hasta arrancármelo. Jadeé con disimulo.

—Por favor…

Me concentré en sus palabras y en cómo me cogía las manos. Pensé. Pensé que todo lo que me decía sonaba bien y que podía ser cierto. Pensé que esa parte de mí misma que no se lo creía debía estar equivocada. Pensé que debía de parecer patética. Y no quería parecerlo delante de Camila. Era mi amiga. Me había dado un círculo donde ser yo misma… o para ser como siempre quise ser más bien. No podía perder lo que tenía. No otra vez.

—Vale, Camila…, no le demos más vueltas.

—Siento no habértelo dicho antes.

—Y yo, pero ya está. No se puede hacer nada y tu intención no fue mala, así que…

—¿Olvidado?

La miré. Camila… ¿era buena? ¿Era mi amiga? ¿Estaba buscando algo? ¿Me quería? ¿Me necesitaba como yo a ella?

—Olvidado.

Cuando nos fuimos de allí el trozo de tarta todavía estaba intacto.

37

El tiempo pasó volando. Al menos es lo que a mí me pareció. Sentí cierto vértigo cuando lo pensé y... me avergüenza confesar que pasé un par de días sin salir de casa porque de pronto todo me parecía muy rápido, ensordecedor, brillante y acelerado. Me sentí abrumada. Quizá «ayudó» una llamada de la señora Mercedes. Joder..., me sentí fatal.

—Ya no me llamas, niña —se quejó en tono jocoso—. Pero lo entiendo, que conste. Esta vieja no puede competir con la capital, con todas esas cosas que haces y tu... nueva vida.

Me hundí un poco en el sofá y me tapé inconscientemente los ojos.

—No es eso, señora Mercedes. Me acuerdo mucho de usted —y en cierta forma mentí y eso me hizo sentir peor aún—. Pero tengo tanto trabajo...

—Cuéntamelo —dijo animosa.

—Pues… no es muy apasionante. Visto a mujeres. Bueno…, no literalmente…, más bien les digo qué les puede quedar bien, qué colores les favorecen y me voy de compras con ellas.

—¡Y te pagan! Pero ¡eso es maravilloso!

—Sí —sonreí.

Y sé que, de corazón, aquello le parecía mágico, maravilloso y estaba orgullosa de mí como difícilmente entenderé nunca.

—¿Y Espartaco?

—Bien. Muy bien. Ahora está de viaje. Ha tenido que volar a Los Ángeles para hacerse unas fotos. Le sigue saliendo trabajo a buen ritmo. Acaba de posar para Terry Richardson.

—¿Y ese quién es?

—Es un fotógrafo muy famoso. Las fotos son un poco… calentitas —me reí—. Sale ligerito de ropa.

—Donde hay pelo hay alegría, niña. Deja que las demás miren un poco, que para tocar ya estás solo tú. Dime, ¿cuándo venís?

—Pues… pronto. Creo que… iremos pronto.

El tema de Camila seguía sobrevolándome. No podía evitarlo. Cuánta más fuerza hacía por olvidarlo más lo recordaba. No pienses en elefantes… ¿en qué piensas? En elefantes. Soñaba que los pillaba en la cama, que encontraba fotos, que Alejandro me dejaba por ella. Y después, al despertar, me sentía aliviada y enajenada a partes iguales. Había algo en toda aquella historia que no terminaba de encajarme. Algo de Camila. Pero no quería seguir ahondando en ello y mostrarme débil. Y no hay «debilidad» más grande que aquello que más amamos.

Cuando Alejandro volvió de su viaje encontré de nuevo la calma en sus brazos y en su propuesta de escaparnos a la isla de vacaciones. Lo necesitaba y lo sabía. La isla me calmaba. Había algo allí que tiraba un poco de mí como lo hizo mi pasado cuando me refugié en la casa de huéspedes. Quizá el hecho de haberme recuperado de mis vicios y obsesiones en sus cuatro paredes confería a aquel lugar una suerte de influencia mágica. No lo sé, pero lo cierto es que empezaba a acusar cierto cansancio. La vida en Madrid me gustaba. Me sentía activa, joven y cuando me quedaba mano sobre mano sin ninguna tarea pendiente me ponía muy nerviosa. Eso no me pasaba en la isla porque para cuando paraba, estaba tan físicamente agotada que solo podía descansar…, un descanso feliz, sin tener la cabeza echando humo.

Así que Alejandro me animó a hacer las maletas y en julio volvimos para pasar dos meses allí sin huéspedes. Fue increíblemente especial volver al lugar donde nos conocimos y donde empezó todo. Bueno…, a decir verdad, me costó una semana amoldarme al ritmo que imponía la marea. Allí todo era más calmado, como si fueran las olas del mar las que imponían el horario y no las manecillas del reloj. Tener el móvil apagado me creaba un poco de ansiedad, a pesar de haber avisado a toda la clientela de que debía viajar por «cuestiones personales» y que volvería el día 1 de septiembre. Ya tenía programadas una visita protocolaria con cada una de mis clientas para tomar café o una copa de vino, preguntarles qué tal el verano y cómo se presentaba el otoño. De allí saldría más trabajo; tampoco es que lo hubiera dejado todo para marcharme a lo loco. Todas disfrutarían de sus vacaciones con las maletas prácticamente hechas por mí.

Llevé una caja llena de merengues de colores y lenguas de gato para la señora Mercedes a quien fuimos a visitar cuando llegamos. Alejandro estaba casi tan nervioso como el día que conoció a mis padres, pero lo supo disimular mejor. No la conocía aún, pero sabía, porque yo se lo había contado, lo importante que fue en mi recuperación. Volver a aquella casa fue reconfortante hasta unos niveles que es difícil explicar. La señora Mercedes y yo nos habíamos conocido en el mercado. Me preguntó si era «forastera» y yo le contesté un poco arisca que había heredado la casa de mi abuela.

—Tú eres la nieta de Isabella.

Asentí y ella me dio el pésame. No se molestó en saber qué hacía allí, si me iba a quedar, de dónde venía…, ella solo me preguntó si quería aprender a coser. La soledad se me reflejaba en los ojos, supongo. Ella necesitaba alguien que quisiera escucharla, para que sus viejas historias fueran de pronto nuevas otra vez, un miembro más de una familia que había ido huyendo en busca de trabajo. Yo necesitaba… a alguien como ella. Y nos hicimos amigas.

La señora Mercedes se alegró muchísimo de vernos. Cuando abrió la puerta y nos encontró allí, se alisó el babi, se atusó el pelo algo desgreñado pero pulcramente rizado, con su habitual permanente, y me riñó por no haberla avisado para estar más presentable. La abracé y se echó a llorar. Yo también.

—No nos hagas caso, rey. Las abuelas lloramos mucho.

—¿Qué excusa tiene ella? —bromeó señalándome.

—Es un poquito ñoña.

Reír y llorar es reparador cuando te reencuentras con alguien al que jamás imaginaste que ibas a echar tanto de menos.

Regresé a la hospedería con el corazón encogido. La señora Mercedes estaba mucho menos dicharachera, más apagada, mayor. Me sentí fatal por haberme alejado tanto de la isla y de ella, por haber desconectado de aquella manera y no haberme acordado ni siquiera de llamar una vez a la semana. Estaría más pendiente, le prometí, y ella me pidió que fuera a verla antes de que se le olvidara lo mucho que le gustaban mis bizcochos.

La visitamos mucho aquel verano. Los dos. Alejandro supo encajar en la vida que llevaba en la isla. Y es que a veces no hay mayor demostración de amor que integrarte en el entorno de la persona a la que amas sin querer cambiarlo un ápice.

En septiembre, después de hacer una parada en Madrid para poner al día mi negocio, volamos a Nueva York, donde nos quedamos hasta mediados de octubre. A la vuelta mis clientas casi se dieron de tortas por ser las primeras en conseguir cita conmigo, que había estado en algún que otro *front row*.

Irene dio a luz a una niña preciosa en julio; la llamaron Nuria. No pudimos verla hasta la vuelta y cuando la sostuve por primera vez supe que me había enamorado de por vida. Nuria era preciosa. El bebé más vivo, risueño y sonrosado que había visto jamás. Le acaricié la carita con un dedo, tan suave… y despertó. El instinto, la necesidad, el tic tac. De pronto estalló. La vida.

Camilia, Blanca y Margarita conocieron a Nuria una tarde en mi casa, pero a ellas no pareció despertárseles ningún instinto, lo cual, que nadie me malinterprete, no es una crítica. Una tiene la libertad de decidir si quiere o no ser madre. Ellas se limitaron a observar y sonreír falsamente para comentar después que la pobre niña era muy fea y que habría heredado la tendencia a engordar de su madre. Me parecieron tres versiones modernas de la bruja del cuento de la bella durmiente, condenando a un bebé a lo que ellas pensaban que sería una de las peores maldiciones. Engordar. Pero qué asco. Y que conste, esto sí es una crítica. Quería a Irene y exigía respeto; me daba igual que ellas estuvieran o no de acuerdo con su planteamiento de vida.

Estábamos en un local cercano a mi casa, famoso por sus tés ecológicos; tiene guasa… con lo poco sana que eran sus vidas, estaban obsesionadas con lo natural. ¿Considerarían también natural la cocaína que se esnifaban casi todos los fines de semana? El caso es que tras escuchar otro comentario sobre un bebé al que además adoraba, me levanté y me fui sin dar demasiadas explicaciones. Al llegar a casa no pude evitarlo: me odié tan fuerte por no haberme quejado, por no haber expresado lo frívolo y asqueroso que me había parecido su comportamiento que… me di golpes contra una pared hasta que el dolor me apartó de todo lo demás. Maggie…, te vas por la alcantarilla. Soñé aquella noche que sus risas iban distorsionándose hasta convertirse en una negrura más espesa que una masa de agua; me entraban por la boca cuando intentaba gritar y dentro de mí, me ahogaban.

Había empezado. Camila, Margarita y Blanca no querían llevarse bien con Irene y no serían amigas jamás. No solían hacer comentarios malignos delante de mí, pero sé que los hacían a mis espaldas. Un día me dejaron caer que era muy amable por mi parte seguir siendo amiga de Irene. No entendí ni una palabra pero no me hizo falta; me sentó fatal. Me pareció muy cruel; no lo expresé como lo hubiera hecho ahora porque…, seamos realistas, tenía miedo de quedarme sin ellas, de verme apartada de lo que se supone que «era guay», pero después de cómo me sentí al callarme mi opinión sobre sus comentarios sobre Nuria, no tuve más remedio que decírselo; ellas se disculparon con la vacua excusa de que, simplemente, había un abismo entre nosotras e Irene. No éramos la misma clase de chica, decían. ¿No? Me encogí de hombros. ¿En qué se supone que se diferencia una mujer de otra? ¿En el calzado que lleva? Una punzada de angustia me atravesaba cuando me daba cuenta de que dependía de alguna manera de la relación que mantenía con tres chicas que no siempre daban muestra de ser buenas personas.

Me acerqué a Fede e Irene. Venían a cenar a casa con asiduidad y traían a Nuria con ellos. Alejandro la adoraba y la niña a él. Irene solía decir que ya en la cuna demostraba un gusto exquisito por los hombres y los complementos. Lloraba cuando las abuelas le ponían lazos y sonreía cuando su madre le ponía diademas de las que yo hacía en los ratos muertos, de colores, con broches estrafalarios y grandes.

Verla crecer era una sensación extraña. Cuando somos adultos dejamos de darle importancia a la palabra «años», se nos olvida que un tiempo atrás, cuando fuimos pequeños, los meses parecían no terminar jamás. Tenerla en brazos era apacible. Pensar que había aparecido de la nada en el vientre de Irene. Era una vida. Era tan bonito...

No hizo falta demasiado tiempo para que ambos comprendiéramos que quizá habíamos llegado a ese punto. ¿Ya? Me asusté, claro. Al principio ambos lo hicimos. Lo comentamos todo entre risas, nos desdijimos, pero al final, los «ven, que te voy a hacer un bebé» y los «¿cómo sería...?» terminaron convirtiéndose en una conversación madura, real y un mes después decidimos que quizá era el momento de poner un niño en nuestras vidas. Llevábamos casi dos años juntos, las cosas nos iban tan bien...

Lo primero que hice fue ir al médico para decirle que tenía intención de quedarme embarazada en el próximo año; me aconsejó dejar de fumar, mantener mi peso y hacer vida saludable. Lo de siempre. Podía empezar a tomar ácido fólico y algunas vitaminas. Me relajé bastante con lo del tabaco. A Alejandro esa decisión no le gustó, claro.

—Es un vicio sucio y asqueroso. Lo aguanto porque no tengo más narices, pero me alegraré mucho el día que mi casa no huela a puta mierda.

Me enfurruñé y decidí que le haría caso... No fumaría en casa.

Irene se alegró mucho con la noticia de que hubiéramos decidido ser padres; no tanto Camila, Blanca y Margarita.

—¡Noo! —dijeron a coro—. ¡Nos abandonas!

—No —sonreí—. No seré una mamá aburrida.

—Ni siquiera nos ha dado tiempo a salir de marcha como unas locas. Tú embarazada y nosotras... ¿compuestas y sin novio?

Dejadme daros un consejo: si tenéis alguien en vuestra vida para quien supone un problema que hayáis alcanzado un paso que en su caso queda lejano en el horizonte…, huid. Si dicen: «No puedes comprometerte tan pronto… ¿y yo soltera?» o «Es demasiado pronto para que tengas hijos… no estoy preparada para verte siendo madre», son egoístas, inmaduras y os venderán por menos de treinta monedas de plata.

38

A día de hoy me doy cuenta de que mis problemas empezaron mucho antes de la explosión. Al final, cuando todo se hunde es porque el suelo ha ido cediendo poco a poco, centímetro a centímetro, hasta que no resiste más. Cuando desaparece el suelo bajo tus pies es porque dejaste que las tristezas, las inseguridades, las mentiras se filtraran y pudrieran los cimientos de tu personalidad. Nadie cae del todo si sus travesaños están sanos. Aparté de un manotazo las pequeñas paranoias, las inseguridades y todo aquello que empecé a hacer para sentirme integrada. Aparté la idea de que realmente Alejandro tenía razón y mis amigas no eran buena compañía. Lo ignoré todo.

Todo menos a Camila. Y a Alejandro. Camila tenía un medio novio por aquel entonces. Se habían conocido en la revista porque él era amigo del director. Contaba maravillas pero cuando lo conocimos en una de esas ruedas de reconocimiento que suelen hacer las chicas con sus amigas lo único que me llamó la atención de su nuevo ligue fue el parecido con Alejandro. Era alto, moreno, guapo, delgado, con unos intensos ojos castaños un poco rasgados y una sonrisa bonita, pero cara de ver. Camila no dejaba de repetir que era exactamente su tipo de tío… como Alejandro, deduje. Fue tema de conversación durante unas cuantas semanas. Después se cansó de él porque, decía, no era tan interesante como parecía.

—He estado con chicos como él. Demasiado guapos para ser de verdad. Cuidado con esos, chicas…, un guapo nunca os va a querer como se quiere a sí mismo.

¿Alejandro no me querría nunca más que a él mismo? ¿O era lo que ella me quería hacer ver? Lo que pasó entonces fue que se inició una guerra…, una guerra fría y sorda cuyos bandos liderábamos ambas con la diferencia de que ella tenía a Blanca y Margarita entre sus filas y yo me defendía sola. No protagonizábamos batallas abiertas, sino discusiones veladas. Un tira y afloja constante para ver cuál de las dos estaba más por encima de las circunstancias, con la diferencia de que, sea como fuere, Camila era una tía dura y yo no. Así que cada comentario malicioso por su parte hacía mella en mí y cada palabra venenosa que pronunciaba mi boca, me dejaba un mal sabor que no se iba con nada.

Competíamos en todo: por vestir mejor (punto para Maggie), por ser más *cool* en las fiestas (punto para Camila), por estar más buena (al parecer, otro triunfo para ella), por ser más popular, estar más delgada o a la moda, comer menos, beber más… pero todo revestido de una falsa simpatía de esa que somos tan buenas en ejercer algunas mujeres. Algunas. Y yo la reina cuando me ponía a malas.

¿Por qué no me alejé de ellas? Tenía a Irene, joder, que era buena y que representaba todo eso que buscamos en una amiga. ¿Entonces? Bueno…, es complicado. Partamos de la base de todas las contradicciones de las que ya he hecho gala a lo largo de esta historia y sumémosle a mi naturaleza alguna que otra frustración más.

Irene tenía una hija. Yo no. Y no la tenía porque, vaya, no me quedaba embarazada. No me cuidaba una mierda y apenas veía a Alejandro, pero no racionalizaba todas aquellas cosas. Solo me cabreaba que me bajara la regla.

—Cariño —me decía Alejandro cuando veía mis reacciones—, acabamos de empezar a intentarlo. No seas ansiosa. Ya llegará.

—¿Cuándo?

—Cuando tengamos tiempo de hacer el amor, por ejemplo.

Y aunque no lo entendiera en ese momento…, ahí había una queja. Solo lo hacíamos cuando a mí me venía en gana, que solía coincidir después de algún enfrentamiento mudo con Camila. Algo así como… «habrás ganado en esto, pero yo puedo acostarme con Alejandro y tú no». Enfermizo, inconsciente, egoísta e inmaduro, ya lo sé.

Irene, por otra parte, tenía más amigas. Las del colegio, con las que guardaba buena relación y veía de tanto en tanto; las de la universidad, con las que montaba fines de semana en casas rurales junto a sus parejas; las de la revista. De todas celaba. Y celaba de una manera tan insensata como explosiva.

Fueron meses extraños; los recuerdo como si hubiera estado medio sedada; quizá sí…, por la rabia. Lo que sí sé es que me sentía furiosa contra todo el mundo en general y a ratos contra Irene en concreto. Sacaba punta a todo de bastante malas maneras. El más mínimo comentario, una palabra usada en lugar de otra… podía sacarme de quicio. Irene se alejó un poco, sin desesperar, buena y comprensiva, alegando que necesitaba espacio para pensar. Sonaba lógico y en realidad lo era, pero mi lectura en aquel momento fue que aquello no era más que una excusa para lavarse las manos y dedicarse a su feliz vida con su chico, su hija, su trabajo, sus otras amigas…, la odié con tanta virulencia que llegué a borrar su teléfono de mi móvil y le prohibí a Alejandro que hablara con ella de mí. A la semana... acudí llorando a su puerta para decirle que la quería mucho.

Arriba. Abajo. Carcajadas. Llantos. Un nudo dentro, cosquilleante a veces, punzante otras, que me pedía tomar las riendas como fuera. A veces era obligándome a hacer cosas que, me decía, eran mejor para mí pero que los demás me escondían porque a nadie le saldría a cuenta que yo fuera más independiente, más delgada, que estuviera más ocupada o que llevara lo último siempre. Cualquier chorrada..., iba por días.

Camila solía aprovechar estas cosas porque, como he dicho, era dura, pero no fuerte. Las personas que se apoyan en la debilidad de otro para engrandecerse son más pequeñas de lo que jamás nos hayamos podido imaginar... y lo saben. De ahí el constante esfuerzo para alimentar las dudas, porque se nutren de flaquezas ajenas.

Así que ella pinchaba y yo entraba al trapo. «¿Y cómo es que no has quedado con Irene este fin de semana, Maggie?». «¿Está Alejandro otra vez fuera? Lo vuestro parece una relación por carta». «El otro día vi a fulanita..., ha cambiado de estilista y estaba divina». «Oye, Maggie, ¿no estarás embarazada? Te veo más rellenita».

Sí, lo sé. Insoportable y maligna. Malas vibraciones continuas. Pero... esa era la cara A. La cara B era que yo dependía de ella y Camila... lo sabía. Era ella quien me había presentado a muchas de las personas con las que nos relacionábamos; sin ella estaba fuera. Además, igual que quitaba, te daba. Te podía hacer sentir miserable muchas veces, pero también sabía hacerte sentir la persona más especial sobre la faz de la tierra. Tenía una de esas personalidades magnéticas y manipuladoras, como las que dicen que tienen los líderes de sectas. Era encantadora y venenosa y yo, aunque lo sabía, estaba enganchada. Y lo peor es que no siempre sabía mostrarme fuerte: no podría contar con los dedos de las manos todas las veces que me mostré sumisa y dócil frente a ella, las ocasiones en las que me manipuló abiertamente y yo… me dejé. Pero estaba cansada. Y la odiaba y la quería en la misma proporción. Si no habéis tenido nunca una amiga malvada, un vampiro emocional, no sabréis a lo que me refiero pero… casi mejor.

Alejandro miraba mi evolución como se miraría una película Disney donde las hadas se han comido a la princesa. Estaba alucinado y no en el buen sentido, claro. Como no se explicaba qué me estaba pasando y como nadie en aquel momento teníamos la información necesaria para juzgar la situación como merecía, creyó que todo se debía al estrés. Demasiado trabajo en el último año. Era muy autoexigente, me decía. Tenía que relajarme. Nos olvidaríamos del tema de los bebés si quería; ya los buscaríamos más adelante cuando estuviera más tranquila. Me animó a hacer cosas que me estimularan, me pidió que contara con él, intentó que hiciéramos planes y… bla bla bla bla bla bla bla bla… solo escuché lo que quise y entendí que, por primera vez en mucho tiempo, quizá, había llegado el momento de divertirse. Pero a lo bestia. Si Camila pensaba que era el alma de la fiesta era porque no había conocido a la parte de Maggie que estaba dormida. Y ya iba siendo hora de despertarla.

39

Si alguien me hubiera preguntado entonces qué le pasaba a Magdalena, no habría sabido explicarlo. La chica dulce, la que se avergonzaba de reírse a carcajadas, la sensual, la que buscaba el abrigo de mi pecho por las noches, a la que le brillaban los ojos cuando trabajaba… Todo eso había desaparecido debajo de capas y capas de cosas que nos distanciaban construyendo una masa informe e indefinida. Siempre estaba enfadada y cuando le preguntaba qué le pasaba, terminaba siendo el culpable de todo. Si hubiera podido acusarme del genocidio judío, lo habría hecho. Se reía constantemente con crueldad para pasar, después, épocas de silencio total de sonrisas. Solo se acostaba conmigo cuando los astros se alineaban dentro de su cabeza y lejos quedaban nuestras noches de sexo cómplice: follábamos como quien se pelea; rápido, duro, fiero. Nunca se acostaba a la misma hora que yo y cuando lo hacía, no la encontraba en la cama porque se dormía encogida sobre sí misma. Hacía su trabajo con obsesión y diligencia, pero sin pizca de pasión sana.

El cambio fue tan paulatino que, cuando me quise dar cuenta, ya estaba hecho. Y tuve que acatarlo porque la quería demasiado.

Al principio pensé que Camila era la razón. Una tía malintencionada y envidiosa que quería mortificar a Magdalena por todo lo que tenía y ella envidiaba. Y lo peor es que sé que ni siquiera me codiciaba a mí o nuestra relación. Pero yo dejé de llamarla y de responder sus mensajes años atrás y ahora había escogido a alguien que no era ella. Y eso, para algunas personas, es suficiente.

Me preocupaban muchas cosas por aquel entonces. Magdalena la primera y en tantos planos que era muy complicado situarlos todos. Me preocupaba su salud física, porque estaba perdiendo peso, no se cuidaba como debería, comía poco y mal, bebía bastante, siempre estaba cansada, con dolor de cabeza u ojerosa. Me preocupaba su salud mental, porque empezaba a tener claro que no estaba bien; igual se reía que lloraba, me echaba de su lado gritando que la agobiaba para volver corriendo minutos después, hecha un mar de lágrimas, suplicando que no la abandonara, celaba de cualquier llamada que recibiera en el móvil, se despertaba agitada en mitad de la noche y a veces se sumía en un estado de letargo depresivo que podía durar minutos, horas, días o semanas. Y que no se molestaba por intentar solucionar. Me preocupaba su relación con los demás, sobre todo con su familia, Irene y la señora Mercedes. A menudo llamaba a la última yo mismo y le decía que ella me había pedido que lo hiciera porque estaba muy ocupada pero quería asegurarse de que todo iba bien. No sé por qué lo hacía porque, joder, no era mi gente pero… era la suya. Y eso bastaba.

Irene se convirtió en mi sitio seguro. Ella y Fede me apoyaron mucho entonces, cuando no tenía ni idea de lo que estaba pasando con mi vida. Irene había estado indagando y me decía que había algunos trastornos que cuadraban con el comportamiento de Magdalena. Depresión, desorden alimenticio, trastornos de la personalidad..., joder. La primera vez que me lo dijo me levanté de la mesa y me fui. Irene me encontró sentado en la escalera, respirando hondo para no llorar.

A ella también le tocaba de cerca porque Magdalena solía tomarla con ella a menudo. La quería, pero se tenía que alejar.

—Soy madre, Alejandro, y no puedo cogerme estos disgustos ni correr detrás de Maggie.

Se aseguró de que entendiera que no estaba lavándose las manos, solo buscando una distancia prudencial que protegiera lo que era suyo. Yo era bienvenido siempre que quisiera, no obstante.

Pensé en llamar a sus padres un par de veces pero... ¿qué les decía? «Oigan, su hija está rara y bastante insoportable». No. Era algo de lo que nos teníamos que ocupar nosotros como pareja. Si había un problema, lo solucionaríamos.

Y no todo era Magdalena. Mi vida, además, estaba sujeta a otros vaivenes que también me acosaban por las noches para no dejarme dormir. En una profesión como la mía la edad es un hándicap y empezaba a experimentar las consecuencias en primera persona. Menos campañas. Pasarela casi anecdótica, aunque aún importante. Tenía un buen nombre en la profesión y me mantenía bien, eso ayudaba pero se avecinaban años duros que tendría que empezar a atajar. Como en la fábula de la cigarra y la hormiga. Yo no quería vivir el verano con brío y morir de hambre y frío en invierno.

Solo. Eso es lo que estaba. Solo. Pasara lo que pasara. No tenía a nadie con quien revisar las cuentas y hacer números... solo extractos del banco que entendía a duras penas porque en un arranque de buenas intenciones, Magdalena y yo habíamos decidido abrir una cuenta conjunta de ahorros y gestionar nuestros ingresos de manera conjunta. No tenía a nadie con quien hablar por la noche de lo mucho que me preocupaba mi futuro profesional. No tenía a nadie con quien acurrucarme. No tenía a nadie con quien disfrutar, ni del cuerpo ni de la vida. Y seguía siendo joven y seguía teniendo ganas de hacer cosas y... deseo.

La soledad se acrecentó por culpa de..., de eso que compré para ella pero que aún no había tenido la oportunidad de darle. Como si fuera kriptonita o un dedo burlón que señalaba donde más dolía. Y si no se lo había dado no era, en realidad, por problemas de agenda ni nada por el estilo. Era porque no me veía con fuerzas, no quería hacerlo en las circunstancias en las que estábamos. Yo también estaba cabreado, joder. Y mi yo cabreado no dejaba de repetirme que no se lo merecía y que Magdalena ya no era la persona con la que soñé hacer aquello.

Las fuerzas se me agotaban. ¿Qué se puede hacer cuando amas a alguien que convierte tu vida en un constante devenir de obstáculos? ¿Qué hacer cuando lo que amas es justamente lo que complica tu vida hasta dejarla irreconocible?

40

Febrero

Entré en el dormitorio buscando a Alejandro. Venía de trabajar con la recién estrenada (y ofensivamente joven) esposa de un banquero. Había ganado muchísimo dinero aquella tarde y quería celebrar mi doble victoria sobre Camila: ganaba una pasta en unas horas, tenía un trabajo *cool* y me podía tirar a Alejandro. Llevaba una botella de vino en una mano, dispuesta a que nos pasáramos la noche bebiendo y follando, follando y bebiendo.

Escuché el agua de la ducha y con media sonrisita me quité la ropa y dejé el vino sobre la cómoda, frente a la cama. Entré en el cuarto de baño y me sorprendió la cantidad de vaho que llenaba la estancia, como si el agua caliente llevara mucho rato corriendo. Adiviné el cuerpo de Alejandro tras la mampara, con la mano izquierda apoyada en la pared alicatada con pequeños azulejos.

Carraspeó. Porque... aquel sonido... ¿era un carraspeo, verdad?

373

Me quité el sujetador y las braguitas y toqué en la mampara de la ducha antes de entrar, por no matarlo de un susto, viendo que no había deparado en mi presencia. Alejandro cogió aire con la boca, asustado y cuando entré para disculparme y besarlo, me di cuenta de que lo había pillado con las manos en la masa…, nunca mejor dicho. Aún tenía agarrada su erección con la mano derecha, que parecía ejercer presión sobre la piel. Me quedé mirándolo sin saber qué decir y él la soltó sin añadir nada.

Pensé que no había nada malo allí. Simplemente era un hombre tocándose en la ducha. ¿Había imaginado que Alejandro no se masturbaba? Como todos. Hubiera sido peor pillarlo viendo porno, me dije. Sobre todo porno bizarro, insistí. Así que dibujé una sonrisita y coloqué mi mano donde antes tenía la suya. Cerró los ojos y dejó escapar aire a trompicones entre sus labios.

—¿Estabas divirtiéndote solo? —dije, tratando de sonar sensual.

—Yo…

—No pasa nada.

Aceleré el ritmo de la caricia y me encaramé a él para besarle. Alejandro me miró de arriba abajo antes de inclinarse para besarme en la boca.

Coreografiada, como pensaba que él desearía que lo hiciese, le acaricié el pecho, me dejé caer de rodillas frente a él y comencé a pasar la lengua alrededor de la punta. Lanzó un gemido y me agarró la cabeza, metiendo los dedos entre mis mechones de pelo. Reaccionó rápido y positivamente, pero cerró los ojos.

—Mírame —le pedí.

No lo hizo. Solo empujó con la cadera hacia el fondo de mi garganta y creí que solo era pasión lo que le impedía mirarme, así que me entregué a la caricia con brío. La toqué, la lamí, succioné, mordisqueé, chupé…, hice todo lo que sabía hacer hasta que él me levantó por debajo de los brazos y me encajó a su cuerpo, de manera que pudiera penetrarme.

—Joder, Magdalena… —se quejó con el ceño fruncido—. Cada día pesas menos.

Y no parecía un cumplido cuando lo dijo, a pesar de que me lo tomé como tal.

Me moví, buscando la penetración y cuando lo intentó…, algo no iba bien. Alejandro llevó la punta de su pene hacia mi entrada y empujó, pero al entrar la sensación fue extraña. Dio dos empujones salvajes, chasqueó la boca y me volvió a dejar en el suelo.

Cuando eché un ojo hacia abajo, me di cuenta de que su erección había perdido consistencia y fuelle.

—¿Qué pasa? —le pregunté extrañada, haciéndome la tonta—. ¿Por qué paras?

—Porque… se me ha bajado —contestó, tocándose para tratar de despertarla.

—Yo te ayudo.

Pero Alejandro se apartó.

—¿Qué pasa? —le pregunté.

—Es que… me clavas todos los huesos, Magdalena. No pareces tú.

—Pero me miras y soy yo —le reprendí, notando el peso de mi pelo pegado a la cabeza.

—Antes… solo con tocarte… hasta con los ojos cerrados eras tú. Ahora me cuesta reconocerte incluso cuando los abro.

Él salió de la ducha poco después pero yo me quedé allí… a torturarme.

Marzo

Volví a casa después de tomar algo con las chicas. Venía arrastrando los pies, con el pecho vacío y con la sensación de que había tragado más aire del que podía soportar. ¿Y si Camila tenía razón al decir aquello?

—Maggie, ¿nunca te lo has preguntado, en serio? —había dicho Margarita alucinada apoyando la hipótesis de su amiga.

—Daba por hecho que no pasaba nada.

—Pasáis tanto tiempo separados…

—Solo son un par de semanas cada unos cuantos meses —le había contestado yo llena de angustia.

—¿No se lo has preguntado nunca? Viene siendo lo normal. Muchos amigos míos del mundillo lo hacen.

Negué con la cabeza asustada. ¿Era posible que Alejandro hubiera dado por sentado que aquello era una relación abierta en la que estaban permitidas las canas al aire? ¿Era posible que mientras yo lo echaba de menos en la cama él estuviera con otra chica, mucho más guapa, retozando como un salvaje? No quería perderlo… aunque eso fuese real y no solo una conjetura. Y necesitaba sentir que era yo quien llevaba la batuta aunque la batuta me llevara a mí.

—Tienes que entender que él vive en otro mundo. Es modelo, es hombre, viaja mucho…, tiene sus necesidades y está siempre rodeado de bellezones. No te pases de celosa o… —había dicho Camila, mientras pagaba la ronda. Pero no había terminado la frase.

Al abrir la puerta de mi casa lo escuché moverse por la cocina. Entré y sonreí a pesar del miedo que tenía.

—Hola, cariño.

Nos dimos un beso.

—¿Qué tal?

—Bien. Oye…, he estado pensando y…

Alejandro me pasó una Coca Cola y se sentó en un taburete.

—¿No hay *light*?

—¿Para qué la quieres *light*? —frunció el ceño.

—Me gusta más. —Me encogí de hombros y se giró de nuevo hacia el frigorífico—. Oye, cariño, he pensado que…, que nunca hemos hablado de lo que puedes hacer cuando estás fuera…

—¿A qué te refieres?

—No te hagas el tonto —fingí que aquello era jodidamente divertido.

Se volvió hacia mí y cruzó los brazos sobre el pecho.

—Pues me pillas un poco… —Hizo un gesto, animándome a seguir hablando.

—Alejandro, seamos sinceros. No quiero pasarme de celosa y entiendo que… esto puede ser una relación con ciertas concesiones. Siempre y cuando tomes precauciones fuera…, nosotros podemos llegar a ese punto de entendimiento…

Su ceño se fue frunciendo, pasando de la curiosidad al disgusto. Deslizó el refresco de malas maneras por la barra de la cocina y metió las manos en los bolsillos:

—¿Cómo? —dijo.

—Pues que…

—¿Hola, cariño, puedes serme infiel?

—En este caso no sería… infidelidad. Solo…, solo es un acuerdo —intenté sonreír—. Si estás, no sé, en Japón, te vas a tomar algo con los compañeros y te apetece…

Tragué con dificultad.

—No me puedo creer que estés diciéndome esto —respondió Alejandro visiblemente molesto.

—Solo digo que puedo entenderlo y que… incluso me parecería normal.

—¿A qué viene esto? —preguntó brusco.

—¿A qué tiene que venir?

—¿Estamos locos? Acabas de llegar y —señaló la puerta de casa, que se intuía más allá de la oscuridad del pasillo— de repente me sacas este tema después de… ¿dos años juntos? Ah, esto es la hostia. ¿A qué coño viene?

—No sé.

—¿Crees que querría tener un hijo contigo si me interesara ir de cama en cama en mis viajes? Qué guay, ¿no? Jugar a la parejita moderna.

No entendí por qué se enfadaba. Se supone que estaba dándole lo que todos los hombres como él necesitaban. Pensé que estaría cansándose de tenerme solo a mí.

—¿Tú lo haces? ¿Es eso? ¿O es que quieres hacerlo? ¿Te has cansado de decir que no?

No se me ocurrió nada y no hablé. Negué con la cabeza.

—Eres increíble, Magdalena. Cuando creo que no puedes sorprenderme más… —Levantó las manos—. Si al menos fuera para bien…

Salió de la cocina y yo me quedé mirando la puerta, sujetando mi refresco sin saber qué hacer.

Abril

Alejandro adoraba mi pelo. Le encantaba. Lo enrollaba entre sus dedos, lo mesaba por las noches, se hundía en él y lo olía profundamente. Le gustaba el color, la textura, las ondas grandes y naturales. Siempre estaba diciéndome cuánto le gustaba…, decía que aquel pelo era yo, como si se hubiera convertido en mi distintivo.

Por eso, mi decisión no le pareció acertada ni no acertada. Le pareció una aberración. Un día entró en casa tarareando, dejó las llaves en el recibidor y se metió en la cocina para dar un grito ensordecedor que me hizo girarme de golpe. Se había llevado la mano al pecho y respiraba con dificultad.

—¡Joder! —gritó—. Pero ¡¿qué has hecho?! ¡Ni siquiera te he reconocido!

Me mesé el pelo, corto, a la altura de los hombros, teñido de castaño oscuro.

—No..., ¿no te gusta?

Me miró desde lejos. Se acercó. Aquello me recordó al corte de pelo de Mia Farrow en *La semilla del diablo*. Me rodeó y me miró a la cara.

—No es que no me guste es que... ¿por qué?

—Mi pelo estaba ya muy... *out*.

—¿Cómo que *out*? ¿Y eso qué importa?

—Estaba pasado de moda. Tenía que sanearlo y... me apetecía un cambio. Margarita me dijo que sería buena idea.

—Margarita, ¿no? Ya. Pues... Vaya..., sí... —dudó, mirándome—, supongo que me..., me acostumbraré.

—Pones la mismita cara que pondrías si me hubiera hecho un cambio de sexo —dije molesta.

—Es que no me comentaste nada y...

—¿Tengo que consultarte la decisión de cortarme el pelo? —y reconozco que lo dije de muy malas maneras.

—No. Claro que no. No me malinterpretes, Magdalena. Es solo que... creí que tú adorabas tu pelo.

—Pues parece que no estabas en lo cierto. Como viene siendo costumbre —contesté cerrando la nevera de golpe y saliendo de la cocina.

Alejandro no dejó de mirarme con suspicacia. No, no le gustaba. No le gustaba nada, pero el pelo era el menor de sus problemas.

Mayo

—No compres más ropa. —Alejandro llegó al salón y se plantó delante del sofá en el que estaba recostada—. La barra del armario está a punto de caerse. No es un decir. Ha agrietado la pared. El vestidor parece el infierno, Magdalena.

—La repartiré con el armario de la habitación de invitados —respondí hojeando una revista, sin levantar la vista hacia él.

—No. No compres más ropa. Ni zapatos ni bolsos ni sombreros. Ayer llegó el extracto de la tarjeta. —Lo miré sin saber muy bien a qué se refería—. ¿No tienes suficiente con la de débito, Magdalena? Has gastado cuatro mil quinientos tres euros de la VISA este mes. Y hay que pagarlos.

—Bueno. Los pagaré. —Lo miré como si todo aquello me pareciera un circo innecesario.

—¿Y los intereses?

—Los pagaré también. No veo el problema. —Me encogí de hombros volviendo a mi revista.

—El problema es que no entiendo cómo vas a pagarlo si tienes que tirar de la VISA el día diez del mes. El problema es que gastaste ese dinero en una sola tienda en una sola tarde. El problema es que no entiendo cuál es la necesidad que te empuja a hacer esto. Y, la verdad, no me quiero ni imaginar cuánto has gastado este mes en total...

Lo miré inexpresiva y me encendí un cigarrillo. Se acercó con paso decidido, me lo quitó de la boca y lo aplastó contra el cenicero. Por un momento temí que fuera a darme una bofetada.

—¡¡No me toques los cojones, Magdalena, no tengo el día!! —y por primera vez Alejandro me gritó. Y me gritó con ganas.

—Pero ¿qué pasa? ¡Es mi trabajo! —dije levantando la voz tras reponerme del susto.

—No, querida. ¡Tu trabajo es gastar el dinero de los demás y ganar el tuyo!

—Una tiene que hacer ciertas inversiones. No entiendo por qué tanto problema, Alejandro. ¿Tenemos problemas de dinero y no me he enterado? —volví a mi tono flemático, repantigándome en el sofá.

—No, no los tenemos, pero desde luego no es gracias a ti.

Lo miré ofendidísima. Chasqueó la boca, se cogió el puente de la nariz y dulcificó el gesto.

—Mira, cariño, no digo que no compres, no digo que no…

—Sí, has dicho que no compre nada más —repliqué en tono repipi.

—¡¡Porque no te hace falta!! —volvió a levantar la voz enarbolado.

—Bien. Dejaré de comprar —dije apretando los labios.

—Es que… —Levantó las dos cejas y las manos—. No entiendo nada. Cuando te conocí ibas descalza y solo te ponías sandalias para ir al pueblo. Ayer los conté. Tienes noventa y tres pares de zapatos. ¡Noventa y tres! ¿A ti de verdad te parece normal y sano?

—Algunos son regalados.

—¡Ya sé que son regalados! —gritó con un tono de voz desesperado.

—¿Entonces?

—Magdalena, se te está yendo de las manos —dijo severo—. No te voy a mentir y decirte que esto me gusta, que esto es genial y que me encanta, porque si se te va un poco más no lo voy a aguantar.

—¡¡¿Me estás amenazando?!! —grité incorporándome entre los cojines de Alexander McQueen.

—No. No es una amenaza, es una advertencia. Todo el mundo tiene un límite, cariño. Yo no soy una excepción. ¿Dónde cojones está mi Magdalena? ¿Dónde está la persona de la que me enamoré? —Y en sus ojos había algo oscuro…, muy oscuro.

Junio

Volví a casa con los zapatos en la mano. Miré el reloj otra vez para creerme que eran las ocho de la mañana. Aquella noche la cita con las chicas para tomar unas copas se había desmadrado un poco y habíamos acabado cogiendo un buen pedo en una superdiscoteca de moda a la que ni siquiera recordaba cómo había llegado. ¿Por qué decir que no? Me merecía un poco de diversión. ¿No es eso lo que me había aconsejado Alejandro? Le haría caso. Estaría más relajada, más feliz y los dos discutiríamos menos. Estaba segura de que aquello era bueno para nosotros. Además de que... no quería irme antes que Camila. Era una especie de pulso. Si ella no se retiraba..., yo tampoco. La diferencia es que ella no había dejado a nadie preocupado en casa.

Cerré la puerta con suavidad. Todo estaba en silencio y en penumbra. Sonreí. Era una profesional del escaqueo. El crimen perfecto. Anduve hacia la habitación descalza, con cuidado de no hacer crujir demasiado la tarima.

Cuando entré, la cama estaba perfectamente hecha y Alejandro no estaba. Ups..., ¿se habría levantado a hacer ejercicio y no me habría encontrado allí? Habría llamado. Seguro que lo habría hecho. Miré el móvil. Había hecho una y había sido a las cinco. Yo misma había colgado porque con el estruendo de la música no le hubiera escuchado. El único problema es que había sonado una canción que me encantaba y se me había olvidado salir a la calle para devolverle la llamada y tranquilizarlo.

Escuché algo en el salón y al asomarme me di cuenta de que estaba sentado en un sillón con un gesto indescifrable, mirándome.

—Hola —le dije comidiendo una sonrisa de vergüenza—. Buenos días.

—¿Qué es lo que te pasa, Magdalena? —dijo con la voz cargada de furia.

—Nada. —Me acerqué con la cabeza gacha—. Siento llegar tan tarde...

—Me da lo mismo la hora a la que llegues. Solo quiero no tener que pasarme la noche sin saber dónde estás, sin saber si te ha pasado algo, si voy a tener que ir a la comisaría por la mañana... o al hospital.

—Tampoco es para tanto, Alejandro, sabías que salía con las chicas.

—Me dijiste que ibas a tomar una copa de vino. ¡Una copa de vino! —gritó, a pesar de las horas—. Aguanté hasta las cinco de la mañana, preocupado, por no agobiarte con mis llamadas. Colgaste y creí que estarías llegando a casa y... no... —Frunció el ceño.

—No te enfades. —Me senté en su regazo.

—No, déjame. No me toques.

Levantó los brazos instintivamente y después se incorporó, obligándome a ponerme de pie y se fue hacia la puerta, que cerró de un portazo.

Julio

Cerré la carpeta y la guardé en un cajón. Alejandro acababa de llegar al estudio.

—¡Hola! —Me acerqué sonriendo.

Frunció el ceño al mirarme. Nos dimos un beso frío. Hacía dos semanas que no nos veíamos con todo el jaleo de Milán. Alejandro me había pedido enardecidamente que lo acompañara:

—Pasearemos por Milán, comeremos pasta y nos meteremos mano en los parques —había dicho con los ojos brillantes de ilusión.

Pero Camila organizaba su fiesta de cumpleaños y no quería perdérmela por nada del mundo, así que le había dicho que no. Alejandro estaba un poco pesado y... me apetecía pasar unos días a mi aire.

—Tengo mucho trabajo —dije a modo de disculpa.

No me preocupó que ni siquiera contestara. Total…, los días habían pasado volando. Y allí estaba, de vuelta, pero con cara de pocos amigos y sin aparentes ganas de meterme mano.

—Magdalena, ¿estás más delgada?

—No. Bueno, no sé —dije mirando a otra parte, aunque sabía muy bien por qué podía haber perdido peso.

—¿Y eso?

—No sé —repetí por no decir que la fiesta quema muchas calorías.

—Deberíamos ir al médico.

—No, será el estrés. Mucho fondo de armario para las vacaciones.

—Recorta. No tienes ninguna necesidad de vivir con la sensación de estar en una carrera de fondo. Y… mírate en el espejo. Estás… consumida.

Le quité importancia con un gesto y se acercó un paso más.

—¿Qué tal lo nuestro? —preguntó tocándome el vientre.

—Nada. Me bajó la regla la semana pasada.

—Humm… —Miró a nuestro alrededor—. No tenemos prisa. ¿Y ese perchero lleno de vestidos?

—Creo que fue una mala idea darte las llaves del estudio —me sonrojé antes de confesar—. Son míos.

—¿Nuevos?

—Sí.

—¿Todos? —Respiró hondo cuando asentí—. Los últimos, por favor. Tendremos que alquilar una casa enorme para que vivan los vestidos.

Me puse a recoger mis cosas para volver a casa. Meses antes hubiera hecho alguna broma sobre vestidos haciendo fiestas de pijamas, pero en ese momento solo sonreí y:

—¿Te apetece que cenemos fuera? —pregunté sin mirarlo.

—Estoy algo cansado. Mejor pedimos algo para llevar, ¿te parece?

—Vale.

Pero para mí, en el fondo, no valía. Quería estrenar los *stilletos* de Jimmy Choo que había comprado el día anterior y quería ponerme una minifalda preciosa de Chanel que, ahora que había perdido peso, me caería de otra manera en las caderas. Pero me jodí. ¿Qué le íbamos a hacer? ¿Insistir y arrastrar a Alejandro de morros por todo Madrid? No gracias. No estaba de humor.

Compramos comida india. Malcomimos en el sofá y después, aunque últimamente no andaba muy pasional, pensé que lo normal era darle la bienvenida a casa con una noche de sexo.

Al principio me costó un poco. Pensé que se hacía el remolón, después que estaría cansado, pero finalmente no pudo más que ceder, así que me quedó claro que las reticencias no eran ni de lejos físicas. El cuerpo es cuerpo y da igual lo que a veces nos diga el corazón.

Alejandro me sentó en su regazo y me llenó de besos. Yo buscaba su boca desesperadamente, pero él repartía equitativamente cada caricia entre mi cuello, mis labios, mis mejillas, mi frente…, eran besos de amor. Me desnudó sin prisas, todo lo contrario que yo. Andaba aquel día un poco acelerada. Mucha fiesta y mucho trabajo solo eran compatibles a mis ojos de una manera. Un poquito…, me dije. Un poquito y ya está. Nadie lo notará. No pasa nada. Es bueno.

Recuerdo haber roto algún botón de su camisa de cuadros en la maniobra de quitársela. Él hizo un gesto contrariado, pero no creo que fuera por aprecio a la ropa. Cuando estuvimos casi desnudos insistió en llegar a la cama mientras yo me resistía a esperar a dejarnos caer en nuestro dormitorio.

Venció él, pero solo porque se levantó del sofá conmigo a cuestas y me depositó sobre la colcha. Nos deshicimos de la ropa que quedaba y apagué la luz rápidamente, antes de que Alejandro insistiera en si se marcaban o no los huesos de mis caderas bajo la piel. Abrí las piernas y esperé la primera penetración, que no fue violenta, sino cariñosa.

—Mi vida… —susurró—. Te echo tantísimo de menos.

Quise pensar que su voz no estaba tan cargada de compasión como me parecía. Estábamos follando, joder. ¿A qué vendría eso? Pero seguí a lo mío. Balanceé mis caderas buscándolo más, pero él impuso su vaivén lento. Besándome, tocando mi pelo, mi cuello…, acariciando mi garganta con sus pulgares.

—Más rápido…, más… —le pedí.

—Déjame que te disfrute… Déjame que me olvide de todo durante media hora.

Pero media hora me parecía una eternidad.

Hice fuerza hacia un lado hasta conseguir dar la vuelta y ponerme sobre él; él se dejó. Moví mis caderas, cogiendo ritmo y velocidad, gimiendo exageradamente, tocándome los pechos (o lo que quedaba de ellos) esperando que Alejandro se enloqueciera de ganas y de ansias por mi cuerpo como pasaba tiempo atrás.

—No tengo prisa —repitió.

—No es prisa… —dije con una sonrisa juguetona.

Alejandro tiró de mí hasta tumbarme sobre él y, con un brazo alrededor de mi espalda y la otra mano clavada en mi nalga izquierda, nos encadenó a un ritmo que me parecía lento y aburrido. Pero me resigné.

—Magdalena… —gimió cuando veía cercano el orgasmo—, córrete conmigo, mi vida.

Pero yo andaba a otras cosas, resignada con la velocidad que había impuesto él, que difería con el ritmo que me corría por las venas. Llevaba unos minutos moviéndome por inercia, sopesando por qué Camila no me había devuelto aún la llamada, alternando eso con expresiones internas de fastidio porque mi novio, que me quería, no parecía correrse nunca.

—Mi amor —gimió de nuevo.

Su voz era tan tierna, tan cálida…, no quería tener que fingir con él, así que metí la mano derecha entre los dos y me acaricié acompasadamente, junto a sus penetraciones.

Nos corrimos juntos, como en los viejos tiempos, pensé con melancolía. En aquel momento no entendí qué había hecho de nuestra relación lo que era en aquel momento; creo que ni siquiera me lo planteé. Alejandro se dio la vuelta en la cama hasta colocarme con la espalda sobre el colchón para salir de mí despacio y pedirme que me quedara tumbada y tranquila un rato. Lo hice porque le quería y porque, en un momento de lucidez, me traspasaron entera los remordimientos. Al girarme a mirarlo vi que tenía el antebrazo sobre los ojos y los labios apretados.

—¿Qué pasa?

—Estoy rezando… —dijo sin mirarme, dejando caer el brazo en paralelo a su cuerpo.

—¿Rezando?

—Rezando por que te quedes embarazada y vuelvas a ser mi Magdalena. Rezando por que abras los ojos de una vez y dejes que te ayudemos.

Agosto

Hacía una noche increíble pero Alejandro estaba malucho del estómago. Era muy delicado y cualquier cosa que le empachara lo tenía dos días en cama. Sospechaba que el problema había sido las cantidades ingentes de masa cruda que chuperreteó unos días antes, cuando nos disponíamos a hacer un pastel.

Me moría del aburrimiento metida en casa, haciendo de enfermera. Agua con limón, arroz blanco, vómito por aquí, vómito por allá. Una joya de fin de semana.

Camila me llamó y me ofreció un plan espectacular. Una fiesta en el jardín de la casa de un amigo suyo a las afueras con toda la «gente guapa». Todo el mundo estaría allí. No podía perdérmelo.

—No puedo, Alejandro está enfermo —respondí decepcionada.

—¿Sí? No me digas. ¿Qué tiene?

—Pues una gastritis.

—Vaya, pobre, ¿está muy mal?

—No, no. Desde anoche no vomita. Pero está dolorido y pocho.

—Mujer…, tampoco parece muy grave. Podrías…

Miré hacia el salón donde Alejandro estaba tirado en el sofá leyendo.

—Sería una pésima novia…

—Ay, Maggie, cielo, a lo mejor tendrías que pensar que el pésimo es él por hacerte chantaje emocional para que no salgas. Siempre está sacándote defectos, joder…

—¿Tú crees?

—Hombre, no es que lo crea pero… siempre te pone mala cara cuando sales con nosotras. Siempre con que has cambiado. Siempre con que estás demasiado flaca. ¡Cómo si él no fuera cada día con gente más delgada que tú! No quiero malmeter, pero pienso que te tiene atada en corto. Que quiere dominarte. Ya sabes lo que dicen de los modelos y esta gente…, que en realidad son los más inseguros. Pero no es manera.

—No creo que sea eso. Al menos en este caso. —Y sentí presión en mi pecho por una extraña razón.

—Yo no digo nada. Haz lo que quieras. Estaré en casa hasta dentro de una hora. Llámame si vienes para que te recoja, porque lo haré encantada de poder ayudarte.

Ayudarme, dijo. Me quedé con el teléfono pegado a la oreja un par de minutos después de que colgara, dándole vueltas a cada palabra escogida para aquella conversación. Finalmente fui hacia el salón. Alejandro me sonrió.

—¿Quién era?

—Camila.

—Ahm. —Devolvió la mirada a su libro.

—Llamaba para…, para invitarme a una fiesta. Estoy pensando ir… —murmuré—. Es una buena ocasión para relacionarme con gente…, el negocio, ya sabes.

Me miró y sus ojos relampaguearon y no precisamente de ilusión.

—Sinceramente, no lo creo necesario —dijo muy serio.

—Bueno, sinceramente…, no tienes mucha información para juzgarlo.

—Déjame adivinar…, va a ir no sé quién que es a todas luces increíble, que está forrada y Camila te la va a presentar.

Arqueé las cejas…, no se alejaba mucho de la conversación que había tenido con Camila cuando me había invitado a la fiesta.

—Bueno. ¿Y cuál es el problema?

—Que nunca hay gente interesante. Solo Camila y tú borrachas.

Tragué bilis. Era un poco verdad, pero me pareció completamente horroroso que lo verbalizara.

—Estoy aburrida —me quejé—. Esto es un coñazo, ¿sabes?

—¿Cuántas fiestas necesitas a la semana para no aburrirte?

—Me tienes atada muy en corto, ¿no? Siempre criticando las cosas que hago o que dejo de hacer…

—¿Qué dices? —Me miró como si acabara de decir lo más absurdo del mundo—. ¡Sales cuando quieres, jamás te digo qué tienes que hacer o no hacer!

—¡Eres un amargado! —me quejé.

—Claro, ahora el problema es que no quiera ir contigo —se rio, molesto, con sadismo.

—Pues si quisieras venir no habría ningún problema. Y no discutiríamos tanto.

—A mí esa mierda no me gusta.

—¿Por qué tienes que hablar así?

—Porque no me queda paciencia para hacerlo bien.

—¿Sabes lo que pasa? Que necesitas controlarlo todo. Quieres dominarme y aislarme del mundo.

Alejandro se incorporó, se puso la mano en el estómago en el proceso y después se giró hacia mí.

—¡Eso no es verdad! ¡Por favor! ¡Estoy harto de las fiestas! ¡Son tus amiguitas las que quieren aislarte, pero para que lo eches todo a perder!

—¿Es ese el problema?

—Pues mira. —Cerró el libro y se puso de pie—. Sí. Ellas son el problema porque no me gustan una mierda. Son caprichosas, golfas, malignas, manipuladoras y además unas cotillas. ¿He expresado suficientemente bien lo que opino de ellas? Y aún me guardo adjetivos para mí.

—Pues bien que te gustaba meterle la polla a una en concreto hace unos años, ¿no? —Chasqueó la lengua contra el paladar y se volvió a recostar, dispuesto a ignorarme—. El problema no son ellas, lo sabes, ¿verdad? El problema lo tienes tú, Alejandro.

—El problema, perdóname, pero lo tienes tú, cielo —y lo dijo con una tranquilidad que me heló el estómago—. Tu conversación es un eco de las suyas. Has desaparecido debajo de tanto vestidito de lujo. En esta casa no se oyen desde hace tiempo más que tonterías —rumió.

—¡¡Esas tonterías son mi trabajo!! —me desgañité.

—Bah, no quiero discutir.

—Muy adulto por tu parte.

—Pues sí. No quiero ponerme a gritar como un adolescente. No soy yo el que está viviendo una regresión a la edad del pavo.

—Me voy —contesté decidida.

—A la fiesta, ¿no?

Lo miré. Él me devolvió la mirada con total tranquilidad.

—Pues sí.

—¿Te crees que me acabo de caer de un guindo? —Una risa seca y triste brotó de entre sus labios—. Has buscado bronca para tener una excusa para salir y emborracharte y…, y Dios sabe qué más.

—¿Estás intentando decir que tengo un problema con el alcohol?

—No. Tienes un problema, pero no es ese. A decir verdad, empiezas a tener dos y uno de ellos es que no pienso pasar por el aro.

Aquella noche me emborraché, tomé éxtasis líquido y seguí la fiesta hasta las doce de la mañana tomándome unas cañas en la Latina, previo paso por un baño para meterme con Camila unos tiritos de coca. Cuando llegué a casa a las seis de la tarde del día siguiente, encontré lo inevitable. Alejandro no me dirigió la palabra hasta tres días después… con sus tres noches. Y cuando me habló lo hizo con resignación y desconsuelo.

41

Septiembre

No quise ir a Nueva York aquel año. Las cosas estaban tirantes con Alejandro y no quería provocar más broncas. Además... me habían invitado a dos desfiles que no me parecían..., no me parecían suficiente. Creí que mejor no ir a estar allí a medias, mientras otras chicas del mundillo, bloggers y periodistas se sentaban en el *front row* a ver la nueva colección de Chanel. Así que dejé caer la posibilidad de quedarme con mis padres. A Alejandro le pareció bien porque lo cierto es que hacía tiempo que nada le parecía excesivamente mal. O debería decir que, como todo le parecía mal, le daba igual. Suponía más esfuerzo intentar que lo comprendiera que callarse y tragar veneno.

—Si te apetece ir a la isla puedo cogerme la vuelta allí y pasamos unos días tranquilos.

No me gustó el plan. No me gustó una mierda. Me imaginé poniéndome uno de esos vestidos que la señora Mercedes me había cosido hacía una eternidad y me recorrió un falso escalofrío. Pero… en el fondo… ¿no era lo que necesitábamos? Tranquilizarnos, relajarnos y encontrarnos otra vez en el mismo punto del camino. Hice de tripas corazón y preparé la escapada con la esperanza de que no nos apartara mucho tiempo de Madrid.

Camila, Blanca y Margarita intentaron disuadirme apuntando maliciosamente que no entendían qué se me había perdido a mí en un pueblo *in the middle of nowhere*, en una isla. Yo me preguntaba lo mismo. Incluso les pregunté si querían venir para acompañarme durante esos días en los que Alejandro estaría en Nueva York, pero ellas tenían planes mejores. Planes que pintaron de colores delante de mí, haciendo comidilla y excluyéndome. Lo único que me apeteció hacer fue seguir en mi papel de estudiada languidez apática que tan de moda estaba y cerrar el asunto con planes para un fin de semana memorable antes de irme… pero planteándolo como si en realidad no me importara.

Dispersión. Dios…, es como un moscón gigantesco zumbando en el centro mismo de tu cerebro. No puedes pensar en nada que no sea ahuyentarlo y descansar. Y mientras Alejandro cerraba billetes de avión para que los dos voláramos el mismo día, yo hacia la isla y él hacia Nueva York, Maggie construía castillos en el aire y se imaginaba un retiro rodeada de glamour, tomando cócteles, haciéndose fotos bonitas para Instagram y siendo la jodida reina del baile a la vuelta porque, cuando todas estaban como gallinitas cluecas hablando de la semana de la moda y acudiendo a fiestas, yo era lo suficientemente guay como para alejarme de todo unos días. Vacaciones crucero. Idiotez extrema.

—Puedes venir si te apetece. Se alegrarán de verte. —Alejandro se dejó caer en una banqueta de la cocina y me miró esperando respuesta.

Lo miré anonadada. ¿Qué?

—¿A Nueva York?

—No. A ver a mis padres.

Fruncí el ceño. ¿De qué me estaba hablando? Puso los ojos en blanco.

—A ver, centrémonos un segundo, ¿vale? El jueves…, el jueves que viene, me voy a ver a mis padres. Vuelvo el domingo y el lunes ya… me marcho a USA. ¿Vas haciendo memoria?

—Sí —mentí. Primeras noticias—. ¿Y?

—Te decía que mis padres se alegrarán de verte si vienes. Podemos pillarte un billete para acompañarme…

—No sé. —Me encogí de hombros—. Quiero cerrar cosas antes de irme. Es una época difícil. Creo que les diré a mis padres que vengan, o a mi hermano Andrés.

—Lo que quieras —murmuró, sin llegar a creérselo.

—Es que es una reunión familiar. Estarán hartos de verme pegada a ti cada vez que te ven.

—No te ven desde hace más de seis meses —murmuró hastiado—. Pero no pasa nada. Quédate aquí. —Ya tenía mis planes y creo que se lo imaginaba—. ¿Me recogerás del aeropuerto cuando vuelva?

—Claro.

—Vale, porque así aprovecho y traigo algunas cosas que tengo allí. Facturo las dos maletas y marchando.

—Genial.

No recuerdo si en realidad asimilé una sola palabra de esta conversación.

Alejandro se fue el jueves a casa de sus padres y yo no llamé a los míos ni a mi hermano ni a nadie. Tenía entre manos tres días para mí sola, para darme un homenaje y dejar Madrid por la puerta grande aunque fuera por poco tiempo… Así, aunque estuviera incomunicada durante un par de semanas, el recuerdo del fiestón y la anécdotas que generara me mantendrían viva en la boca de mis amigas.

Esa misma noche salimos a matar, pero mentí a Alejandro. Le dije que no pensaba salir. Que estaba cansada y que me iba a preparar un baño.

—Sabes que se va a enfadar. Estos modelos tienen un carácter de lo más volátil. Esperemos que los años lo hagan madurar. Pero mientras, ¿para qué te vas a comer su cabreo? —comentó Camila.

Tenía razón. No iba a hacer nada que le gustara saber, así que sería mejor ahorrárselo. Pero… ¿a él o a mí? De paso me ahorraba también la necesidad de pensarlo.

Bebimos mucho. Creo que gasté unos doscientos euros en copas. Blanca llevaba un poco de éxtasis, así que… ¿por qué no? Podría ser divertido. Nos pareció que todos los garitos cerraban pronto. Bailábamos y nos reíamos; los chicos nos invitaban a más copas. Algunas las aceptábamos y fingíamos tener interés en ellos para después desaparecer y tirar la copa por el suelo. Pensábamos que era lo más.

Nos encontramos con unos amigos de Margarita muy guapos que nos invitaron a una fiesta en una casa hasta la mañana siguiente. Eran las cinco de la mañana y ellas trabajaban, pero Blanca tenía miedo de que no se le pasara el pelotazo ni durmiendo un par de horas, así que las tres mandaron un correo a sus jefes para decirles que estaban enfermas y… seguimos con la juerga. Qué libre me sentí cuando no tuve que avisar a nadie. Así debería ser siempre: sola para hacer cuanto me apeteciera.

La fiesta era bastante deprimente. El piso estaba muy sucio y había restos de coca por todas partes. En el baño me encontré unas bragas rotas y nos pareció la monda de divertido. Me empezó a entrar sueño y quise irme, pero Camila me hizo burla y yo… me quedé para demostrar que a imbécil no me ganaba nadie. Me hice una raya porque no supe decir que no. Me sentí tan sucia como el suelo de aquella casa y me dio un buen bajón. Mientras todos los demás se divertían, Camila se reía a carcajadas sentada en el regazo de uno de los amigos de Margarita y Blanca preguntaba si quedaba vodka, me sentí marginada. ¿Por qué me daban de lado constantemente? Seguro que querían hacerme daño. Como Irene, que no dejaba de llamar para decirme que podíamos quedar para ir al cine o a cenar las dos solas, para hablar. Sabía lo que quería. Quería ponerse de parte de Alejandro y recordarme que lo estaba haciendo mal. Joder. Es que lo estaba haciendo fatal. Estaría mejor muerta. Sí. Lo estaría. ¿Y si me metía más y me iba? Así, en un viaje. No, no. Necesitaba mucha droga para una sobredosis y no tenía. ¿Y si sacaba dinero?

«Pero…, Maggie…, ¿qué coño estás pensando?».

Recuerdo haberme visto de reojo en un espejo y haber pensado que si no fuera tan absolutamente colocada, lloraría de vergüenza.

Me fui de allí a las doce del mediodía. Pasé un rato sola, sentada en un sofá destartalado, quitando torpemente las manos de un borracho de mis tetas, mientras se escuchaban los gemidos de mis amigas. Las tres habían cantado línea y bingo. Y yo quería hacerlo, porque me apetecía follar. Follar como lo hacíamos Alejandro y yo al principio. Gracias a Dios me fui. Sin avisar a nadie.

Alejandro me llamó a media tarde y creo que disimulé estupendamente el bajón. No había podido dormir muy bien. Había vomitado al llegar a casa porque me mareé en el taxi. Bueno, y porque tenía el estómago lleno de alcohol y vacío de nada más. Pero no se lo conté, claro. Le dije que lo echaba de menos.

Camila se presentó en mi casa a las nueve de la noche, fresca como una rosa, guapa a rabiar la muy hija de perra y me dijo que teníamos mesa en Kirikata, un japonés fusión donde no había conseguido llevar a cenar a Alejandro porque siempre estaba completo. La odié tan fuerte que quise matarla. Lo juro. Me vi a mí misma haciéndolo. Me asusté tanto que me arreglé y me fui con ella.

Bebí mucho. Casi no cené, aunque me costó un pellizco. Estoy bastante confusa sobre lo que pasó después. Fuimos a una discoteca. Vomité en el baño y seguí bebiendo. Del sábado ya prácticamente no me acuerdo. Se juntó con la noche del viernes y con el domingo. No recuerdo ni siquiera lo que tomé, pero sé que me pasé. Quizá fueron pastillas, quizá éxtasis o coca. Quizá de todo un poco. Tomé y tomé y seguí. Me sentí guay, el alma de la fiesta pero diez minutos después me acordé de que estaba allí con tres personas a las que en realidad aborrecía. Me aborrecía también a mí. Así que… Lo que no sé es cómo no me maté.

Me acosté el domingo muy tarde. O muy temprano, según se mire. Estaba atontada, colocada, borracha y sabía que… algo no iba bien. Triste y asustada. Algo no iba bien dentro, no fuera. Alguna pieza se había soltado, algo que se soldó con muchos días de reposo en la isla; estaba rota de nuevo. Otra vez. Joder. Fui consciente durante un segundo pero, cuando me tiré encima de la cama buscando el olor de Alejandro, encontré mil motivos para creer que en realidad era una víctima. Era culpa de Alejandro que siempre esperó demasiado de mí, era culpa de mis padres, joder, que me habían hecho como era y que ahora, ¿qué estaban haciendo por mí? Me estaba haciendo daño porque necesitaba sentir, porque era una víctima de las circunstancias en las que me veía envuelta sin saber cómo o por qué. Sí, los demás, el puto mundo. Camila. Camila ojalá se le fuera la mano con la coca, pensé. Puta. Que había tenido a Alejandro antes que yo. Hasta me robaban eso, me robaban el recuerdo de Alejandro, no sé cómo, pero sentí que me lo estaban quitando. Cerré los ojos. Estaría mejor muerta. Entonces todos me llorarían. Y pensarían que… la cabeza me parecía cada vez más pesada… ¿en qué estaba pensando? Sí, en morirme. Dios…, de esa siesta iba a costarme despertarme, lo supe. ¿Cómo llorarían todos en mi entierro? ¿Cómo se sentirían cuando ya no existiera…? Dejé de existir. Volé. Un sueño sin sueños. Un negro total, opaco. Los párpados soldados. Y… ¿sabéis qué? Que nada me despertó, ni la alarma para ir a recoger a Alejandro ni las siete veces que alguien llamó a casa ni las quince llamadas perdidas en mi móvil.

Fundido a negro.

Total. Me hundí. Me hundí. Y qué bien se estaba allí abajo.

Me desperté de golpe. Abrí los ojos. Cogí aire como si llevara siglos sin respirar. Un centenar de gotas de agua resbalaban por mi cara y tenía el pelo empapado. Estaba incorporada, pero porque algo me sostenía con fuerza del brazo. Enfoqué…, alguien sostenía un vaso de agua vacío. Por eso yo chorreaba. Enfoqué de nuevo. Alejandro, desencajado, lívido, jadeando.

—Eh… ¿qué pasa? —gimoteé.

Me soltó y caí redonda sobre las almohadas. Se apartó contra una pared; andaba como a tientas y lo escuché gemir con angustia. Murmuraba. Me pareció que controlaba un sollozo y respiraba hondo antes de darse la vuelta otra vez hacia mí, que había conseguido mantenerme más o menos erguida sobre un codo.

—¿Por qué me haces esto? —preguntó.

—¿Qué dices? —Fruncí el ceño—. Estaba… durmiendo.

—Te he llamado más de treinta veces. Esperé durante una hora en el aeropuerto, Magdalena. —Se tapó los ojos.

—¿Y por eso estoy cubierta de agua?

—No te…, no te despertabas.

—Pero, cariño —me reí.

—Ni se te ocurra —murmuró sin mirarme—. No te atrevas a hacer eso otra vez.

—¿A hacer qué?

—Hacerme creer que el problema soy yo. Que estás bien. Que soy un paranoico.

—Eres un paranoico.

Me senté en la cama y me sequé un poco con la ropa. No me había dado cuenta de que seguía vestida. Ahora tenía una blusa de Yves Saint Laurent llena de chorretones de rímel corrido.

—¿Qué te ha pasado? —me preguntó, muy serio.

—Nada —fingí estar muy sorprendida—. ¿Qué me tendría que pasar?

—¿Has estado por ahí? —me dijo.

—Sí —asentí.

—¿Con las chicas?

—Bueno…, sí. Claro.

—¿Qué has tomado?

—Unas copas anoche, ¿por? ¿Tengo mala pinta? —me reí, falsa.

—Parece que estés muerta, Magdalena.

—No digas tonterías.

Alejandro se frotó la cara con las dos manos y después salió de la habitación en silencio. Me puse en pie y me mareé. La boca me sabía a cenicero y la cabeza me iba a estallar. Aquello no era una resaca. Era como si me hubieran traído de vuelta del jodido infierno.

Me quité la ropa y la metí en una bolsa para llevarla a la tintorería. Olía raro. Quizá a vómito. Me recogí el pelo en una coleta y me lavé la cara. Ni siquiera me atreví a mirarme en el espejo cuando me quité los restos de maquillaje con un par de algodones empapados. Silencio en la casa. ¿Qué estaría haciendo

Alejandro? Estaría enfadado por haberlo dejado plantado en el aeropuerto. Me envolví en una bata y salí en su busca.

Estaba sentado en el sofá con la cabeza entre las manos.

—Oye…, perdona. No debió de sonarme la alarma y me dormí. No es que haya trasnochado mucho pero estaba cansada y he debido caer…

—Te lo voy a preguntar solo una vez más. ¿Qué has tomado?

—¿Cómo que qué he tomado?

—¿Coca? ¿Cristal? ¿Pastillas?

—¿Estás loco?

No iba a decirle que un poco de las tres cosas, claro, y a pesar de que iba a rebatirle, Alejandro me conocía bien. Lo que no sé es cómo había callado durante tanto tiempo. Amor lo llaman. Pero aquel día el amor no alcanzaba a tapar la mentira con la que había cubierto nuestra vida. Y él no se calló.

—Tienes un problema —afirmó.

Claro que lo tenía. Era una persona autodestructiva. Había tomado drogas después de todo lo que creía haber aprendido sobre ellas. Juré que no volvería a hacerlo y lo había hecho. Había faltado a mi palabra. Me había comportado como una niñata. Me senté.

—Alejandro…, no montes un drama, por favor.

—¿Que no monte un drama?

—Sí, no montes un drama. No estoy…, no estoy muy centrada para mantener esta discusión ahora, ¿vale? Déjalo para mañana.

—¿Mañana? —Una risa seca se le escapó—. ¿Sabes acaso en qué puto día vives? ¿Sabes en qué año estamos o cómo te llamas?

—No haces más que decir gilipolleces.

—Sí. Tienes razón. No hago más que hacer el gilipollas esperando que pidas ayuda y que te des cuenta de lo destrozado que estoy.

Lo miré. Lo estaba. Lo sabía. Pero no me parecía justo cargar con las culpas. Yo también lo estaba. La vida a veces no es fácil, ¿no? Pues eso pensaba yo.

—¿Qué has tomado?

—Cariño...

—No me llames cariño. —Cerró los ojos—. Estabas medio muerta. Qué asco, Magdalena...

Me levanté y me acerqué. Quería pegarle por hacerme sentir mal pero también acurrucarme en su regazo y que me abrazara. En cuanto intuyó mi movimiento se puso en pie y se marchó hacia la habitación. Sonido de cajones, de puertas de armarios. Me asomé; estaba metiendo cosas en una maleta. ¿Sus cosas? ¿Las mías?

—Cariño... —supliqué.

—Dímelo. —Se giró; tenía la cara descompuesta—. Dime cuánto tiempo llevas tomando drogas.

—No tomo drogas, Alejandro.

—¡¡No me mientas!! — vociferó.

Parpadeé.

—Tomé algo ayer, pero no fue porque yo... —estaba dispuesta a inventar una historia de la hostia sobre por qué yo no era la culpable pero él me interrumpió porque, al parecer, no le interesaba.

—Es otra de tus operetas.

—Eso no es verdad. Lo juro.

—Me estás mintiendo —dijo con un tono tranquilo y decepcionado—. Me mientes a cada rato.

—No..., Alejandro, mi amor, en serio, escúchame.

Normalmente no me costaba tanto. Normalmente o se callaba y salía de casa para volver más tranquilo un par de horas después o cedía. No estaba acostumbrada a tener que lidiar aquellas batallas. Sabía cómo llevarlo a mi terreno, o creía que lo sabía. Alejandro negó con la cabeza.

—Ya no, Magdalena. Me he cansado.

El corazón me galopó en el pecho. Era un farol…, estaba segura.

—No saquemos las cosas de quicio —y a pesar de que quise sonar serena y segura, soné temblorosa y gimiente.

—Yo… —Se tapó los ojos y suspiró—. No quiero estar con la persona en la que te has convertido. No solo son las drogas…, es que esto ya no te importa. Yo no te importo. No puedo luchar esta guerra por ti en la posición a la que me has relegado.

—¿Qué dices?

—Que se ha terminado. Me voy.

Miré su maleta. Parte de su armario estaba vacío. Un montón de perchas y prendas mal dobladas descansaban sobre la cama deshecha. No era un farol.

—No…, no…, escúchame. ¡Escúchame!

Una lágrima gorda y cristalina me cruzó la cara. Dios. Me daba asco estar llorando. Quería sonar convincente, no sollozar. Quería que me creyera, aunque dijera un montón de mentiras, porque estaba convencida de que detrás de ellas se escondía la verdad. Pero Alejandro ya no podía más.

—No llores. Te estoy haciendo un favor. Nos lo estoy haciendo a los dos. No te hago bien; está visto. Mi mundo no te hace bien. Te he arrastrado hasta aquí. —Cogió aire.

—Vamos a hablarlo, por favor. No me hagas esto.

—Si no me voy me matas, Magdalena. —Cerró los ojos y contuvo el aliento.

—Si te vas me muero. Te lo juro. Me muero. Y si no me muero me mato.

—No te vas a morir. Te va a pasar algo peor si no me voy. Nos moriremos los dos si seguimos así. No puedo más y tú estás…, mírate, por Dios, eres un despojo. —Me senté en el suelo a llorar. Jamás pensé que el hombre de mi vida me llamaría «despojo»—. Mañana me voy a Nueva York, cuando vuelva vaciaré el resto de mis cosas del piso. El alquiler está pagado hasta diciembre. Quédate o no lo hagas. A mí me da igual… Si aún aceptas un consejo mío, vuelve a la isla y quédate para siempre.

Me desgañité sollozando. Lo acusé de estar engañándome, de haberse cansado de mí, de ser mala persona. Alejandro no escuchó porque ya tenía demasiadas mentiras metidas en los oídos como para hacerlo. La desesperación me llenó la boca y terminé por suplicar puesto que lo demás parecía no servir.

—¡No! Por favor, por favor, Alejandro… —sollocé.

—Si no lo hago me matas. No puedo más ni con esto ni contigo.

—¿No me quieres?

—No —negó lentamente con la cabeza—. No te quiero, Magdalena, porque me has hecho tanto daño que no puedo perdonártelo. No puedo. No eres la persona de la que me enamoré.

—¿Ya no sientes nada por mí?

Durante unos segundos no dijo nada. Después, hizo chasquear la lengua contra el paladar y asintió.

—Claro que sí.

Sonreí empapada en lágrimas. Aún había esperanzas. Estaba claro. Alejandro me quería. Alejandro estaba enamorado de mí y me perdonaría. Había sido un susto. Ya me había dado cuenta. No pasaría nada. Seguiríamos bien, como siempre, como habíamos estado. Tendríamos un bebé y nos querríamos siempre. Lo miré, esperanzada, pero él no sonreía. La fantasía empezó a desquebrajarse y atisbé un poco de luz… al menos la suficiente como para preguntarle qué era lo que sentía por mí.

—La respuesta no te va a gustar —dijo en un susurro.

Lo miré horrorizada. Necesitaba saberlo. Necesitaba escucharlo. De otra manera, no sería real.

—¿Qué te hago sentir?

—Pena.

—¿Pena?

—Y asco. —Abrí la boca para contestar, pero no pude añadir nada. Asco—. Pena y asco, Magdalena. Eso siento por la persona a la que más he querido en mi vida. Eso debería hacerte pensar. Vuelve con tus padres, ve a terapia o vete a la isla y no vuelvas a pisar todo esto. Haz lo que creas más conveniente, pero no quiero ver cómo acabas con todo lo que quise. Y digo quise, Magdalena. Hablo en pasado porque ya no quiero saber nada de esto. No albergues esperanzas, te lo pido por favor. Sé de sobra que no te quiero. Ya no.

Se pasó la mano por debajo de la nariz y salió de la habitación.

Se había terminado.

IV PARTE

DE DONDE AÚN NO ESTABA PREPARADA PARA SALIR

42

Por mucho que supliqué, lloré y amenacé (sí, amenacé hasta con tirarme por la ventana) la decisión de Alejandro no tenía vuelta atrás y no porque no le doliera. La primera vez que vi llorar a Alejandro en más de dos años de relación fue el día siguiente a dejarme, cuando salía de nuestra casa arrastrando la maleta. No es que no lo hubiera hecho antes; es que nunca lo hizo delante de mí. Probablemente aquella noche que pasamos en vela, la última que pasamos en nuestra casa, también lloró echado en el sofá en el que se acostó. Pero no lo vi hasta entonces. Alejandro solo se quedó en el quicio de la puerta, apoyó su frente en el marco y... sollozó con fuerza, como si me estuviera abandonando a mi suerte. No me atreví ni a acercarme. Me quedé llorando también sentada en el suelo del salón. Después simplemente se fue, sin mirarme.

Se fue, cumplió su palabra, pero no sin llamar antes a mis padres. Aunque creyera que me dejaba tirada, lavándose las manos, Alejandro estaba haciendo lo correcto. Le culpé por dentro aun a sabiendas de que estaba haciendo lo único que era justo para los dos.

Cuando mis padres vinieron a recogerme llevaba dos días sin comer, tirada en la cama a oscuras, llorando sin parar. Estaba prácticamente deshidratada, medio inconsciente. Mi madre se sentó en la cama, de cara a la ventana y se echó a llorar en silencio; un silencio que olía demasiado a decepción como para dejarme impasible. Mi padre, sin embargo, me incorporó tirando suavemente de un brazo y sin decir nada me dio una bofetada en la cara, con fuerza. Después repitió la operación y cuando me dejé caer sobre el colchón aturdida, me abrazó contra su pecho y también lloró.

Mis hermanos ni siquiera me llamaron. Esa era yo. Alguien capaz de hacer que todo el mundo que la quería se avergonzara de ella. Pena y asco.

Les costó trabajo darme de comer. Quería morirme. Me pasé horas escuchando a mis padres hablar pero sin asimilar ni una palabra, haciendo cálculos sobre cuántas pastillas tendría que tomar para morirme rápido. Fue mi padre quien me obligó a beberme una sopa y… no fue suave. No es un recuerdo que quiera albergar, pero no puedo deshacerme de él, probablemente porque dice mucho de quienes fuimos los dos; una hija ingrata y enferma y un padre que lucha sin concederse la posibilidad de flaquear y creer que no será posible. Después hablamos. No dijeron cosas bonitas y no me las tomé a bien, lo reconozco. Grité. Me golpeé contra las paredes. Me arañé los brazos. Me tiré del pelo. Pataleé mientras me sujetaban y después salí corriendo hacia el baño, donde me encerré. Dios…, por si aún no hubiera hecho suficiente, intenté tomarme una caja entera de somníferos pero mi padre reventó la cerradura a tiempo de ahorrarme un lavado de estómago. Era más probable morir aplastada por un piano que con las pastillas que tenía en el botiquín, aunque me las tomara todas.

Me obligaron a llamar a toda mi clientela y a decirles que volvía a marcharme de la ciudad y que no sabía cuándo regresaría. Tardé dos días en poder hacerlo.

—He tenido problemas personales y necesito alejarme. Dejo el negocio.

Nadie se enteró de los detalles, pero todo el mundo supo que Alejandro y yo habíamos roto. Alguna gente se alegró y creo que puedo meter a Camila, Blanca y Margarita dentro de ese grupo de personas. Lo único que tuve de ellas fue un mensaje de Camila preguntándome si lo que había escuchado sobre mi ruptura era verdad. Nada de «¿Cómo estás?», «Llámame si necesitas hablar» y todas esas cosas. No. Solo la satisfacción de ver que había terminado perdiendo aquello que ellas siempre habían codiciado. Y aun con todo, tardé un par de meses en verlo claro. La que sí apareció fue Irene, hecha un mar de lágrimas. Primero me empujó, después me gritó que era una niñata egoísta y malcriada, para terminar estrechándome entre sus brazos, besándome y prometiéndome que todo aquello se iba a terminar. Que me ayudaría. Y su reacción me pareció desmesurada porque creía que no la necesitaba. No me di cuenta de cuál era mi estado hasta que no dejé el piso después de la mudanza. Me paré a dejar las llaves sobre la repisa de la entrada, tal y cómo había quedado mi padre con el casero y me vi reflejada en el espejo. Lo que vi me dio asco. Un asco tremendo. Tenía la piel pegada al hueso y a los tendones. Tenía dos bolsas amoratadas bajo los ojos y cuando me aparté el pelo de la cara, sin brillo y áspero, y me vi las manos envejecidas, me eché a llorar. Era un cadáver. Una momia. Era la sombra de lo que fui y ya no quedaba en mí, ni por fuera ni por dentro, nada de lo que había conseguido volver a hacerme feliz y enamorado a Alejandro. ¿Cómo pude pretender que él se quedara?

Empaqueté todas mis cosas y volví a dejarlas en mi estudio. Esta vez eran muchas más, así que tuve que organizarlo todo en burros de metal y fundas. No me di cuenta de que lo que decía Alejandro era verdad hasta que no lo vi todo junto. Era una auténtica brutalidad. La cantidad de ropa, zapatos y bolsos era completamente obscena, como en un síndrome de Diógenes en versión *high class*. Horrible. Indecente. Inmoral. Asquerosa acumulación de desgracias caras que ni siquiera eran desgracias en sí mismas. Cosas preciosas devaluadas hasta el nivel de trastos que me recordaban lo peor de mí misma. Dios…, arte rebajado a precio de saldo, a coste de dignidad. No podía ni hablar. Cada prenda, cada tejido, cada caja, cada funda de seda me robaba un par de palabras más con las que poder justificarme. Mi madre, presa de los nervios, lloraba cada vez que me daba la vuelta, así que llamé a Irene y ella me ayudó. No hablamos de Alejandro a pesar de que sabía que ellos dos estaban en contacto; a pesar de que sabía perfectamente que ella lo había visto llorar bastantes más veces que yo. Empezaba a entender muchas cosas sobre el último año de nuestra relación. No había vuelta atrás…

Me marché con una maleta pequeña a Barcelona, a casa de mis padres y volví a «terapia», esta vez con otro psicólogo clínico y un psiquiatra. Sentí que entrar de nuevo en una consulta era una batalla perdida, pero era justo lo contrario: necesitaba ayuda, necesitaba regularme. No me fiaba de mi criterio y todos los consejos que recibía de mis padres me parecían sobados, manidos y típicos. Me volvían a poner irascible e incluso violenta. Contra mí misma, debo aclarar. Me agarraba el brazo y mientras ellos hablaban hincaba mis dedos en la carne, tratando de averiguar en un juego cruel cuánto dolor podía soportar. Mis padres amenazaron con atarme a la cama y yo casi me arranqué todas las pestañas del ojo derecho una a una, en un ataque de nervios. Dicen que siempre hay un despunte de caos antes de alcanzar el camino del orden, ¿no? O quizá estoy volviendo a justificarme.

La primera medida que tomé gracias a mi psicólogo fue romper la relación con las personas que me influenciaban. En un arrebato de rabia y buenas intenciones mezcladas, tiré el móvil al mar. Adiós a Facebook, a los *e-mails,* a los mensajes, las llamadas y a los novecientos euros que había gastado en él. Lo único que quise guardar fueron tres números de teléfono garabateados en un papel arrugado. Los dos de Alejandro y el de Irene. Todo lo demás no valía la pena. O eso pensé hasta que Ángel, mi psicólogo, me hizo entender que no podía olvidar ni tapar ni retocar en la memoria... El primer paso de la recuperación pasaba por aceptar que necesitaba ayuda porque yo no había sabido elegir aquello que no me hiciera daño.

Hablamos de mi consumo de drogas y llegamos a la conclusión de que aquella recaída solo era más de lo mismo. Me pareció extraño porque, la verdad, pensaba que me mandarían a una clínica de desintoxicación esperando verme salir recuperada y estupenda. Pero la terapia no fue tan evidente. Asintió cuando enumeré con cierto placer macabro todo lo que había llegado a tomarme en una sola noche. El placer no era por orgullo, que conste, sino por un poco de chulería. Pensaba que nadie me creía capaz de hacerme daño, que amenazaba con matarme en una llamada de atención y yo quería, necesitaba, que me tomaran en serio. Estaba como una puta regadera.

Y Ángel no me hizo ni puto caso. O fingió no hacerlo. Asintió, apuntó y puso énfasis en el hecho de haber apartado de mi vida diaria a Alejandro y en todas las manías que convertía en algo compulsivo, como mi obsesión con el trabajo y con las cosas materiales. No era una adicta a ninguna droga, esa era la verdad. Ni mi cuerpo me lo pedía ni mi cabeza ni nada de nada. Desde que Alejandro se fue de casa, ni siquiera había sentido la tentación de encenderme un jodido cigarro. Aún, claro; la cosa hubiera cambiado bastante si se hubiera alargado en el tiempo. Fue siempre parte del ceremonial de aceptación. Y es que era una completa imbécil; me convertía en otra persona en el mismo momento en el que volvía a vivir en sociedad. Era enfermizo y no era más que un eco de lo que una vez fue. Pero así con todo.

Cuanto más compraba, más vacía me sentía, más necesitaba. Tenía sentido. Ceremonial de aceptación, ¿no? Si tenía aquellos zapatos, necesitaría también el bolso, o no ser la única que no tuviera un vestido de tal o cual firma. Y no solo eso. Compra compulsiva, sin más. Un leve placer momentáneo, una sensación de poder que desaparecía en cuanto colgaba la prenda en mi armario, pero que me enganchaba porque, pensaba, decía mucho de mí, de mi estatus y de la persona que quería y pensaba que merecía ser. Merecía una hostia con la mano abierta, pero eso creo que no lo veía. Había dilapidado cantidades ingentes de dinero y si lo pensaba aún le debía parte a Alejandro. Él debía de estar pagando los extractos de la VISA y sus intereses. Mi primera reacción cuando mi padre mencionó el tema fue lavarme las manos, pero insistió hasta que le di la tarjeta y su cartilla. Sé que hizo números y habló con Alejandro. No podía llamarlo y decirle que me haría cargo. ¿Con qué voz le iba a hablar después de todo? Pero mi padre sí lo intentó. Escuché detrás de una puerta cómo se lo contaba a mi madre, añadiendo que «estaba destrozado y no quería saber nada del dinero».

Pasamos varias semanas intensas hasta que mi psicólogo se vio en la tesitura adecuada de compartir su opinión sobre lo que me pasaba. Empezó dándole muchas vueltas, hablándome de que en los últimos años se diagnosticaban muchos casos a la ligera y que le daba la sensación de que para algunos se había convertido en un saco roto de patologías pero… (y aquí ya entró a fuego en materia) que los síntomas ocultos de mis crisis coincidían cada vez más con un cuadro del síndrome de personalidad límite. Pensé que me estaba diciendo que sufría una enfermedad mental y... ¿qué puedo decir? Me puse histérica. Me costó muchas semanas entender lo que me pasaba. Síndrome de personalidad límite. Cuatro palabras que me habían complicado la vida y que eran la clave para entender todas aquellas cosas sobre mí que no podía explicar racionalmente. ¿Por qué no había sido posible el diagnóstico años atrás? Los síntomas debían ser persistentes durante un largo periodo de tiempo y yo... di la sensación de que mejoraba pronto. Respondí a la terapia o fue solo un espejismo creado, una vez más, por mi capacidad de manipulación, no lo sé. Ángel me dijo que muchos psicólogos eran reacios a diagnosticar lo que conocían como TLP; quizá esa sea la respuesta.

A grandes rasgos, este trastorno hace de las personas que lo padecemos personas impulsivas, poco reflexivas y con dificultad para gestionar la ira. Me sonaba. Por eso sufría ataques, inestabilidad emocional, porque no sabía cómo gestionar mis emociones, mis vaivenes y mis frustraciones. Gritaba, me enfadaba por cosas que los demás ni siquiera consideraban una molestia y las convertía en un mundo..., un mundo en el que todos eran culpables de lo que me pasaba y yo una pobre víctima.

Las personas que sufrimos trastorno de personalidad límite también tendemos a los pensamientos extremos, ya sabes, o «blanco o negro». Para mí, siendo sincera, nunca existió la escala de grises. La gente o era buenísima o era el origen de todos mis males y podían pasar de un grupo a otro en un par de días. Por no hablar del terror al abandono. Eso es lo que me hacía más inestable. Temía verme sola y por eso mismo me empujaba a no necesitar a nadie, para no tener que enfrentarme a un posible rechazo. Por más que me pesara, cuánto más me explicaba Ángel, más identificada me sentía.

Es común que, padeciendo este trastorno, mantener una relación sentimental, por sana y estable que parezca, sea una tarea titánica. Las relaciones afectivas con este tipo de personas se caracterizan por separaciones y reencuentros con intensa carga emocional. Te conviertes en alguien dependiente a nivel emocional y si alguien era así, esa era yo. Miedo a mí misma, terror provocado por la constante sensación de haber malgastado y arruinado mi propia vida, autoengaño, toma de decisiones erróneas, manipulación emocional a la gente de mi entorno, violencia cuando las cosas no salían como deseaba, incapacidad para escuchar los consejos, con el añadido de tergiversar las palabras de otros hasta que significaran lo que yo quisiera…, la sensación constante de que nadie me entendía y el pánico enmascarado al compromiso serio y real, maduro.

Cuando supe todo aquello muchas cosas empezaron a tener sentido, como mis cambios anímicos en décimas de segundo, el porqué de mis relaciones sociales autodestructivas o de mis idas y venidas con el tema de las drogas. No era drogodependiente ni alcohólica. Siempre fui compulsiva, obsesiva y proclive a la autodestrucción. Las personas que sufrimos este tipo de trastornos jugueteamos con las drogas, con el alcohol, con el sexo, con el peligro o el suicidio de una manera casi enfermiza.

No era una persona completa ni madura. Había que aceptarlo. Magdalena no había sabido salir del cascarón.

¿Por qué nadie se sentó a explicarme aquello antes?, fue el primer pensamiento que me invadió con cierto resentimiento. Lo hubiera atajado, me dije, pero no. No lo hubiera hecho. Y si algo he aprendido en todos estos años es que aunque la ciencia es exacta nosotros no lo somos. Y no hay más.

Creo que lo más duro de aquellos primeros meses fue ser testigo de aquella llamada. El teléfono sonó sobre el mueble del salón y yo, que pasaba por allí de camino a mi habitación, contesté.

—Buenas tardes, ¿podría hablar con Miguel? —me respondió alguien al otro lado del hilo telefónico.

La voz me pareció la de Alejandro pero no quise parecer una loca psicótica. Para mí ya era suficiente el tema de la personalidad límite como para plantearme la cuestión de la paranoia y la manía persecutoria.

—Sí, claro. Deme un segundo.

Llamé a mi padre y le pasé el auricular con mucha ceremonia, preocupándome de quedarme cerca. Esa voz. ¿Era posible que alguien más hablara de esa manera? ¿Era posible que hubiera allí fuera hombres con pedazos de mi Alejandro? ¿Me tendría que contentar con buscar el resto de mi vida una imitación?

Me senté en el sofá con un libro en el regazo y el oído atento a la conversación que entablaba mi padre, corta y cordial. Él contestaba monosílabos y asentía lanzando miradas de reojo hacia donde me encontraba… hasta que llegó el momento de la despedida.

—No te preocupes. Esa parte está solucionada. Creo que ella también quiere volver. Está mejor.

Levanté una ceja. Mi padre evitó mi mirada y desvió la suya hacia el suelo.

—No, no, por eso no te preocupes. Tú no tienes la culpa de nada. De verdad. Nosotros no te responsabilizamos y sé que ella tampoco. No…, no te culpes. Solo… deja de pensarlo y sigue con tu vida.

Salté del sillón e intenté coger el teléfono. ¿Seguir con su vida? ¿Cómo iba a ser eso posible? ¿Cómo iba a seguir yo con la mía? ¿Él podría ser feliz sin mí? No quería. Me negaba. Cuando conseguí que mi padre soltara el auricular, ya había colgado.

Lo había escuchado. Me había preguntado por mi padre sabiendo que era yo la que hablaba y no había tenido la necesidad de decirme nada. Nada.

Aquel día también lloré mucho. Bueno… no, tuve un ataque de histeria en el que perecieron platos y vasos, el cristal de un espejo, una silla y el teléfono del salón. Qué cosa tan horrible. Grité, destrocé y perdí del todo la poquita cordura que me quedaba intentando tirarme por la ventana. Lo más lamentable era que mis padres viven en un primero. Después de todo el numerito, mi padre y mi madre consiguieron reducirme, pero pasé unos minutos como la niña del exorcista. Me faltó girar la cabeza 360 grados. No, espera…, creo que eso también lo hice.

Alejandro pasó a ser tema tabú en casa de mis padres y una herida abierta y sangrante para mí.

Decidí marcharme otra vez a la isla después de pasar las peores Navidades de mi vida. Mis padres me regalaron un libro de colorear para adultos, una caja de rotuladores y unas cuantas semillas para que, cuando volviera a mi casa, pudiera ver renacer mi huerto. Dios…, nunca debí haber salido de allí. Empezaba a pensar que lo de Alejandro había sido una locura, la crónica de una muerte anunciada. ¿Qué hacía una persona como él conmigo? Estaba medio loca, no podía vivir en sociedad y para colmo tenía trastorno de personalidad límite que, con independencia de lo que me dijeran, seguía sonándome francamente mal.

Los psicólogos son necesarios en ciertos casos, porque uno no tiene las herramientas necesarias para sanarse solo, eso está claro. Son profesionales y saben lo que hacen. Por eso no me resistí a seguir mi tratamiento durante todo el tiempo que estimaron necesario. Pero dadas mis nulas inclinaciones suicidas (exceptuando el episodio en casa de mis padres que sucedió al inicio de mi tratamiento), mi psicólogo clínico tuvo a bien darme algo así como la libertad condicional y después de un tiempo me dejaron volver a mi casa en la isla. Las primeras semanas estuve acompañada por mi madre, pero viendo que mejoraba cada día un poco más fueron dejándome mi espacio como antes de Alejandro. Sin prisas. Poco a poco. Con mi medicación para alguno de los síntomas. Con mis terapias telefónicas. Sin Alejandro. Mi tabú. Mi gran remordimiento.

Pero por mucha fe que tuviera en el trabajo de los psiquiatras y psicólogos, cuando me senté otra vez en el sillón de casa de la señora Mercedes y se lo conté todo, me di cuenta de que empezaba a estar bien. Envejecida, más encogida, con los ojos más llorosos, más tristes y más hundidos…, así me vio. Y yo a ella. Dos amigas de generaciones distintas, una abuela postiza y una nieta de quita y pon que se volvían a encontrar. Al principio creí que ella me abofetearía también, por imbécil, por olvidarla, por estropear mi vida, pero no lo hizo. Se puso muy triste y yo también, claro, pero aquel llanto no fue histérico, ni me hizo sentir mal. Por primera vez en mucho tiempo me quité un peso de encima. Y después, para borrarnos la pena nos atiborramos a profiteroles…

Después de esperar un tiempo prudencial, pedí a mi hermano que volviera a actualizar la página web y entre todos los que de repente opinábamos en mi vida (mis padres, mi psicólogo clínico, el psiquiatra, la señora Mercedes y yo misma) decidimos que abriría en mayo. Necesitaba esos meses para recuperarme del golpe, pero tenía que empezar a pensar en volver a la realidad y a la vida normal. Y cuanto más ocupada estuviera, menos ganas tendría de milonguear llamando a mi yo trastornado para que se pegara una fiestecilla conmigo.

Irene vino a verme con la niña a finales de febrero. Lo pasamos muy bien. La señora Mercedes me ayudó a coserles un vestidito hippy a cada una, como los que eran otra vez mi uniforme. Cuando nos vimos me dejé abrazar muchísimo, abracé muchísimo más y me concentré en ser yo de nuevo, sintiéndome relajada. Pedí perdón. Lloré. Confesé. Añoré y me reí. Fue un trampolín que me ayudó a salir del estado de autocompasión en el que me había metido. Fue un paso.

Viendo a Nuria, la niña de Irene, que crecía y aprendía cada día algo nuevo, recordé demasiado a Alejandro. ¿Adónde iría la ilusión que albergamos un día por tener niños? Él la reciclaría, seguro. Y sería padre con otra. Me di cuenta, fríamente, de que había perdido al hombre de mi vida y el recuerdo de la primera regla que tuve después de romper con él fue como una puñalada. Ni siquiera me paré a pensar que era mejor así, después de todo mi consumo de alcohol y drogas. No obstante, había albergado secretamente la esperanza de haberme quedado embarazada para hacer que volviera. Alejandro no era de los que huían de cosas así. Alejandro no era de los que huían. Pero... ¿por qué me había dejado tan sola entonces?

Cogí los sobres con semillas que me habían regalado mis padres, me arremangué, me ensucié las uñas y volví a dar vida a mi huerto. Cuando me arrodillé de nuevo sobre la tierra que estaba más seca y dura que cuando me fui, no pude evitar que me recordara a mí misma. Me recordó a los fracasos que ya acumulaba sobre mi espalda. No pude darle un hijo a Alejandro ni hacernos felices. Todo muerto; como mi sentido del humor. Pero aré la tierra de nuevo, la aboné y planté calabacines, tomates, pimientos, berenjenas, lechugas, patatas, cebollas y rábanos. Había que empezar de nuevo. Mi huerto cobraría vida y yo también. Y en mi interior, algún día, quizá crecería alguien nuevo.

Volví a mis pies descalzos y a todas las cosas con las que era feliz antes de conocer a Alejandro, aunque todas me recordaran a él. Con el tiempo cambiaría. Estaba segura. Tenía que ser así. Y entre todas las sanas rutinas que me obligué a retomar, se escapó una malévola que me haría sufrir un poco de más. No pude evitar comprar todas las revistas en las que podía imaginar que saliera. Era mi castigo y me lo merecía. Verlo y sangrar de añoranza, de ganas, de rabia. Contener la necesidad de hacerme daño, de arrancarme un mechón, algunas pestañas o hundir mis dedos hasta dejar moratones en mi piel; contarle por teléfono a mi psicólogo que había querido lesionarme pero no lo había hecho. Controlar el dolor era desgarrador y placentero a la vez, porque me hacía sentir viva. A veces tenía suerte y no había ni rastro de él entre las páginas de papel satinado y brillante, pero no era lo habitual. En la mayoría de las ocasiones allí estaba, con su barba de tres días, mirando al frente con una camisa con dos botones sin abrochar y los labios entreabiertos, terriblemente guapo. Terriblemente triste.

Entonces, cuando cerraba la revista, volvía a pensar que estaría mejor muerta, que el dolor no alcanza debajo de la tierra. Pero que nadie me malinterprete…, ya no lo pensaba como aquella vez que quise tomarme toda la caja de somníferos. Solo quería desaparecer, pero que fuera la naturaleza la que se encargara de quitarme del camino. Deseaba que me cayera un rayo y me fulminara; que me friera y olvidara antes de morir todo lo que significaba Alejandro Duarte. Creo que por eso empecé a pasear por la playa cuando había tormenta. Si el destino lo quería, no me escondería, pero por lo mucho que un día nos quisimos, me prometí no hacerme daño.

43

Todo el mundo estuvo muy pendiente del proceso de recuperación y de los preparativos para poner la casa de huéspedes de nuevo a punto. Mi hermano Andrés pasó la Semana Santa conmigo para asegurarse de que todo iba bien, pero no sé quién se iba a fiar de su criterio. Mi familia venía muy a menudo a verme, alternándose entre unos y otros, pero yo lo estaba haciendo bien y mi psicólogo estaba contento con mi evolución, que era constante. Fue divertido; hacía muchos años que no hacíamos algo juntos en un mismo espacio, como cuando vivíamos en casa de mis padres. Allí estábamos los dos, jugando al Sonic en una mastodóntica videoconsola Master System II que había rescatado de casa de mis padres y que aún funcionaba. Bebimos toneladas de batido de fresa, vimos todas las películas de *La Guerra de las Galaxias* en su portátil y escuchamos música de B.B King en un tocadiscos que trajo consigo como «pago por la estancia». Hubo tiempo también de ponerse melancólico, la verdad. No hizo falta brindar con ninguna copa, bastó con rodearnos la espalda el uno al otro.

—¿Y si no he nacido para ser feliz? —le pregunté.

Él me miró con una sonrisa burlona en la boca.

—Maggie, ¿aún no lo has entendido? Ya tienes una edad, hija…, despierta. Nadie ha nacido para nada. No hay un plan enorme que nos comprenda a todos y a nuestros actos. La vida es vida y ya está, sin destinos, azar o designación divina. Venimos a vivir y a intentar ser felices. Cómo lo seas es cosa tuya.

Lo miré con pena. Ahí estábamos los dos hermanos a los que el amor se nos escurría de entre los dedos. Había muchas cosas que Andrés había asumido a lo largo de los años…, quizá demasiadas. Le palmeé en la espalda y negué con la cabeza.

—No, Andrés. Puede ser que no nazcamos con un sino marcado en la frente, pero esto tiene que tener más sentido que el de respirar.

—¿Cómo puedes estar tan segura?

—Por el sentimiento de superación. Por la vergüenza. Por el orgullo. Porque he estado enamorada y… sencillamente lo sé.

No respondió. Andrés también se había enamorado años atrás, pero nunca habló de ello y fingió superarlo. Si algo tenía claro era que jamás fingiría haber superado lo de Alejandro si no era cierto. No humedecería la herida tampoco, pero sería coherente.

La casa de huéspedes arrancó con un poco de pereza. Me asusté mucho…, me di cuenta de que quizá había perdido la oportunidad de vivir de aquello y que tendría que volver a plantearme mi existencia desde los cimientos. Casi me vine abajo hasta que empezaron a entrar reservas… Irene coló una pequeña reseña en un reportaje de «escapadas con encanto» en su revista. Gracias, Dios, por los buenos amigos.

La última semana de mayo, entre un matrimonio snob y el trabajo que me costaba mimar mi huerto, recibí a seis universitarias en casa. Fue refrescante. Eran pizpiretas, gritaban como cacatúas y se reían con la energía de un niño que ha aprendido a andar y tiene ganas de descubrir los confines de ese mundo que antes veía solo desde los brazos de sus padres. Tenían veintidós años y toda la vida por delante, para equivocarse y acertar; me hicieron preguntarme si también tendría ese tiempo por delante.

No me las quité de encima desde que llegaron. «Maggie, enséñanos a hacer un pastel». «Maggie, vamos a pintarnos las uñas de los pies, ven con nosotras». «Maggie, ponnos otra vez ese vinilo triste». Y después de escuchar «Darling, are you gonna leave me» de London Grammar, ellas cantaban «La isla bonita», de Madonna, para quitarse el desasosiego. Y era como escuchar la historia de los últimos meses de mi vida en notas musicales: desde el pánico que sentí cuando Alejandro se fue al alivio de volver a mi isla. Mi isla bonita.

No quise ser la única en beneficiarme de aquella visita, así que las llevé a la tienda de la señora Mercedes y compraron como auténticas locas. Luego, con parte de los beneficios nos pegamos una comilona de medianoches y horchata.

Y a pesar de que pensaba que era imposible que aquello pasara, una de ellas me reconoció. Le costó, no obstante, ubicarme. Me miraba como de soslayo cada vez que pasaba por su lado. Debo añadir que llevaba un pelo bastante indescriptible entonces, medio rubio, medio tinte castaño que ha perdido el brillo. Pero un día, se le encendió la bombillita y, sencillamente, me ubicó. No me costó averiguarlo, aunque ella fuera muy discreta. Era una de esas fans de la moda que seguía todas las revistas, como lo había sido yo y aunque supongo que se moría por saber si sus sospechas eran ciertas, esperó a estar a solas conmigo, en la cocina.

Se me acercó por la espalda mientras preparaba la cena y carraspeando, llamó mi atención. Le ofrecí un vaso de licor dulce y ella, sin poder resistirlo por más tiempo, me lo preguntó:

—Perdona que te haga esta pregunta, Maggie, pero ¿eres Magdalena Trastámara?

—Sí —asentí. No tenía ningún sentido negarlo. ¿Huir también de mí?

Me sequé las manos en el mandil y acerqué una silla. Las preguntas que vendrían después, quizá, me harían temblar las piernas y no quería sentirme débil.

—¿La misma Magdalena Trastámara que estuvo casada con Alejandro Duarte?

Sonreí con tristeza. Sentimientos confusos haciendo hogueras en mi estómago. Clavé las yemas de mis dedos en mi muslo pero respiré hondo y poco a poco, fui aflojando la presión. Había pasado tiempo. Estaba mejor. Podía hablar de ello.

—Nunca nos casamos. Pero sí. Soy yo. —Un nudo se me instaló, no obstante, en el estómago.

Sus amigas entraron en ese mismo momento en la cocina y nos miraron.

—¿Qué pasa?

—Nada —dijo ella.

—Díselo, no me importa —le animé fingiendo estar tranquila.

Ella las miró. Se moría por decirlo. Me acerqué al armario y saqué vasitos de vino para todas ellas.

—Es la exnovia de Alejandro Duarte.

—¡No! —exclamaron las otras a coro totalmente alucinadas.

—Esto… ¿quién es Alejandro Duarte? —interrumpió una.

—El del anuncio de Chanel. ¡Tía, joder, pero si dices que le meterías de todo menos miedo! —explicó la que tenía al lado.

—¡Ah! —se giró hacia mí y exclamó—. ¡Oh!

—Sí —sonreí sirviendo licor en cada una de las copitas.

—¿Y por qué lo dejasteis? —dijo otra con tono pánfilo.

—Tía, no le preguntes esas cosas. Aún está reciente… —le contestó con un codazo la que me había reconocido.

—Perdona…

—No, no —sonreí—. Me dejó porque me convertí en una persona horrible y tomé drogas.

Las seis se miraron entre ellas.

—¿Te dejó porque tomaste drogas? Menudo cabrón —dijo una—. Pero ¡si es modelo! A saber lo que debe de hacer él. Inconsciencia juvenil…, qué le vamos a hacer.

—No, no. No te equivoques —le aclaré—. La cabrona fui yo. Él es la mejor persona que he conocido jamás. Es bueno, sano, cariñoso… Intentó ayudarme, pero me convertí en una egoísta e… hice de su vida un infierno. Siempre estaba preocupado por mí. Lo hice sufrir y me merezco que me dejara.

Después de decirlo me sentí mucho mejor. Lo había culpado demasiadas veces durante la terapia y aquella confesión era un paso enorme para mí y para mi mejoría. Me toqué el estómago, de donde había desaparecido cierta sensación de presión. ¿Había vomitado la culpa? ¿Era eso? Bueno…, era el primer paso. Sonreí con tristeza y comprendí algunas cosas.

Por la noche, durante la cena, nos sentamos en la cocina las siete, como había hecho con él tiempo atrás. Les conté más a fondo los últimos cinco meses de nuestra relación mientras ellas hojeaban unas revistas con fotos de Alejandro. Después de la historia de nuestra fallida intentona de ser felices no creo que ninguna tuviera ganas de probar ninguna droga, de ser una caprichosa, de llenarse con cosas materiales. Ya tenían moraleja. Quien se droga se queda colgada y pierde al mejor tío del mundo. Al menos mi historia le serviría a alguien. Quizá si hubiera introducido en la conversación el término síndrome de personalidad límite, aquel cuento hubiera sido menos efectista, así que lo dejé como estaba.

No sé qué me empujó a hacerlo, pero unos días después me animé a llamar a Alejandro. Pasé dos días con la continua sensación de que se me estaba olvidando algo y finalmente entendí que…, que se me estaba olvidando compartir con él aquel enorme paso en mi recuperación. No tenía por qué y probablemente no le interesaría lo más mínimo, pero tenía que intentarlo. Tenía pendiente la tarea de entonar el mea culpa y de que él supiera que era totalmente consciente de cada uno de los errores que había cometido.

Me sabía su número de memoria y me gustó saber que no lo había cambiado temiendo que pudiera volver a contactar con él. Y sin apenas plantearme qué iba a decirle, Alejandro contestó a los tres tonos a sabiendas de que quien le estaba llamando, por supuesto, era yo.

—Hola —contestó.

—Hola —sonreí.

Hacía ocho meses que no escuchaba su voz y no me di cuenta hasta ese momento de lo muchísimo que añoraba nuestra casa y toda aquella intimidad que me esforcé tanto por destrozar. Lo recordé apoyado en el quicio de la puerta, llorando, sintiéndose culpable por marcharse cuando no pudo más. Carraspeé. Tenía que hacerlo.

—No quiero molestarte. Solo te llamo porque necesitaba pedirte perdón —escupí de pronto.

—No tienes por qué hacerlo.

—Sí, sí tengo. Siento haber hecho que te preocuparas tanto. Siento los ataques de ira. Los gritos. El dinero que has malgastado en aquel carísimo piso, billetes de avión para volver al lado de alguien que no te cuidó lo que merecías. He hecho que echaras a la basura más de dos años de tu vida.

—No, no digas eso —susurró.

—Es verdad. No sabes lo mucho que lo siento. Me hacía falta decírtelo.

Nos callamos. Me hice un ovillo en la silla de mimbre en la que estaba sentada. Lo escuché suspirar.

—Tienes una capacidad de mejora envidiable.

—¿Cómo te van las cosas? —le pregunté. No quería hablar de mí.

—Bien. Como siempre. Mucho trabajo. ¿Y tú?

—Empieza a venir gente a la casa.

Como él. Como cuando lo escuché acercarse por el camino de gravilla. Gente que llenaba la casa de sonidos que no eran suyos y que se largaba sin dejar ningún recuerdo importante para mí impregnado en las paredes. No como él. Alejandro, por favor, ven a sostener mi mundo otra vez. Me tapé la boca con la mano y el mandil y sofoqué un sollozo, pero Alejandro me conocía demasiado bien.

—Magdalena…

—¿Qué?

—No llores.

—No lloro. —Me sequé una lágrima.

—Me siento mal. No puedo evitar sentirme culpable. No debí dejarte —el corazón se me aceleró al escucharle decir aquello pero pronto cambió la frase—… No debí dejarte de aquella manera. Es como si te hubiera dejado tirada.

—No, no. Era justo lo que debías hacer. Tenía que reaccionar.

Quise que quedara claro que ya estaba bien. Una desesperada intentona por dejar la puerta abierta a que volviera.

—El problema no es tu trabajo —sentenció de pronto—. Estoy seguro de que podrás encontrar un equilibrio algún día.

«No. Sola no lo conseguiré jamás, Alejandro. Ni siquiera quiero hacerlo. Sin ti no tiene sentido. Sin ti no volveré a salir de aquí». Nos callamos.

—Me ha encantado hablar contigo —dijo.

—No, no me cuelgues —sollocé—. No aún.

Por un momento no dijo nada, después carraspeó.

—Magdalena, por favor…

—No me cuelgues, cariño…

Me encogí más si cabe sobre mí misma, cogida al auricular con fuerza hasta que mis nudillos adquirieron una tonalidad blanquecina. Escuché a Alejandro suspirar de nuevo y después decir:

—Es lo mejor para los dos. A mí también me duele. Mucho. Mucho. He perdido a la mujer de mi vida y… me va a doler siempre. No estoy preparado para esto. No puedo hacerlo.

Nos callamos otra vez y sin saber qué hacer colgué.

No sé si él lloró, pero yo lo hice tanto aquella noche que creo que exorcicé todos mis demonios. Lo vi con perspectiva. Lo vi todo clarísimo. Gracias, Alejandro, por hacerme persona.

44

Corría el mes de agosto y tenía la casa a tope. Estaba contentísima porque incluso había tenido que decirle a mucha gente que no. Tenía colgado el cartel de completo y eso que había crisis. Irene me había salvado la vida con aquella publicidad encubierta.

La señora Mercedes volvió a pasarse por allí algunas mañanas. Hablábamos sobre su nieta, sobre sus vestidos, sobre mi poca maña para coser y mi buena mano en la cocina. De mil cosas. Pero siempre terminaba con el mismo discurso:

—Niña, yo sé que me pongo muy pesada, pero... ¿tú te has visto el pelo que llevas?

Yo me reía.

—Estoy tratando de que vuelva a salir mi color, señora Mercedes.

—Y está saliendo. Ese es el problema. Pareces un furby.

—¿Y usted cómo sabe lo que es un furby? —le contesté a carcajadas.

—No sé lo que es, pero mi nieta se lo dice al churri cuando trae mala pinta.

Tenía razón. Era la versión menos cuqui de un furby. En la peluquería del pueblo casi se santiguaron cuando entré por la puerta. Me tuvieron que hacer chichinas para poder volver a un color lo más parecido posible a mi pelo natural. Ya había crecido bastante y esperaba que volviera a ser como antes. Me gustaba. Alejandro tenía razón. Ese pelo era yo. Una seña de identidad. Iba recuperándome poco a poco, encontrándome. Pero a veces el mundo no espera a que estés al cien por cien para ponerte a prueba.

Volvía a casa para hacer la comida cuando escuché el teléfono sonar con insistencia. Salí corriendo y, qué curioso, ni siquiera me había tropezado ni una vez con los tacones después de pasar dos años descalza, pero descalza sí me pegué la torta de mi vida contra la gravilla del camino, pelándome las rodillas como los niños. El teléfono seguía sonando, así que entré cojeando y lo cogí de malas maneras.

—¡Diga! —A lo Marilyn Manson en pleno concierto.

—Hola —contestación asustada.

¿Era él?

—Hola —contesté dejando de prestarle atención a mis rodillas.

—¿Eres tú?

—Sí —me reí.

—Soy yo.

Los dos compartimos una carcajada tonta e infantil.

—No debería llamar, ¿verdad? —preguntó tímido.

Sabía que no, pero ¿qué iba a decirle? Quería que lo hiciera. Me callé y ninguno de los dos dijo nada durante unos segundos.

—Me he caído por el camino. Sonaba el teléfono, me he puesto a correr y..., y me he dejado las rodillas hechas un Cristo...

—¡No me digas! —se rio.

—Me he dado una torta merecedora del Oscar a los mejores efectos especiales. Menos mal que puse las manos. Si no… sin dientes.

—Pues no me gustaría verte sin dientes —se rio—. Probablemente no podría aguantarme la risa.

—Eres cruel.

Nos reímos y después volvimos a callarnos.

—Ponte agua oxigenada.

—Creo que no tengo. Me echaré orujo de hierbas y verás cómo mejora. —Me quité un par de piedrecitas clavadas de la palma de mis manos.

—Deja de quedar con la señora Mercedes para ver el culebrón.

Era justo de ahí de donde había sacado esa idea de que el orujo de hierbas lo curaba todo, de las sobremesas con Merce, viendo *El príncipe bandido,* una telenovela mala como la tiña pero divertidísima que ponían a las cuatro de la tarde.

—Magdalena, yo… llamo por algo. Tengo que…, tengo que hacer algo, pero me he dado cuenta de que debo hablarlo primero contigo. No quiero empeorar la situación. Hablé con tus padres y los dos han coincidido en que debes saberlo antes.

Dios mío. Iba a casarse. Iba a casarse. O a ser padre. Seguro. ¿Por qué? ¿Por qué a mí? ¿Por qué no me había partido un rayo? Miré a mi alrededor buscando algo con lo que suicidarme después de recibir la noticia, pero solo encontré una cuchara de madera. Hacer de ella una estaca iba a costarme demasiado tiempo. ¿Y si me la tragaba?

—¿Sigues ahí? —preguntó.

—Sí.

—Bueno, pues pensé que quizá podía pasarme por allí.

—¿Tan importante es lo que tienes que decirme que necesitas decírmelo en persona? —pregunté muerta de miedo.

—¿Cómo?

—Que si tan importante es que…

—Ya te escuché, pero no entiendo. No tengo nada que decirte. Esa es la noticia, que pensaba ir a verte.

Toda la sangre huyó de mi cuerpo en caída libre. Cogí aire. Él. ¿Aquí? ¿Alejandro? ¿Qué pasaba? ¿Por qué? ¿Qué…? Después de casi un año…

—Ah… —no supe qué más decir.

—¿Te parece bien o crees que…?

—No sé…, yo…

Pensé en mentir. ¿Y si le decía que ya lo había olvidado? ¿Y si le decía que no me dolía volver a verlo? No. No podía. Ya no sabía.

—No sé si va a ser positivo, pero… necesito verte —añadió—. A ver…, hay cosas que… He intentado olvidarlo, borrarlo y seguir con mi vida, pero lo tengo ahí atascado. Necesitamos hablar. No volveré a molestarte. Los dos podremos volar después.

—Vale. Ven cuando quieras —le contesté.

—Pensaba ir cuando…, tengo una cosilla de trabajo antes y no puedo permitirme decir que no… Ya sabes.

—Claro. Pues… —Se me olvidaba que su trabajo no podía considerarse estable y menos a su edad.

Abrí el libro de reservas volviendo a sentir mis rodillas y las gotitas de sangre que recorrían mis piernas.

—¿Te parece bien la segunda semana de septiembre?

No era una llamada de amor. No era una llamada «necesito desesperadamente volver a abrazarte, a olerte, que mis manos se deslicen por tu espalda mientras lloro en tu pecho», como yo sentía. Era una llamada para cerrar un capítulo. Él necesitaba suturar la herida y yo había dejado que el tiempo la resecara lo suficiente como para que tironeara pero no sangrara. Seguía doliendo y lo seguiría haciendo siempre, como una rotura mal curada. Él no quería ese dolor y lo comprendo.

A pesar de saber que la naturaleza de su visita no era la que a mí me hubiera gustado, no creo que tenga que describir el estado de psicosis que me persiguió durante las dos semanas siguientes. Pobre señora Mercedes. Todos los días le preguntaba si tenía pinta de drogadicta. Ella me miraba y siempre contestaba lo mismo.

—No veo agujas clavadas en el brazo, ni duermes en un cartón en la ribera de un río.

Sus respuestas me hacían mucha gracia pero al día siguiente, volvía a hacerle la misma pregunta y a recibir la misma contestación. Al final la reformulé.

—Señora Mercedes, ¿parece que estoy loca, enferma o que he escapado de una cárcel de mujeres en pleno motín?

—Estás muy bonita, cariño. Ya has cogido peso y te queda muy bien. Te han vuelto a crecer las tetas. Cuando llegaste eran dos tristes higos mustios.

—Ahm. Bien. —Quise disimular la sensación de alivio para no demostrar lo ilusionada que estaba en realidad por la visita de Alejandro.

—Una cosa más… ¿te has podado?

—¿Cómo que si me he podado?

—No vayas a tener ahí una jardinera y el pobre chico no encuentre el pozo.

Desde luego la señora Mercedes seguía teniendo la mente calenturienta de una quinceañera. Pero yo…, por si acaso, me repasé la depilación.

El día que llegó tuve un *déjà vu*. Estaba en mi habitación, con la ventana abierta. Las cortinas ondeaban a los dos lados del vano con la brisa y llegó hasta mis oídos el sonido de la grava del camino debajo de unos pies. Me asomé y lo vi acercarse, cargando una de sus bolsas de viaje de Louis Vuitton, modelo

Keepal 55 con bandolera, de lona Damier Ebène. Empezaban a estar bastante usadas, pero él era cuidadoso con sus cosas.

Bajé las escaleras corriendo, con las piernas temblorosas, un sollozo agarrado al pecho y lo esperé en la puerta de la recepción, conteniendo mis emociones, sonriendo y moviéndome como una tonta. Alejandro estaba muy guapo. Muy morenito y con el pelo un poco más corto. Llevaba una camiseta de cuello de pico gris oscura y sus eternas piernas enfundadas en unos vaqueros Replay. Al encontrarnos nos dimos un abrazo torpe que me pareció al mismo tiempo largo y demasiado corto. Aproveché para oler su perfume. Luego me separó de su pecho y dándome una vuelta sonrió.

—¡Mírate! ¡Has viajado en el tiempo! ¡Casi estás igual que cuando te conocí!

—¡Qué va! El tiempo pasa para todos. Estoy más vieja y con los pies más jodidos. Creo que tengo un juanete.

Me miró los pies, con las uñitas pintadas de rojo y moví los deditos descalzos.

—Estás muy guapa. Menuda diferencia. —Dejó la bolsa en el suelo y sin mirarme añadió—. La última vez que te vi estabas tirada en el salón con diez o quince kilos por debajo de tu peso y un color de pelo horrendo.

—Nunca me dijiste que mi color de pelo fuera horrendo.

—Intenté decírtelo —se rio.

—El día que me teñí fue el principio del fin.

Quise bromear, pero los dos hicimos una mueca. Demasiado reciente.

—Me quedo más tranquilo al verte, la verdad.

—¿Creías que habría montado una plantación de opio en el huerto?

Se rio y movió la cabeza dejando entender que quizá hubiera sido posible.

—¿Hasta cuándo te quedas?

—No sé. Un par de días, quizá una semana. Según.

—¿Según lo tranquilo que te quedes al ver que no tengo drogas en casa?

—No seas tonta. Pensaba más bien en dormidera trepando por las ventanas.

45

Se instaló en la misma habitación en la que lo hizo cuando nos conocimos. Lo ayudé a guardar las cosas en el armario y charlamos un poco de todo. Le pregunté por sus amigos de Nueva York. Rachel estaba bien, seguía dándole la lata; los demás seguían con sus vidas. Uno de sus mejores amigos iba a ser padre. Otro se había casado en junio. Alejandro, para mi tranquilidad, no tenía nada que contar relacionado con matrimonio o hijos. Su vida seguía igual; trabajo y mucho avión. Me pregunté adónde volvería después de cada viaje, qué consideraría su casa, pero no me sentí con derecho a preguntárselo. Me contó que había grabado un videoclip con la nueva estrella y sensación del pop, pero me lo dijo con vergüenza.

—Pero ¿cuál es el problema? —pregunté temiéndome que se hubiera enamorado de ella durante el rodaje.

—¿Problema? Bueno... La había visto en las revistas y creía que tendría veinticinco... y cuando la veo era una cría de quince. Qué miedo de criatura. Creo que debería estar prohibido que los padres explotaran a sus hijos de esa manera. Que esperen a los dieciocho como mínimo.

—¿Y qué hacías en el videoclip?

—Pues del chico en cuestión. Era muy ridículo, porque juntos… se notaba la «pequeña» diferencia de veinte años que hay entre nosotros. ¡Veinte años! No entienden cuando les digo que ya no me apetecen estas cosas. —Se sentó en la cama y me miró—. Eso o consideran que ya no puedo permitirme el lujo de elegir. Me siento mucho más viejo de lo que soy.

Porque yo le había hecho envejecer, estaba claro.

Tomamos café en la cocina. Le ofrecí bizcocho pero no quiso, aunque le alegró saber que había retomado mis antiguas costumbres: el huerto, cocinar, cansarme hasta no tener tiempo de pensar demasiado. Le hablé de mis rutinas allí, pero había poco que decir, la verdad. Así que eché mano de las historias de mis huéspedes del verano y hasta le conté lo de las seis universitarias que vinieron en mayo.

—¿Les dijiste eso? —me preguntó sorprendido.

—Y más. Por eso te llamé después. Me sentó bien decirlo en voz alta… —Se frotó la cara—. Siento muchísimo…

—Magdalena, déjalo. Ya está —me cogió la mano—. No nos preocupemos de eso ya más.

Preparé cuscús para cenar. Soy una chica melancólica, ¿qué le vamos a hacer? Alejandro me ayudó a cortar la verdura y demás mientras seguíamos charlando. Sus hermanas habían terminado ya sus estudios en la escuela de diseño y María tenía novio. Su madre le mandaba recuerdos para mí. Con lo mal que me porté con ellos y con su hijo aún les quedaban ganas de mandarme ánimos para mi recuperación. Eso hace pensar.

Después de cenar nos sentamos en el escalón de la entrada, al fresco, en silencio. En un silencio tenso y difícil, porque me moría por preguntarle si había alguien en su vida y él también dejaba algo en el tintero.

—Estás muy guapo.

—Empiezo a tener patas de gallo, ¿sabes? El tiempo no pasa en balde. ¿Las ves? —Señaló sus ojos.

—Siempre has tenido esas arruguitas. Son de expresión.

Llevé despacio una de mis manos hacia su cara para que pudiera apartarse si le violentaba que mis dedos le acariciaran. La yema de uno de ellos se deslizó por su sien hasta llegar a esas pequeñas marcas de expresión que acompañaban a sus ojos en cada sonrisa. Se volvió un poco hacia mí y sonrió resignado; cuando habló no dijo nada sobre sus arrugas o el paso del tiempo:

—Casi se me había olvidado lo bonita que eres y lo que siento cuando me tocas.

¿Íbamos a volver? Estaba claro. ¿Por qué iba a estar allí si no? ¿Por qué remover todo aquel dolor gratuito? Habría pensado, reflexionado, se había dado cuenta, como había hecho yo, de que nunca encontraríamos un amor más grande. Habíamos tenido la oportunidad de tenerlo todo y se nos había escapado de entre los dedos… ¿por qué no pelear por retenerlo? Si habíamos sido bendecidos con la casualidad de comprobar cuánto podíamos querernos… ¿no podíamos dar marcha atrás siendo más sabios, más fuertes y estando más rotos, de volver a tenernos? Tenía que arriesgarme, demostrarle que valía la pena intentarlo. Así que me acerqué un poco y Alejandro no se movió. Me acerqué un poco más y cuando ya estaba a punto de rozar su boca, cerró los ojos y susurró que quizá no debía hacerlo. Me aparté y lo miré, sorprendida y avergonzada. Un ramalazo de los míos me vino a rendir cuentas de mi docilidad y le pregunté de mala gana a qué cojones había venido.

—No quería que pasara esto —contestó tragando con dificultad—. Yo solo necesito…

—¿Estás con otra? ¿Es eso?

No contestó. Chasqueó la boca.

—El problema no son los de fuera, Magdalena, el problema somos tú y yo. Tú y yo, algo que no puede ser.

—Entonces ¿qué haces aquí, Alejandro? ¿Eres consciente de que estoy mal, de que cada día es una pelea? ¿Tú sabes que estoy enferma?

—Ni tus padres ni tu psicólogo encontraron problema en que viniera. Solo quería hablar. Zanjar.

—Hay otra —me reí amargamente—. Claro que la hay.

—¿Otra? ¡¡Hay otras, Magdalena!! Tú y yo rompimos; lo nuestro se fue a la mierda. No soy ningún monje de clausura. Intento olvidarte, ¿sabes?

—Dios… —Me tapé la cara con las manos.

Me encogí tanto como pude y muy probablemente Alejandro se arrepintió de su sinceridad.

—Ellas… Ella no es nadie. No es nadie.

Volví a mirarlo a la cara, sintiendo unas burbujas de rabia subir por mi garganta.

—Dímelo. Me hará bien. No me va a matar, así que…

—Para mí ha sido muy difícil.

—¿Y para mí no?

—Sigo sintiendo que te dejé metida en la mierda hasta el cuello y que no hice nada por ayudarte. Me ha costado muchísimo esfuerzo mantenerme alejado, intentar hacer mi vida.

—No estamos hablando de eso.

Se cogió la cabeza con las dos manos y bufó.

—Hace un año, Magdalena. ¿Qué pensabas? —Se levantó del escalón.

—No, no importa. Cuéntamelo. Cuéntamelo. —Cerré los ojos.

—No.

—Necesito saberlo, Alejandro. Por favor. —No quería mirarlo—. Cuéntame cosas de ella.

—No es importante. No voy a casarme, no quiero tener hijos con ella solo…, solo nos vemos.

—¿Salís?

—Supongo. No tengo ganas de plantearme nada. Ni siquiera tengo ganas de… levantarme por las mañanas.

Se miró las manos.

—Volverás a enamorarte.

—No. Pero al menos necesito sacarte ya de…

No terminó la frase. No le hizo falta. Y yo… ¿iba a llorar? No, no podía llorar. Tenía que demostrarle que era fuerte. Pero los imaginé retozando en su cama en Nueva York. Una tía sin cara que lo besaba, lo acariciaba, le hacía gemir, lo sentía dentro…, otra mujer que no era yo que también le había besado entre aquellas sábanas, que le hice gemir entre amor y placer junto a mi oído, que lo sentí tan dentro de mí que no sabía cómo podría vivir sin él el resto de mi vida. Yo ya no quería hacerme vieja. Ya lo era.

Me levanté, le di un par de palmadas en el hombro y fui arrastrando los pies hasta la recepción. La crucé a oscuras y me dejé caer sobre una silla que tenía pegada a la pared en el descansillo que llevaba a la escalera. Creí que el cuerpo se me partía por la mitad, creí que estaba rompiéndome de dentro hacia fuera, que literalmente me moría. Alejandro con otra. Con otras. Sin mí.

Tardé veinte minutos en sentirme preparada para salir de nuevo. Agradecí que no me siguiera, que me dejara romperme y desangrarme. Jadear. Musitar que quería morirme. Agarrarme a la silla con fuerza y gruñir, luchando contra la tentación de tirarme del pelo, arañarme los brazos, darme contra una pared. Necesitaba tranquilizarme. Cuando lo hice Alejandro se había vuel-

439

to a sentar en el bordillo. Hacía un año que habíamos roto. ¿Cómo podía haber ni siquiera imaginado que no iba a volver a tocar a una mujer? Él tenía que seguir con su vida aunque yo no encontrara sentido a seguir la mía sin él. Él no había sido el malo. Él había sido paciente, él había tenido fe en mí…, una fe que solo le había traído desesperación y desesperanza. Así que sonreí falsamente y me senté a su lado.

—Lo siento. Aún tengo problemas para…, para asumir la… tristeza.

—No debía habértelo dicho. Quizá ni siquiera debía haber venido.

—Así es mejor. Es la verdad. Aún albergaba la esperanza de que…, que me quisieras —suspiré y me revolví el pelo.

—No he dicho que la quiera.

—Ya, ya. Bueno, ya me entiendes.

Le di un par de palmaditas en la rodilla y me levanté. Me paseé por allí sin saber muy bien qué hacer y al mirarlo me di cuenta de que tenía la cabeza gacha. Seguía haciéndole daño con mis reacciones, a pesar de no querer. Me faltó el aire.

—Alejandro, tú no tienes culpa de nada. Lo intentamos, pero conmigo no sirve. La culpa la tuve yo; fui yo quien tomó las decisiones que nos han llevado hasta aquí. Es normal que rehagas tu vida. —Cogí más aire—. Hiciste lo correcto. No quiero que te sientas culpable por nada ni que sientas que me debes nada.

—Mañana me iré.

—Me gustaría decirte que puedes quedarte, que será genial, pero… sigo enamorada de ti. Es evidente y no tengo por qué ocultarlo. Sigo queriéndote y esto me hace daño. No quiero hacértelo más a ti.

Asintió.

Sin mediar palabra entré en casa, subí las escaleras y me metí en mi habitación. Tardé más de lo normal en llegar; cada paso era como un kilómetro que ponía entre nosotros. Era una cadena de emociones, sensaciones y sueños que quedaba en pie después del derrumbamiento y que se rompía haciéndose polvo en el camino. Ni siquiera podría coger una parte y guardarla conmigo como recuerdo porque podría consumirme. Me tiré sobre la cama y hundí la cara en la almohada, deseé estar sola para poder sollozar y gritar. Sentía un vacío en el pecho, un terror, una falta de oxígeno inexplicable. Era como si hasta aquel momento hubiera tenido la voluntad de mejorar, de seguir hacia delante, esperando que volviese. Todo valdría la pena cuando regresara y nos besáramos, y tuviéramos ese hijo que tanto habíamos deseado. El esfuerzo, lo sola que me sentía... Todo.

Y en realidad Alejandro ya había pasado página. Todo era como mascar cristales y lo era porque a mí me había dado la gana. Eso era lo peor. Yo ya no sería feliz nunca y solo tenía treinta y dos años. ¿Valía la pena vivir los que me quedaban? No, no, frena, Maggie. No eres tú la que habla. Es tu parte enferma. La parte límite.

La puerta de mi dormitorio se abrió suavemente y Alejandro entró. Aquello le dio un poco de sentido a todo. Él seguía siendo quien fue y la persona de la que me enamoré. Al menos sabía por qué lo quería y que no era algo a lo que me había agarrado, cual clavo ardiendo.

A pesar de sentirme avergonzada por aquella pataleta, no me tapé la cara. No tenía sentido fingir que no estaba llorando. Me sentía tonta. Tonta porque había pensado que volvía para quererme para siempre.

Se sentó a mi lado en la cama y me acarició la cara.

—No llores, por favor.

—Me hace falta —sollocé con los ojos hinchados.

—Vine a hacer algo, Magdalena, pero no sé si debo hacerlo. Nos hará muy desgraciados a los dos.

Tragué el nudo que tenía en la garganta. No quería que él sufriera pero tan metida en la autocompasión como estaba en aquel momento me pareció que sufrir los dos era lo que tocaba.

—Hazlo.

Alejandro metió la mano en el bolsillo de su pantalón vaquero y sacó algo que relució con la poca luz que entraba por la ventana. Era un anillo de compromiso, de los clásicos. Seguro que era de Tiffany's…, lloré un poco más.

—Lo compré la última vez que estuvimos en Nueva York. —Me pareció que un nudo enorme tiraba también en su garganta—. Estuve esperando el momento perfecto casi durante un año, pero nuestros últimos cinco o seis meses fueron… horribles —sollocé—. Jamás haré esto con ninguna otra mujer porque jamás volveré a querer tanto a nadie. Te juro que no me casaré. Eso te lo debo solamente a ti. A la que fuiste.

Me pegué a su pecho y lloré, lloré, lloré… Me agarré a su camiseta con fuerza.

—Magdalena, es tuyo. Tenerlo me hace sufrir mucho, me recuerda demasiado a algo que ya no existe. A alguien. No puedo guardarlo, no puedo venderlo, no puedo regalarlo ni tirarlo a una alcantarilla. Simplemente no puedo dejar de mirarlo y de imaginar cómo habría sido. Guárdalo tú, por favor.

—Esto es…

—Muy egoísta —acabó diciendo él—. Pero no creas que por no tenerlo voy a olvidar… Pienso en ti a todas horas. Da igual con quien esté. No eres tú y nadie podrá igualarlo. Ni siquiera tú, Magdalena. Ya no.

—Es culpa mía. Todo es culpa mía.

Dejó el anillo sobre la mesita de noche. Probablemente más de doce mil dólares apoyados sobre una mesita reciclada que yo misma pinté. Pero ¿qué importaba el dinero? Había dicho que ni siquiera yo alcanzaría jamás a igualar a la persona de la que se enamoró. Un inalcanzable. Un castigo. Alejandro tenía derecho a estar enfadado y yo tenía derecho a llorar. Y ya está.

Él y yo fuimos una promesa preciosa que no habíamos cumplido. Nos juramos no hacer promesas y… mira dónde habíamos terminado. Me había convertido en alguien peor y él no aguantó. Estaba a la orden del día; las parejas rompen. Tendemos a pensar «pero nosotros somos especiales» sin darnos cuenta de que todos, en sus casas, se sienten igual de especiales y únicos que nosotros. Así que el destino no tenía por qué tratarnos con tacto, porque nuestro amor no era peculiar, mágico… solo nuestro. Y cuando se fue ya… no fue nada.

Yo mejoraría, lo sabía. Dejaría de tener ganas de probar cuánto dolía un cuchillo sobre la piel de mis muñecas. Dejaría de querer hacerme daño. Dejaría de sentir que el mundo me debía una compensación por hacerme como era. Volvería a ser yo, aunque estuviera sola. Sola no significa desgraciada, siempre y cuando no sepas que quien se fue lo hizo por tu culpa y era… el único.

Alejandro se volvió hacia el lado contrario, sentado en el borde de la cama en la que yo me deshacía en sollozos y, tapándose la cara con las dos manos, se echó a llorar también. Me incliné, apoyando la frente en su hombro y le manché con las lágrimas su camiseta.

—Dios… —sollozó quejumbroso—. Me duele tanto, Magdalena…

—Perdóname. Aunque nunca llegues a quererme de nuevo. Perdóname.

Alejandro siguió llorando. El sonido de su llanto se me clavaba en la cabeza, como si fuera el de unas uñas arañando una pizarra. No podía soportarlo. Me levanté, aparté sus brazos y me senté a horcajadas sobre él, abrazándole, buscando el arco de su cuello para esconderme allí, sobre su piel. Me besó el cabello, dejando que la mano se adentrara entre sus mechones.

—No puedo. No puedo hacerlo…

Olí su piel, sintiendo cómo el alivio se iba abriendo paso por todo mi cuerpo. Era su olor…, ese olor que había añorado tanto y que a veces trataba de imaginar en mi almohada. Alejandro buscó entonces mi mirada y apoyamos la cabeza, el uno en el otro.

—Te quiero —le dije—. No puedo remediarlo, ni olvidarlo.

—No llores —respondió, dejando que sus dedos pasearan por mis mejillas, secando las lágrimas—. No lloremos más.

Sus manos fueron resbalando por mi cara, mi pelo, mis hombros y mi espalda hasta colarse por debajo del vestido y recorrer toda la longitud de esta con tortuosa lentitud. La pena se desdibujó relajándose cuando nos miramos.

—No me has olvidado —le dije.

—No —admitió—. No sé si podré hacerlo alguna vez.

Nos abrazamos, fuerte, apretándonos, casi haciéndonos daño. Dios…, era como un bálsamo. Aspiré su olor, dejé besos en su cuello y en su ropa. Le dije que lo quería, que le necesitaba, que nunca sería feliz sin él. Él no contestó. Su respiración se había vuelto irregular y el culpable no era el llanto. Algunas sensaciones olvidadas empezaron a cobrar vida poco a poco, estallando en la piel como explosiones. Todo mi cuerpo empezó a palpitar, llamándolo. Jadeé cuando Alejandro me agarró de las caderas y me colocó sobre su regazo.

—Sueño a menudo que estás en la cama, que te aprieto contra mí y te hago el amor. A veces, cuando me despierto… incluso me he corrido, diciéndote en sueños que seremos padres.

—Aún me quieres —le dije y no fue una pregunta—. Tú aún me quieres, Alejandro.

No contestó. Solo se inclinó hacia mí para besarme, pero en el último momento, Alejandro decidió que no era lo correcto, así que, solamente se recostó en la cama, conmigo cogida fuertemente por la cintura y hundiendo la cara en mi pelo, volvió a sollozar. Como un niño.

Caería. Caeríamos. Y yo volvería a ser feliz durante uno, dos, tres años quizá. Entonces volvería a sufrir. Y a apartarlo. Y a pudrirme. Y no sería justo para ninguno de los dos. Seríamos como esas parejas que se hacen daño y que se enganchan a ese dolor como si fuera crack. Desde la primera vez que lo inhalas dejas de ser tú para ser su esclavo porque ¿qué más da odiarse a ratos, gritarse, aborrecerse, faltarse el respeto, devaluar lo sentido hasta rebajarlo y dejarlo a ras de suelo si al final vuelven los besos, los «te amo», los «no sé vivir sin ti» y demás dependencia enfermiza? No…, así no.

Me acerqué a su oído y empecé a susurrar.

—Tienes que hacerlo. Tienes que dejar de quererme. No puedes olvidar que querernos nos hace daño. No lo mereces. Mereces a una chica bonita y dulce que sea feliz.

Me miró con el ceño fruncido, los labios empapados de lágrimas y entreabiertos.

—¿No lo entiendes? No se trata de merecer, Magdalena.

Y no. El amor no tiene nada que ver con ello, lamentablemente. Pero para eso estamos nosotros, para ser conscientes de que ser feliz es la máxima de nuestra vida y el único sentido y serlo pasa por saber qué no merecemos.

46

e senté en el sofá de la señora Mercedes con los ojos hinchados como puños. Llevaba dos días tirada en la cama llorando y por fin me había animado a levantarme, comer, beber y no llorar. Ella había venido, aunque últimamente renqueaba al andar y tenía que ayudarse con una muleta. Vino, abrió con la llave de repuesto e hizo el titánico esfuerzo de subir dos pisos por las escaleras hasta mi dormitorio, con sus más de ochenta años y su dolor crónico de cadera. Me obligó a levantarme de la cama y a darme un baño. Se sentó junto a la bañera, conmigo y me lavó el pelo. A las dos nos costó levantarnos. A mí porque sentía que me iba por el desagüe; a ella porque las piernas le fallaban. Después fuimos a su casa. Alejandro había pasado por allí antes de irse... estaba claro. «Échele un ojo», le había pedido. Y ella lo estaba haciendo.

Le enseñé el anillo, que llevaba colgando del cuello, con una cadenita.

—No deberías llevarlo, cielo. Eso tiene que dolerte mucho por dentro.

Me encogí de hombros.

—¿Se fue entonces a la mañana siguiente?

—Sí. Se acostó allí a mi lado toda la noche. Lloramos como críos y se fue. No creo que vuelva a verlo jamás.

—Pero ¿por qué os hacéis esto? —preguntó muy apenada.

—Él ya no puede quererme. —Respiré hondo—. El primer día pensé en volver a Madrid, comprar una caja de Valium y tomármela entera con dos botellas de ginebra.

La señora Mercedes me miró sorprendida.

—¿Qué dices?

—El segundo día pensé que mejor debía tirarme a un pozo o al acantilado, en plan romántico.

—¿Te has vuelto loca? —me dijo después de atizarme con el paño de secar platos que llevaba en la mano.

—Hoy pienso que quizá algún día deje de dolerme tanto y hasta me alegre de que sea feliz. Ahora no puedo, pero…

—No creo que él llorara de felicidad —dijo poniendo su manita arrugada sobre mi rodilla—. Te juró que no se casará jamás.

—Hojeé las revistas que compré la semana pasada, Merce. Sale en dos. En una con una chica en una fiesta. ¿Es normal que quiera que esa chica se muera? —me reí para quitarle fuego a aquellos sentimientos tan vergonzosos y horribles.

—Sí. Aunque si te sirve como consejo, no le desees la muerte a nadie. Está muy mal. Mejor deséales una gran almorrana a los dos.

Al reírme dos velas de mocos me salieron por la nariz.

La tercera semana que lo encontré con la misma chica en una revista tuve que salir de casa corriendo hasta que los pulmones me ardieron y la boca me supo a sangre. Era eso o dibujarme cosas en la piel del brazo con el cuchillo más afilado de la cocina. Dibujarme un dolor mucho más superficial que el que sentía y que se iría, demostrando que las heridas se curan, aunque dejen cicatriz.

Y… ¿qué hacemos las mujeres con todas las fotos de nuestros ex con otra mujer? Analizarlas al milímetro. Llamé a Irene y la obligué bajo amenazas a comprarse la revista. Luego las comentamos por teléfono.

—¿Están cogidos de la mano? —le dije.

—No. Parece por la perspectiva, pero creo que están andando como a dos palmos de distancia. Mira las sombras.

—¿Qué día de la semana crees que era?

—¿Y eso qué importa? —preguntó con tono agudo.

—Si era fin de semana sería una cita. Si era entre semana la cosa va en serio.

—Maggie…, ¿no crees que esto es de locos?

—Lo sé…, ella es una hortera. ¿Cómo puede llevar aún esas horribles botas de esquimal? Están muy pasadas.

—Cariño…, vas descalza y tus pies van a acabar mutando a pezuñas.

No era divertido. Irene no servía para criticar malignamente a alguien que no le había hecho nada. Lo intenté con mi madre, pero las madres no están hechas para esas cosas. Me dijo que era una niña muy mona y que debía alegrarme por él, que había sufrido muchísimo por mí.

—Atente a las consecuencias, Magdalena Trastámara.

Aún estaba molesta porque había perdido la oportunidad de verme casar por mi total estupidez.

Así que la señora Mercedes tuvo que convertirse para mí en una arpía. Eso me hacía sentir bien… durante un par de minutos.

—Tiene piernas de pollo, niña. Esta es de las que dentro de veinte años están hechas un asco.

Y yo me reía con malicia. Sí, sí, estaría toda colgajosa. ¡Muajajaja! Pero dos minutos después, dejaba de reírme porque entendía que, bueno, a lo mejor sí se pondría colgajosa, pero se levantaría todas las mañanas junto a Alejandro. Poner de vuelta y media a esa chica ni me haría mejor persona ni más feliz ni recuperaría por mí todo lo que perdí. Ser una cobarde… no iba conmigo. Vomitar frustraciones convirtiendo a otra persona en la diana… es mediocre y triste.

Pero entender y asumir son dos cosas diferentes. Con total y enfermiza obsesión llamé a mi hermano y le pedí que averiguase todo lo pudiera sobre esa chica con la que no dejaba de salir en las revistas. En el pie de foto de la página 78 de *Calle Moda* la identificaban como Alice Walter. A los dos días Andrés me contestó y me preguntó si me podía mandar un *e-mail*.

—Pues no.

—Eres lo peor… ¿y dónde estará tú iPhone?

—En el fondo del mar.

—Matarile, rile, rile…

—¡Dime ya quién es! —grité.

—Alice Walter es periodista y tiene un programita en MTV. Bueno, periodista de carrera no lo sé, pero tiene dos melones que bien le valen el puesto, no te creas. Tiene veintidós años y lo de Alejandro le ha venido muy bien para promocionarse.

—¿Veintidós años? Joder… ¿Dónde la conoció?

—Le hizo una entrevista para su programa. Hay fotos. Se vieron en Central Park y ella le invitó a un helado. Él se rio mucho. Confesó que nunca le habían sorprendido tanto.

Me dolió. Yo le había sorprendido más. Yo, que no ella, que había compartido su vida durante años. Pedorra de piernas de pollo. Jodido melonar.

—¿Se acuestan juntos? —pregunté malhumorada.

—Pues si lo hacen no han emitido los vídeos en la MTV y ya me extraña, ¿eh? Porque después de *Jersey Shore*…

—Joder, Andrés.

—Es que me haces unas preguntas…, lo único que puedo decirte de ellos es que dicen que son la pareja de moda.

Suspiré. La pareja de moda implica sexo, por supuesto. Y amor.

—Deja de comprar revistas. Deja de darle vueltas al tema de Alejandro. Vuelve a Barcelona, píllate un piso, vende el de Madrid y vuelve a ser una tía normal, joder.

—No puedo.

—¿Crees de repente en el destino? ¿Crees que has nacido para estar con él y que si no, no podrás ser feliz jamás?

Me quedé callada. Sonaba tan ridículo.

—No, tienes razón. Pero mi sitio está aquí. Eso ya se encargó de enseñármelo la vida.

47

Es jodido saber que tu ex se ha recuperado de vuestra ruptura lo suficiente como para iniciar una nueva relación mientras tu situación sentimental se resume con la imagen de un bote de helado de un litro y quince gatos. Pero lo peor es saber que se merece hacerlo por más que te joda.

Alejandro me había dicho que no era nada importante, pero las páginas de las revistas empezaron a llenarse de fotos y rumores que convertían a Alejandro Duarte y Alice Walter en la nueva pareja de moda. Ni un beso ni una imagen de él rodeando la cintura de ella, pero se decía que no había fiesta que se preciara en Manhattan a la que no acudieran los dos. Por separado, es verdad, pero solo para marcharse con dos minutos de diferencia, huyendo de los flashes de los fotógrafos.

Alice era bonita, muy joven y despertaba simpatía. No merecía mi odio, seguramente, pero la odiaba, porque ella pasaba las noches en una cama que yo creía mía por derecho. Soy imbécil. La viva imagen de aquellas personas lo suficientemente mediocres como para odiar a aquellos que tienen lo que no pueden alcanzar. Alejandro merecía ser feliz con ella o con cualquier chica con la que se lo propusiera. ¿Qué merecía yo? Mejorar. Quererme. Estabilizarme. Encontrar un sentido a todo y un proyecto de vida que me hiciera feliz. Eso merecía.

La señora Mercedes y yo estábamos viendo la televisión juntas. Era jueves. Fuera estaba lloviendo y hacía un poco de frío; el clima nos había contagiado y ambas andábamos sin ganas de hacer nada de provecho… ni coser ni tejer ni cocinar. Me senté en la mecedora junto al sillón y me abracé las piernas. Vimos una película antigua de Sandra Dee y Troy Donahue, pero me enteré de poco. Estaba pensando en la última foto que había aparecido en *Cuore* de Alejandro y Alice andando por la calle. Llevaban una bolsa con comida para llevar y se dirigían a casa de uno de los dos…, lo sabía. ¿Cómo sería el nuevo apartamento de Alejandro? ¿O sería el mismo?

La señora Mercedes estuvo más callada que de costumbre pero creí que estaba un poco aburrida de tener que animarme. No quiso merendar pero, como yo tampoco andaba con mucho apetito, no le di importancia. Decía que le dolía la cabeza. Me preguntó balbuceando cuatro veces si tenía inquilinos. Le costó más que de costumbre levantarse del sillón.

—Llame a su nieta para que venga a dormir, Mercedes —le pedí apesadumbrada—. Si no puede, me vengo yo.

—¡Estoy bien, pesada!

Tenía que haberlo imaginado… pero solo pensé con pena que el tiempo no pasaba en balde para nadie.

El teléfono fijo de mi casa me despertó gritando a pleno pulmón. Entre dormida y despierta, soñé que era Alejandro quien llamaba para aclarar que Alice y él no compartían nada, que eran buenos amigos, que nunca podría acostarse con otra chica que no fuera yo. Me desperté porque era tan bonito y tan egoísta que rozaba la pesadilla.

Bajé atolondrada por las escaleras pero el teléfono dejó de sonar en cuanto estuve en la planta baja. Eran las siete de la mañana. Yo no tenía uno de esos teléfonos modernos donde quedaba un registro de las llamadas entrantes, así que me quedé, adormilada, junto a la mesa a la espera de que volviera a sonar. Y lo hizo. Casi de inmediato.

—Maggie —escuché decir a una voz femenina y serena—. Soy Ana.

—Ehm… ¿Ana?

—Soy la nieta de Mercedes. Ha pasado algo y… creí que deberías saberlo.

Y el suelo se me abrió bajo los pies descalzos. Mientras soñaba como una cría con Alejandro…, ella había sufrido una embolia.

De camino al hospital me culpé. Me dije que si hubiera sido una buena amiga me habría quedado o habría llamado al médico. Después me justifiqué, me dije que no era responsable de ella, que no quería agobiarla con mis paranoias ni hacerla más consciente de su edad y del debilitamiento de su cuerpo en los últimos años. Después volví a culparme.

La señora Mercedes había nacido en 1932. La Guerra Civil española la pilló siendo una cría, pero recordaba las secuelas de esta en el país en el que creció. Se casó con veinte años con un vecino con quien tuvo cuatro hijos. Se quedó viuda casi a los setenta y cada día desde que su marido se marchó para siempre, besaba una foto suya que tenía en la cómoda de su dormitorio. Era una mujer querida por su familia, que la visitaba tanto como podía. Habían intentado convencerla para que se fuera a vivir con sus hijos, pero nunca quiso dejar su casa. «Me sacarán de aquí con los pies por delante», refunfuñaba tras cada nuevo ofrecimiento. Ella no estaba sola, no tenía razón para adoptarme con tanto ahínco como a alguien de su sangre. Ella solo… era buena. Y divertida. Nos habíamos reído mucho desde que nos hicimos amigas. Aprendí de ella que al sofrito de tomate hay que añadirle un poco de azúcar para corregir la acidez, que las manchas de óxido salían estupendamente con una mezcla de zumo de limón y bicarbonato y que el amor no sobra jamás, que hay que darlo a manos llenas. Ella también aprendió de mí. Quiero pensar que lo hizo. A Mercedes le gustaba llamarme pesada a todas horas, sobre todo cuando me preocupaba por ella, pero confiaba en mí…, y por eso…, y solo por eso…, llamó a su nieta en cuanto me fui.

No estuve con ella, pero lo estuve. Eso me dijo Ana cuando llegué y la encontré en la puerta de la habitación. Me sonrió con tristeza y posó la mano sobre mi hombro; yo me abrazaba a mí misma, encogida, empequeñecida, llorosa.

—¿Quieres pasar? —me preguntó. Negué y ella se humedeció los labios—. Ha sido una embolia —me informó—. Está torpe y desorientada. Los médicos dicen que sufre afasia como secuela del ataque pero que el ochenta por ciento de los casos mejoran después de un mes o dos. Pasa, Maggie…, estoy segura de que te encontrarás mejor cuando la veas.

Me sentí muy niña entonces, a pesar de que pude abrazarla y notar su calor a través del camisón del hospital. A pesar de que sus manos arrugadas y manchadas por el sol me mesaron el pelo. A pesar de que pude besarla muchas veces en unas mejillas con un poco de color vivo. Me sentí pequeña y quebradiza, como si no pudiera más. Como si las rodillas fueran a vencerse con el peso de todas las cosas con las que intentaba caminar a cuestas. Y llamé a mamá.

Carambolas del destino, aquella misma mañana a mi padre, que a torpe no le gana nadie, se le había escurrido un vaso de agua en la cocina que estalló al llegar al suelo. Se cortó un tendón. Mi madre me lo dijo cuando llamé para contarle lo de la señora Mercedes. Lo sentía de todo corazón, enviaría flores, pero no podía venir para consolarme porque mi padre necesitaba ayuda para moverse por casa. Podía llamar a alguno de mis hermanos, me dijo. Andrés seguro que estaba dispuesto a venir a pasar unos días conmigo. «Dispuesto a...» no sonaba bien.

Me sentí una carga y decidí que en momentos de debilidad es cuando uno se demuestra a sí mismo la voluntad de crecer. Estaría sola, me dije, y soportaría el dolor porque en realidad Merce seguía conmigo y la vida me había dado un par de lecciones con aquello. Así que le dije a todo el mundo que estaba bien, que solo había sido un decaimiento a causa del susto y que estar en el hospital con ella, ayudándola en lo que pudiera era lo mejor.

Así lo hice.

Al quinto día, mientras la señora Mercedes, su hijo pequeño y yo veíamos *El programa de Ana Rosa*, unos nudillos llamaron a la puerta. Todos creímos que sería una visita para la señora que se recuperaba en la cama contigua y seguimos en silencio. Mi mano descansaba sobre la de la señora Mercedes y la ayudaba a apretar una pelotita de goma.

Un ramo de lilas precioso entró en la habitación antes que la persona que lo sostenía. El olor invadió por completo la habitación, junto a un perfume cítrico menos natural, aunque delicioso... el de un perfume para hombre.

No quise girarme. Vi los ojillos de la señora Mercedes brillar y cerré los míos con un cosquilleo en la nuca.

—Hola.

Apreté los labios, temiendo echarme a llorar de un momento a otro. Era él. ÉL.

Dejó las lilas sobre la repisa que había a los pies de la cama y la rodeó hasta quedar al otro lado de la señora Mercedes, que sonreía como una colegiala.

—Mira que le gustan los mimos —sonrió él también—. ¿A usted le parece de recibo el susto que nos ha dado?

La besó y después me miró. Y yo a él. Si algún día tuve opción de olvidarlo, de aprender a no quererlo..., la perdí aquel día.

Alejandro necesitaba una habitación, me dijo mientras comíamos un sándwich en la cafetería del hospital. Me lo pidió un poco rancio, sin sonrisa, sin cariño, sin nada de lo que se respiraba entre nosotros la última vez que lo vi. Tenía guasa. Lucía una expresión entre resignada y divertida, como si le hiciera gracia el hecho de no haber tenido alternativa al enterarse de lo que le había pasado a Mercedes, como si no hubiera elegido venir y hacer que me enamorara más de él. Y estaba cansado, no podía negarlo. Bajo sus preciosos ojos castaños se veía la sombra de la falta de sueño. Me sentí culpable.

—No tenías que haber venido —musité jugando con mi botellín de Coca Cola.

—Pero quería hacerlo. ¿Cómo estás? ¿Qué tal te va todo?

«Loca, pero bueno, no es momento de hablarte de la enfermiza obsesión que tengo de pronto con la puta Alice Walter de los cojones, sus pechos turgentes y sus piernas de pollo».

—Bien. La vida sigue. ¿Qué tal tú?

—Como siempre. —Se despeinó con una mano y evitó mi mirada como si temiera que adivinara todo lo que hacía con su nueva chica ahora que ya no me quería—. Como siempre pero más aburrido.

—¿Te has aburrido de la vida de modelo? —añadí con cierto tono de burla.

—De la vida en general.

Suspiró. Yo lo hice también.

—Dicen que te va bien —musité—. Quería…, ya sabes, llamarte para…, para ver qué tal te iba todo. Pero… me sentí ridícula. Como una acosadora.

—Puedes llamarme cuando quieras. Nunca te lo he prohibido.

Buff. Qué duro. La indiferencia me hubiera dolido más, desde luego. O la lástima y la condescendencia. Pero la rabia que escondía Alejandro dentro me dolía a morir, sobre todo, porque la última vez que vi no estaba. Esa rabia se había cocido a fuego lento; olía a añeja. Alejandro había ido envenenándose poco a poco, desde que nos despedimos en mi habitación, para terminar convirtiendo los pecados que no me perdonó, la frustración y la tristeza en una bola de ira hacia mí. Necesitaba verlo sonreír aunque fuera una vez más; no quería quedarme con aquella sensación. Tenía que ganarle un poco de tiempo. Después podría irse, pero yo necesitaba esa sonrisa para guardarla, como hizo él con aquel abrazo que nos dimos en nuestra primera despedida, años atrás. Por eso, dije lo primero que se me ocurrió:

—Oye, Alejandro… —Me froté la frente y después me aparté el pelo de la cara—, siento que necesito cerrar esto de una manera adulta. Creo que ya me ha llegado el momento. Necesito retomar mi vida y por alguna tonta razón no puedo hacerlo hasta que no hablemos otra vez, sin lágrimas ni dramas, como dos adultos. Nunca he creído demasiado en las charlas de… despedida. Son como el beso de despedida, o el polvo de despedida o… —cállate, Maggie, deja de decirle cosas que quieres que pasen—… Tampoco sé qué necesito decirte, pero sé que necesito hablar.

—Claro pero… ¿podemos irnos a tu casa? No quiero hablar de esto en un hospital.

Nos fuimos a mi casa después de subir a ver de nuevo a la señora Mercedes que, a juzgar por su expresión, había ganado la lotería. Estaba recuperándose poco a poco de su afasia, pero no le hizo falta hablar para explicarnos lo mucho que se alegraba de vernos juntos. Juntos sin estar juntos. Juntos pero con otra persona en su vida.

Alejandro olía muy bien, pero había cambiado de perfume. Lo supe en cuanto llegamos a casa y cruzamos juntos la puerta. Seguro que había sido ella la que había propiciado ese cambio. Ya ni siquiera olía al Alejandro con el que salí, del que me enamoré, con el que viví y quise ser madre. Y sin embargo seguía siendo él, me gustase o no.

—Has cambiado de perfume —le dije mientras me acercaba a la cocina.

—Tú no.

—Buena memoria —sonreí.

—Olvidar es un error. ¿Me pones algo de beber?

Alejandro estaba muy raro.

Nos sentamos en la mesa de la cocina, donde tantos ratos habíamos compartido. Él aceptó una copa de vino. Yo me serví un zumo de naranja.

—¿No bebes nada de alcohol? —me preguntó señalando mi bebida.

—No —negué con la cabeza.

—¿Ni una copa de vino?

—Un chupito de orujo de hierbas cuando me lo receta la señora Mercedes, pero nada más —sonreí.

—¿Y eso?

—Las personas como yo somos propensas a los vicios compulsivos. No bebo, no fumo, ni siquiera tomo más que una aspirina si me encuentro mal.

—Te veo muy… mentalizada.

—Sí. Bueno, no. No es mentalización. Es que será así a partir de ahora hasta el día del juicio final —me reí—. No más zapatos, no más bolsos, no más vestidos…

—Creo que con los que tienes guardados puedes no repetir de aquí a dentro de veinte años, así que no te preocupes por el tema de las compras.

Me sonrojé y recordé nuestras peleas por esa cuestión. Y su tono era tan pasivo-agresivo… Nos mantuvimos la mirada y Alejandro se acomodó en su silla. Estaba tan guapo, lo deseaba tanto… que no pude evitar recordarnos en la cama. Se mordió un labio y al fin rompió el silencio.

—Bueno, querías decirme algo…

—En realidad creo que solo necesitaba verte otra vez. La última no aproveché y…

—No creas que yo no siento todo esto.

—Lo sé y te lo agradezco mucho —dije sonriendo conformada—. Ha sido…, ha sido un buen gesto venir hasta aquí.

—Estaba en casa de mis padres y… me llamó tu madre —sonrió tirante y le dio un trago a su bebida.

¿Por eso había venido? ¿Había cedido al chantaje emocional? ¿Tenía miedo de que yo hiciera una tontería y los remordimientos de conciencia lo cargaran con la culpa?

—¿Qué tal en Nueva York? —insistí.

—Bien. Todo empieza a ser mucho más tranquilo. Mucha publicidad. La pasarela ya es algo anecdótico. Es lo normal.

—¿Estás contento?

—Sí. ¿Y tú?

—Sí. —Arrugué un puñadito de mi vestido entre mis manos sudorosas—. La isla me calma.

—¿Te es suficiente?

—Sí. —Pausa—. Supongo. —Pausa—. No lo sé. —Miré al suelo.

—Si te soy sincero muchas veces me pregunto cómo puedes aguantar toda esa tranquilidad aquí sola. Yo no podría. Tampoco es que ame la gran ciudad… En Nueva York siempre he sentido que la ciudad me sobrepasaba, pero…

—¿Cambiaste de apartamento?

—Sí —asintió, serio—. El de Brooklyn… ya estaba alquilado cuando volví.

Allí, en aquellas cuatro paredes de ladrillo rojizo, Alejandro y yo habíamos entendido que nos queríamos. No hubo motivos ni por qués. Solo dos personas que tumbadas sobre las sábanas blancas de una habitación construyeron castillos en el aire con la boca cerrada. Dos personas que ahora eran prácticamente desconocidos.

Estaba contándome algo de su nuevo barrio. Probablemente me había dicho dónde se encontraba, pero ni siquiera le había escuchado. Yo solo lo veía a él y a la jodida Alice besándose por las mañanas.

—Alejandro…, ¿sales con alguien en serio? —le interrumpí. En su cara empezaba a gestarse una expresión muy poco amable. Carraspeó.

—No estás en condiciones de pedirme explicaciones. —Toda la cordialidad desapareció—. ¿Lo entiendes?

—Sí, pero quiero saberlo.

—Eso no cambiará nada. Yo ya no te quiero.

¿Cómo puede doler una frase como una patada en el estómago? ¿Cómo puede cortarte la respiración? Dios…, sentí que me moría. Un dolor dentro que es difícilmente comparable con nada porque no era físico. Controlé a duras penas las ganas de arañarme la piel para contrarrestar el efecto. Necesitaba hacerme daño para desviar la atención de ese dolor sordo y atronador al mismo tiempo.

—Solo era —fingí una sonrisa— curiosidad. Te vi en muchas fotos con una chica…, Alice no sé qué…

—Walter. Alice Walter.

—Sí, eso.

Se rio, entre dientes.

—Bueno, ¿sabes? No voy a ponerte al corriente de mi vida sentimental. Ni de la sexual. Simplemente no me apetece.

—Se levantó, se frotó la cara—. Mejor me voy. Bonita despedida, por cierto. Muchas gracias.

—Pero…, Alejandro…

—No sé por qué nos empeñamos en hacer esto. Tú nunca dejarás de ser como eres y aunque lo consiguieras, ya es demasiado tarde. ¡Llegas muy tarde!

Me quedé mirándolo anonadada. Bueno…, sí, le había preguntado por su situación sentimental pero… ¿aquella reacción no había sido un poco desmedida? Salió andando tranquilamente, pero… ¿no le había temblado la voz? Me levanté y salí tras él.

—Alejandro…

No contestó. Subió las escaleras, seguramente en busca de su equipaje.

—Alejandro, no voy a seguirte y lloriquear para que me escuches, lo sabes…

—Pues será mejor que vuelvas abajo.

—Pero ¿¡qué pasa!?

Se giró.

—¿Que qué pasa? ¡¡Eso digo yo!!

—Pero, Alejandro…, solo quería hacer esto bien.

—¿Hacer qué bien, Magdalena? ¿Qué quieres de mí? —preguntó visiblemente nervioso.

—No quiero que me odies…

—No te odio. Ale. Dicho está. Sé feliz.

—Sí, sí, me odias. Me tratas con esa cortesía… tan fría…, te conozco. Lo sé.

—¿Por qué me preguntas por Alice? ¡¡Haz tu vida, por el amor de Dios!!

—¿Sabes qué? Que tienes razón. Esta va a ser la última vez que nos veamos. —Tragué saliva—. Ya estoy sobrepasando los límites racionales del ridículo y la degradación. —Me quedé plantada en el descansillo y le señalé el piso de arriba, donde estaba la que siempre consideré su habitación—. Gracias por venir. Ha sido…, ha sido horrible, la verdad. Pero…, me ha alegrado verte. Siempre me alegro de verte porque…, porque soy idiota pero aún te quiero. No puedo evitarlo. Espero que seas muy feliz.

Me di la vuelta, apreté el puño cerrado contra mi estómago y volví a la cocina.

—Magdalena…

No respondí. Cerré la puerta.

—Magdalena, espera…

Seguí andando, tranquilizándome a mí misma. «Tranquila, ahora es cuando te gira y en un beso desesperado te pega a él y te dice que te querrá siempre». Su manaza me cogió un hombro y me paró. Pero no hubo beso, ni promesas, porque aunque nunca verbalizó ninguna conmigo, las cumplió siempre todas y juramos no decir mentiras.

—Es complicado… —dijo como justificación.

—Sí, sí, lo es. Me hago cargo —«No, no lo es. Bésame».

—No me gusta que…, joder, Magdalena, pónmelo fácil.

—No tengo ningún derecho a preguntarte sobre ella, ni sobre nadie.

—Es que no te entiendo.

—Vete ya. No tienes que entenderme. Tienes que hacer tu vida y yo la mía. Olvídame y listo.

—Es que no quiero.

Lo miré. Puso los ojos en blanco. Se tapó la cara y después se revolvió el pelo.

—Por eso no quiero verte. Estoy…, estoy confuso y jodido.

—¿Y por qué has venido?

—Porque no podía no hacerlo. Porque no elijo, Magdalena. Contigo no puedo escoger.

Resopló y se frotó la cara. Yo miré al techo. Otra vez allí, como la pareja que nunca quisimos ser, enganchados a algo que podría hacernos tanto daño como el que yo nos había hecho en el pasado.

Iba a decirle que se fuera, que lo liberaba de cualquier obligación para conmigo, pero antes de que pudiera abrir la boca, Alejandro frunció el ceño y desvió su mirada hacia mi pecho. Se acercó más a mí. Su mano se cernió sobre mi cuello. Cerré los ojos. Sus dedos rozaron mi garganta y rescataron el anillo que caía, colgando de una cadena muy fina, dentro del vestido. ¿Por qué no me lo habría quitado?

Una sonrisa de resignación, molestia, cinismo y dolor se dibujó en su boca y desapareció al momento. Se humedeció los labios y susurró un escueto:

—¿Por qué?

—Puedo hacer con él lo que quiera —contesté quitándoselo de entre los dedos violentamente.

—Nunca te he dicho lo contrario. Solo te he preguntado por qué.

—Si yo no tengo derecho a pedir explicaciones no creo que tú lo tengas. Somos lo mismo el uno del otro.

—A veces dudo que eso sea así. —Se alejó dos pasos.

—¿Y ahora qué quieres decir con esa mierda?

—Quiero decir que estoy seguro de lo que tú fuiste para mí pero al revés... —Hizo una mueca—. A día de hoy sigo sin tenerlo claro. Chico trofeo, supongo. Nunca me trataste como algo más.

Lo miré sin poder creer lo que decía.

—¿Crees que estuve contigo por tu trabajo?

—No creo que fuera por eso; más bien por las consecuencias de ello. Clientes, una vida de puta madre, un tío que te gustaba follarte, un montón de amiguitas entre las que eras la más popular...

Me acerqué.

—¿Por qué quieres hacerme daño, Alejandro? ¿No nos hemos hecho suficiente ya?

—Solo digo lo que pienso. Soy sincero, Magdalena. Si no puedes soportar la verdad…

—Lo que me estás llamando tiene un nombre.

Se encogió de hombros.

—Ya tengo más que asumido que uno de los dos era el proxeneta y el otro el que se prostituía.

Perdí los papeles. Fueron segundos, pero los perdí. Le empujé con fuerza, grité. Le golpeé el pecho. Maggie, tranquila, vuelve. La garganta me dolió cuando gruñí de pura rabia. De pronto me parecía intolerable que alguien se pusiera en los labios lo mucho que lo quise y que lo degradara hasta hacerlo parecer sucio. Ni siquiera a él. Alejandro agarró mis muñecas para parar los golpes y seguí gritando:

—¡¡¡Te he querido más que a mi vida!!!

—¿¡¡Tú qué sabrás lo que es querer!!? —gritó también.

La mano se me levantó sola para darle otro golpe, pero cerró más los dedos alrededor de mi muñeca, parándome.

—¡¡Déjame!! —lloriqueé—. ¡¡Vete, vete y no vuelvas!! ¡¡Tírate a todas las tías que te dé la gana!! ¡¡A mí me da igual!!, ¿me oyes? ¡¡Vete a la mierda!! ¡¡Muérete o no te mueras, pero no vuelvas!!

Me acercó a él. Estuve a punto de escupir, pero me controlé porque ya hubiera sido el broche de oro para culminar lo nuestro de sinrazones.

—¡Ojalá no te hubiera conocido nunca! —sollocé.

—Lo mismo digo. Me has jodido la puta vida.

Alejandro me soltó y fue hacia la puerta. El viento que soplaba traía, como siempre, el olor del mar. Y con él, los inevitables recuerdos. Alejandro se volvió antes de salir, sin su bolsa de viaje, sin arreglar aquel desaguisado. Se giró y nos miramos. Y nos vimos. Joder, si nos vimos. Vimos las idas, las venidas, los errores, el deseo, el jodido destino. Somos muchas personas en el mundo. ¿Por qué entre todas tuvimos que encontrarnos para terminar así? Como dos perros apaleados. Con lo mucho que había disfrutado de sus labios cuando me besaban, como si supieran a todas las sonrisas que esbozó. Con lo mucho que deseé poder aprenderme su cuerpo de memoria... ¿cuándo nos habíamos olvidado? El olor, el sabor, el tacto, la voz...

Un segundo. La respiración superficial.

Dos segundos. Un titubeo.

Tres segundos, un par de pasos al frente.

Lo siguiente que recuerdo es que estaba sentada sobre la mesa, besándole como si fuera una enferma mental. Creo que es como deben besar las fans desquiciadas cuando tienen oportunidad. Casi era una violación de boca. Bueno, lo hubiera sido si él no hubiera respondido de tan buen grado intentando quitarme el vestido.

Me bajó de la mesa y mandamos la tela de mi ropa a tomar por culo. Ni siquiera subimos a la habitación. Nos desnudamos casi a tortazos y terminamos deslizándonos hasta el suelo. Pronto yo estaba desnuda y él tenía los pantalones desabrochados..., su lengua lamía mis pezones y su mano frotaba entre mis piernas.

Le recorrí desde la barbilla hasta debajo de su ombligo con la lengua y lo apreté contra mí hasta que gimió. No podía soportar la seguridad de que, cuando termináramos, él se iría para siempre. Necesitaba hacer que nunca termináramos, que aquella tarde durara para siempre y que la rabia nos conservara como hace el frío con los cadáveres. No exagero; la suma entre la pasión y el desdén es venenosa.

Su mano recogió mi pelo, apartándolo de mi cara cuando me la metí en la boca y Alejandro gimió apretando los dientes. Su cuerpo se movía solo en dirección a mí. Disfruté de su sabor sobre mi lengua otra vez; cerré los ojos con devoción, pero no me dejó dedicarle mucho tiempo. Los brazos de Alejandro me levantaron y me sentó sobre él con violencia. Me la metió. Así. Sin más preámbulos, empezamos a follar. No se puede llamar de otra manera. Ni hacer el amor, ni acostarnos juntos. Follar, como los animales. Mi cuerpo cedió y él entró con toda la fuerza, sin importarle mi mueca de dolor.

Sentí ganas de llorar y las sofoqué en un sollozo que no debió llamar la atención de Alejandro porque lo único que hizo fue dar la vuelta, tenderme en el suelo y colocarse encima. Su peso empezó a caer una y otra vez entre mis piernas, cada vez con más fuerza sobre mis caderas, que se levantaban en su busca cuando se alejaba de mí. El ritmo empezó a acelerarse y con él nuestras respiraciones. Las embestidas fueron de repente muy violentas, secas, un poco dolorosas y antes de que ninguno pudiera hacer nada por evitarlo… Alejandro se estremeció con intensidad, se retiró a toda prisa y, sosteniéndose con un brazo, terminó sobre mí. Ya ni siquiera le interesaba que yo también me corriera. Ya no…, ya no éramos nada que valiera la pena.

Alejandro se dio un segundo. Casi pude escuchar ese pensamiento. Un segundo con los ojos cerrados, pegado a mi piel, antes de poner fin a aquello. Después de ese segundo, se levantó abrochándose el cinturón. Cogió aire y se agachó a por su camiseta. Cruzamos una mirada, aunque intentó esquivarla.

—Qué asco de vida, Magdalena. ¿Qué estamos haciendo? ¿Estamos locos? —rugió.

Asentí mientras me limpiaba el estómago, dónde él se había corrido.

—Se nos ha ido la olla, joder. ¡Joder!

Volví a asentir. ¿Qué más podía hacer? Habíamos discutido, follado y él casi se había corrido dentro. ¿Podíamos complicarlo más? Lo dudo. Lo vi subir por las escaleras a toda prisa. Me levanté del suelo y recogí unas virutas de dignidad con la palma de la mano. Me coloqué el vestido y busqué mis braguitas. Él volvió a bajar al trote, con la bolsa de viaje colgada del hombro.

—Me voy.

—Vale.

—Es lo mejor.

—Vale —volví a asentir.

—Oye…, Magdalena…

—¿Qué?

—¿Querrás avisarme cuando…?

—¿Cuándo qué? —respondí.

—Cuando te baje la regla. No quiero problemas.

—¿Cuándo me baje la regla? —escupí de mal humor. «¿No quiero problemas? Pero… ¿qué narices está pasando?».

—Sí.

Para eso había quedado nuestra relación, para un polvo mal echado. No creo que de repente se le hubiera olvidado cómo satisfacerme en la cama. Simplemente creo que ya no le interesaba.

Cuando se fue, encontré mis braguitas junto a la pata de una silla. En un rincón, bajo la mesa, lloraba el recuerdo de lo mucho que nos quisimos algún día y la promesa de las personas que nunca llegamos a ser.

48

H ola? —contestó ansioso al segundo tono.

—Hola. Soy Maggie. ¿Estás en España o en…?

—En Tarragona aún. Con mis padres. ¿Qué tal?

—Bien. Oye…, quédate tranquilo. Ya me ha bajado la regla.

—Vale.

—Pues nada. Hasta luego —dije sintiéndome estúpida.

Tendría que haberle escrito un mensaje al móvil. Lástima que mi iPhone estuviera en el fondo del mar Mediterráneo.

—Magdalena…

—¿Qué?

Hubo un silencio tenso que cruzó el hilo telefónico de parte a parte, en una especie de zumbido. Me sentí desfallecer. Sabía qué era lo que quería escucharle decir, pero no tenía ni la más remota idea de qué quería él. Una vez lo supe, pero todo se estropeó.

—Magdalena… —susurró de nuevo.

—¿Qué?

—No me hagas decirlo.

—Tendrás que hacer un esfuerzo, Alejandro; aún no te leo la mente.

—Solo… hagámoslo otra vez. Una vez más.

Y yo… cedí. Porque me dije muchas mentiras, como que era nuestra oportunidad para cerrar, que no volvería a tenerlo en mis brazos, que nos merecíamos una despedida en condiciones y que no me haría más daño. La semana siguiente aprovechamos su inminente regreso a Nueva York para vernos en un hotel cercano al aeropuerto del Prat. Nos vimos, nos saludamos sin ni siquiera un beso y subimos a la habitación en silencio. Es imposible acumular más sordidez en un error.

Alejandro me desnudó en dos segundos. Esta vez venía preparado y no tuvimos que hacer marcha atrás. Se colocó un preservativo y follamos contra la pared. Qué triste. Lo siguiente sería un motel de carretera con espejos en el techo y condones de sabores sobre la almohada de una cama en forma de corazón.

Alejandro no me miró a la cara. Ni en esa ocasión ni las siguientes dos veces que quedamos. ¡Claro! ¿O es que alguien pensó que aquello podía quedarse ahí? Por supuesto que no. Alejandro estaba viviendo una época laboral algo convulsa, lo que le tenía viajando constantemente. Aprovechamos esos desplazamientos a menudo durante los meses siguientes. Y perdonadme si no entro en demasiados detalles, pero creo que todas hemos vivido alguna vez una situación similar y podréis sentir el dolor de que alguien del que estás enamorada use tu cuerpo y se marche después. Alguien que yo imaginaba que descansaba, después, junto a su nueva pareja. Nos recorrimos bastantes hoteles en los siguientes tres meses, pero ni siquiera pasábamos juntos una noche entera. Un rato de sexo rabioso sobre sábanas alquiladas y tan pronto como se hubiera corrido, se levantaba de la cama, se vestía y se iba. Éramos dos inconscientes; yo mendigaba amor y él muy probablemente me usaba con el fin de sentirse mejor. Algo que ver con los reproches que Alejandro aún no me había hecho pero que seguro guardaba en su interior. Decía que no me odiaba porque odiar es un instinto bajo que a nadie le gusta admitir. Ya lo he dicho…, odiar es mediocre.

No quedábamos con ningún pretexto. No era necesario. Hubiera sido más patético, si era posible. Al menos siempre era él quien buscaba la ocasión, si es que eso podía servir para hacerme sentir mejor. Me llamaba, me preguntaba qué tal estaba y sin muchos preámbulos proponía vernos en Madrid o en Barcelona, según la ocasión. Y yo…, yo me iba al cibercafé del pueblo y cogía los primeros billetes de avión baratos que conseguía. Me convencí de que era mejor tener eso que nada.

Cuando nos veíamos era confuso. Falsamente frío. No es que me agarrase a un clavo ardiendo, es que yo había compartido dos años de mi vida con esa persona y lo conocía. Sabía reconocer todos aquellos gestos que se escapaban sin su permiso. Cómo me miraba…, creo que todo valía la pena por cómo me miraba. El gasto de los billetes de avión, el estrés por si mientras yo estaba fuera entraba alguna reserva, tener a Ana, la nieta de la señora Mercedes siempre alerta, por si yo tenía que salir corriendo y necesitaba que me sustituyera. Lamentable, Maggie. Lo que te faltaba.

Nos encontrábamos y el corazón me latía desbocado; casi valía la pena lo mal que me sentía después por ese momento en el que la tarde aún era una promesa y todavía no habíamos vuelto a hacerlo mal. Después, Alejandro se colocaba entre mis piernas y empujaba hasta que se corría. Como si pagase por ello. Como si estuviera en su derecho. Como si de alguna manera cada orgasmo que yo perdía, cada clímax que se me escurría entre los dedos, calmara la rabia que sentía hacia nosotros.

Hacia mí. Pero no me importaba porque no iba buscando correrme. Yo lo buscaba a él.

Después de la cuarta vez que nos vimos me animé a llamar a Irene, a confesar y escuchar de boca de otra persona que aquello era una locura sin razón y que no tenía por qué hacerlo. Fue exactamente lo que me dijo.

Nos vimos en una cafetería del centro, justo después de que él se marchara, oliendo aún a sexo vacío y poco satisfactorio y no pude más que llorarle apoyada sobre la mesa mientras ella, que había conseguido dejar a la niña un rato con su suegra, me daba palmaditas en la espalda.

—Maggie, no llores.

—Lloro porque me siento estúpida, sucia y asquerosa —me quejé—. Soy su puta.

—¿Por qué no hablas con él?

—No. No puedo hablar con él. Alejandro y yo ya no hablamos, ladramos. Dejaré de coger sus llamadas y asunto solucionado. Muerto el perro se acabó la rabia.

—Sabes que no lo harás.

—Ya. —Me sequé las lágrimas de cocodrilo y respirando hondo añadí—. Ya me siento mejor.

—Invítalo a cenar y habláis.

—No. Ya traté de que quedáramos a comer antes de ir al hotel hoy pero me dijo que no confundiera las cosas.

—¿Te dijo eso? —preguntó alucinada.

Asentí.

—¿Quieres que hable con él? —me preguntó agachándose y mirándome a los ojos, preocupada.

—No, no, por Dios, eso lo empeoraría. —Me soné los mocos en una servilleta del bar.

—Pues...

—No. Alejandro y yo solo sabemos hacernos daño. Lo mejor es dejarlo pasar.

Si me hubieran preguntado alguna vez si sería capaz de engancharme a un hombre hasta el punto de dejarme usar, habría contestado con una carcajada. Si alguien hubiera añadido el nombre de Alejandro a la ecuación simplemente lo hubiera tomado por loco. ¿Alejandro usándome en la cama para marcharse después? ¿Es que estábamos locos? Él no era de ese tipo de hombres. Él era un hombre que ya estaba cansado de juegos de cama y que quería pasar la vida junto a alguien a la que quisiera de verdad. Como lo quería yo.

Pero. Siempre hay un pero.

Pero él nunca se mereció todo aquello. Pero él sentía rabia. Pero él tenía una necesidad dentro de su pecho que no sabía satisfacer. Magdalena estaba en su vida pero no quería que lo estuviera. Querer a alguien que le había tratado como yo lo traté es casi antinatural. No lo culpo. Yo a ratos también me odiaba, pero si algo he aprendido con los años es que si uno no perdona sus propios errores está condenado a repetirlos.

Así que un punto para todos los que no se fiaran de mi palabra, porque no la cumplí. Cuando Alejandro llamó de nuevo, volví a comprar los billetes en menos de una hora. Después compré unos pasteles y me pasé por casa de la señora Mercedes para confesar, como si ella fuera el párroco del pueblo y pudiera quitarme la culpa mandándome un par de «avemarías». Sin embargo me aconsejó que dejara de hacerlo porque cuanto más me la metía Alejandro más me hundía yo. La señora Mercedes, que aún se recuperaba de algunas secuelas de la embolia pero había recobrado toda su vehemencia verbal, era una poetisa urbana, sin duda. Me extraña que no la contrataran los Violadores del Verso para escribir las letras de las canciones.

Pasé de todo, está claro. Cometemos los mismos errores una y otra vez porque queremos; somos unos jodidos penitentes por vicio. Quedamos de nuevo en un hotel cercano al puerto de Barcelona. Al menos no había cama de corazón. Pero como siempre fue duro, frío y extraño.

Me pedí perdón mil veces. Él se había convertido en mi vicio. Mi pastilla de dormir, o mi rayita de coca, mi mojito o mi paquete de cigarrillos. Era él. No era por el sexo y puedo jurarlo. El sexo importaba una mierda, pero era mejor tenerlo a medias que no tenerlo. Mientras estaba conmigo en la cama no estaba con otras; mientras lo tenía allí sabía qué hacía, con quién estaba. Lo olía, lo abrazaba y algunas veces hasta lo besaba.

Reconocida la adicción llegaba el momento en el que debía apartarlo, pero ese paso… se dilató en el tiempo. Lo intenté todo, pero era tan débil que acababa dándome asco a mí misma cuando Alejandro se marchaba de la habitación. Siempre le decía que yo me quedaría a darme una ducha, esperando que él se quedara conmigo, cosa que nunca pasaba. Y pobre de mí, me quedaba sentada en la cama, abrazada a las sábanas, unos días llorando como una gilipollas, otros tan hundida que apenas podía ni siquiera lloriquear.

Las tardes en el hotel se sucedían, pero ni siquiera podía preguntarle por qué pasaba tanto tiempo en España después de volver a Estados Unidos tras nuestra ruptura. No podía saber nada porque lo único que aceptaba que saliera de su boca mientras estaba conmigo eran gemidos.

¿Me castigaba? Sí, me estaba castigando a su manera por arruinar nuestra relación. Todavía le importaba. Pero ¿en qué tipo de idiota me había convertido?

Cuando se lo conté a Irene rebufó como un toro.

—Eres imbécil. Rematadamente gilipollas. Y ¿sabes? No te creí cuando me dijiste que te habías enganchado a él como quien se engancha a la coca, pero ahora sí, porque no es posible que estés justificando todo este numerito con que «te castiga porque le importas».

La miré con cara de perrito abandonado.

—No, no me mires así, Maggie. Eres tonta del culo. Adoro a Alejandro, lo adoro, pero se le está yendo la chaveta con esto. Y voy a llamarlo.

—No, no. ¡No! —aullé cuando sacó el teléfono móvil.

Le di un manotazo y el teléfono acabó dentro del plato de patatas fritas de una pareja que teníamos al lado. Irene me miró muy seria y yo asentí. Tenía razón.

—Maggie, hay dos posibilidades, solo dos. Una: dice la verdad y no te quiere. Solo quiere acostarse contigo porque debes de ser muy complaciente con él y le gusta. Dos: miente y necesita tenerte cerca, pero no quiere volver contigo porque te tiene miedo. No hay más combinaciones. No te montes películas.

Le devolví el teléfono aceitoso después de rescatarlo de la mesa contigua.

—Y Maggie, si es la primera opción, no existe la posibilidad de que vuelva a quererte. Cuando el amor se esfuma no vuelve.

49

No soy un mal tío. Tampoco una de esas personas que dedican su vida a hacer más felices a los demás, es verdad. Pero sé que no soy mala persona. Nunca creí en el «pisar o ser pisado» ni comprendí la competitividad salvaje. Mi máxima en la vida era dejar una huella lo más positiva posible allá donde pisara. Había tenido problemas con Celine hacia el final de nuestra relación, es verdad, pero un acto de maldad me costaba meses de arrepentimiento. No solía caminar por el lado castigador de la vida y nunca me vi capacitado para dar charlas morales a nadie. Y entonces… apareció Magdalena y me tuve que aprender de nuevo.

Todos, de alguna manera, somos buenas y malas personas en potencia. Lo que antes consideraba «un pequeño acto de maldad» es en realidad un torrente de frustración mal entendida escupida a otra persona. Algo que no descarga peso de tu espalda y que te pudre un poco por dentro. Y aunque lo sabía, aunque la vida me lo había hecho aprender, ahí estaba… usando a Magdalena.

Usándola, con todas sus connotaciones.

Perderla había sido, probablemente, lo más duro de mi vida. Una guerra perdida sin posibilidad de revancha. Y lo que vino después, un infierno.

La pérdida. No nos enseñan a gestionarla. No sabemos qué hacer con los sentimientos que quedan cuando alguien se va de nuestra vida. Pena, autocompasión, melancolía, rabia, ira, condescendencia, depresión…, ella se esfuma y yo me quedo con todo. Y daba igual que fuera yo quien hubiera escapado primero; perdía lo mismo que ella.

Recuerdo el primer polvo que eché con otra después de Magdalena. Dios. Qué asco de bocas, saliva y sudor. Había olvidado lo que es el sexo con alguien que no te importa. Es una paja con un cuerpo ajeno. El sentimiento de pérdida al descansar mi peso en el cuerpo de alguien que no era ella fue devastador. Y el de culpa. Pero… ¿qué culpa tenía yo de querer seguir viviendo después de Magdalena?

El ser humano es complejo; probablemente jamás llegaremos a comprender las razones que se esconden detrás de buena parte de nuestras reacciones. Aun así, era fácil ver la evolución de mis sentimientos. De la pena más profunda a la decepción y de allí… a la rabia.

Creí que sería para siempre. Realmente creí que no tendría que buscar más. Había encontrado un hogar y una persona con la que crecer y emprender un camino. Una chica que entendía que la soledad me agobiase en una ciudad que nunca duerme y que era un caos en sí misma. Un caos que quise ordenar. Y se terminó.

Es posible que el problema, el detonante que hizo saltar toda la rabia que había bajo la tristeza (y bajo la cual se escondía más pesar) fueran mis expectativas. Las creé sin darme cuenta, jurando no prometer, mientras me prometía a mí sin saberlo. Magdalena y yo siempre estaríamos juntos. Magdalena y yo tendríamos un bebé. Magdalena y yo compraríamos una casa cerca de la playa donde nos retiraríamos cuando nos hiciéramos viejos. ¿De qué puto cuento me había escapado? En la vida real las expectativas son una puta mierda presuntuosa con la que vestimos una necesidad. Si la realidad no llega a cumplirlas es solo culpa nuestra, porque exigimos sin pensar que lo que damos a veces puede no compensar.

Las lágrimas de Magdalena corrían aún por encima de mi piel con nitidez cuando me acordaba de aquella noche en la isla. Darle el anillo que compré para ella había sido el primer acto de rabia, aun sin saberlo. Lo vestí de despedida pero… ¿a quién quiero engañar? No quería despedirme de ella. Quería poder culparla de todas esas cosas que jamás le confesé que me habían herido. Y, a escondidas, buscaba canciones que mantuvieran la pena viva, para no olvidarla, porque aunque fue quien más daño me hizo, también fue quien más vida me dio. Me ponía los auriculares, cerraba los ojos y escuchaba una y otra vez «Let it go», recordándome que la dejé ir porque la amaba.

Quizá, para quedarme con otro sabor de boca, debí escuchar otra letra, otra voz, otra canción que me animara a pensar que solo la había dejado volar libre hacia una realidad en la que no sufriera.

La única manera que encontré fue el sexo. Inconscientemente. No lo pensé. Solo quise tenerla cerca durante unos minutos, los mínimos como para aliviar la soledad que suponía su ausencia, pero sin más. Después… fuera. Era confuso porque quería follármela y contagiarle la desidia que sentía ahora por la vida. Quería follarla fuerte y con rabia, correrme sin importarme si ella lo hacía y marcharme, pero olía mi ropa cuando me marchaba en busca de una huella de su perfume. Lloré en todos los vuelos que cogí después de tenerla. Con disimulo y en silencio, que es como se llora el asco y la rabia por uno mismo. Y por ella, que lo estropeó.

Alice sabía que yo tenía una cuenta pendiente con el pasado y nunca pareció importarle demasiado. Y sé por qué: ella también la tenía. Una noche, después de follar y tomarnos un batido desnudos sobre su cama, me contó que una vez estuvo muy enamorada. Me pareció de risa que hablase así, como si pudiera tener tanto pasado como yo a los veintipocos años que tenía. Después me di cuenta de que hablaba de una herida y me tragué la condescendencia. Se enamoró de un chico malo; una de esas estrellas jóvenes del pop que arrastran sus propias cargas y el cansancio de hacer ricos a otros. La destrozó, claro. Un tío con un pasado oscuro y pocas ganas de vivir que arrollaba por dónde pasaba, dijo ella. Tenía un tatuaje escondido en colores vivos que se hizo por él, aunque terminó confesándome que no llegó a verlo.

—Probablemente ni siquiera me recuerda. Fui un alto en el camino. Un polvo en la parte de detrás de un coche. Donde él vio la carretera de huida, yo vi la historia de amor.

Estaba echada desnuda boca arriba y hablaba con aire distraído, como si en realidad no doliera. Yo le acaricié y susurré que no la quería. Ella me sonrió y me respondió que aquella era la mayor muestra de amor que había recibido.

—Solo quiero esto, Alejandro. Que no me mientan.

Así que de alguna u otra manera, me vi empujado a contarle que había otra persona. Y cuando follé con Magdalena por primera vez desde nuestra ruptura en el suelo de la cocina, también se lo conté. Alice se sentó en mi regazo, me apartó el pelo de la frente y me pidió que me quitara la pena con el olor de otro cuerpo. Y lo hice. Pero tampoco me ayudó.

Así que ahí estábamos. ¿Fui un mal tío con ella? Sí. ¿Por qué? Porque me odiaba por quererla tanto. Porque estaba enfadado. Porque estaba seguro de que Magdalena había olvidado todas aquellas cosas buenas que a mí me torturaba haber perdido. Porque no podía quitármela de dentro. Porque el mundo se dividía en rincones en los que había estado con ella y el resto. Porque la veía en todas partes. Porque la vi en el pelo rubio de Alice la primera vez que la miré. Porque me despertaba por las noches seguro de tenerla al lado cuando solo tenía una cama vacía. Porque no fuimos padres. Porque pensé que se me moría. Porque fue egoísta. Porque estaba enferma. Porque soy humano. La jodí porque soy estúpidamente humano.

Y tenía que terminar.

50

A pesar de mis ataques de ira repentinos, mis enfados más sensatos se van gestando poquito a poquito. No hablo de las explosiones de inestabilidad emocional, hablo del verdadero enfado. De la furia, llena de decepción; de la rabia y de la ira verdadera. Va acumulándose en mi interior mientras sigo mirando hacia otra parte, haciendo como que no existe. Pero sí existe y cuando encuentra un catalizador… explota. Gasolina, una mecha, una botella de butano mal cerrada o un montón de mierda de vaca fermentada. Da igual. El caso es que explota.

Habíamos vuelto a quedar en el hotel. Y como venía siendo costumbre, no nos habíamos entretenido en besos y caricias. Cuando entramos en la habitación, nos desnudamos sin más demora y yo me arrodillé en el suelo para chupársela. Después él nos trasladó hasta la cama, donde tras calentarnos con un poco más de sexo oral se puso un condón. Y allí estaba yo, sentada sobre Alejandro, que gemía con los ojos cerrados y la boca entreabierta. Tan cerca y tan lejos, joder, cómo lo añoraba…, lo miraba y… ¿cómo podía haberme portado de esa manera?

—Joder, Magdalena… —susurró.

Moví mis caderas despacio y abriendo los ojos suspiró.

—Me vas a volver loco —sonrió—. No dejes de follarme.

Se incorporó. Me agarré a su espalda y gemí bajito en su oído. Después mordisqueé el lóbulo de su oreja. Lo besé en el cuello. Aceleramos el ritmo de las penetraciones y de la fricción. Lo miré a los ojos pero, evitando el contacto visual, bajó la mirada a mis pechos y los acarició. Me acerqué. Gimió echando levemente la cabeza hacia atrás. Me acerqué más. No se movió. Un poco más. Me miró de reojo con la respiración agitada. Ahora o nunca. Lancé un beso hacia su boca que se estampó en la nada. Traté de besarlo. Traté porque no pude. Alejandro me había apartado la cara. Yo hacia él y él hacia atrás.

Me quedé quieta viéndolo allí, jadeante, empapado en sudor de los dos, apartándose de mi boca y vigilando mis movimientos sin apenas dignarse a mirarme a la cara. Me rechazaba. Rechazaba el cariño mientras me metía la polla, esforzándose por correrse siempre rápido. Y… lo vi claro. Como algo que has tenido delante pero te has forzado a ignorar hasta que te escupe en la cara. No. No lo merecíamos. Y digo bien… no lo merecíamos ninguno de los dos porque, a pesar de estar enfadada y decepcionada, yo sabía cuánto nos quisimos y el respeto que esas dos personas que pudimos ser se merecían. Así que me levanté. Alejandro salió de mí de golpe y tuvo que mover rápidamente las manos para que el preservativo no se me quedara dentro.

—Magdalena —se quejó. No contesté. Me puse las braguitas y empecé a vestirme. Tiró el condón sobre la mesita y se me quedó mirando—. Magdalena… —suplicó tirando de mi brazo.

Me zafé de él y acabé de ponerme el vestido. Me abroché la cremallera, me puse los zapatos, cogí el bolso y recogí algunas de sus cosas del suelo. Creo que leyó mis intenciones en mi cara.

—¡¡Magdalena!!

Abrí la ventana y tiré su camisa, su camiseta y la ropa interior a la calle. Después me fui de allí dando un portazo.

Cuando salí a la calle la ropa volaba por la acera. Había elegido un día ventoso para hacer mi numerito de despecho total. Sonreí y paré el primer taxi que pasó. Así son el orgullo y la dignidad, decididas, como mujeres fuertes que no tienen por qué esconder que lo son. La sonrisa era resultado del alivio de volver a tenerlas en mi vida.

La primera llamada ni la cogí. La segunda, como sabía que era él, descolgué y le pedí por favor que dejara de llamarme. Para la tercera fui algo menos amable.

—Si vuelves a llamarme juro que aviso a la policía y te denuncio por acoso.

La señora Mercedes, que estaba sentada en una silla de mi cocina, me miró con el ceño fruncido.

—¿No le parece bien? —sonreí sarcástica cuando colgué.

—No.

—No puedo hacer más.

—Ese chico quiere pedirte disculpas.

—Pues no las quiero. Que se las meta por el culo.

La señora Mercedes me miró y se echó a reír.

—Malhablada. Pues me da la impresión de que ese no va a dejar las cosas a medias —sentenció.

—Mire. —Saqué del último cajón una revista—. Es la última que compro. Lo juro. Pero mírelo. Con esa. ¡La pollo!

Los señalé. La revista se abría sola ya por la página en la que aparecían, de tantas veces que la había analizado.

—Pero ¿va en serio con esa? —preguntó con voz estridente.

—Seguro.

—Pues si en ese hotel hacéis lo que me imagino que ha-céis… tan novia no será.

Miré a la señora Mercedes y me reí.

—¿Sabe lo que le digo? ¡Que es un *zumandero!*

—¿Qué dices, hija?

Daba igual. Ya me hacía gracia a mí por las dos.

Debería decir que lo siguiente me sorprendió, pero no lo hizo. Alejandro es de esos hombres que no dejan las cosas a medias, en eso tenía razón la señora Mercedes. Él era de ese modo, siempre tenía que arreglar sus asuntos. De modo que, cuando me llamó Irene y me pidió que fuera a verla a Madrid me lo imaginé. Habíamos pasado juntos el suficiente tiempo como para hacerme a la idea de cuáles iban a ser sus siguientes movimientos. Dije que no, claro. Me excusé con que no podía porque tenía que atender la casa y le prometí intentar escapar-me un par de meses más adelante. Si ella me mentía intentando mediar, yo ocultaría que la había visto venir, sin intención de ceder en realidad.

—Es que… necesito que vengas —insistió—. Es impor-tante, de verdad. Sabes que no te lo pediría si no fuera algo… urgente. Estamos todos bien, no te asustes. Es solo que… tienes que venir. Necesito… esto… hablar contigo de algo en persona.

Y yo pegué la frente en la pared, con el auricular agarra-do, preguntándome cuánto tiempo más estaría a merced de aquella puta relación.

Removí cielo y tierra para cuadrar mi horario de trabajo con la visita a Madrid, como venía siendo costumbre. La nieta de la señora Mercedes se estaba sacando un buen sobresueldo ayudándome. Y yo me estaba gastando mucho más dinero del que debía y podía en billetes. Pero aquel sería el último, me prometí. Cuando volviera a la isla, sería para no volver a salir. Y me lo prometí haciéndome daño por dentro, intentando re-cordar todas las cosas que podían pasarme si no acataba aquella orden. Sabía que obedecería. No volvería a pisar Madrid en, al menos, años.

Sin nervios. Solo una sorda decepción. Habíamos hecho las cosas tan mal que sería imposible para siempre. Era la despedida, pero la de verdad. Era el momento para el cruce definitivo de reproches que llevaría al olvido.

Cuando Alejandro apareció en la puerta de mi estudio en lugar de Irene, me limité a abrirle y dejarlo pasar. Lo esperé en la pequeña cocina sirviendo dos tazas de café.

—Hola.

—Hola —le contesté—. ¿Con leche?

—¿No vas a preguntarme qué hago aquí?

—No. No me gustaría perder tiempo. El tuyo cuesta mucho dinero y el mío, por lo poco que recuerdo, también —y lo dije sin poder mirarle, porque era demasiado guapo y demasiado mío aun sin serlo.

Alejandro chasqueó la boca.

—¿Empezamos así?

—¿Cómo quieres que empecemos? —le repliqué.

—Mejor no te cuento cómo tuve que salir del hotel. —Levantó las cejas.

—Me da igual, la verdad. Que tú y yo quedemos para follar en un hotel cualquiera ya es lo suficientemente sórdido. He copado todas las previsiones de sordidez en mi vida. —Cruzamos una mirada dura, pero cuando me di cuenta de lo mucho que me decían de él sus ojos, desvié la mía—. ¿Qué coño quieres? ¿Para qué me llamas? ¿Por qué me haces venir?

—Debería ser yo quien dijera todas esas cosas.

—Ya has perdido el derecho a decirlas y hasta la razón.

Negó con la cabeza.

—Esto no debería haber sido así —susurró—. Y estoy harto de sentir rabia, Magdalena. Tú y yo hoy vamos a llamar a las cosas por su nombre.

—Ah, pero entonces, ¿no quieres follar antes? ¿Me desnudo y me inclino en la mesa?

Ni se movió. Me giré y volviendo a la barra de la cocina le acerqué la taza de malas maneras, desbordando parte del café.

—Siempre igual. ¡¡Siempre!! ¿Qué derecho crees que tienes a ponerte tan digna cuando todo esto es culpa tuya?

—¿Mía? —le pregunté desafiante.

—¡Tuya!

—¿Ni siquiera vas a intentar disculparte?

—¡No! —gritó—. ¿¡Te follé en contra de tu voluntad!?

—Vete. No estoy dispuesta a que vengas a mi casa a gritarme.

—¡No! No me voy a ir.

—¿Y eso por qué? —Lo miré con desprecio.

—Porque me han quedado muchas cosas por decirte, Magdalena.

Dijo mi nombre con tantas ganas que se me puso la piel de gallina, como si lo hubiera susurrado en mi oído.

—Pues di lo que tengas que decir y lárgate.

—Esto no es adulto, Magdalena.

—¿Desde cuánto te importa eso? Porque follarme contra una pared no parece suponerte ningún problema.

—¿Sabes por qué? ¡¡¿Sabes por qué?!! Porque te quiero y te odio en la misma jodida proporción. No puedo aguantar la idea de verte pero si no lo hago te juro que me muero. ¿Qué solución tiene esto?

—¿Ya está? La solución es que te vayas y me olvides antes de que terminemos de aborrecernos.

—Pienso en ti a todas horas y se me revuelve el cuerpo, porque no puedo dejar de hacerlo. —Apretó los puños—. Siempre eres tú. Siempre, da igual lo que sea. Joder, Magdalena, ¿eres consciente de lo que me hiciste? —dijo indignado—. Yo no tengo la culpa de que lo nuestro saliera mal. ¡¡Yo no tengo la culpa!!

—¡¡¡Ya lo sé!!! —grité fuera de mí—. ¡¡¡¡Fui yo!!! ¡¡No dejáis de repetirlo!!

—Te tengo pánico. Puedes hacerme perder la cabeza. Sería capaz de creerte otra vez.

—¿¿Te puedes ir ya de una puta vez?? —contuve el aliento, dándole la espalda.

—¿Eres consciente de lo egoísta que fuiste? Te daba igual que sufriera. Te daba exactamente igual.

—Se estropeó, ya está. —Me giré hacia él.

—No.

—¿No? —Me sequé una lágrima de rabia—. Cuando te conocí llevaba dos años sin llorar y desde entonces no he dejado de hacerlo. Eso debería hacerte pensar.

—No estabas preparada para salir de la isla.

Me recompuse respirando hondo.

—Alejandro, vamos a dejar esto como está, por favor.

—No puedo. Lo he intentado, pero no puedo. Quiero empezar otra vez y no puedo si no he terminado contigo.

—Tú y yo terminamos hace mucho tiempo. Que nos hayamos acostado unas cuantas veces es algo anecdótico.

—Lo nuestro empezó a terminar el día que...

—¿Qué? ¿El día que qué? Lo nuestro apenas empezó —dije apretando los dientes—. Fue una relación de mierda, de mentira. Fue algo que se deshizo ante los problemas. Ese tipo de relación fue.

Alejandro se rio con pena.

—Mientes fatal.

—No. No estoy mintiendo.

—Lo nuestro empezó en el mismo momento en el que te vi. Me da igual lo que digas. —Levantó las cejas—. ¿De eso no te acuerdas?

—No —contesté.

—¡Me cago en la puta, Magdalena! ¡¡Estoy harto!! ¡¡Te odio, joder, me quema por dentro la rabia que tengo!! ¿Una relación de mierda? ¿De verdad? Qué bien recuerdas las noches sin dormir, los vestidos llenos de quemaduras de cigarrillos, el dinero malgastado, las pocas veces que hacíamos el amor, lo poco que importaba mi opinión…

Me senté y me cogí la cabeza entre las manos, mesando mi pelo.

—… las drogas, las malas compañías, las mentiras que me decías… ¿Sigo? Recuerdas justo lo que yo sería capaz de perdonar. Pero no te acuerdas de cuando viniste a Nueva York, ni de cuando nos instalamos en el piso, ni tampoco de cómo encajaron nuestras jodidas vidas de mierda cuando nos conocimos, de lo felices que fuimos, de la sensación de sentirse completo, de…

—¡Cállate! —le exigí.

—¡¡¡Dime por qué narices he olvidado lo malo entonces!!!

—Tú no has olvidado.

—Lo recuerdo porque necesito culparte de algo y alejarlo, Magdalena, pero sé que sabes que si hay alguien dispuesto a perdonarte en el mundo soy yo.

—Tú ya no me quieres. —Miré al suelo, conteniendo los sollozos.

—Ojalá. Qué asco…, qué asco querernos así.

No eran palabras de amor. Eran palabras de desesperación. Era rabia a borbotones, vomitada a gritos. Éramos dos personas que no podían hacerse más daño. Mutilados, incapaces de volver a sentir nada sano. ¿De verdad? A él le daba asco y a mí… una pena tremenda. Alejandro se desmoronó en el sillón y resopló.

—He intentado salir con otras, hacer mi vida… Pero nada sirve. Siempre estás ahí… Me has convertido en un desgraciado. No puedo estar contigo, tampoco puedo estar sin ti; no puedo tenerte a medias, no puedo tener a otras…

—Alejandro…

—¿Sabes cuál es el problema? Que la que no me quieres eres tú, que me obligaste a dejarte, presionándome hasta el extremo, porque te diste cuenta de que yo te quería como tú nunca sabrás quererte. Pánico me da del día que me convenzas de lo contrario.

No respondí. No podía. Escondió la cara entre sus manos y se obligó a tranquilizarse. Por mi parte, estaba paralizada. El eco del tráfico se colaba a través de las juntas de las ventanas de la buhardilla.

—Vale. —Respiró hondo y cerró los ojos—.Ya no hay vuelta atrás.

—No. No la hay.

—Ahora ya…

—No volvamos a vernos. Dejémoslo aquí.

—Por favor.

Después, Alejandro, simplemente recogió sus cosas y se marchó.

51

Miré de reojo a Irene mientras esta hacía un mohín.

—¿No vas a perdonarme jamás?

—Te vi venir. No eres tan buena estratega como crees —murmuré dándole vueltas a mi café.

—Tenía que intentarlo.

—Sé que lo hiciste con toda la buena intención del mundo, pero... esta vez no... No hay arreglo. Alejandro está muy dolido. Por él no ha pasado el tiempo.

—¿Por ti sí?

—Para algunas cosas sí, para otras no.

—Entonces, ¿qué vais a hacer?

—Pues... hemos decidido que no vernos va a ser lo más fácil.

—Pero... ¿por qué? —dijo Irene nerviosa—. No entiendo las razones que hacen que dos personas que se quieren no puedan verse.

Le toqué la mano. En realidad era yo la que necesitaba tocar a alguien para creerme que no era mentira lo que estaba diciendo, que no lo estaba soñando.

—No es justo que Alejandro tenga que tirar de mí como no es justo que yo tenga que aguantar su castigo. O me perdona o no lo hace, pero las medias tintas no nos valen, ni nos valdrán. Necesito quedarme donde estoy, en la isla, y cuidar de mí.

—La isla ya no te satisface y lo sabes.

—A ningún loco le satisfacen las rejas de su manicomio —sonreí.

—Pero, Maggie... Tú lo quieres.

—Sí, pero quizá no lo suficiente.

—Mentirosa —rio.

—Si no pude quererlo como se merecía quizá no lo quise lo suficiente.

—La vida no es así de fácil y lo sabes.

—Ya, pero tampoco es justa.

—Maggie, tenéis que arreglarlo...

—No. No puede ser. No estoy preparada para salir de allí y no quiero hacer que él lo deje todo por venir a cuidarme, como si fuera una demente que necesita supervisión continua. No entiendo el amor de esa manera.

—Pero la isla ya no te hace feliz.

Suspiré y lo pensé durante unos segundos.

—Esto es como la serie *Perdidos*, Irene —las dos nos reímos—, la isla aún no ha terminado conmigo.

V PARTE

DE CUANDO YO ACABÉ CON LA ISLA

52

El tiempo siguió su curso natural. A la mañana le seguía el mediodía, a este la tarde y después de la noche volvía a empezar. Los días. Las semanas. Las estaciones. Y aunque al resto del mundo todo le parecía normal, a mí empezó a parecerme extraño. Una realidad en la que, estaba convencida, Alejandro y yo no podíamos querernos porque él tenía razón: dábamos asco.

Superada mi adicción, entendido el motivo por el que Alejandro y yo sentíamos tanta rabia, solo me quedaba esperar a que el tiempo curara pero…, cojones, no lo hacía. Los días se sucedían y no pasaba nada dentro de mí. Ni me secaba ni perdonaba ni olvidaba. Alejandro seguía en estado latente dentro de mí, esperando explotarme en el pecho a la menor oportunidad.

Por eso por poco no me dio un patatús en el kiosco cuando compré las revistas, a pesar de que Irene me dijo por teléfono que no lo hiciera.

—Entonces ¿por qué me llamas para decirme que sale en todas las revistas de este mes? —la reprendí.

—Porque..., ayyyy, ¡porque habla de ti! Y tienes que leerlo, pero si entras en un coma emocional será mi culpa por decírtelo.

—Ya lo has dicho —se escuchó decir en un susurro en la otra parte del hilo telefónico.

—Mierda, Fede, ¿por qué no me callas cuando ves que se me va a ir la boca?

Las compré todas y añadí unas cuantas chocolatinas y un paquete de tabaco que escondí en el bolsillo de mi babi. Cuando llegué a casa saqué la cajetilla y la dejé sobre la mesa, mirándolos con recelo.

—Hola, amiga —le dije con voz queda—. No, no me mires así. Eres para emergencias.

La guardé en el segundo cajón de la cocina y me senté delante de las revistas. Había llegado el momento.

«Alejandro Duarte deja las pasarelas».

¿Dejaba las pasarelas? Lo recordé desfilando para Chanel en Tokio, perfecto, impertérrito, como si en realidad fuera de cera y el tiempo jamás pasara por él. ¿Ya nunca más habría de verlo?

Leí la entradilla a saltos y fui directamente al cuerpo principal del reportaje, nerviosa por hacerme con toda la información.

«Las malas lenguas dicen que las pasarelas ya le quedan muy largas, pero la verdad es que sus eternas piernas se han cansado del ritmo de vida que demanda el trabajo de maniquí. "Ya no es mi momento y prefiero bajarme del tren antes de que me echen", me dice con una sonrisa. Pero puede estar orgulloso. El tiempo no ha hecho más que mejorar lo que la naturaleza puso en su camino.

Sentarse delante de este hombre abruma. Es cuando una tiene la oportunidad de verlo a escala real cuando se da cuenta del acierto que supone que en el mundo de la moda se le conozca como el atlante. Ciertamente me da la sensación de que podría sostener el techo de este restaurante con una de sus manos, grandes y masculinas. Las mueve inquieto sobre la mesa, doblando y desdoblando una servilleta. No hay anillos, por cierto.

Alejandro mira directamente a los ojos cuando habla; no teme ser sincero, pero respeta siempre esa educación que lo hace parecer distante. "No estoy viejo, estoy cansado. Decir que estoy viejo a mi edad es de locos; pero muchos consideran que es así. Incluso hace tiempo que siento que esta época de mi vida ha llegado a su fin. No estoy viejo…, siento que el mundo de la moda es demasiado joven para mí".

Y lo que más me sorprende es que lo dice relajado, sin atisbo de tristeza ni melancolía por lo vivido.

Cuando le digo que sus días de gloria no han pasado sonríe y negando con la cabeza susurra que lo tiene asumido. "Me gusta la publicidad y sigo teniendo proyectos interesantes, pero paradójicamente son los que menos tienen que ver con la moda los que más me interesan".

Ha dicho que no al cine, por lo que todas las mujeres de este país lloraremos profusamente y aunque acaba de firmar para ser la nueva imagen masculina de Loewe, se escuchan ecos de una posible incursión en el mundo del periodismo especializado de mano de una revista de moda, cuestión que él no niega. Solo sonríe. "Cuando hablas de los proyectos que están por venir suelen gafarse y uno tiene que buscarse las lentejas para mañana". Lo dice con tanta gracia que cuando me doy cuenta ya he abandonado mi pretensión de sacarle todo lo posible acerca del misterio de sus pinitos como articulista».

Miré las fotos. Alejandro. De nuevo me parecía él. El puto Poseidón recién salido del mar, como en la playa, apenas unos días después de conocernos. El chico tranquilo. El hombre sereno. Sonreí, pero yo sí con melancolía, y seguí leyendo.

«A Alejandro jamás le ha gustado hablar de su vida personal; nunca ha afirmado ni desmentido informaciones. Tiene una facilidad innata para evitar esos asuntos sin sentirse violento. Simplemente coge de la mano tus palabras y, en un giro de baile, les da la vuelta para contarte que le encantó probar la deconstrucción de tortilla de patata que se ha hecho famosa en Nueva York y que te sientas satisfecha con su respuesta, aunque la pregunta fuera si está enamorado.

Sonada fue su relación de algo más de un año con Celine, también modelo y ángel de Victoria's Secret, pero no vimos allí nada más que photocalls y fiestas. La única vez que pudimos asomarnos a su intimidad fue durante su relación más estable con Magdalena Trastámara, estilista y personal shopper. Aunque nunca han trascendido los detalles de su ruptura hace más de un año, fuentes cercanas a ambas partes aseguran que mantienen una excelente relación. Pero… ¿qué hay de interesante en ello?

Todos los personajes que llenan estas revistas comienzan y terminan relaciones y en muchas de ellas está el secreto del candelero de nuevos famosos. Exnovias, examantes, exmaridos, exmujeres e incluso exniñeras. Todos ellos llenan páginas de revistas y minutos en televisión. Ya nada nos sorprende. Sin embargo, Magdalena Trastámara desapareció de la misma manera que apareció y no solo de la prensa. Preguntamos por ella en los círculos más elitistas del negocio del estilismo en la capital y todo el mundo se encoge de hombros. "Ya no trabaja de esto. Se fue. Regenta otro negocio fuera de España", nos dicen en una de las tiendas en las que era asidua.

Cuando le preguntamos a Alejandro la sonrisa se le escurre hasta la copa de vino con la que juguetea. Al principio pienso que volverá a hacerlo y que me contará algo que nada tiene que ver, pero al final sus labios se despegan y habla: "Magdalena es y será siempre la persona más importante que ha pasado por mi vida. Siempre la llevo conmigo. Decida lo que decida,

siempre me parecerá bien, por lo mucho que la quise. Ella deci-
dió mantenerse fuera de este circo y confío ciegamente en su
razón para hacer las cosas. Lo nuestro, sencillamente, no pudo
ser". Punto y final. Su gesto no da pie a más preguntas sobre es-
te tema.

En vano intento hacerle sonreír de nuevo. Magdalena
Trastámara sobrevuela nuestra conversación hasta el final de la
entrevista, aunque no volvamos a nombrarla. Ella es capaz
de ensombrecer los ojos del que algunos definen como el hombre
más guapo del mundo. Parece que Alejandro Duarte no le tiene
miedo a la escalera de descenso de las pasarelas pero teme a una
estilista que mide treinta centímetros menos que él y esgrime el
nombre de Maggie Trastámara. Eso no hace más que acrecentar
la leyenda del modelo que nunca dejó de ser alguien normal, al
que las efusivas muestras de atención abruman y que volverá
al anonimato para ser, sencillamente, feliz».

Me levanté con una sonrisa tontorrona en la cara, casi desquiciada, y me acerqué sigilosamente al cajón. Lo abrí de un golpe de muñeca y saqué el paquete de tabaco. Pensé que podría fumarme los veinte de un tirón.

—Lo siento —le dije—, es una emergencia.

53

No, mamá…

—Es que eres tonta del capirote. —Mi madre siempre fue pésima para los insultos, pero al menos siempre ha sido consciente de ello—. Coge el teléfono y llámalo.

—Por enésima vez, no tengo nada que decirle. Voy a colgar y desconectaré el teléfono.

—¡Eso! ¡Desconecta el único aparato moderno que tienes allí y vuelve al paleo… paleontilítico!

—Se dice Paleolítico, mamá, y la nevera, el agua caliente y la tostadora son considerados como inventos modernos.

—Para vestir santos te vas a quedar.

—Mamá, por Dios…, más vale vestir santos que desnudar gilipollas.

—Será que Alejandro era un gilipollas…, la única gilipollas eres tú. Era buena persona, era inteligente, te quería, te trataba como una reina, era guapo, familiar, cariñoso, ¡se quería casar contigo! Pero no, tú prefieres irte con tus mons-

498

truosos tacones de fiesta en fiesta con lo peorcito de cada casa…

Puse los ojos en blanco.

—Tres, dos, uno… —susurré.

—¡Te quiero, Maggie, pero…!

Colgué el teléfono y desconecté el cable.

Cogí un cigarrillo, me senté en mi mecedora y le di una calada. No, no iba a llamar a Alejandro. Eso estaba claro. Lo nuestro había terminado donde había terminado. No podíamos darle más cuerda a algo que había fenecido de una manera deplorable. Es como si yo hubiera muerto de un *potameacaca* de amor. Patético, ¿verdad? Pues es lo mismo.

Sin embargo me imaginé llamándolo. Entorné los ojos, feliz como una depravada y lo imaginé saludándome con su voz aterciopelada.

—¿Cuándo vas a venir a verme? Te echo de menos —diría.

Desperté de mi ensoñación con el corazón a cien por hora. Me parecía escucharlo dentro de mi cabeza. Palpé mi escote y rescaté el anillo. Lo miré. ¿Cuándo lo superaría? ¿Llegaría el día en que lo hiciera? Un día ideal en el que viera su foto y no sintiera ganas de morirme por dentro, de vomitar y de darme golpes contra los marcos de las puertas.

Si Alejandro hubiera sido el típico chico guapo, la fiebre se me hubiera pasado en un par de semanas, como mucho, meses. Pero era una infección bastante más salvaje, porque mi madre tenía razón. Que Alejandro fuese guapo era lo de menos. Es como cuando te compras un Volkswagen Beetle full equip. Lo que menos te importa es esa florecita tan mona que te ponen en el salpicadero. Bueno…, supongo que se entiende por muy estúpidos que sean los ejemplos que utilizo.

Entre las miles de cosas que echaba de menos de Alejandro, lo que más me dolía era recordar los cinco minutos anteriores a levantarme de la cama. Cuando estábamos juntos, nos abrazábamos más, haciéndonos un bolillito, trenzando nuestras manos. Muy pocas veces hablábamos, porque no había nada tan importante como esa sensación de cobijo, de seguridad. Después me giraba, hundía mi cara en el ángulo de su cuello y lo olía. Intentaba hacerme con todo su olor hasta que me mareaba y él se reía.

—Para, para…, que no me voy —susurraba.

No es que no echara de menos el roce de sus muslos entre los míos y sus jadeos apagados cercanos a mi oído cuando hacíamos lentamente el amor. O las noches de pasión desmedida en las que pensaba que me desmontaría por piezas. A decir verdad, cuando terminábamos solía tener la sensación de que lo había hecho y luego me había vuelto a montar tan hábilmente. Lo que pasa es que en una de esas veces mi corazón y mis escrúpulos debieron caerse debajo de la cama y me olvidaría de colocarlos en su sitio. Así nos fue la cosa. Espero que el casero los tirase al contenedor correcto de reciclaje cuando los encontrase. Vísceras sin piedad en el contenedor negro, por favor.

La señora Mercedes tenía mucha paciencia conmigo. Normalmente ni siquiera lo nombrábamos, pero a veces, cuando necesitaba desahogarme le contaba mil historias aburridas sobre lo que hacíamos o dejábamos de hacer cuando estábamos juntos. Ahora ya no me enseñaba a coser, creo que con la excusa de «eso ya lo sabes hacer muy bien» me había terminado dando por perdida en el arte de la costura. Ahora dábamos clases de punto, porque se le metió entre ceja y ceja que yo tenía que aprender a bordar porque todo el mundo sabía lo relajante que era el punto de cruz. Y allí, entre punto y punto, bollitos llenos de mermelada y cafés con leche, hablábamos de a qué olía la almohada cuando vivía con él, con qué llenábamos la nevera, qué hacíamos los domingos o tonterías como que Alejandro tenía muchas cosquillas en el cuello.

—Mira tú, qué curioso —me decía ella, siguiéndome la corriente.

Y yo sonreía feliz. Yo, en realidad, quería ser como la señora Mercedes. Aunque su cara estaba llena de arrugas y utilizaba una dentadura postiza que no estaba demasiado de acuerdo con mantenerse dentro de su boca, tenía una mente pragmática y joven. Era rápida y divertida y además, podía hablar de su marido, muerto hacía más de una década, sin que le temblara la voz.

—Ignacio y yo nos casamos enamorados. Esas cosas antes no pasaban tan fácilmente. Tú te casabas porque te tocaba, pero Ignacio y yo nos queríamos tanto… Cuando nos casamos era tan guapo… —miraba soñadora a un rincón para despertar diciendo— pero nunca dejaron de crecerle las orejas, no sé por qué.

Yo me reía por lo bajini, pero siempre me pillaba y me reñía con dulzura, contagiándose con mi risa.

—Que sí, niña, que era muy guapo. Y además era muy buen padre. Se reía mucho. Pobre…, lo feliz que me hacía. Espero que no le moleste que siga siéndolo a mi manera.

—Claro que no, señora Mercedes.

—Cuando nos encontremos en la otra vida… ¿las orejas le habrán dejado de crecer o le llegarán ya por los tobillos?

Y entonces nos echábamos a reír. Ella se santiguaba y le pedía perdón en un susurro y yo la envidiaba por querer tanto a alguien que no estaba y seguir siendo feliz. Por quererle aún tantísimo y que no le doliera.

—Cuando alguien quiere así, mi niña, no hay vida que los separe.

Y yo la envidiaba más aún por la fortaleza con la que lo decía. Luego me miraba con ternura y poniendo su manita arrugada sobre mi falda añadía:

—Si os quisisteis así, volverá.

—¿Quién lo hará volver? —decía yo con una sonrisa resignada.

—Pues como no sé si crees en Dios te diré que... la vida es un cuento y el que escribe tu cuento lo hará.

—¿Cuándo? —sonreía, sin dejar de tejer.

—Pues... esto no es el cuento de nunca acabar, cielo.

Medité mucho. Sobre la vida. Sobre las razones que me empujaban a estar sola o a caminar constante e inconscientemente hacia Alejandro. Y con el tiempo, me convencí de que, sencillamente, era egoísta. ¿Por qué iba a merecer constantes nuevas oportunidades? ¿Por qué debíamos volver a intentarlo después de vivir un amor precioso, dejar que se pudriera y lamentar la pérdida de toda nuestra dignidad después? No. Ya estaba bien. Ni más llamadas. Ni más noches de sexo furioso en un hotel. Ni más rastreo en busca de su imagen entre las páginas de cualquier revista. Ambos debíamos construir de nuevo la vida. De cero. Él con Alice, solo o con quien quisiera volver a arriesgarse. Yo al menos lo tenía claro..., tenía que estar sola. Aprenderme, conocerme, regularme y después... buscar un modo sencillo de ser feliz.

La mayor parte de la gente que me rodeaba, como mi madre o Irene, no me entendió. Si dos personas se querían, qué cojones, tenían que estar juntas por narices, ¿no?

No. Uno espera ingenuamente que la respuesta a esta pregunta siempre sea sí, pero todo es un poco más complicado que una suma sin decimales cuando hablamos de sentimientos porque unos suman, otros restan y algunos hasta dividen y... nada que te divida en partes antagónicas, que te haga cargar con fracciones de ti misma que no te gustan... es bueno. Yo no era buena para él. Él tampoco para mí. La respuesta al porqué era el pasado que arrastrábamos, que no podía borrarse.

Pero nuestro alrededor no desfalleció en sus intentonas...

—Maggie, ¿te he dicho alguna vez que tienes nombre de cuento? —me preguntó una tarde la señora Mercedes mientras paseaba agarrada de mi brazo por el centro adoquinado del pueblo.

—No.

—Pues tienes nombre de niña de cuento, de los que me inventaba para mis nietos.

—Gracias —respondí.

—¿Crees que existen cuentos en los que la protagonista acaba sola en una isla recordando tiempos en los que no era vieja y aún podía recuperar la vida que quería?

Me paré y la miré.

—Yo… no creo en los cuentos.

Sin hadas. Sin magia. Sin finales felices.

Irene lo intentó durante casi un mes, pero Alejandro y yo no nos llamamos de nuevo. No cedí al chantaje de mi madre ni a los cuentos de la señora Mercedes. Por primera vez en la vida, solo cedí ante mí y la evidencia.

Me sentí sola, no voy a mentir. Cambiar de vida, cambiar de dentro a afuera, es un proceso solitario en el que nadie puede ayudarte realmente. Pero me entregué al trabajo. Joder, me entregué como nunca. Limpié, cociné, calé y… hasta decidí andar cada día hasta la granja para comprar leche fresca. Cualquier cosa. Mis vestidos, mi pelo suelto y casi sin peinar, mis pies descalzos y un silencio en el que cabían tantas palabras que era ensordecedor. Pero eran palabras para mí misma y siempre de ánimo. No había grandes esperanzas ni sueños de que un día, mágicamente, la vida se reordenara sola y yo volviera a ser feliz de súbito por obra y gracia de un ser superior. Lo primero era evaluar la situación, los daños, cuando estuviera completamente segura de que no podía haber más derrumbes y que debía acordonar la zona afectada, que era yo, y empezar a reconstruir, con la pertinente retirada de escombros previa.

La vida me pareció más complicada. Más y más complicada cuanto más simple era mi forma de vivir, cuanto menos aspiraciones albergaba dentro. Todo me parecía confuso. ¿Por qué era infeliz con la sencillez? ¿Por qué esta vez no parecía una cura, sino un castigo? Mercedes me dijo una vez que la vida era como una madeja de hilo, que parecía estar horriblemente enredada pero que, al ir deshaciéndola, uno se daba cuenta de que solamente era un hilo enrollado sobre sí mismo, con un principio y un final. Y en cierta forma era así. Los problemas eran nudos y el futuro estaba condicionado por el hecho de que éramos la misma materia prima que al principio pero más sobada, deshilachada, resabiada.

Una madeja de hilo, un solo hilo, con principio y final. El cuento de nunca acabar. Máquina del tiempo. Los guijarros del camino resonando debajo de sus pies. Algo inesperado que me cambió la vida. No existen máquinas del tiempo pero... ¿quién dice que no podemos intentar hacer las cosas a nuestra manera? Reescribir el cuento de nunca acabar para que nunca acabe. En ocasiones son solamente las palabras las que nos salvan de nosotros mismos.

54

Querido Alejandro:

Una carta. Sí, lo sé; es antiguo y melodramático pero lo cierto es que, de mutuo acuerdo, decidimos no volver a vernos y no tengo otra forma de hacerte llegar las conclusiones a las que he llegado. Sé que no las necesitas, no me malinterpretes, es solo que sigo teniendo la necesidad de que te sientas orgulloso de mí; dado que esta es nuestra última asignatura pendiente, supongo que esa necesidad se irá apagando.

Hablo por hablar, también soy consciente. Ni siquiera estoy segura de que llegues a leer esta carta. Me prometí no buscarte, no perseguirte para enterarme de dónde te esperaba el futuro, así que no tengo ni la más remota idea de dónde vives. Podría haber investigado pero seré sincera, me da miedo lo que pueda encontrar. Prefiero seguir sin saber nada porque si no lo hago, la realidad no es más que una ausencia de respuesta. Si no sé las cosas… no existen. Espero que tus padres te hagan llegar esta carta; sé que me guardan cariño a pesar de todo.

Ha pasado un año. Más incluso. No lo sé exactamente porque dejé de contar los días en el cuarenta y tres. Cuarenta y tres días sin verte, sin oírte, sin saber de ti más que lo que contaba un reportaje en el que sentí que cerrabas por fin nuestra historia a tu manera. Así que sé que hoy es 20 de abril, pero no sé cuánto tiempo llevo sin saber de ti y no quiero hacer memoria.

No te escribo para contarte que por aquí las cosas están igual que siempre, aunque lo están, ni para decirte que el último año que he cumplido me ha sentado mal, a pesar de que es cierto. Escribo para, como decía, hacerte partícipe de todas las cosas que he aprendido en estos días sin ti. La distancia que da el tiempo permite ver las cosas con mucha objetividad.

Te perdí porque quise. Eso es lo primero que he aprendido. No me malinterpretes de nuevo, por favor. Con ello quiero decir que te perdí porque sufro un miedo patológico al compromiso pero no como en las películas románticas donde el chico huye de la relación porque se ha vuelto demasiado seria y finalmente se da cuenta de que ama a la chica y vuelve. No. Yo no sabía que temía el compromiso; solo sabía que perdía el interés rápidamente pero estaba segura de que contigo no me pasaría. No obstante, aun estando tan segura, me dediqué a atentar contra nuestra relación, a quebrantar las promesas que intentamos no hacernos pero en las que caímos, a discutir los términos de cualquier acuerdo al que llegáramos y a asegurarme de dónde estaba nuestro límite. Lo encontré y empujé… hacia abajo se fueron los años invertidos en querernos. Alargué la mano para recuperarlos pero era demasiado tarde.

Quizá hubiera podido más tarde, cuando tú y yo empezamos a vernos de nuevo en aquel hotel. Cuando admitiste cuánto me odiabas por olvidar las cosas que valieron la pena, entonces, tuve la llave para abrirnos de nuevo la puerta, pero tuve la lucidez suficiente como para adivinar que volvería a pasarnos lo mismo, pero más rápido.

Nunca voy a volver a estar con nadie, esa es otra de las cosas que he aprendido. No, no es una de esas afirmaciones categóricas que luego vuelan y desaparecen. Estoy segura. Soy como una viuda de setenta años que está pisando en realidad la treintena y que nunca se casó. Una viuda cuyo amor de su vida sigue vivo, pero lejos. Lo que quiero decir es que he aprendido que si no pudo ser contigo, no será con nadie. Sé que es cobarde, pero me planto aquí. No quiero hacer más pruebas que respalden mi afirmación. Si no fue contigo, Alejandro, no será con nadie. Y se acabó.

No quiero extenderme. Tendrás cosas que atender. Solo quiero que sepas que… recordé las cosas que valían la pena. Las recordé, sin más. Un día fueron apareciendo en forma de latigazos, remordimientos por haberte perdido, pero más tarde les quité el polvo y las guardé. Son caramelos que se deshacen sobre mi lengua y que dejan un sabor dulce. Supe querer, aunque fuera por un periodo corto de tiempo. Pero sé lo que es querer de verdad y que te quieran con locura. No todo el mundo puede decir lo mismo. Soy afortunada.

¿Te acuerdas de aquella vez que cenamos con tus hermanas en nuestro piso? Vimos una película romántica con un actor muy guapo. Tú conocías a la protagonista. Ellas se durmieron hablándonos de sus planes. Y tú y yo, al acostarnos, nos dijimos que estábamos un paso más cerca de saber qué es ser padres. Hubiéramos sido unos padres horribles en ese momento…, bueno, tú no. Yo hubiera sido un desastre y tú te hubieras quedado por obligación. Pero no te dejes llevar por eso; algún día serás un gran padre, lo sé. Quizá ya esperas un bebé. Quizá ya te volviste a enamorar. Ojalá, Alejandro. Ojalá. Porque he aprendido que quererte, quererte bien, pasa por aceptar que mereces lo que un día te negué. Mereces una vida bonita, un bebé que te mire con devoción, un jodido perro lanudo de los que te gustan. Te mereces enamorarte más y mejor que conmigo y que un día yo no sea más que algo como el recuerdo de ese amor intenso de instituto que creíste que te mataría y que ahora te da risa.

Si te digo la verdad, lo que más me cuesta es convencerme de que no podemos ser amigos, porque te echo de menos. Podría caer en la tentación de mentir y decirte que puedo soportar tenerte cerca, pero lo cierto es que no. Ni siquiera puedo imaginármelo. No podría tenerte aquí otra vez y saber que volverías a irte, que no es más que una parada melancólica dentro del resto de tu vida. Joder, Alejandro, solo prométeme que no volverás. La chiquilla que aún vive escondidita y trémula dentro de mí me pide que añada que no vuelvas si no tienes intención de llevarme contigo, pero no te apures…, ya sé que no la tienes.

¿Has tenido alguna vez un amor de verano? Tantos años sufriendo por tenerte, no tenerte o alejarte y ni siquiera sé si un día te acercaste a la orilla del mar cogido de la mano de una niña y le prometiste que el otoño no os separaría. Alejandro…, ¿y si lo nuestro fue justamente eso? ¿Y si fuimos un amor de verano al que quisimos cogernos con uñas y dientes? ¿Y si somos un amor de verano que estiramos demasiado hasta rompernos?

No seguiré por ahí. No nos lo merecemos, ¿vale? Solo… sé feliz. Espero que la vida te trate bien y que tengas todo lo que soñaste. Te deseo felicidad y alegría, pero por encima de todo esto, te estoy deseando amor, a pesar de estar utilizando la letra de una jodida canción de Dolly Parton. Ya lo sabes. Yo te voy a querer siempre.

Adiós, Alejandro.

Te quiere,

Magdalena

55

E ra miércoles. Lo sé porque acababa de volver del mercado de comprar un poco de fruta. Hacía calor y quería hacer unos batidos. Hacía poco que había puesto conexión a Internet en la casa y me habían valido dos visitas a Pinterest para volverme del todo adicta. Había comprado en una web unas jarritas *vintage* para smoothies y quería probarlas antes de que llegaran los primeros inquilinos de la temporada, dos semanas después.

Me di una ducha rápida después de volver del pueblo porque el sol caía a plomo y llegué empapada de sudor; estaba peinándome en mi habitación cuando escuché un ruido fuera. La ventana estaba abierta y las cortinas bailaban con la brisa de ese verano que, por fechas, aún es primavera. Terminé de cepillarme el pelo y me asomé. El sol me daba de cara, pero sobre el sonido de los guijarros redondos, blancos y grises, que constituían el camino, andaba alguien. Y a mí se me paró el corazón, como siempre que la escena se me repetía, aunque nunca tuviera el final adecuado.

Me tranquilicé. «Maggie, no es él», me convencí. Bajé por las escaleras despacio, con calma, descalza y abrí la puerta de la habitación que hacía las veces de recepción. Vi llegar andando a alguien solo y entorné los ojos para distinguir su figura a trasluz, pero no lo conseguí. Fruncí el ceño cegada por el sol y tuve que esforzarme mucho para abrir los ojos. Me coloqué la mano como visera… Alto. Muy alto. Hacía años que no recibía ninguna visita de ese tipo. Un hombre alto, guapo y con un secreto que destapaba el mío, que no era más que una tontería de la que huía para no hacer frente a la seguridad de que no era perfecta. Las piedras rodaban bajo sus pies a medida que se acercaba y parecía más y más nítido. Y de verdad. Cogí aire y este me pesó en la boca del estómago, así que lo dejé salir de nuevo y cerré los ojos. Sentí que se acercaba. Más. Bastante más. El calor que emanaba su cuerpo y el aire que salía de su respiración constataron que estaba allí, pegado a mí.

—Me he vuelto loca —musité.

—Y yo. ¿Qué más da?

Abrí los ojos y le miré. Qué grande era. Tan grande que podría sostener mi vida. Sus piernas largas, la piel de sus brazos morena y su cuello espigado eran un pecado, una tentación. Esbozó una sonrisa. Respiré hondo, tranquilizándome y sonreí. Le miré de nuevo.

—Hola.

—Hola —contestó al borde de la carcajada—. ¿Eres la dueña?

—Oh, Dios. ¿Vamos a jugar a…? En fin… Sí. Soy la dueña —volví a sonreír.

Se quitó sus Ray Ban Wayfarer Square y se quedó mirándome un instante, como midiendo mi expresión.

—¿Puedo tutearte?

—Sí, claro.

—No sé por qué imaginaba a una...

—Ancianita haciendo punto de cruz en una mecedora, ¿no? —me reí—. Qué original.

—Me han dicho que alquilas habitaciones.

—Sí.

—Estupendo. —Dejó sus bolsas en el suelo.

De repente me di cuenta de que llevaba demasiados minutos mirándolo. No quería parecer desesperada, pero no podía dejar de sonreír.

—No tengo a nadie, así que te pongo en la que tiene cuarto de baño propio. Es un poco más cara pero...

—¿Nos conocemos? —susurró entornando los ojos, con una sonrisa descarada.

—No lo sé. —Me apoyé en el mostrador mirándole; las manos y las rodillas me temblaban.

—Verás, te explico..., vengo buscando calma total.

—Entonces vienes al lugar indicado —volví a mirarlo.

—¿La playa está cerca?

—A un paseíto. La gente suele alquilar coches.

—Yo no tengo prisa por llegar.

—Si algún día la tienes, tengo una moto.

—Vale, pero conduciré yo. ¿Tengo que dejarte algún depósito?

—Eso depende, ¿cuánto tiempo te quedarás?

Se echó mano al bolsillo trasero del vaquero y sacó la cartera. Oh, por Dios... el billete de quinientos euros.

—¡Por el amor de Dios, Alejandro! —Y me eché a reír y también a llorar.

En los ojos de Alejandro brillaba algo precioso. Esperanza, lo llaman.

Fuimos paseando hasta la cala, casi sin hablar. Nos sentamos en la arena vestidos y suspiramos, mirando hacia el mar. Él fue quien rompió el silencio.

—Sí tuve un amor de verano. —Me miró y después perdió la mirada a lo lejos en el mar—. Eso ayuda.

—¿A qué?

—A saber que lo nuestro no lo fue. —Se frotó la cara—. Magdalena, ¿por qué? Un año después… ¿por qué la carta?

—Me pareció triste no compartir lo mucho que había aprendido. Y me sedujo la idea de que hiciéramos las paces con este pedazo de nuestra historia.

—Ya… —suspiró—. Supongo que todos tenemos derecho de intentar reescribir nuestra propia vida. Y las historias tienen que empezar por el principio para que salgan bien.

Ninguno de los dos añadió nada durante unos cuantos segundos. Segundos tremendamente tensos.

—Lo intenté con ella, ¿sabes? —añadió—. Fingí que podría quererla. Duró dos meses.

—Debiste fingir mejor.

—No, Magdalena. Los hombres somos así. No sabemos estar solos. No como vosotras. Estando solos no nos encontramos…, nos perdemos.

—No te entiendo.

—¿Qué opción nos queda por probar? Esto… está frío. Ya no somos quienes fuimos. Te perdoné…, yo hace un tiempo que te perdoné pero…

No me dolió. Yo también lo sabía y lo sentía. Latía allí en medio de los dos.

—Date unos días. Descansa. Estas son tus vacaciones —le ofrecí.

Me levanté y me quité el vestido. Él me miró recuperando en una mueca una expresión amable.

—¿Qué haces?

—Voy a darme un baño. Este año el agua está muy caliente ya.

Fui hacia la orilla y le miré, apartando mi pelo hacia un lado. Alejandro se levantó de la arena, se quitó su camiseta de Prada, sus Converse edición limitada y sus vaqueros Levi's. Caminó después lentamente hacia mí y las olas nos rompieron contra las piernas.

—Magdalena…, tienes que saber que no he venido a llevarte conmigo.

Asentí.

—Está bien.

—Magdalena…, he venido a quedarme.

56

H abíamos probado muchas cosas, era cierto. Intentar quitarnos la rabia, la decepción, la tristeza; intentar borrar el pasado y tratar de olvidar la culpa. Ninguna de las cosas que habíamos intentado pasaba por recuperar el amor perdido de nuestra vida.

Hablamos mucho. Debíamos empezar por hacerlo bien desde el principio y quedaba demasiado por decir. Nos sinceramos como nunca lo habíamos hecho con nadie. Casi nos desnudamos y nos abrimos en canal. Me habló de cómo había vivido él los últimos meses de lo nuestro: la soledad, la incomprensión, la negación, la evidencia. Me contó que cuando quiso darse cuenta, en el momento en el que no pudo negárselo por más tiempo, todo se nos había ido ya de las manos.

—Irene me miraba con una lástima… que me mataba. Le pedía que no lo hiciera, pero llorando me decía que no podía. Y entonces yo también lloraba, porque te echaba tanto de menos que me quería morir.

Dios. Me destrozó.

Me habló de los meses siguientes a la ruptura, incluso de las noches encadenadas unas a otras con chicas que no le importaban y que le hacían sentirse más enfadado. Fuimos tan sinceros como pudimos. Tanto que hasta dolió. Fue como limpiar la herida antes de curarla.

Y después… recordamos.

Había muchas cosas que parecía haber borrado de mi cabeza. Algunas me hicieron reír. Otras me hicieron sentir lástima, porque no entendía cómo había podido olvidarlas. Recordamos sentados en sillas de mimbre a la fresca de la noche, la primera vez que hicimos el amor y la primera vez que me vio vestida con algo que no fueran mis babis de la isla. Recordamos el miedo que le daba mi padre, cómo fue conocer a la señora Mercedes y dando saltos entre una historia y otra terminamos hablando sobre cuándo lo nuestro había empezado a ir mal.

—Dejó de importarnos lo mismo. Cada uno tenía un proyecto personal que pesaba demasiado —susurró llevándose un vaso con vino dulce a la boca.

—No. No fue eso. Yo perdí el norte. No saber lo del síndrome de la personalidad límite puso las cosas más difíciles. Zapatos, fiestas, malas compañías, ¿por qué no? No se me ocurrió en ningún momento la posibilidad de que tú te cansaras y te fueras.

—Ni pedir ayuda. —Me miró—. Tenías una pinta espantosa; creo que ni siquiera lo sabes. Lo primero en lo que me fijé cuando te vi fue en que brillabas. Brillabas, Magdalena, y te me apagaste en las manos. Fui tan tuyo que ni siquiera lo sabes…

—¿Y qué pasó?

—Dejé de reconocerte. Te buscaba en la persona en la que te habías convertido, pero me cansé de no encontrarte.

—Soy una joya —suspiré resignada.

—No creo que el problema sea tu trabajo, la moda, las cosas bonitas que sí mereces, ni las fiestas. Quizá eras demasiado joven para asimilarlo todo, quizá no supe tirar de ti para hacerte ver la realidad.

—No tienes por qué tirar de mí y tienes que saber que no sé si alguna vez podré no ser así. Llevo tiempo estable pero quizá en el futuro todo vuelva a ponerse del revés.

Me miró, dejó el vaso en el escalón de la entrada y me cogió la mano.

Con el tiempo y los procesos emocionales por los que había pasado, había perdido mucha de la perspectiva con la que una persona cuerda y normal mira la vida. No tenía certezas. No sabía: he nacido para esto, quiero dedicar mi vida a lo otro. No sabía si quería pasarme la vida en aquella casa, en la isla, descalza y vestida con aquellos trapos hippies o si quería desempolvar todos mis carísimos vestidos y volver a calzarme unos Manolos para ir a bailar a un local exclusivo en la ciudad. No sabía si quería ser madre o si quería tener un gato. Ahora lo único que sabía era a quién quería tener al lado. Alejandro. Alejandro o nadie. Alejandro era el faro que iría dándole luz a todas las cosas en las que yo ahora iba a tientas. Él lo haría, no por mí, sino conmigo.

Esa certeza me tranquilizó, porque redescubrí al hombre que podía, no hacerme feliz, sino serlo a mi lado y acompañarme en mi propia felicidad individual. Volví a encontrarme con que me había enamorado de un coloso que se había bajado voluntariamente de su altar para sentirse humano. Volvería a sumirse en el más profundo anonimato sin ningún problema, podría vivir sin fastuosas fiestas en la Gran Manzana y llevar a sus hijos al colegio. Él quería bajarse del podio donde estaba subido por manos de otros y yo pasé años resbalando mientras intentaba subirme a uno que me había construido yo, pero sin cimientos.

La primera vez que Alejandro me besó fue el día de San Juan de aquel mismo año. Borré todos los besos anteriores para que este tuviera el significado que debía tener.

Tras saltar las olas, como manda la tradición, nos metimos en el mar para pedir un deseo. Yo pedí quererle siempre hasta que me muriera. No siempre se tiene la suerte de enamorarse de un hombre bueno. El agua me llegaba al cuello mientras que a él apenas le cubría el pecho. Me sujeté de su brazo y él, cogiéndome de la cintura, me llevó hasta su boca. Sus labios se apoyaron en los míos y por primera vez en mi vida, besé. Besé de verdad. Besé sintiendo un amor tan hondo que nada en este mundo podría comparársele jamás.

Aquella noche dormimos juntos. A decir verdad, no dormimos, solamente nos besamos. Intenté ir un poco más allá pero él, negando con la cabeza, apartó mi mano con mimo y me dijo que teníamos muchos besos por darnos. Le di uno por el día en que le conocí. Otro por la primera vez que lo vi de verdad, debajo de ese cuerpo perfecto. Uno por el primero que nos dimos, después de que me derramara la jarra de agua encima, otro por nuestra decisión de tener hijos. Uno por todas las veces que había desperdiciado el tiempo discutiendo cosas sin sentido, otro por la esperanza de no cometer los mismos errores en el futuro.

Y así pasó la noche. Cuando llegamos a la mañana Alejandro se durmió sobre mi estómago, mientras le acariciaba el pelo. Al despertar, me besó por todas las noches en las que me había añorado, por todas las chicas a las que había besado esperando encontrarme a mí, por todas sus madrugadas despierto pensando en qué habría hecho mal. Me besó una vez por cada una que habíamos hecho el amor y otra por cada una de las veces que habíamos deseado poder hacerlo. El último beso del día nos lo dimos frente al mar para jurarle, a él y a nosotros, que no íbamos a perder más tiempo buscándonos cuando nos teníamos delante.

Ese día Alejandro descolgó el anillo de mi cuello y lo metió en mi dedo anular, jurándome que jamás dejaría de quererme. Nos casó el mar Mediterráneo sin necesidad de ramos, vestidos o invitados. Y fue un compromiso para siempre.

57

Fue como un parto. Un compromiso para siempre implica mucha logística que organizar. ¿Y ahora qué? ¿Quién cedía? Nos dimos un tiempo para pensar en los detalles mientras él viajaba a la grabación de un spot de publicidad y yo me dedicaba a los primeros huéspedes.

Y por mucho que pensé, nada, todo me llevaba a las mismas conclusiones a las que había llegado años atrás. Pero no quería volver a Madrid, con mis antiguos clientes y a mi antigua vida. Añoraba mi trabajo, pero algo me ataba a la isla como un grillete.

Me hace gracia pensar que, cuando fui a ver a la señora Mercedes para contárselo todo, ella solo sonrió y me ofreció un limón granizado. Es como si ella siempre lo hubiera sabido.

—Pero, señora Mercedes…, ¿y ahora qué?

—Niña, ¿dónde está el problema?

—¿Quién deja su vida por el otro?

Me miró con esa seguridad que dan los años y la experiencia.

—Maggie, cariño, ninguno y los dos. Esas son las cosas que hacen que funcionen las relaciones.

—¿Ninguno y los dos?

—Tienes que seguirle allí donde su trabajo lo lleve. —La miré insegura. El papel de esposa paciente no me pegaba nada. Me cogió la manita y siguió hablando—. Eso no significa que tú abandones lo tuyo. Síguele, como hará él contigo cuando le toque, pero empieza algo nuevo que vaya en paralelo, algo tuyo; solo tuyo. Y volved a la isla siempre que tú lo necesites.

Muy ideal, pensé. Imposible en la práctica. ¿O no? Pero, no, no lo era. Solamente necesitaba desenrollar la madeja, como la señora Mercedes me dijo.

Alejandro me ayudó mucho. Y juntos encontramos que a veces la solución está escondida en la carrera detrás de un sueño que no creímos que pudiera materializarse jamás. Convenció a mis padres de que era la decisión acertada, me ayudó con la mudanza, que de un país a otro y con la cantidad de ropa que movía fue un trabajo titánico. Además me presentó a mucha gente. Al principio trabajé por ser la pareja de quien era, después los clientes a los que no convencí se marcharon y los satisfechos se quedaron conmigo, trayendo a más gente.

La clave de mi trabajo fue añadirle una premisa exclusivista que nos dio mucha publicidad. El trato eran seis meses al año, los meses de más trabajo: de octubre a abril. Fuera de esos meses no estaba en el mercado. Alejandro era, además, muy selectivo con el suyo. Y a la gente le encanta poder decir que trabaja con alguien cuya disponibilidad está tan limitada. El resto del año, volvíamos a la isla, a nuestra casa, que estaba cerrada para nadie que no fuéramos nosotros. Fue así como ninguno de los dos cedió y cedimos los dos.

La ciudad elegida fue Nueva York y pronto le cogí el gusto a caminar descalza en algunas zonas de Central Park mientras Alejandro corría. Y... ¿la sorpresa? Las revistas nos prestaron la justa atención…, la justa como para sacarme algunas fotos y acuñar mi estilo como el *new gipsy*. Tuve que llamar hasta diez veces en el mismo mes para decirle a la señora Mercedes que empaquetara y me enviara todos los vestidos que tuviera hechos. Le mandé un talón y le prometí ayudarla a coser más en abril. Ahora un par de actrices y cantantes de moda se pasean por Los Ángeles y por Nueva York descalzas y con vestidos de veinte euros. El secreto del éxito es que yo no se los cobro precisamente a veinte dólares…

Epílogo

El final del cuento de nunca acabar
es terminar donde empezó

La máquina del tiempo.

Pongamos que entráis en mi habitación el día en el que termina esta historia. Es imposible, sobre todo porque eso es ahora mismo y por mucho que me seduzca la idea, no tengo una máquina de teletransporte. Pero, vaya, pongamos que sí.

Lo primero que veis es el mar porque tengo la ventana abierta. Las cortinas blancas ondean a los lados del vano y huele a primavera. Estamos casi en el mes de mayo y hace una temperatura perfecta para andar desnuda por casa, pero desde el episodio con la Guardia Civil ya no hago esas cosas. Además, el tiempo y la naturaleza hacen su trabajo y, sinceramente, no soy lo que era.

Seguro que si echáis una ojeada a vuestro alrededor entendéis por qué elegí esta habitación. Tiene la mejor vista de toda la casa y además, mucha luz. Parece que el mar va a entrar por la ventana y que el sol mismo secará lo que moje a su paso. No hay muchas cosas interesantes por aquí. A todo el mundo le llama la atención que las puertas y las ventanas estén pintadas de azul, pero no es originalidad mía; una mera copia de una postal que alguien me trajo de Santorini. Esta no es una isla griega, pero es bonita. Está inmersa en pleno Mediterráneo y aunque empieza a ponerse de moda, aún viene gente interesante. Pero no diremos su nombre, no sea que Alejandro no pueda bañarse desnudo en la playa si le apetece.

Tengo un pequeño armario de madera antiguo que lijé y pinté de blanco yo misma. Si lo abrís solo hay unos cuántos vestidos *new gipsy* y un par de camisones ¿Qué más? Todo es muy sencillo, casi espartano. Una cama amplia con sábanas blancas bordadas, nada sexys, por cierto, y una mesita de noche que sufrió una transformación parecida a la del armario. Si queréis mirar dentro de los cajones, por mí no hay problema; soy muy aburrida. Ni juguetes sexuales, ni revistas porno, ni tangas de cuero. Ropa interior de algodón y algo de encaje. Mi buen gusto por la ropa interior sigue siendo una de esas cosas que ya no espero cambiar. Lo siento, pero ni Alejandro ni yo nos imaginamos luchando con unas bragazas de cuello vuelto las noches que nos apetece hacer el amor, que son muchas. Volviendo al cajón también hay unas fotos…, mis padres, mis hermanos, mis cuñadas, Irene y su niña, la señora Mercedes y yo sentadas en el porche…

Arriba del armario hay una maleta. Podéis abrirla si queréis: solo tiene un par de zapatos de Miu Miu y un vestido camisero de La Casita de Wendy; la ropa que utilizo siempre el día que vuelo hacia Nueva York, como un talismán.

Si seguís mirando allí estoy yo. Me acabo de dar una ducha y me estoy cepillando el pelo delante del espejo. Llevo un vestido blanco, de los que tejemos la señora Mercedes y yo. Con el dinero que está ganando ha prometido irse de vacaciones con el IMSERSO, comprarse otra máquina de coser y aprender repostería fina. Su familia y yo no sabemos si esto último será muy bueno para su salud… Va a cumplir ochenta y siete años y ha vaticinado su propia muerte para dentro de diez, así que dice estar muy tranquila. Genio y figura…

Estoy mirando por la ventana, pero aunque miro hacia el mar no estoy pensando sobre la magnitud del mundo ni sobre el karma. Más bien que hace demasiado tiempo que no me corto el pelo y que ya me llega por debajo del pecho.

Sigo teniendo los ojos verdes, de un color muy claro. El color castaño dorado de mis bucles es herencia materna, como el resto. Tengo que dar gracias a que mi madre no tuviera canas hasta cerca de los cincuenta, así no tendré que teñirme hasta dentro de algunos años.

Como podéis ver mientras me paseo por la habitación, sigo sin llevar zapatos. Solo me los pongo si voy al pueblo a comprar, más que nada porque no quiero que me señalen con el dedo y se fragüen a mi costa leyendas tontas sobre la extraña forastera que un día llegó, se instaló y aunque salió y volvió muchas veces, enamoró a un titán y lo encadenó a su lado seis meses al año, como en el mito de Perséfone… pero al revés. No soy rara, no voy de especial, solamente tengo mis manías y mis placeres, como todo el mundo. Y me encanta ir descalza y más ahora que tengo las piernas tan hinchadas. Hasta Alejandro ha descubierto el gusto que da sentir el suelo frío debajo de los pies, la gravilla del camino de acceso a mi casa o la arena de la playa. Hay gente que paga por hacer esas cosas en un recinto cerrado al que llaman spa y a mí me aterroriza la idea de tenerlo tan cerca y no hacerlo. No tengo por qué privarme de un placer tan tonto. He pasado demasiados años enfrascada en vicios mucho más caros. Este no cuesta dinero, no hace daño a nadie y además en esta isla no hay riesgo de clavarse ninguna jeringuilla.

Por cierto, ¿escucháis eso? A través de la ventana abierta viene un murmullo de guijarros bajo los pies de alguien. Me asomo.

Son Alejandro y nuestra hija Isabela, que vuelven de la playa de coger conchas para hacer collares. Van cogidos de la mano. Ella ya chapurrea frases con soltura, pero solo la entendemos nosotros, porque un tercio de las palabras las dice en inglés, otro en español y el último en su propio idioma.

Bajo las escaleras y si me seguís veis que Alejandro sigue igual que el día en que le conocí. Los años no pasan por él, aunque ya ronda los cuarenta. Ni una cana, ni una arruga, solo él, sus ojos castaños, su nariz varonil, su sonrisa perfecta y sus labios de bizcocho, que ahora reparten los mil besos que tiene al día entre Isabela y yo. Ella ha heredado el pelo y los ojos de mamá, la boquita de papá y será alta. Es preciosa, pero qué voy a decir yo que soy su madre…

Isabela me pide que la coja en brazos pero es Alejandro el que la aúpa. La beso.

—Mamá ahora no puede cogerte, cariño, le pesa la barriga —se ríe Alejandro, escondiendo sus ojos castaños, terriblemente sexys.

Ella me enseña las conchas que ha cogido de la playa y colocando la más grande en mi vientre me dice que es un regalo para Violeta. Nacerá en poco más de un mes. Yo beso sus manitas y mirando a Alejandro me doy cuenta de que sin la isla no tendría nada de lo que tengo. Mis dos hijas fueron concebidas aquí y Alejandro y yo sellamos en sus playas lo que tendremos siempre. No es coincidencia…, la isla ha sido siempre la clave, el único lugar donde nacen las cosas que me hacen feliz.

AGRADECIMIENTOS

Dejadme contaros una historia. Una corta cuyos protagonistas siguen siendo Maggie y Alejandro pero que ocurrió escondida dentro de un ordenador. Han pasado ya años desde la primera vez que me senté con ellos a ordenar la historia que me contaban, pero nunca, ni siquiera en ese primer momento en el que puse punto y final, sentí que realmente estábamos preparados para que alguien nos leyera. A los tres. A ella, con sus problemas; a él, con su paciencia; y a mí, que empezaba en esto de las letras sin saber muy bien qué me depararía el futuro.

Hemos aprendido mucho juntos, Alejandro, Maggie, vosotr@s y yo. Y eso quise dejar registrado entre estas páginas: ese es el motivo por el que este proyecto ha tardado cinco años en materializarse de verdad, porque me ha costado muchísimo desprenderme de él y sentir que esta historia había llegado, por fin, a su fin. Cada vez que abrí el archivo titulado «Mi isla.doc» cambió algo entre ellos hasta ser, ahora mismo, solo un eco de lo que fue al principio.

Por eso quisiera dar las gracias a todas las personas que, a lo largo de los años, ayudaron a hacer madurar estas palabras. A Laura López, una de las primeras personas que me leyó y que confió en mi sueño. A Jessy, porque también soportó los vaivenes de esta historia. A María Durán, que incluso subrayó el manuscrito original del que partieron Alejandro y Maggie. A Juan, que aunque sé que no leerá jamás esto, se atrevió a adentrarse en un libro que no le pegaba ni con cola y me puso en duda a cada párrafo. A María Nieto, que le dio sentido a algunas partes. A Bea, que ha leído a Maggie y a Alejandro en, al menos, tres versiones. A Sara, que ha intentado hacer que me desprenda del pánico que me da asumir que este proyecto ya está terminado. A Óscar, que ha vivido a mi lado los «esta versión no funciona», «voy a cambiar esta otra parte» o «¿crees que ya está de verdad preparada?». Y, sobre todo, a Ana, la persona a la que dedico este libro y que, con diferencia, más ha sufrido conmigo este proceso, que ha leído, releído, conversado, discutido y defendido este proyecto y por quien me atreví a dejarlo volar.

Y por supuesto, gracias a ti, que sostienes estas páginas, por acompañarnos a los tres: a Maggie, a Alejandro y a mí, por darles voz y hacer que, durante el rato que duró tu lectura, latieran de verdad. Gracias por vivir conmigo de igual manera los proyectos de más intensidad y los que más miedo me dieron. GRACIAS en mayúsculas y purpurina, por leer algo que guardé tan dentro que sacarlo de mi ordenador fue todo un reto.

El papel utilizado para la impresión de este libro
ha sido fabricado a partir de madera
procedente de bosques y plantaciones
gestionados con los más altos estándares ambientales,
garantizando una explotación de los recursos
sostenible con el medio ambiente
y beneficiosa para las personas.
Por este motivo, Greenpeace acredita que
este libro cumple los requisitos ambientales y sociales
necesarios para ser considerado
un libro «amigo de los bosques».
El proyecto «Libros amigos de los bosques» promueve
la conservación y el uso sostenible de los bosques,
en especial de los Bosques Primarios,
los últimos bosques vírgenes del planeta.

Papel certificado por el Forest Stewardship Council®